FIONA WINTHER

ZEHN LEBEN

DIE KRIEGER

Erstauflage
Umschlaggestaltung, Illustration, Satz: Theresa Plos
Lektorat, Korrektorat: Rebekka Haindl
Druck und Vertrieb im Auftrag des Autors: myMorawa von
Dataform Media GmbH, Wien

ISBN Paperback: 978-3-99129-708-6

Für meinen strengsten Kritiker,
besten Freund und Ehemann.
Ohne ihn wäre die Geschichte
niemals entstanden.

PROLOG

LONDON, AUGUST 1937 BIS DEZEMBER 1939

Mir«, sagte Fin McAllister, »geht Hitler so richtig auf den Sack.« Im August 1937 hatte der schier unverwundbare und seit dem Ersten Weltkrieg nicht älter gewordene Soldat Fin McAllister die Nase von dem Volksaufhetzer Adolf Hitler voll. Er seufzte. »Mit seinen politischen Reden hetzt er die Bevölkerung auf. Dieser Mann ist wahnsinnig.«

Dem britischen Geheimdienst war McAllister längst ein Begriff. Schon im Ersten Weltkrieg war dieser Mann den Briten ein Mysterium gewesen. Den Soldaten konnte allem Anschein nach nichts umbringen. Verwundet, doch niemals tot und schnell wieder auf die Beine gekommen, war der hochgewachsene rothaarige Mann, dessen Disziplin kombiniert mit kriegerischem Können allseits bekannt war, rascher als alle anderen stets an die Front zurückgekehrt.

»Na gut«, willigte er mit sich selbst ein, »mir bleibt keine andere Wahl.«

An jenem heißen und sonnigen Tag machte sich Fin auf, die Welt vor Hitler zu retten. Mit großen Schritten näherte er sich einem prachtvollen, alten englischen Haus. Er durchschritt einen saftig blühenden Rosengarten, querte Gemüsebeete und landete schließlich beim Eingang. Er klopfte an und zügig wurde die Tür geöffnet.

»Was machst du gerade?«, wollte er wissen.

»Was denkst du?«, reagierte sein Gegenüber.

»Du arbeitest daran?«, fragte Fin.

»An einem Stoff für den schnellen Genesungsprozess? An einer Substanz, um Soldaten in den Krieg schicken zu können, um dort das Übel an der Wurzel zu packen, sprich den aufstrebenden und höchst gefährlichen Demagogen Adolf Hitler zu töten?«

Fin hob die rechte Augenbraue und auf die Frage »Wie weit bist du?«, antwortete sein Gegenüber nicht. Ein Seufzer der Erleichterung drang aus seiner Brust.

»Dann«, beschloss Fin, »gebe ich der Regierung Bescheid.«

»Du kannst beginnen, tapfere Soldaten zu suchen«, kam zur Antwort und weiter: »Mir geht es heute ausgezeichnet, denn die Substanz kann ab sofort eingesetzt werden.«

Beide lachten.

Später kündigte sich Fin mit gespielten Trommelwirbeln dem britischen Geheimdienst an. »Wir haben den Kuchen gebacken. Wann dürfen wir ihn bringen und zum Geburtstag gratulieren?«, fragte er im spielerischen Ton.

Derartige Informationen auf telefonischem Wege zu übermitteln, bedurfte immer spezieller Codewörter.

Am anderen Ende der Telefonleitung kam ein überraschtes: »Oh!«

Es raschelte im Hintergrund und Fins Gesprächspartner antwortete: »Da wird sich meine Frau Greta freuen.« Es handelte sich um Gary Cooper, seines Zeichens Verantwortlicher für die Operation »Kuchen für Greta« beim britischen Geheimdienst.

»Wie wäre es«, fuhr Gary fort, »wenn wir uns bei Gretas Schwester treffen? Heute zum Dinner? Uhrzeit wie immer?«

Die Vereinbarung wurde getroffen und damit war es besiegelt.

»Wir werden Hitler töten«, dachte Fin.

Vom Grauen des Naziregimes tief entsetzt und erschüttert über den Beginn eines neuen Krieges, erhielten im Mai 1941 zwölf tapfere Teilnehmer ihre erste Dosis jener speziellen Substanz. Von nun an gehörten sie der geheimen Institution »Circle«

mit Sitz auf der Isle of Sky in Schottland an – sie wurden Warriors genannt.

Im Namen der Regierung betraute Fin den jungen, starken Paul Koshien mit der Führung der besonderen Soldaten, die nur noch ein Ziel vor Augen hatten: Die Person Adolf Hitler zu finden, zu eliminieren und damit das Grauen zu beenden.

Fin selbst leitete und überwachte die Gruppe und die streng geheime Substanz, die Kriege mit Tod und Verderben zukünftig vermeidbar machen sollte.

BERLIN, JANUAR 1942 BIS JANUAR 1943

Im Januar 1942 befand sich der Circle in Berlin, um dort die Wannseekonferenz, welche am 20. Januar stattfinden sollte, genau zu beobachten. Paul Koshien war das fast Unmögliche gelungen, den Warrior Nat Crown unter Hitlers engsten Angestellten einzuschleusen.

Nat Crown, Sohn einer deutschen Mutter und eines englischen Vaters, sprach fließend und akzentfrei Deutsch und war über das Deutsche Reich bestens informiert. Getarnt als Heinz Gruber, wurde er ein Kammerdiener Hitlers. Hitler selbst nahm an der Wannseekonferenz, in welcher die Logistik der Massentötungen der gesamten jüdischen Bevölkerung Europas festgelegt wurde, nicht teil. Doch er wurde sehr genau vom damaligen Protokollführer, »Judenreferent« und überzeugten Nazi Adolf Eichmann über den Fortschritt der Tagung in Kenntnis gesetzt, so wusste Paul dem Circle zu berichten. In seinem Büro nahe der Wilhelmstraße 102 grübelte er über die weitere Vorgehensweise nach. Die Wilhelmstraße stand in unmittelbarer Nachbarschaft zur Gestapo-Zentrale in der Prinz-Albrecht-Straße 8.

Angewidert vom fanatischen Antisemitismus und der Ausgrenzung der Juden aus der Volksgemeinschaft, erlebte er mit Schrecken die Herrschaft der Gestapo hautnah mit. Nicht selten konnte er beobachten, wie Menschen in die Zentrale geführt und nie wieder gesehen wurden. Manchmal meinte Paul, Schreie zu hören. Doch penibel wurde vom Regime versucht, die gedemütigten, verletzten und ermordeten jüdischen Zivilisten vor der Bevölkerung geheim zu halten. Ein wesentlicher Bestandteil bei der Umsetzung des Genozids. Die »Geheime Reichssache« durfte nicht an die Öffentlichkeit gelangen. Doch fragte sich Paul, was es mit den verwaisten Häusern und Wohnungen auf sich hatte. Angesichts dessen schwante ihm Übles. Die Deportationen erfolgten häufig in diskreter Dunkelheit oder von Nebenbahnhöfen aus. Er grübelte weiter, warum Züge mit oft mehr als tausend Juden in den Waggons ins Konzentrationslager Auschwitz-Birkenau fuhren.

»Sie bringen alle weg«, wurde er sich bewusst und auf die selbstgestellte Frage. *»Aber was tun sie dort mit den vielen Menschen?«*, hatte er noch keine Antwort nur eine Vermutung. *»Sie werden«*, mutmaßte er, *»zum Töten verschickt.«*

Am 12. Jänner 1943 gelang es Paul Koshien, mehr durch Zufall als geplant, eine jüdische Familie vor dem Zug Nr. 26 – Abfahrt Moabit nach Auschwitz – zu retten. Wie so oft stand er am Bahnhof und beobachtete die Nazi-Behörden und ihre akribische Buchführung über die Zahl derer, die sie in den Tod schickten. Wie immer zählte er die Menschen, welche in die Waggons geladen wurden. Bis er schließlich bei der Zahl 1000 angelangt war.

Er erkannte die Familie sofort, die in der Menschenschlange wartete, um deportiert zu werden. Die Vistras mit ihrer wunderschönen Tochter Alisha. Damals dachte er, wenn er nur einen retten konnte, dann hätte es sich gelohnt, sich die Substanz in den Körper schießen zu lassen, sein altes Leben aufzugeben und hierherzukommen.

In seiner falschen SS-Uniform, die ihn am Kragenspiegel und am Schulterstück als SS-Sturmbannführer auswies, marschierte er auf den Hauptmann zu, der sich lauthals aufblähte, als ein junges Mädchen voller Angst stolperte und stürzte.

Der rangniedrigere SS-Hauptsturmführer salutierte ehrfürchtig.

»Das ist die Familie Vistra. Diese Judenschweine haben wichtige Informationen gestohlen.« Er hasste sich selbst für diesen Ausdruck, fuhr aber fort: »Ich habe Anweisung, sie sofort zu Obersturmbannführer Gruber zu bringen.« Ihm fiel kein anderer Name auf die Schnelle ein und sein Deutsch war fließend und gut, aber akzentfrei vermochte er nicht zu behaupten.

Die Familie sah ihn mit weit aufgerissenen Augen an. Sie war bereit, in den Zug zu steigen. Paul wurde schwer ums Herz. Was mussten sie im Moment von ihm denken? Ein elender Verräter. Ja, für sie war er eben das. Ein Denunziant, der in zivil und nicht in Uniform, auf ihre Kosten an vielen Abenden mit ihnen getrunken, gegessen und vor allem mit der schönen Alisha heftig geflirtet hatte. Der Hauptmann zögerte.

»Was fällt Ihnen ein!«, schnaubte Paul, in der Hoffnung, nicht enttarnt zu werden, während die Vistras vollkommen erstarrt waren. Ahnten sie, dass er kein Deutscher war? Wenn sie die Vermutung hegten und es laut aussprechen würden, dann wäre das sofortige Exekutieren aller hier Anwesenden durch die SS das Resultat dessen.

Er dachte an jenen Tag, als er Alisha Vistra zum ersten Mal gesehen hatte. Als hätte ihn ein Blitz getroffen. Er hatte sich unsterblich in sie verliebt. Er musste die schöne Jüdin retten, und wenn es sein eigenes Leben kosten würde. Gleichzeitig rief er sich die Mission, die er zu erfüllen hatte, in Erinnerung. Gemeinsam mit seinen vier Warriors Hitler zu eliminieren. Er brachte den Auftrag wegen einer Frau in Gefahr. Alles kann scheitern, wenn Gefühle im Spiel waren. Das attraktive Gesicht Alishas war aschfahl geworden. Sie zitterte am ganzen Leib.

Paul wusste, dass unter vorgehaltener Hand immer wieder von ehemaligen Reichsdeutschen gemunkelt wurde, die nach der Machtergreifung der Nazis emigrierten und sich dem französischen und belgischen Widerstand, der Résistance, anschlossen. War es das, was Alisha nun hoffte, oder sich wünschte?

»Haben Sie mich nicht verstanden?«, brüllte Paul deutlich lauter und sich des Risikos bewusst. Er gab dem Hauptmann ein Zeichen, die Vistras in Handschellen zu legen.

»Wo sind Ihre Soldaten?«, erkundigte der SS-Hauptsturmführer und sah sich um.

Paul gab vier jungen Männern ein Zeichen, die alsdann herbeieilten.

»Festnehmen!«, zeigte er auf die Familie. »Führt sie zu Obersturmbannführer Gruber zum Verhör. Sofort.«

Die vier Soldaten zerrten unsanft an der Familie. Abermals schien es Paul das Herz zu zerreißen. Den Schrecken, der an seine Nerven zerrte, wenn er an die Menschen dachte, die ihr Leben lassen mussten nur weil sie Juden, Roma oder Sinti waren, konnte er kaum mehr ertragen. Er musste einen Weg finden, eine Möglichkeit suchen, diese drei Leute retten zu können. *»Am simpelsten«*, dachte Paul, *»wäre es, wenn ich sie einfach bei mir im Zimmer verstecken könnte.«* Doch das war nicht möglich. In dem Hotel, in dem er logierte, gaben sich die Nazis gegenseitig die Hände, alle kannten einander. Das war viel zu gefährlich. Der Circle musste unbemerkt die Vistras außer Land schaffen. Er musste um jeden Preis verhindern, dass die Familie deportiert und getötet werden wurde.

Wenige Stunden später erlebten die vier Warriors und Paul einen fassungslos und vor Wut kochenden Fin in der Telefonleitung.

»Ich möchte dich nicht aufhalten, Paul«, tobte Fin. »Ich würde nur wirklich gerne wissen, was um alles in der Welt in deinem Kopf vorgeht!«

Es bedurfte keiner näheren Betrachtung, warum Fin ob dieser riskanten Aktion tobte, auch die übrigen Warriors verurteilten ihren Leader. Es galt eine Mission zu erfüllen und die Lage wurde immer fataler.

Drei Tage und eine Menge Diskussionen später saß ein Warrior mit der Familie in einem Zug in Richtung Niederlande. Pauls

Herz raste, als sich die vier auf den Weg machten. Drei weitere Tage vergingen, bis sie endlich Großbritannien erreicht hatten. Als es vorüber war und die Evakuierung geklappt hatte, wunderte sich Paul, wie einfach es letzten Endes gewesen war. Es war das erste Mal seit langer Zeit, dass Paul Koshien glücklich war. Er hatte seine Alisha retten können.

BERLIN, NOVEMBER 1943 BIS APRIL 1945

»Wir haben keine Zeit mehr«, sagte Nat Crown alias Heinz Gruber. »Die Zeit läuft uns davon. Menschen sterben qualvoll in sogenannten Vernichtungslagern.«

Drei Warriors, Paul Koshien und Nat Crown saßen im Keller eines verlassenen Wohnhauses. Sie trafen sich unregelmäßig an unterschiedlichen Orten, um die weiteren Vorgehensweisen zu besprechen. Am Vortag hatte die SS das Haus gestürmt, in dem vermutet wurde, dass Deutsche noch immer Juden versteckt hielten. Der Verdacht bestätigte sich. Alle wurden an Ort und Stelle festgenommen und abtransportiert.

»Sie müssen endlich handeln«, dachte Nat, aber sie durften den Circle nicht in Gefahr bringen. Ihre Tarnungen hatten bis jetzt gehalten.

Paul schüttelte den Kopf: »Du hast recht. Die gestrige Bombardierung der Alliierten zerstörte hier etwa zwei Drittel der Wohnbauten im Hansaviertel. Es muss endlich Schluss damit sein.«

Mit Fortschreiten des Krieges kamen immer mehr Gräueltaten der Nazis zu Tage. Obwohl in Stalingrad gescheitert, war Aufgeben für Hitler keine Option. Allerorts lagen die Nerven blank. Niemand wollte mehr den Krieg.

Der Keller roch modrig und der starke Novemberregen tat sein Übriges. Es war kalt und feucht. Eine Ratte huschte an den Warriors vorbei, als sie plötzlich einen Wagen hörten. Abrupt verstummten sie. Regungslos blieben sie sitzen.

»Gestapo!« Paul sprach mit gesenkter Stimme.

Das Öffnen einer Tür unterbrach das leise Gemurmel der Warriors. Nats Blick wanderte zu Paul.

»Verschwinden wir!«, sagte Nat. »Sie dürfen uns nicht sehen und schon gar nicht mich.«

Rasch packten sie sich zusammen. Die Stimmen der Männer von der Gestapo klangen zynisch, als sie von den versteckten Juden in diesem Haus sprachen.

»So viel Wahnsinn«, dachte Nat. Sie erreichten einen schmalen Durchgang, der zur Straße führte, und schlüpften schnell an die frische Luft.

Paul griff nach Nats Hand. »Tu nichts ohne die Zustimmung des Circle«, sagte er mit ernster Miene. Doch der Satz verfehlte seine Wirkung.

»Das sagst gerade du?«

Nat hätte Genugtuung verspüren können, doch so war es nicht. Galt es doch endlich die Mission zu beenden. Nat fragte sich, ob Hitlers Tod die gewünschte Gerechtigkeit bringen konnte. Nein, Hitler einfach zu töten war vielmehr eine Gnade für den Demagogen.

Anfangs war Nat der Meinung gewesen, es würde reichen, dem Wahnsinnigen eine Kugel in den Kopf zu schießen. Doch mittlerweile sah er nur noch Männer, Frauen oder Kinder, die aus Trümmern gezogen wurden, spürte die nackte Angst der Juden, denen so übel mitgespielt wurde, und hörte die Klagen der Menschen, aus deren Leben nichts als Staub überblieb. Im Bunker hatte er das Grauen miterlebt, wenn die Luft stickig wurde, Mütter ihren Kindern zur Beruhigung Lieder vorsangen und Männern bittere Tränen über die Wangen liefen. In seinen Briefen an Samantha Hayes, einer Ärztin im heimischen Hauptquartier, schrieb er über Lager. Dort wurden medizinische Versuche an Zwillingen oder geistig Zurückgebliebenen durchgeführt.

Sie verließen die Straße und erreichten rasch ihre Autos.

Später in seiner Unterkunft erwartete Nat nichts Gutes. Er musste sich eingestehen, dass der Schreck ihm noch in den Knochen saß, während er den Führer vor Zorn brüllen hörte. Der Grund seines Ausbruchs: Die Alliierten hielten daran fest, dass Deutschland bald kapitulieren würde.

Doch Nat musste ein weiteres Jahr warten und noch mehr Menschen mussten ihr Leben im polnischen Lager Auschwitz lassen. Zwar hatte Nat gehofft, dass es schneller gehen würde, diesen Hitler ausschalten zu können, aber als im April 1944 zwei jüdische Häftlinge, Rudolf Vrba und Alfréd Wetzler, erstmals aus dem KZ Auschwitz flüchten konnten, hoffte er auf das baldige Ende der Nazi Diktatur.

Im September 1944 lauschte Nat einem Gespräch zwischen zwei Offizieren. Im Plauderton erzählten sie, dass drei SS-Männer vier britische Agentinnen durch einen Genickschuss im KZ Dachau hingerichtet hatten.

Er wollte und konnte nicht mehr länger warten. Als Heinz Gruber getarnt war er monatelang Hitlers Kammerdiener gewesen. Der 30. April 1945 sollte Nats Tag werden.

Es fiel ihm nicht schwer, an der Schäferhündin Blondi die Giftampulle zu testen. Erst danach trat er in Hitlers Zimmer. Mit vorgehaltener Pistole zwang er den Despoten und seine kurz zuvor geehelichte Frau, am Sofa an der Wand Platz zu nehmen. Nat war ruhig und nicht nervös, er fühlte sich schlicht am Ziel angelangt. Stolz erfüllte ihn.

Ruhig sah Hitler zu, wie Nat Eva Braun die Zyankalikapsel in den Mund stopfte und sie die tödliche Substanz zerkauen musste. Mühelos war es ihm gelungen, dem schwerkranken Diktator die Waffe abzunehmen. Eine Walther, Kaliber 6,35. Die andere Pistole, Kaliber 7,65, hatte Nat dem Demagogen in die zittrige Hand gedrückt.

»Heinz! Du?«, fragte Hitler überrascht.

»Schweig!«, zischte Nat.

Der Schuss war Hitler schwergefallen. Er hatte gezögert und Nat wunderte sich darüber. War Hitler am Ende ein Feigling gewesen? Jener Mann, der den Holocaust inszeniert und ausgelöst hatte. Aus der rechten Schläfe des Mannes tropfte Blut auf den Teppich. Ein absurdes Bild. Eva Braun und Hitler saßen sich auf dem Sofa im Bunker gegenüber, beide tot.

Die Substanz, die Nat in sich trug, machte ihn schneller, als dass es ein menschliches Auge erfassen konnte. Er rannte so schnell er konnte zu Paul. Dort angekommen klopfte er heftig an seine Tür.

»Nat?«, fragte Paul, er verstand sofort.

»Wir müssen sofort weg! Hitler ist tot«, sagte Nat.

Während Paul, Nat und der Rest der Warriors ihren unverzüglichen Aufbruch antraten, übergossen die Lakaien des Führers ihren Hitler, dem sie jahrelang gefolgt waren, mit Benzin. Lichterloh brannte das Feuer.

Um 15.30 Uhr am 30. April 1945 nahmen sich der »Führer und Reichskanzler« und seine Ehefrau im Bunker unter der Reichskanzlei das Leben – so steht es seither in den Geschichtsbüchern geschrieben. Damit endete der Zweite Weltkrieg.

1. TEIL

Geburtsstunde

SCHOTTLAND, ISLE OF SKYE, CIRCLE STAMMHAUS, JULI 2021

Mit Einbruch der vergangenen Nacht hatte sich für Nat viel verändert und der Morgen schien übergangslos gekommen zu sein. Zuerst sah er nur die Scheinwerfer des Helikopters, der sich rasend schnell dem Grundstück näherte, doch schnell war allen klar: Etwas Bedrohliches musste passiert sein. Während eines Einsatzes in Edinburgh waren sämtliche Verbindungen zu seinen Warriors Julian Koshien und Lucas Chanders abrupt unterbrochen worden.

Julian Koshien, Nachfolger und Sohn des getöteten Paul Koshiens, war mit seinem Kollegen in eine Falle getappt. Die beiden waren auf Erkundungstour gewesen, um ein Nest von Groups auszuspionieren. Diese Gruppierung stellte für den Circle das »ultimative Böse« dar, da sie gemeinsam mit ihrem Anführer Travis Spedding einen Feldzug gegen die Warriors angetreten war. Warum, wusste der Circle bis heute nicht. Auch zur genauen Identität von Travis und seiner Herkunft gab es keinerlei Anhaltspunkte.

Nur ein verschwommenes Bild konnten die Warriors bisher abliefern. Der Name war mehr unabsichtlich als absichtlich bekannt geben worden. Ein Krieger von Travis' Truppe hatte nach einem heftigen Kampf mit dem Circle gebrüllt: »Travis Speddings Rache wird blutig werden!«

Der Circle hatte versucht, diese vermaledeite Bande auszuschalten, aber sie hatten eine lästige Angewohnheit. Sie stahlen die Fläschchen, die jeder Warrior an einer Kette um den Hals trug. Oft mussten die Warriors heftig um dieses kleine Gefäß, welches eine abgeschwächte Form der Substanz beinhaltete, kämpfen.

Der Circle musste herausfinden, warum Speddings Anhänger um jeden Preis die Phiolen, welche praktisch die erste Hilfe bei einer gröberen Verletzung darstellten, stehlen wollten. Mit wenigen Tropfen, geträufelt in den Mund, war gewährleistet, dass die Warriors in der Lage waren, entweder Hilfe zu holen oder sich selbst zu helfen.

Nat runzelte die Stirn. »Was ist letzte Nacht geschehen?« In Gedanken versunken griff er nach einem Glas Wasser. »Der Kampf ist heftig gewesen«, flüsterte er. »Die Groups haben keine Möglichkeit gesehen, die Phiolen zu stehlen, sodass beide Krieger die Ketten noch an sich trugen und das war das große Glück für Julian.«

Dennoch – in den frühen Morgenstunden wurde ein Warrior schwer verletzt in das Stammhaus zurückgebracht.

Er, Nat Crown, war Leader des Circle und Befehlshaber der kleinen Truppe von außergewöhnlichen Kriegern. In London am 12. August 1914 geboren, hatte er sich Ende 1939 der geheimen Studie von Fin McAllister angeschlossen. Seit jenem Jahr war er ein Mensch, der eine Substanz in sich trug, mit welcher er kaum alterte. Im Juni 1970 folgte Nat Paul Koshien als Leader. Paul, dachte Nat, war immer dabei gewesen und plötzlich war er weg.

Er streckte seine langen Beine von sich. Wie er selbst waren alle Krieger mit der wundersamen Substanz zu breitschultrigen Hünen von 187 Zentimeter geworden und auch die Augenfarbe war bei allen gleich. Sein kantiges Gesicht wurde von dunkelbraunem, leicht gewellten Haar umrahmt und fiel ihm in gleicher Länge bis zu den Schultern.

Nat starrte auf die Anzeige der Überwachungsmonitore und des Beatmungsgerätes. Infusionspumpen regelten die stetige Medikamentenzufuhr für seinen Freund und wichtigen Mitglied des Circle, Julian.

Julian Koshiens Zustand war kritisch. Seine linke Niere und die Leber waren bei einem heftigen Schusswechsel zwischen Travis Spedding und den Warriors stark in Mitleidenschaft gezogen worden. Der Raum war gefüllt mit Spannung. Grelles Licht erhellte das Zimmer unnatürlich. Die zweite Person, die behandelnde Ärztin Sam Hayes, fühlte sich unbehaglich und zögerte.

»Wenn wir die Substanz verabreichen, wäre seine Verfassung deutlich besser.« Sie schluckte, ihr Hals war wie zugeschnürt und ihr Bauchgefühl schien sie vor falschen Entscheidungen warnen zu wollen.

»Ja mag sein«, nickte Nat matt. »Nein, das braucht er nicht. Damit würde er eines seiner zehn Leben verlieren. Wir wissen, dass die Substanz mit jeder Dosis an Kraft verliert und nach der zehnten Gabe wirkungslos wird. Wir warten bis morgen Früh, dann werden wir entscheiden, ob er eine Dosis braucht oder nicht. In der Regel heilt der Körper eines Puristen sehr schnell und morgen müsste er sich deutlich erholt haben.«

»Wie du willst, Nat, wir warten ab.«

Sam war eine überdurchschnittlich groß gewachsene, rothaarige Schönheit, die ihr langes, gewelltes Haar stets in einem Zopf trug. Ihre großen, grauen Augen fixierten ihren Patienten.

Nat fuhr sich mit gespreizten Fingern grübelnd durch sein schulterlanges, brünettes Haar. Die grauen Augen funkelten.

»Was will Travis?«, fragte Sam nach einer kurzen Pause. »Der Circle muss endlich herausfinden, welches Ziel er verfolgt.«

»Hm … Ja, ich weiß«

Nat beobachtete Julian und dachte: *»Wollen die Groups nur die Substanz? Oder das Rezept der Substanz?«* Es schien, als hätte Travis Spedding von Anfang an alles über den Wirkstoff und dem Circle gewusst. Doch nur Fin wusste um die genaue Herkunft und die Herstellung und hütete das Rezept wie einen Schatz.

Seltsamerweise waren die Groups bestens mit den Gewohnheiten und dem Handeln der Warriors vertraut und schienen einen Plan des Stammhauses, der Zentrale des Circle, zu haben. Das ängstigte Nat.

»Okay.« Nat wandte sich in Richtung Ausgang. »Wie besprochen. Wir warten bis morgen Früh.« Er verschwand schnellen Schrittes durch die Tür. Ende der Diskussion.

Am Gang herrschte reges Treiben. Sie befanden sich auf Sektor Five, in der Krankenstation. Lucas, der Warrior, der Julian nach dem Zusammenstoß ins Stammhaus geschleppt hatte, kam Nat mit grimmiger Miene entgegen. Schweigend gingen die beiden aneinander vorbei.

Julians Körper kämpfte weiter um sein Leben, während Nat stündlich nach ihm sah. Der Zustand war kritisch, doch stabil.

»Wir haben zehn Leben«, murmelte Nat gedankenverloren und sah auf seinen Laptop. »Das mag sich nach viel anhören, ist es aber nicht, zumindest nicht in unserem Job.« Er saß allein in seinem Büro und ein kleines, müdes Lächeln huschte über seine Lippen. Noch immer fasziniert, erinnerte er sich an seinen ersten Einsatz als Warrior des Circle. *Er* war Heinz Gruber gewesen und Nat war mächtig stolz darauf.

Aus den Lautsprechern drang leise und doch stimmgewaltig »La vie en rose« von Edith Piaf. Auf der Bühne hatte Piaf das Musikstück über die »Verherrlichung der Liebe« erstmals 1946 gesungen. Damals hätte Nat alles gegeben, um »seine« Edith einmal live sehen zu können.

Der Circle war nach dem Zweiten Weltkrieg nicht untätig gewesen. Weiterhin zogen die Puristen los, um Kriege zu verhindern. Stalins Schlaganfall verhalf Nikita Sergejewitsch Chruschtschow zum Aufstieg. Derjenige, der die Kuba-Krise 1962 ausgelöst hatte. Es war dem Circle damals gelungen, den dritten Weltkrieg zu verhindern. So war Nat am 10. Oktober 1963 nicht in Paris gewesen, um den Tod von Edith Piaf zu beweinen, sondern in Kuba. Er besaß alle ihre Songs und wenn er nachdenken musste, gönnte er sich eine Auszeit mit ihrer Musik.

Ein heftiger Klingelton rüttelte Nat aus seinen schwärmerischen Träumen wach und auf seinem Laptop kündigte sich eine E-Mail an. Welchen Inhalt auch immer die Nachricht beinhaltete, sie musste von hoher Wichtigkeit sein. Sie war von Fin, seinem Superior und Boss, das war schon eine große Ausnahme. Fin schrieb nur Mails, wenn es wirklich dringend war, er rief in der Regel über eine sichere Leitung an. Schreiben war nicht Fins Stil. Er unterhielt sich lieber direkt mit seinen Warriors.

In dieser Mail musste er bereits schriftliche Informationen gesammelt haben – im Betreff stand: »Lesen, lesen, lesen!!!«

Ein Schauder durchzuckte Nats Körper. Das war kein neuer Auftrag, es war etwas anderes und schien Fin große Angst einzujagen.

»Nat! Sieh dir die Unterlagen, die ich dir im Anhang mitschicke, so schnell wie möglich an. Wir müssen dieser Sache auf den Grund gehen. Ich ruf dich in einer Stunde an.«

Nat hatte die Stunde genutzt, um die Unterlagen zu studieren. Mit jeder Minute, die vergangen war und mit jeder Zeile, die er las, pochte sein Herz schneller.

»Siedah Stevenson, geboren am 25. Mai 1971 in London; Musikexpertin, sehr kreativ, diszipliniert, Tierliebhaberin, Vegetarierin. Lebt und arbeitet in London, Eltern nach Australien ausgewandert, leben dort auf einer Farm. Stevenson schwer an der neurologischen Krankheit MS erkrankt. Nimmt derzeit an einer Studie von Dr. Shimon Nagazir teil. Das Medikament nennt sich X23y.«

Der Mail waren Fotos von Siedah Stevenson angehängt, der Verlauf ihrer Erkrankung und Unterlagen über die Studie, an der sie teilnahm. Der letzte Satz war der Auslöser für diese Mail gewesen:

»Allem Anschein nach ähnelt Nagazirs Substanz namens X23y unserer Zusammensetzung.«

Nats Körper begann zu zittern, während er weiterlas:

»Versucht, alles über Siedah Stevenson und X23y herauszufinden. Ihr müsst nach Israel, findet Nagazir und seine Substanz,

bringt Stevenson in den Circle und achtet auf das große gelbe P auf schwarzem Untergrund. Ich denke, es handelt sich hier um ein geheimes Zeichen der Groups.«

»Ich werde den Mistkerl finden«, zischte es plötzlich leise durch den Raum. Scheinbar geräuschlos war Lucas in Nats Büro geschlüpft. Der Warrior ballte die Fäuste. »Ich werde Travis Spedding töten.«

Erschrocken blickte Nat hoch. »Lucas!« Schnell schloss er Fins E-Mail und klappte den Laptop zu. »WIR werden Travis Spedding finden, nicht du«, ermahnte er seinen Soldaten.

»Sie wussten, dass wir kommen. Woher auch immer.«

»Kann sein.« Nat runzelte die Stirn. »Aber ich glaube es nicht.«

»Was glaubst du nicht?« Argwöhnisch beugte Lucas sich vor und blickte in die grauen Augen seines Vorgesetzten. »Du bist also nicht der Meinung, dass hier etwas faul ist? Geht es hier nur um die Phiolen oder …«

»Ich warne dich, Lucas«, zischte Nat gefährlich und war abrupt aufgesprungen.

»Aber …«

»Hör auf. Sie wollten wieder einmal die Phiolen stehlen. Es war eine Auseinandersetzung wie immer.«

»Das war es nicht!« Lucas beharrte auf seinen Standpunkt. »Jemand will uns vernichten.«

»Die Vermutung liegt nahe, dass sie unser Purus herstellen möchten. Ende der Diskussion!«

Beide seufzten. Nat schüttelte den Kopf. »Ich weiß nicht, was im Moment passiert.«

»Was meinst du?«, hakte Lucas nach.

»Es ist … nur so ein Gefühl«, meinte Crown. »Dasselbe wie damals.«

Die Gemüter hatten sich wieder etwas beruhigt.

»Heinz Gruber?«

Nat nickte. »Ja, ich musste heute an diese Zeit denken. An Hitlers Tod und an Eva Braun. Damals dachte ich, ich müsste es jetzt tun, sonst endet es nie.« Er kratzte sich an seinem bartlosen Kinn. »Ich habe ein ungutes Gefühl.« Er verstummte und schweigend beobachtete Lucas sein Gegenüber, verstand aber nicht.

»Wir haben keinen Krieg«, sagte er nach einer Weile. Er zögerte und räusperte sich. »Nur den mit den Groups, die uns vernichten wollen.« Er verstummte, verstand aber noch immer nicht.

»Nein«, murmelte Nat genervt. »Erstens ... Die Groups wollen uns nicht vernichten, Spedding möchte an die Substanz kommen. Und jetzt ist Schluss damit.«

Lucas zupfte an seinen Ärmel. Er war mit der Antwort von Crown nicht zufrieden, der aber fuhr fort: »Unruhen beherrschen die Welt. Ein Anschlag auf die FDA in Maryland hält die Welt in Atem.« Er hielt kurz inne. »Und Julians Verletzung und ...«

Er brach ab und legte die Stirn in Falten. »Da ist irgendwas ... und verflucht ... Ich weiß nicht, was.«

Lucas stand auf und wandte sich in Richtung Tür.

»Wir beide wissen, so schnell geht die Welt schon nicht unter«, meinte er abschließend und verließ grimmig murmelnd das Büro.

Nat lächelte jetzt, aber es war ein verhaltenes Lachen. Damals mussten die Bösen das Feld räumen, was wäre aber, wenn das Böse dieses Mal gewinnen sollte? Diese unentwegten Unruhen und Anschläge auf der ganzen Welt, die Groups, Spedding, Julian, Siedah Stevenson, X23y und das große gelbe P auf schwarzen Untergrund. Der Brechreiz, den er empfand, wollte nicht abebben.

Julian hatte einen seltsamen Traum. Travis war vermummt gewesen wie ein Beduine – er hatte allerdings in ihrem Gefecht einen kurzen Blick auf seine Augen erhaschen können, die eisgrau gewesen waren. Das war sehr seltsam, denn diese Farbe sah man nicht oft bei Menschen. Im flüchtigen Moment war Julian die Iris ungewöhnlich vertraut gewesen und sein Gegner schien leise ein Lied zu summen.

»*Wo bin ich*«, dachte Julian. »*Träume ich, oder bin ich schon wach? Vielleicht bin ich auch tot?*« Das konnte nicht sein. Er hatte doch zehn Leben.

»Julian?« Eine Frauenstimme aus weiter Ferne drang in sein Ohr. »Er wird wach, er kommt zu sich.«

Im Ton vernahm er ein Lächeln. »Hey du tapferer Warrior!« Der Tonfall wurde kreischender. »Du bist wach!« Julian blickte in das Gesicht einer jungen Frau, die er sofort als Sam identifizierte.

»Doktor Samantha Hayman«.

Er atmete tief durch, sein Hals kratzte und die Schläuche an und um ihn waren lästig. Julian begann, sich langsam zu bewegen und verzog die Miene. Eine Nadel im rechten Unterarm hielt ihn davon ab, sich schnell auf die Brust zu greifen. Es schmerzte und war höchst unangenehm. Außerdem störten die Geräusche um ihn herum. Es schien als würde sein Kopf zerspringen und er hatte wahnsinnigen Durst. Sein Blick scannte die Umgebung ab.

»Darf ich kein Wasser haben?«, informierte er sich zögernd. Sam eilte mit einem kleinen Trinkbecher und Strohhalm herbei.

»Wie geht es dir?«, wollte sie wissen.

»Hm …«, Julian seufzte schwer. »Mir ist komisch und ich bin wahnsinnig müde.«

Sam legte ihre Hand auf seine Stirn und strich ihm sanft das wirre blonde Haar zur Seite.

»Was ist passiert?«, kam zögerlich die Frage von ihrem Gegenüber. »Habe ich Travis erwischt?«

»Nein hast du nicht, aber das macht nichts. Ihr seid zurückgekommen und das ist das Wichtigste.«

»Habe ich all meine Leben? Oder hat er mir eines genommen?« Julians Frage klang zaghaft und der sonst so sichere und nie um eine Antwort verlegene Warrior erschien plötzlich zerbrechlich. Sein athletischer, großer Körper wirkte schlaff, seine grauen Augen müde, der dunkelblonde Bart ungepflegt und die immer penibel rasierte Brust, war mit Desinfektionsmittel beschmiert.

»Ja, hast du. Du hast alle deine Leben. Er hat dir kein Leben genommen.« Das war eine gute Nachricht. »Weißt du genau«, erkundigte sich Sam, »was passiert ist?«

»Hm ... Nur vage. Plötzlich stand dieser Hüne vor mir und neben ihm ein junger Mann, ein Asiate mit einem Irokesen-Haarschnitt. Ich kann mich nicht an seinen Namen erinnern. Ich glaube, er beginnt mit einem N ... oder M.« Julian zuckte mit den Schultern. »Ich weiß es nicht. Aber der Asiate sagte zu ihm: ›Travis, die Phiolen.‹ Da wusste ich, dass es Travis sein musste. Aber er war wie ein Beduine gekleidet und ich konnte nur seine Augen sehen. Er schien zu lachen. Da kam Lucas und rammte den Asiaten zu Boden. Der schlug heftig um sich. Er hielt ihn fest, während Travis stumm vor mir stand. Plötzlich krachte es und ich ging zu Boden. Der Asiate hatte mit einer Glock auf mich geschossen.«

»Wie reagierte Travis?«, wollte Sam wissen.

Julian zuckte mit den Schultern. »Das Lachen war ihm vergangen. Er packte den Asiaten und lief mit ihm davon. Danach kann ich mich nur noch erinnern, dass Lucas auf mich zugelaufen kam und mir die Substanz seiner und meiner Phiole einträufelte. Also die doppelte Dosis.«

Im Zimmer schnappte jemand hörbar nach Luft, Julian und Sam erschraken. Nat lehnte mit verschränkten Armen im Türrahmen, stemmte sich weg und kam langsam auf beide zu.

»Das hat dir deine zehn Leben gerettet«, meinte er und setzte sich an Julians Bett und erkundigte sich weiter: »Travis hat gelacht?«

Julian nickte. »Ja, es hatte den Anschein. Als er vor mir stand, hielt er inne und blieb abrupt vor mir stehen. Dann schien er zu lächeln.« Mühsam rappelte sich der Krieger hoch. »Ich glaube, dass er mich nicht töten wollte.«

Nat schnaubte. »Ihr oberstes Ziel war schon immer, die Phiolen zu stehlen und einem Warrior ein Leben zu nehmen.« Unangenehme Stille machte sich breit. Alle waren tief in ihre Gedanken versunken.

Nat schüttelte den Kopf. »Versuch, dich zu erholen. Wir haben eine Menge zu tun. Mehr, aber später.« Freundschaftlich klopfte er seinem Krieger auf die Schulter. »Schlaf noch ein wenig.«

Wieder allein in seinem Zimmer, musste Julian nachdenken. Was, um alles in der Welt, wollte Spedding von ihm? Wer war dieser Mann, wo lebte er? Wann war er überhaupt zum ersten Mal in Erscheinung getreten? Warum verfolgte er den Circle so beharrlich? Und wie war es ihm möglich gewesen, eine kleine Armee für sich zu gewinnen? Was hatte er seinen Soldaten versprochen? Wovon lebte Spedding? Wie schon tausende Male zuvor musste er sich abermals eingestehen: »*Wir wissen nichts über diesen Mann. Ich weiß nichts über diesen Mann.*«

Während sich Julian den Kopf zerbrach, klopfte es. Der verletzte Warrior erschrak dermaßen, dass sein Herz raste. Er blickte zur Tür und lächelte über seinen Besuch, der mit großen Schritten eintrat und eine Gitarre in der Hand hatte.

»Es geht dir besser. Das macht mich glücklich«, sagte Lucas. »Wenn du wieder fit bist, werde ich dich sofort aus dem Bett zerren und wir werden den Mistkerl Travis suchen.« Er zwinkerte.

Julian erhob sich und die Freunde umarmten sich überschwänglich, was schwierig war – zu viele Schläuche steckten in dem verletzten Körper.

Die Miene des Freundes wurde ernst. Schweigend rückte er einen Stuhl näher an das Krankenbett. Julian war so weit genesen, dass er in den Augen seines Retters lesen konnte, wie schwer ihn der Vorfall belastete. Mit Lucas' Gegenwart war die Realität und das Passierte schneller zurückgekommen als gedacht.

»Ich«, fing Lucas an zu sprechen, «bin richtig sauer mich selbst. Die Situation mit Travis und dem Asiaten ist außer Kontrolle geraten.«

Reflexartig griff Julian auf seine Wunden und nahm einen tiefen Atemzug.

»Deine ständige Suche nach Spedding«, fuhr Lucas fort, »hat uns zwar einen Hinweis zu einem ausgestiegen Group ergeben und wir wollten dem nachgehen, doch als die zwei Männer plötzlich da waren, hat nichts mehr funktioniert. Kein Handy und kein Funkgerät.« Lucas seufzte beklommen und starrte auf das Tattoo am linken Unterarm, auf dem »Forever Diana« stand. Diana war seit 25 Jahren tot. »Findest du das nicht sonderbar?«, wunderte sich sein Freund, der begonnen hatte, mit den Perlen seiner Halskette, zu spielen. Mit seinem Bart, der wirren, dunkelblonden, schulterlangen Mähne, den alten Jeans und dem zerfledderten T-Shirt sah er wie ein verwahrloster Landstreicher aus.

Julian sah, wie Lucas das Gesicht verzog und reagierte: »Ich möchte es genauso wissen wie du, ich fand es merkwürdig, dass zum Ersten die beiden wie aus dem Nichts gekommen waren und dass zum Zweiten von einem Moment auf den anderen nichts mehr ging.« Die beiden erfahrenen Warriors dachten nach. »Und noch ein Rätsel.« Julian senkte die Stimme: »Warum stahlen sie unsere Phiolen nicht?«

Beide fanden keine Antworten.

»Keine Ahnung«, erwiderte Lucas kopfschüttelnd, nahm die Gitarre und begann, die ersten wilden Klänge des Intros der Rockoper »Tommy« zu spielen. Der Song verscheuchte ihre trüben Gedanken und bei Pete Townshends »Pinball Wizzard« hatten beide ein klein wenig innere Ruhe wiedergefunden.

Das typische Klingelgeräusch eines Videocalls ließ Nat aufschrecken. Einerseits war er froh über die gute Nachricht, dass Julian sich langsam, aber stetig erholte – andererseits betrübte es ihn, dass sich sein Freund nicht länger regenerieren können würde. Er sah auf den Bildschirm und erkannte das Bild von Fin, der einen aktuellen Bericht über die Lage in Israel erwartete.

»Was meinst du? Ist es unsere Substanz oder nicht?« In Fins Stimme lag angespannte Gereiztheit.

»Alle Zeichen deuten darauf hin. Sie wird offensichtlich jünger und erholt sich zunehmend. Siedah Stevenson dürfte sich in der Tat in Phase Eins befinden. Im Grunde handelt es sich um die Studie mit dem Medikament X23y. Keiner der Probanden, die X23y erhalten haben, spricht auf die Studie an, nur Siedah Stevenson verändert sich«, erklärte Nat.

»Travis weiß natürlich davon und hat die Frau bereits im Visier«, fügte Fin hinzu.

»Wir müssen Stevenson unbedingt und schnell aus Israel evakuieren.« Der Warrior räusperte sich und fuhr mit aufgeregter Stimme fort: »Er wird mit ihr Experimente anstellen und sie zu Tode quälen. Spedding wird aus dieser Frau ein Werkzeug für sich machen.« Er hielt kurz inne und dachte nach.

»Was ist?«, fragte Nats Vorgesetzter.

»Wer hat die Studie in Auftrag gegeben?«

»Ein Pharmakonzern.«

»Travis steckt nicht dahinter?«

»Soweit mein Informant bis jetzt herausgefunden hat, handelt es sich um eine Firma namens Zweyg Pharmaceutical. Ein Konzernriese, der sich zuletzt intensiv mit Zellinjektionen beschäftigt hat.«

»Soll heißen?« Nat musste mehr wissen.

»Da musst du dich mit deinem Forschungslabor auseinandersetzen. Soweit ich weiß, soll das Immunsystem damit regeneriert werden.«

»Was hat das mit Stevensons Erkrankung zu tun?«

»Bei Autoimmunerkrankungen wie bei Stevensons erkennt das Immunsystem die körpereigenen Zellen fälschlicherweise als Fremdkörper.«

Der Krieger nickte. »Du meinst, sie war der Meinung, mit diesen neuen Zellen, entwickelt von Zweyg Pharmaceutical, sehe das Immunsystem die Zellen nicht mehr als Fremdkörper an?«

Fin lächelte. »So würde ich es auch verstehen. Aber wir beide sind weder Chemiker, Forscher noch Ärzte.«

»Und diese ominöse Zellinjektion nennt sich X23y?« Er schüttelte verblüfft den Kopf.

»Unsere Substanz war ebenso einmal ominös, Nat«, konterte es auf der anderen Seite. »Und hat in Folge die Welt verändert.«

Eine kurze Pause entstand, ehe der Warrior wieder das Wort erhob. »Ich werde Julian nach Israel schicken. Wir holen Stevenson zu uns in den Circle.«.

»Julian ist krank und schwach«, wandte Fin ein. »Er ist schwer verletzt.«

»Er erholt sich schnell und … Er spricht fließend hebräisch und kennt durch seine israelische Mutter die Gepflogenheiten und Mentalität der Israelis.« Die andere Seite blieb stumm. »Fin«, fuhr Nat fort, »wir müssen sie aus Israel schaffen. Bei der Auseinandersetzung mit Julian und Lucas wurden keine Phiolen gestohlen. Travis ist sich seiner Substanz offenbar schon sicher und die fließt wohl seiner Meinung nach durch die Adern von Siedah Stevenson.«

Noch immer blieb Fin eine Antwort schuldig und es wurde ungemütlich still in der Leitung.

»Wir werden«, fuhr Fin schließlich fort, »dem nachgehen. Stell die Truppe mit Julian zusammen und holt Siedah Stevenson in den Circle. Wir werden herausfinden, was Travis vorhat und wer er ist. Aber zuerst rettet die Frau und passt gut auf euch auf. Travis wird vor Ort sein und niemand weiß, was passieren wird, wenn wir ihm ›seinen‹ wertvollen Besitzstehlen.«

»Alles klar.« Erleichtert beendete Nat die Videokonferenz und machte sich im Anschluss auf den Weg zu Julian, bog aber zuvor noch bei Elias McGregor ein.

»Was für eine Ehre!«, freute sich dieser und grinste seiner Schwester Gabrielle zu. »Nat, was können wir für dich tun?«

Nach Hitlers Kriegserklärung an Polen hatte sich 1939 Elias McGregor entschieden, an einer geheimen Studie vom Kriegsministerium teilzunehmen. Rekrutiert von Fin, wurde er zum festen Bestandteil des Projekts, ebenso seine Schwester. 1942 schmuggelten die Geschwister als Kuriere Nachrichten aus dem besetzten Frankreich nach England. Sie waren von Beginn an ein perfekt eingespieltes Team. Gabrielle, die schwarzhaarige Schönheit, deren Lockenpracht weit über die Schulter hinabfiel, und der smarte Elias, der sein leicht gewelltes Haar sauber zurückgekämmt trug und mit seinem durchdringenden Blick jede Frau bestach.

Ihr Boss schmunzelte, wurde aber schnell wieder ernst. »Ihr müsst etwas für mich herausfinden. Sucht nach Zweyg Pharmaceutical. Ich möchte alles über den Pharmakonzern wissen. Wer die Fäden zieht und mit was er sich beschäftigt.«

»Yes Sir!« Elias salutierte.

»Mach dich an die Arbeit. Bis heute Abend will ich Informationen haben. Ihr bekommt am Abend einen neuen Auftrag.«

»Oh!« Gabrielles erstaunter Blick traf den Bruder. »Also Schluss mit lustig.«

»Ich gehe jetzt zu Julian. Treffpunkt 19 Uhr im Meeting-Raum.« Nat wollte die Tür schließen, als er noch einmal zurückblickte. »Informiert Lucas und Ethan, die beiden sollen auch kommen.« Damit verschwand er durch die Tür.

Julian saß bereits aufrecht im Bett und schien sich zu langweilen. Sein dunkelblonder, mittellanger, im Surfer-Cut-Stil gehaltener Haarschopf stand noch wirrer in alle Richtungen als sonst und in seinen grauen Augen konnte Nat deutliche Langeweile erkennen.

»Julian!«, freute sich sein Chef. »Da bist du ja wieder in alter Frische.«

»So ist es«, knurrte der Warriors. »Ich bin das reinste Chemiebündel.«

Beide lächelten.

»Was hast du da?«, erkundigte sich Julian und deutete auf die Papierrolle in Nats Hand, die dieser unruhig hin und her drehte. »Feuerst du mich jetzt?«

Nat rollte die Augen und holte tief Luft. »Eine schwierige Aufgabe. Ich stelle gerade ein Team zusammen und du bist mit dabei, oder besser gesagt …« Er sah zur Decke hoch. »Du wirst das Team leiten.«

»Oh!« Julian griff nach der Wasserflasche und nahm einen großen Schluck, bevor er fortfuhr. »Hört sich spannend an. Um was geht es denn?«

»Ihr müsst jemanden aus Israel holen.«

Julian runzelte die Stirn. »Wen und warum?«

»Ihr Name ist Siedah Stevenson und sie ist eine Probandin … Hm … Lass es mich so formulieren: Sie ist eine Art Versuchskaninchen für ein neues Medikament.«

Julians Augen wurde groß.

»Der Stoff nennt sich X23y und wird im Moment an ausgesuchten Patienten, die an einer speziellen Form der MS leiden, getestet.«

»Und warum ist diese Siedah Stevenson so wichtig?«, hakte Julian nach.

»Weil … wir befürchten, dass sie sich in Phase Eins befindet.«

Mit einem Satz war Julian auf den Beinen. »Was?«

»Es ist nicht unsere Substanz …«, erklärte Nat.

»Warum Phase Eins? Was spricht dafür? Die Veränderung erfolgt in sieben Phasen.«

»Sie wird rein äußerlich jünger und sieht gesünder aus. Bald wird Herzrasen kommen, wenn sie es nicht schon hat. Gehen wir davon aus, dass sie kurz vor Phase Zwei steht.«

Julian nickte und holte tief Luft. »In Phase Zwei folgen grippeähnliche Symptome, die Haut ist gerötet, leichte Magenbeschwerden, Schweißausbrüche, gerötete Augen, Sprech- und Schluckstörungen, großer Durst, Gangunsicherheit. Nach fünf Tagen geht sie in Phase Drei über.«

»Richtig«, bestätigte Nat. »Und dann wird es schwierig. Denn wie du weißt, wird sie sich in dieser Phase kaum mehr bewegen können und unsägliche Schmerzen haben.«

»Wenn es das ist, was wir glauben«, erwiderte der Warrior.

»Es muss etwas Ähnliches sein. Dafür sprechen nun die ersten Anzeichen. Aber wir es herausfinden, zumal Travis sie seit Tagen beobachten lässt und wir keine Zeit mehr haben.«

Julian seufzte. »Lass mir alle Unterlagen da. Ich werde sie mir ansehen. Wann soll es losgehen?«

»Morgen.« Nat zögerte. »Heute um 19 Uhr im Meetingraum ist eine Besprechung. Wir werden alle Details durchgehen.«

Julian zog die Augenbrauen hoch. »Morgen? Wer soll im Team sein?«

»Lucas.« Nat lächelte. Julian zog nie ohne seinen liebsten Kameraden in den Kampf. »Wer noch?«

»Gabrielle, Elias und Ethan!«

»Also morgen?«

»Ja, sie ist seit drei Tagen in Phase Eins. Wir haben nicht mehr lange Zeit.«

»Es bleiben uns noch vier Tage.«

»Ja. Phase Zwei wäre noch möglich. Aber ich möchte nicht zu lange warten.« Sorgenvoll blätterte Nat in den Unterlagen. »Danach geht es schnell, in Phase Drei kann sie nicht mehr gehen.«

»Da wird sie sich in Phase Zwei schon schwertun.« Julian überlegte und blickte aus dem Fenster. »Na gut.« Grübelnd fuhr er sich durchs Haar. »Elias und Gabrielle sind hervorragend in Sachen Chemie, das kann förderlich sein, wenn wir mit den Ärzten vor Ort reden müssen.« Er dachte kurz nach und schien sich entschieden zu haben. »Gut, ich werde da sein. 19 Uhr im Meetingraum.«

Nat nickte und drückte Julians Schulter. »Wir sehen uns später.«

Dass die Wahl auf Ethan Kroeger gefallen war, verwunderte Julian. Ethan und Lucas waren noch nie beste Freunde gewesen. Entscheidungen von Lucas waren häufig spontan, manchmal auch verrückt. Bei Ethan musste immer alles perfekt geplant sein. Lange noch wanderte er in seinem Krankenzimmer auf und ab. Gabrielle und Elias McGregor, Ethan Kroeger und Lucas Chanders, das konnte ja heiter werden.

Um 19 Uhr fand sich die ungewöhnliche Truppe im Meetingraum ein. Ungewöhnlich deshalb, da sie in dieser Konstellation noch nie einen Auftrag zu erfüllen gehabt hatten. Julian freute sich über die überschwängliche Begrüßung. Die Stimmung war heiter, bis Nat eintraf und Schriftstücke verteilte. Schnell war es still und alle nahmen ihre Plätze ein.

Der zeitlose, ovale Konferenztisch in lichtgrau, mit einer mittigen Kabeldose und versenkbaren Steckdosen mit USB-Anschlüssen, stand im Zentrum des Zimmers. Konferenzstühle, deren Rückenlehne mit schwarzem Netz bespannt war, verliehen dem Raum ein modernes Aussehen. Die Deckenlampe über dem Tisch spendete helles, behagliches Licht und ließen Lucas' dunkelblondes schulterlange Haar beinahe gelb erstrahlen. Julian erheiterte der Anblick. Sein Freund las, wie alle anderen nun ebenso in den Unterlagen über Siedah Stevenson.

Julian betrachtete sein neues Team. Ethans äußerliche Erscheinung würde so mancher als unheimlich beschreiben. Wie alle Warriors, war er durch die Gabe der Substanz zu einem 1,90 m großen Hünen gewachsen. Die grauen Augen düster, trug er sein silberfarbenes Deckhaar gescheitelt sechs Zentimeter lang und am Hinterkopf raspelkurz. Unter den fünf Warriors war Ethan der Einzige, der so eine exzentrische Frisur gewählt hatte. Er war der Einzige, der stets auf seine Kleidung achtete. Sein Dreitagebart verlieh ihm ein kantiges Gesicht. Spöttisch wurde er im Circle häufig »Romeo in Designer-Jeans« genannt. Von einem Softie war er aber weit entfernt.

Julians Gedanken kreisten um die neue Aufgabe, fühlte er sich dafür fit genug?

»Wir haben heute einen besonderen Auftrag von Fin erhalten«, begann Nat. »Es handelt sich um eine sehr spezielle Aufgabe, die gefährlich und nicht absehbar ist. Nicht absehbar deshalb, weil wir es noch nie mit einem derartigen Fall zu tun hatten.« Zügig verteilte er die Unterlagen.

»Ihr habt die Befürchtung, dass sie eine von uns sein könnte?«, wandte sich Lucas mit seiner dunklen Stimme als Erster an Nat.

Nats Blick veränderte sich. Ratlos zuckte er mit den Schultern. »Das wissen wir nicht.«

»X23y«, seufzend legte Ethan die Schriftstücke zur Seite, »könnte unserer Substanz sehr ähnlich sein, oder?«

»Ja, wäre möglich«, erklärte Nat. »Gabrielle und Elias, was habt ihr über Pharmakonzern Zweyg Pharmaceutical, der diese Studie in Auftrag gegeben hat, herausgefunden?«

Gabrielle griff nach ihrem Laptop. »Zweyg Pharmaceutical – ein Hersteller von unserer Meinung nach fragwürdigen Medikamenten mit dubiosen Studien an Probanden oder Erkrankten, die keine wissenschaftlichen Erkenntnisse bringen.«

»Wem gehört das Unternehmen?«, wollte Julian genauer wissen.

»Unzählige Unternehmen, wir meinen Briefkastenfirmen, sind daran beteiligt. Aber wir fanden keinen einzigen greifbaren Namen.«

»Und wie verdient der Konzern sein Geld?«, hakte er nach.

Gabrielle zog die Brauen zusammen. »Die Probanden müssen für ihre Behandlung viel Geld bezahlen.«

Für einen Moment schloss Julian die Augen. *Wie verzweifelt müssen diese Menschen sein*, dachte er.

Lucas meldete sich zu Wort: »Was hat es mit diesem Doktor … Na … Na …«

»Nagazir?« Gabrielle griff nach ihrer Kaffeetasse und nahm einen Schluck.

»Ja genau, Nagazir.«

»Er arbeitet für den Konzern und ist Leiter der Forschungsstelle in der Klinik in Sharajzem«, erklärte ihr Bruder Elias. »Er ist offensichtlich derjenige, zu welchem Siedah Stevenson Kontakt aufgenommen hat«, ergänzte Gabrielle.

»Wie kam Travis auf Siedah Stevenson?« Julian streckte seinen verspannten Hals.

»Das wissen wir nicht«, bekannte Nat. »Das müssen wir herausfinden. Wichtig ist, dass wir sie in den Circle bringen. Und dafür seid ihr zuständig.«

»Wir sind eine illustre Truppe«, meinte Lucas, mit Blick auf Ethan.

»Das hat alles seine Gründe«, stellte Nat klar. »Julian kennt das Land und spricht die Sprache fließend. Ihr seid Biochemiker und Lucas wird das Netz von Zweyg Pharmaceutical durchforsten. Ich möchte nicht, dass sich herausstellt, dass X23y eine neue biologische Waffe ist.« Er überlegte kurz und fuhr fort: »Und noch etwas: Seht euch gut um, ob ihr ein gelbes P auf schwarzem Untergrund finden könnt. Macht Fotos und schickt sie an mich.«

Der Anführer der Warriors sortierte seine Papiere und stand auf. »Macht euch startklar, morgen Abend ist Abflug.« Damit war die Besprechung beendet.

Mit gesenktem Kopf marschierte Julian zu seiner Wohnung, welche allen Warriors durch den Circle zur Verfügung gestellt wurde. Als er die Tür zum ersten Mal nach seiner Verletzung wieder öffnete, musste er lächeln. Alles war so, wie er es zurückgelassen hatte.

Am Boden wild verstreut lagen ein Rucksack, eine Nachtsichtbrille und ein Gefechtshelm – alles, was ein Soldat bei einem Spezialkommando mit sich tragen sollte. Als Julian am 16. Juli 1947 geboren worden war, war der Zweite Weltkrieg in seinen Endzügen gewesen. Schon als Kind hatte er sich immer für Sprachen interessiert und als er älter wurde, hatte der junge Koshien beschlossen, Dolmetscher zu werden. Seine zweite Muttersprache, Hebräisch, hatte ihm seine Mutter Alisha beigebracht. Alle anderen Sprachen wie arabisch und Urdu hatte er in seiner Freizeit studiert. Es war ihm leichtgefallen, diese zu erlernen. Den Beruf seines Vaters hatte er nie ausüben wollen. Doch alles war anders gekommen.

Er seufzte, trottete in sein Bad und blickte in den Spiegel. Wie alle Warriors hatte er graue Augen. Bevor er diesen wundersamen Stoff erhalten hat, waren sie grün gewesen. Sein auffälliges Kinn mit den hohen Wangenknochen hatte ihm sein Vater vererbt. Der Drei-Tages-Bart war entstanden, als er sich entschlossen hatte, sich nur mehr zweimal in der Woche zu rasieren.

Seine Gedanken schweiften an jenen 30. Mai 1970 zurück, an dem er sich entschlossen hatte, doch Warrior zu werden. Seine Mutter war ermordet worden, sein Vater nach einem Einsatz nicht mehr nach Hause gekommen und er war plötzlich eine Waise mit 21 Jahren gewesen. Allein im Circle. Er schüttelte den Kopf und seufzte. Er wusste noch, dass er sich gewünscht hatte, er hätte selbst eine Familie gegründet. Jeder Tag, an dem er ohne eigene Familie war, fühlte er sich einsamer.

Ein heftiger Kopfschmerz jagte durch seinen Schädel und schnell benetzte er sein Gesicht mit Wasser. Wie immer zwang er sich, nicht zu stark ein seine Mutter und an das Leid seines Vaters nach deren Tod zu denken. Für einen Moment schloss Julian die Augen. Wie glücklich waren sie als Familie gewesen. Seufzend griff er nach der Kette mit der Phiole um seinen Hals. Er spürte seinen Herzschlag.

Damals, in jener Mainacht 1970, hatte Julian keinen weiteren Gedanken mehr an seine Familie ertragen können und sich entschlossen, Warrior zu werden, um seinem Leben wieder Sinn geben zu können. Seit Juni 1970 war Julian Koshien ein Elitesoldat. Hatte für den Circle in Pakistan, Iran, Afghanistan, Syrien und Jerusalem gelebt. Hatte Geiseln befreit, nach Kriegsverbrechern am Balkan gesucht und 2011 fünf Soldaten aus der Gefangenschaft in Afghanistan geholt. Heute gehörte er zu den Besten seiner Truppe.

Vier Stunden Schlaf innerhalb von 80 Stunden waren genug. Nicht zuletzt, weil er oft tagelang an einem Ort bei einer Operation, welche stets strengster Geheimhaltung unterlag, versteckt ausharren musste. Kehrten sie alle wieder heim, glich es beinahe einem Ritual. Lucas und er spielten stundenlang Gitarre und grölten Songs von The Who und den Rolling Stones.

Jetzt brauchte er dringend eine Pflege seines Körpers. Er senkte den Kopf, ließ das heiße Wasser über seinen Nacken laufen und schloss die Augen. Es tat gut. Seine Muskeln entspannten sich spürbar, während er an die Operation Siedah Stevenson dachte. Ihm war die Frau egal, aber vielleicht konnte er dieses Mal Travis Spedding endgültig das Handwerk legen.

ENGLAND, CAMBRIDGE, JULI 2021

Travis Spedding warf einen Blick auf die Uhr. Kilian Brown, ein Krieger der Groups, war mit seinem Anruf spät dran und Verspätungen duldete er nicht. Er saß in einem kleinen Café in der Kings Parade nahe dem Cambridge Chop House und nippte an dem heißen Tee. Sein Blick schweifte von der Uhr zum furchteinflößenden King's College. Noch immer schauderte er beim Anblick der Universität, in der schon sein Vater und später er seinen Abschluss machen mussten. Studenten kamen und gingen am Café vorbei und er konnte beobachten, wie hektisches Treiben langsam die Straße erfüllte. Er dachte an seine letzte Begegnung mit Julian Koshien zurück. Ein guter Kämpfer war aus ihm geworden.

Koshien war nicht umsonst Nats spezieller Schützling. Ein hervorragend ausgebildeter Scharfschütze, der im Kampfeinsatz mit den Circle-Mitgliedern aus weiter Entfernung jedes Ziel treffen konnte, ob bei Tag oder Nacht. Der Warrior war ein schneller Läufer und seine Sprungkraft war deutlich ausgeprägter als die der anderen Puristen. Im Sprung konnte er sich um die eigene Achse drehen, ähnlich einer Maus, flink an Wänden hochklettern und wieder sanft wie eine Katze auf seinen Beinen landen. Julian war Fins und Nats Shooting-Star. Travis lächelte. Schwächen hatte jeder. Bei Koshien war es seine Angst vor Spinnen. Sein Handy vibrierte.

»Du bist zu spät«, ärgerte sich Spedding. »Uns läuft die Zeit davon.« Er nahm einen weiteren Schluck Tee. »Also, was hast du?«

Kilian räusperte sich nervös. »Es ist eindeutig. Sie bekommt etwas, das Purus sehr ähnlich ist. Die Studie mit dem Medikament X23y ist in vollem Gange. Keiner der Probanden, die das Mittel erhalten haben, zeigt Veränderungen oder Verbesserungen. Nur sie. Sie wird jünger, größer und leidet offensichtlich bereits an Herzrasen. Nagazir ist sich sehr sicher, dass aus X23y eine neue Form von Purus entstanden ist.«

»Eine neue Form von Purus?« Travis wurde ungeduldig. »Entweder es ist Purus oder nicht.«

»Irgendein Chemiker«, erzählte Kilian weiter, »hat eine Mischung gebraut, die Purus ähnelt. Aber es ist nicht dieselbe Substanz. Dr. Nagazir verbesserte die Rezeptur und siehe da, Siedah Stevenson befindet sich nun in Phase Eins. Somit ...«

»Somit haben wir einen Arzt und ein Rezept. Aber kein echtes Purus. Hm, egal. Wenn sie in Phase Eins ist, so können wir zuversichtlich sein«, raunte Travis und lächelte.

»Die ›Reine Armee‹«, ereiferte sich Kilian. »Die neue reine Welt!«

»Noch ist es nicht so weit«, entgegnete Spedding trocken. »Aber wir nähern uns langsam dem Ziel.« Eine kurze Verschnaufpause entstand. »Sonst hat sich wirklich niemand mit dieser Substanz verändert? Nur Siedah Stevenson?«

Im Café war es laut geworden. Studenten stürmten das Lokal. Alle schienen in Feierlaune zu sein. Es war Freitag-Abend und eine lange Partynacht stand bevor.

»Niemand«, antwortete Kilian lapidar.

»Suche Nagazir noch einmal auf«, befahl Travis. »Ich möchte, dass er noch einem weiteren Subjekt die Substanz verabreicht. Und ich möchte aktuelle Bluttests von Stevenson. Und das schnell. Wenn sie in Phase Eins ist, dauert es nicht mehr lange und sie wird merken, dass sie sich verändert. Womöglich wird sie versuchen, die Studie abzubrechen.« Er schnaubte angewidert. »Dann wäre alles umsonst gewesen.«

»Da ist noch etwas«, gestand Kilian leise. Travis' Nackenhaare stellten sich auf und die Stimme seines Group begann, brüchig zu werden.

»Was?«, fauchte Spedding ungeduldig.

»Der Circle ...«, begann es heiser am anderen Ende der Leitung. »Ich bin mir nicht sicher, aber ...«

»Was?« Die Stimme seines Vorgesetzten war leise geworden und klang gefährlich gereizt.

»Der Circle ... Fin ... war da.« Wieder eine Pause. »Ich glaube, sie beobachten Stevenson.«

Maßlose Wut stieg in Travis auf. Sie waren ihm also schon wieder auf der Spur. Die verfluchte Bande der Unauslöschlichen.

»Wenn Fin da war, werden mit großer Wahrscheinlichkeit bald die Warriors kommen. Wenn du auf einen triffst, wirst du ihn stoppen. Du wirst ihn mit einer intramuskulären Schnellinjektion von reinstem Alkohol lähmen und dann so schnell wie möglich verschwinden.« Travis stieß ein frustriertes Schnauben aus. »Hast du verstanden, Kilian?« Der Tonfall verhieß drohendes Unheil. »Ob du mich verstanden hast?«, fuhr Spedding ihn erneut hart und unmissverständlich an.

»Natürlich«, antwortete der Group leise.

Travis dachte nach. Julian war verletzt, sogar schwer verletzt. Doch das hatte nichts zu bedeuten. Die Puristen erholten sich viel schneller als gewöhnliche Leute. Und Israel, so schloss Travis, war Julians Revier, schon allein deshalb, weil er die Sprache fließend beherrschte. Wenn der Circle seine Warriors nach Israel schickte, dann war er dabei.

Travis wiederholte: »Sie werden kommen, da bin ich mir sicher. Wenn du Fin gesehen hast, ist Nat bereits informiert und macht seine Warriors startklar, allen voran Koshien.«

»Ja, vermutlich. Wir werden wachsam bleiben und versuchen, Stevenson bei nächster Gelegenheit zu bekommen, bevor die Warriors da sind.«

»Beeilt euch. Ihr habt nicht mehr viel Zeit. Und ...« Travis schwieg für einen Moment. »Nagazir ... Passt auf Nagazir auf. Er darf uns nicht entwischen. Wir brauchen seine Formel.«

»Natürlich, Travis. Wir werden dich nicht enttäuschen. Wir holen uns Stevenson und dann Nagazir.«

Travis legte auf und wusste, es würde nicht einfach werden. Wenn der Circle bereits im Bilde war, war es nur noch eine Frage der Zeit, bis die Warriors in Israel landeten. Er kratzte sich am Kinn.

»Ich muss nach Israel, dachte er, *bevor es zu spät ist.«* Aber für Travis war Israel eine besondere Herausforderung. Er liebte und hasste dieses Land.

Er seufzte. Noch hatte Kilian alles unter Kontrolle. Er trank seinen Tee aus, bezahlte und machte sich auf den Weg zu seinen übrigen Groups auf Manor Hill. Noch hatte er Zeit. Noch musste er nicht nach Israel. Aber er wusste, das war nur ein kurzer Aufschub. Die Uhr tickte und das Land wartete schon zu lange auf ihn.

ISRAEL, SHARAJZEM, JULI 2021

Die Britin Siedah Stevenson wollte mit dieser Krankheit nicht mehr leben. Ihr Zustand verschlechterte sich stetig und bald würde sie im Rollstuhl sitzen, das war ihr bewusst. Für sie war alles, was nur im Ansatz Hilfe versprach, nützlich und zu verlieren hatte sie nichts.

Es war an einem heißen Sommerabend im Juli, als sie zum ersten Mal von einer besonderen Studie gehört hatte, die der Pressesprecher des Pharmakonzerns Zweyg Pharmaceutical anpries. Bei der neu entwickelten Form der Zellinjektion sollte das Immunsystem die Zellen nicht mehr als Fremdkörper ansehen. Damals hatte Siedah gedacht: *»Was für ein Wunder. Damit kann ich geheilt werden!«*

Sie fand ihren Wunderdoktor in Israel – in Sharajzem – in einer Klinik. Bei Dr. Shimon Nagazir hoffte sie auf Heilung. Per Skype hatte der Arzt die Patientin Siedah Stevenson rasch überzeugt. Schnell war die Anzahlung für die Studie beglichen gewesen und kurze Zeit später hatte sie sich zum ersten Mal in der Klinik eingefunden.

Jetzt saß sie, wie jeden Morgen, im Café Bezal, schlürfte Tee und verzog die Mundwinkel.

»Wie dumm von mir«, murmelte sie, »dass ich wieder dieses entsetzliche Gesöff bestellt habe.«

Sie nahm ihren Fächer und verursachte durch schnelles hin- und her-Wedeln einen Luftzug, der ihr heißes Gesicht abkühlte. Siedah litt in hohem Maße unter der drückenden Schwüle, welche hier zurzeit herrschte – dennoch ließ sie es sich nicht nehmen, dieses für sie entsetzliche Getränk zu trinken und ein Brötchen zu verspeisen. Im Anschluss machte sie sich mit ihrem Gehstock, dessen Handgriff mit einer Silberkugel geschmückt war, auf den Weg in die Klinik. Mit dem Fächer bewaffnet mühte sie sich jeden Tag durch die engen Gassen von Sharajzem. Sie liebte diese Stadt, die alt und doch so lebendig war und direkt am Meer lag.

»Solange ich noch gehen kann, werde ich gehen«, hatte sich die junge erkrankte Frau geschworen. Ein Taxi kam morgens nicht in Frage. Erst am Abend nach der Therapie, wenn sie von den Infusionen erschöpft war, ließ sie sich in ihre kleine Pension zurück chauffieren, wo sie untergebracht war. In der Klinik von Dr. Nagazir wollte sie nicht bleiben. Zu viele Kranke um sie herum machten sie nur noch kränker. Und schließlich musste sie ohnehin allein für die Kosten aufkommen.

Seit ein paar Tagen hatte sie eine Veränderung an sich bemerkt. Sie litt unter Herzrasen. Aber, schloss Siedah, das konnte eine Nebenwirkung des Medikaments X23y sein, und sie fühlte sich gut. Richtig gut. Ihre Haut war glatt und die Sorgenfältchen im Gesicht verschwanden immer mehr. Ja und heute Morgen – sie glaubte es noch immer nicht – hatte sie ohne Stock aus dem Bett steigen können. Federleicht. Es kam ihr vor, als würde sie aufrechter gehen, kein krummer Rücken mehr – es musste so sein, mit 34 Jahren wuchs man nicht mehr. Dabei musste sie sogar lächeln. Dass sie aufrechter ging, hatte dazu geführt, dass ihre Hosen plötzlich zu kurz waren. Dr. Nagazir meinte, alles sei in bester Ordnung mit ihr.

Sie kämmte langsam durch ihr kurzes blondes Haar – wie schön es doch war, und so dicht. Sie hatte schlichtweg in der Früh keine Lust, sich eine halbe Stunde zu stylen. Sie hätte gern einen Undercut gehabt. Verrückt war sie schon immer gewesen. Doch mit dem Stock, der zwar sehr speziell war mit seiner Silberkugel und ihre Gangunsicherheit etwas vertuschen sollte, reichte selbst die durchgeknallteste Frisur nicht, um ihre Krankheit zu verstecken. So blieb beim Frisör eben nur das längere Haar am Oberkopf, das sie gescheitelt trug. Interessiert betrachte sie ihre Augen. Sie hatte eine braune Iris gehabt, keine graue. Egal. Es ging ihr gut. Das Medikament schien seine Wirkung zu zeigen. Gut gelaunt erhob sie sich und sah aus dem Fenster.

»Was für ein schöner Tag«, jubelte Siedah und schaltete Radio Israel ein. Dort dröhnte gerade New Orders »Blue Monday«. Ein britischer Song, bei dem sie sich veranlasst sah, lauter zu drehen und mitzusingen. »Die Sonne scheint, es hat noch angenehme Temperaturen und die Stadt wartet auf mich. Und das Beste: Heute nur ein Arzttermin.«

Schnell zog sie Jeans und T-Shirt an, packte ihre Sachen in eine Umhängetasche und machte sich auf den Weg zu einer Shopping-Tour. Sie bemerkte dabei nicht die Person, die sie beobachtete.

Die Warriors waren in der Nacht gelandet, saßen nun im Café Bezal und warteten. Ab und an kämpfte Julian noch mit der ein oder anderen Verletzung, aber im Großen und Ganzen fühlte er sich gut. Lucas kaute an einem Brötchen und Gabrielles Blick wanderte belustigt durch die Runde. Sie schüttelte den Kopf und amüsierte sich über Lucas' schier unersättlichen Appetit. Alle warteten auf Ethan, der noch immer im Haus, das der Circle für sie angemietet hatte, Unterlagen über Siedah ausdruckte, die sie vor einer Stunde vom Circle erhalten hatten.

»So einen Job«, bemerkte Elias nachdenklich und blätterte die Seiten noch einmal durch, »hätte ich auch gerne.«

»Wieso?«, wunderte sich Lucas. »Siedah Stevenson ist Musikjournalistin.«

»Eben«, antwortete Elias. »Sie hört den ganzen Tag Musik. Toller Job.«

»Das glaube ich nicht«, kam als Widerspruch. »Ich denke, sie muss sich jede Art von Musik anhören, ob sie ihr gefällt oder nicht.«

Julian holte tief Luft und räusperte sich. »Erstens ist sie nicht Musikjournalistin, sondern sie sitzt bei ›London Music‹ und ist dort die Assistentin des Chefredakteurs. ›London Music‹ ist ein britisches Musikmagazin und hat sich auf Jungtalente spezialisiert. Praktisch ein gedrucktes ›The X Factor‹. Jungmusiker werden vorgestellt, ihre Songs entweder gelobt oder vernichtet.« Genervt blätterte er in der aktuellen Tageszeitung und ärgerte sich, dass Ethan noch immer nicht fertig war.

»Lucas, schick mal ein Demo von deinen Songs hin«, amüsierte sich Gabrielle und formte ihren dunklen Lockenkopf neu. »Du spielst gerne Gitarre und singst auch. Also … das ist deine Chance. Ihr gründet eine Band! Das ist es.«

»Und die soll welche Musik spielen und sich wie nennen?« Lucas versuchte, sich durch die wirren Gedanken seiner Kollegin zu orientieren.

»Naja,« meinte diese, »wie wäre es mit ›The Pinballs‹?«

Lucas rollte mit den Augen. Julian sagte gar nichts. Ihn strengten solche Gespräche an.

Nach einer Weile gesellte sich endlich Ethan mit den Unterlagen zu ihnen.

»Hier der gesamte Ausdruck.« Seine Stimme war dunkel und grimmig. »Sie befindet sich nach wie vor in Phase Eins.« Er sah durch die Runde. »Aber das wussten wir bereits. «

Ethan reichte allen die Fotos von Siedah Stevenson weiter. Eine Bedienung kam und begrüßte ihn freundlich mit »Shalom.«

»Shalom, Nelly.« Die charmante Art des Mannes ließ die junge Frau erröten. Er zwinkerte ihr zu und gab ein Zeichen auf ihr Namensschild.

Lucas rollte mit den Augen, Nelly lächelte verlegen und nahm schließlich dessen Bestellung von Julian entgegen, der als einziger der Sprache mächtig war. Einen frischgepressten Fruchtsaft und Tee, dazu Eier, Käse, Brot sowie Oliven und Butter. Es hatte zwar nicht alle Zutaten eines richtigen israelischen Frühstücks, konnte aber dennoch als solches bezeichnet werden.

»Also, sie dürfte in Phase Eins sein.« Ethan kaute genüsslich die gestohlene Weintraube von Lucas. »Sie wächst, wird optisch jünger und ist deutlich besser bei Kräften. Und, wie gesagt, sie geht ohne …«

Gerade als Ethan seinen Satz beenden wollte, kam eine hochgewachsene Frau auf sie zu. Unheimlich, grazil, mit stechend grauen Augen und einem Blick, der erschreckend auf die Warriors gerichtet war. Siedah Stevenson war nicht gekommen, sie war erschienen.

»… Ohne diesen verrückten Gothic-Stock!«, beendete Lucas den Satz.

Alle starrten erschrocken auf die Gestalt, derentwegen sie sich hier in Israel befanden. Siedahs Auftreten verwirrte die Truppe. Sie wussten, dass sie jeden Morgen das Café besuchte, aber ihr Aussehen, ihre grauen Augen und ihre Größe verschlug ihnen die Sprache. Sie war deutlich größer als die anderen weiblichen Warriors.

»Das ist unheimlich«, entfuhr es Lucas, der sich entsetzt auf die Stirn griff.

»Sie ist …« Ethan suchte nach den richtigen Worten. »Extrem groß und ihre Augen sind anders …«

Geisterhaft wandelte Siedah durch die Menge, den Blick stets und starr auf die fünf Männer gerichtet. Abrupt blieb sie stehen. Wie eine Statue, unwirklich und so vollkommen, als sei sie nicht von dieser Welt.

»*Wer bist du?*«, dachte Julian, der eine Gänsehaut bekommen hatte. »*Was bist du?*«, überlegte er im Stillen. »*Dein zweites Ich!*«, schoss es ihm als Antwort durch den Kopf und er erschrak.

Unvermittelt schien Stevenson aus der gefühlten Trance erwacht zu sein und sah sich offensichtlich suchend nach einem freien Tisch um.

Julian holte tief Luft. »Bravo. Ihr seid alle wahnsinnig unauffällig«

»Sie ist … ein Geist.« Elias war erschaudert und seine Schwester genervt. Wie immer ging ihr alles zu langsam.

»Wir sind alle groß und haben graue Augen«, antwortete Julian, der sich vom ersten Schreck erholt hatte.

»Aber nicht die Frauen«, wandte Ethan ein, hielt aber sofort inne, als er Gabrielles bösen Blick sah.

»Deshalb seid ihr nicht besser, als wir!«, fauchte sie.

»Außerdem,« kam Elias seiner Schwester zu Hilfe, »sind nur fünf Zentimeter Unterschied zwischen den männlichen und weiblichen Warriors.«.

»Hör sofort auf!«, zischte Julian, »Konzentriert euch!«.

»Sie greift sich an die Brust«, erkannte Gabrielle und nickte. »Ja, sie ist in Phase Eins. Herzrasen. Erstaunlich«.

»Ich bitte euch. Wendet eure Blicke von ihr ab. Das macht uns und sie auffällig«, maßregelte Julian seine Truppe. »Sie ist ohnehin schon durch ihre Größe im Visier der Besucher.«

Doch ihm fiel es selbst schwer, seine Augen von der ungewöhnlichen Gestalt zu lösen. Siedah stand noch immer unentschlossen und nach einem Tisch suchend da, als Lucas eine dunkle Gestalt etwas hinter ihr ausmachte. Die Erscheinung des Mannes war wie die eines Kriegers aus dem Circle, nur dass er kleiner war und statt grauen Augen leuchtend grüne hatte. Sein Haar war kurz und im Großen und Ganzen erschien der Mann im ersten Moment nicht furchterregend.

»Oh nein! Connor!«, stieß Gabrielle hervor.

Die Warriors kannten die Truppe von Travis alle namentlich. In den unzähligen und ungemütlichen Begegnungen mit den Groups hatten sie sich im Laufe der Zeit kennengelernt. Mehrmals hatten sie einen Söldner in Gewahrsam nehmen können. Doch die Groups jagten sich in solchen Fällen eine Kugel in den Kopf oder schluckte Gift, welches immer alle bei sich trugen. Aus Erfahrung wusste der Circle, dass eine Betäubung die einzige Möglichkeit war, an die Söldner zu kommen, sie zu inhaftieren, zu befragen und mit einer chemischen Substanz das Gedächtnis des Group zu löschen. Im Gegenzug hatte Travis' Truppe in Erfahrung bringen können, dass die Warriors durch Alkohol gelähmt werden konnten. Die Erstarrung dauerte nur wenige Sekunden an – doch das reichte, um die wertvollen Phiolen zu stehlen. »Connor?« Lucas untersuchte die Umgebung.

Auch die anderen blickten um sich.

»Ich sehe ihn«, identifizierte Lucas.

Auch der Rest hatte nun den Widersacher erspäht.

»Er wird nicht der Einzige sein.« Lucas blickte sich abermals wachsam um.

»Wenn Connor da ist, können Kilian, Kito und Naruto nicht weit sein«, bemerkte Ethan mit erhöhter Aufmerksamkeit. Im Laufe der Jahre hatte der Circle die Namen aller Anhänger Speddings herausfinden können. Und sie nervten gehörig.

Naruto, dachte Julian. Das war der Name gewesen, der ihm entfallen war. Natürlich, Naruto war der Asiate gewesen, der auf ihn geschossen hat. Unweigerlich griff er auf die Narbe.

»Gabrielle und Elias!«, forderte er die Geschwister auf. »Ihr stattet Dr. Nagazir einen Besuch ab und redet mit ihm. Findet so viel wie möglich über X23y heraus und sucht nach Spuren von Siedah Stevenson in der Klinik. Seht euch um, ob es noch mehr Probanden gibt, die ihr ähnlich sind.« Kurz schaute er durch die Runde. »Ethan, Lucas und ich bleiben hier und sehen zu, dass wir Siedah von den Groups wegbekommen.«

»Der Schlächter Kito wird in der Nähe sein«, meinte Gabrielle in Bezug auf den Mann, der bekannt für seinen Umgang mit der Axt war. In einem alten Leben hatte Kito Batista als Metzger in einem Schlachthaus gearbeitet. Elias war wie seine Schwester schnell auf den Beinen.

»Seid vorsichtig«, flüsterte Julian den beiden zu, ehe sie sich die Kappen tiefer ins Gesicht zogen und zügig davonschritten.

»Seht nur!«, verschärfte Lucas die Lage. »Verdammt. Kito ist wirklich da.«

»Wir sollten schleunigst verschwinden«, mahnte Ethan zur Eile. »Wenn sie uns sehen, ist Stevenson in noch größerer Gefahr.« Er sah sich suchend um. »Ich kann aber Kilian und Naruto nicht sehen.«

Julian blickte um sich. Es würde nicht einfach werden, Stevenson aus Israel zu herauszubringen.

Siedah bemerkte von alldem nichts und genoss den Platz im Schatten, am Tisch unter einer Palme. Sie knabberte an einem Fladenbrot und fühlte sich hervorragend. Heute hatte sie es geschafft! Erstmals seit Jahren war sie ohne Stock unterwegs und das freute sie ungemein. Noch immer summte sie leise den Song von New Order, der sich seit der Früh in ihrem Kopf festgesetzt hatte. Es machte sie unheimlich stolz, dass eine britische Band, mit der sie eine alte Liebe in Verbindung brachte, im Radio in Israel lief. Sie schaute in den Himmel und verlor sich in Gedanken. Er hieß Bobby und war ihre erste große Romanze gewesen.

Sie lächelte und spielte gedankenverloren mit einer Haarsträhne. »*Meine Güte*«, dachte sie, »*der Liebeskummer um Bobby scheint ewig angehalten zu haben.*«

Sie wusste noch, dass sie damals von einer Versöhnung und einer Heirat geträumt hatte. Er würde zu ihr zurückkehren und sie würde jauchzen vor Freude. Im Geiste hörte sie noch immer die Musik, wenn sie als Braut die Kirche betrat. Den Großvater an ihrer Seite, der sie zum Altar führte. Die Stimmen des Chors schwollen an, den Gästen entfuhr ein erstauntes »Oh!« ob der Herrlichkeit der Musik und der Braut. Fantastische Musiker spielten an diesem Tag nur für sie und für ihre Liebe. Wie glücklich es sie gemacht hätte.

Siedah überlegte, ob diese Musik, »Canon in D« von Johann Pachelbel, welche sie damals unbedingt in der Kirche hören hatte wollen, heute für sie noch Bedeutung hatte. Für einen Moment schloss sie die Augen. Nichts. Diese Melodie hatte alles an Schönheit verloren. Die Versöhnung und die Hochzeit waren nie passiert, denn Bobby war nicht zurückgekehrt. Er hatte sich in eine Schulkameradin von ihr verliebt.

Heimlich, heute würde man wohl sagen, hatte sie dieses Mädchen gestalkt. Siedah mit ihren 17 Jahren hatte einfach nicht loslassen können. Rückblickend war es gut so, wie es gekommen war. Denn als sie ihre Diagnose erhalten hatte war sie froh gewesen, keine Kinder und keinen Mann an ihrer Seite zu haben. Dafür hätte Siedah keine Zeit mehr gehabt. In jenen schicksalhaften Tagen war eine Welt für sie zusammengebrochen. Nichts würde mehr so sein wie früher.

Wieder bildete sie eine Traumwelt um sich. So schön die Vorstellung um Bobby war, so düster war sie jetzt nach der Diagnose, denn es war klar – eine Frau im Rollstuhl würde kein Mann mehr heiraten wollen. Schwarzseherisch würde sie allein und einsam irgendwo auf der Welt sterben. Irgendwann, an einem bitterkalten Wintertag 2013, war Hoffnung aufgekommen. Es würde zu alldem nicht kommen. Sie hatte einen Artikel über einen Mediziner namens Nagazir gelesen.

Die Geschwister Gabrielle und Elias ärgerten sich über die schlechte Straßenlage und beinahe hätten sie die Klinik verpasst. Unscheinbar in einer Seitengasse lag ein großes, weißes Gebäude mit einem Tor, welches mit einem ebenso hellen und schweren Gitter jeglichen Zutritt unmöglich machte.

Sie konnten nicht viele Patienten oder Ärzte ausmachen, jedoch unzählige Wachposten. Die Klinik wurde von allen Seiten bewacht. Egal, in welche Richtung sie sich wandten, überall Kameras. Unsichtbare Augen. Gabrielle und Elias zogen ihre Kappen noch tiefer in das Gesicht.

Mit einer gefälschten Zutrittskarte, welche sie noch vor ihrer Reise von Nat erhalten hatten und hochkonzentriert, gelang es ihnen schließlich, unerkannt in die Klinik einzudringen. Sie staunten über das hektische Gewusel in den Gängen. Grimmige Gesichter liefen vorbei, die von ihnen keinerlei Notiz nahmen. Zu sehr schienen sie mit etwas beschäftigt zu sein. Etwas musste geschehen sein. Was es auch war, es machte den Patienten und dem Klinikpersonal offensichtlich Angst.

Die Blicke der Warriors streiften durch die Menschen und schnell war der Grund des Aufruhrs klar. In der Menge fielen die beiden Gestalten wahrlich auf. Der eine großgewachsen mit dunklem, kurzem Haar, unter dem Seitenscheitel der Kopf blank rasiert und das Tanktop ließ eine Tätowierung, die eine Feder über Schulter bis zum Nacken zeigte, erkennen. Wäre der Söldner flott und plötzlich um eine Ecke gekommen, hätte seine große, hagere Gestalt bei jedermann einen Schrei ausgelöst. Der andere etwas kleiner – ein Asiate, mit dunkelrotem Irokesen.

»Kilian und Naruto«, entfuhr es Gabrielle überrascht. »Himmel! Sind die überall? Verfluchte Groups! Deshalb haben wir die beiden zuerst nicht entdecken können.«

»Wir müssen Julian anrufen.« Doch noch ehe Elias weitersprechen konnte, entschlüpfte ein weiterer Mann der Menge. »Nagazir!«

»Verdammt!«, fluchte Gabrielle und sprintete los. Ihr Bruder hinterher. »Wir müssen herausfinden, was die beiden von Nagazir möchten«, rief sie ihm im Laufschritt zu.

Doch schnell war klar, dass der Doktor den Groups aus dem Weg gehen wollte, als er sie erkannt hatte. Die beiden Warriors konnten Kilian und Naruto beobachten, wie diese den Arzt abrupt stoppten, sodass er ins Stolpern kam. Vor den Söldnern aus Travis' Truppe stand ein älterer Mann mit Brille, der sich zitternd durch sein wirres, struppiges Haar fuhr.

»Was wollt ihr schon wieder von mir?«, hörten sie ihn keuchen. Er spuckte beim Sprechen und ein Speichelfaden hing aus seinem rechten Mundwinkel. »Geht, lasst mich in Ruhe! Sie ist im Café Bezal und nicht hier.«

»Deine Zeit«, hörten sie Kilian fauchen, »ist abgelaufen, alter Mann.«

Der Arzt verstand nicht. »W … w …was? Aber Travis gab mir noch einen Aufschub von zwei Wochen.« Er schluckte. »Sie ist noch nicht so weit. Stevensons Genesungsprozess ist noch nicht abgeschlossen.«

»Wir wissen, wo Stevenson ist! Das brauchst du uns nicht zu sagen. Die Frau holen wir uns heute. Sie wird bei uns den Rest des Prozesses abwarten müssen.« Kilians Miene wurde bedrohlicher. »Wir sind hier, um die Formel von dir abzuholen. So wie du es mit Travis vereinbart hast«.

Wütend packte der Söldner den Arzt und erst jetzt mischten sich die Geschwister in das Geschehen ein. Unerwartet rasch standen sie vor Travis' Schergen. Der geschockte Nagazir stand wie angewurzelt da und starrte die Vier verständnislos an, aber er wusste, dass ihm kaum Zeit blieb. Sofort ließ Kilian vom Mediziner ab. Wut und Zorn flammte in seinem Gesicht auf.

»Ihr!«, zischte er und stieß den Arzt mit einem ärgerlichen Schubs zur Seite. Schier getrieben vor Wut schlug Kilian brüllend nach dem Mann. Nagazir gab einen erstickten Laut von sich. Naruto zückte eine Handfeuerwaffe, die ihm Gabrielle aus der Hand schlug. Die Glastür, aus welcher der Mediziner noch vor kurzen Momenten gekommen war, zersplitterte in tausend Scherben, als Elias den Söldner heftig gegen die Tür stieß und diesen zu Fall brachte. Der aggressive Kampf endete, als Naruto durch einen zielgerichteten Schlag auf die Brust röchelnd zu Boden ging und Nagazir dabei mit sich riss. Vollkommen überrascht über die Wucht des Kampfes, stemmte sich der Arzt hoch und lief von Angst gepackt davon.

»Nagazir!« Eilig ließ Elias von Naruto ab und nahm die Verfolgung auf, während seine Schwester Kilian einen weiteren heftigen Schlag gegen den Kopf versetzte, der ebenso versuchte, den Arzt zu ergreifen. Aber die Warriors, die sich mit einer hohen Geschwindigkeit fortbewegen konnten, hatten diesen in kürzester Zeit erreicht.

»Wer seid ihr und was wollt ihr von mir?« Nagazir rang nach Atem. »Warum lasst ihr mich alle nicht in Ruhe? Haut endlich ab, alle …«

»Beruhigen Sie sich«, versuchte Gabrielle, die Lage unter Kontrolle zu bringen. »Wir müssen so schnell wie möglich weg von hier.«

Beide packten den Mediziner und zogen ihn vom Ort des Geschehens weg.

»Wo bringt ihr mich hin?«

»Wir bringen Sie in Sicherheit und weg von der Klinik.« Elias entspannte sich sichtbar, als er sah, dass Kilian und Naruto das Weite suchten. Bei brütender Hitze, mit dem schwitzenden und keuchenden Doktor, den sie fest im Griff hatten, machten sich die Warriors auf den Weg zu ihrem Auto.

Elias nahm gemeinsam mit Nagazir, der sich sträubend in das Fahrzeug setzte, auf der Rückbank Platz. Schweigend machte sich das Trio auf den Weg zum Quartier des Circle. Während der gesamten Fahrt, sprach keiner ein Wort. Wie schon so oft suchten die Augen der Geschwister einander. Kaum erkennbar nickten sie sich zu. Die Lage war unter Kontrolle. Sie waren ein gutes Team. Ihre Mutter hatte die beiden immer als Elias den Stillen und Gabrielle, die zwei Jahre älter war, als die Wilde beschrieben. Sie verstanden einander blind. In ihrem bereits langen Leben hatte sich zwischen den beiden ein Band gebildet, das niemand mehr zerreißen konnte. Gefühlt vor einer Ewigkeit, als sie noch Kinder waren, hatte die damals elfjährige Gabrielle um jeden Preis auf einen Baum im elterlichen Garten klettern müssen. Während ihr jüngerer Bruder sie angefleht hatte, das nicht zu tun, war die Ältere immer höher und noch höher gestiegen. Als Gabrielle oben angekommen war, war ein Ast abgebrochen und sie war mit ihm in die Tiefe gestürzt. Angesichts der bösen Entwicklung und des unfreiwilligen Abgangs seiner Schwester vom Baum, hatte bei Elias etwas eingesetzt, das die Geschwister bis heute verband. Er, der Jüngere, musste auf die Ältere aufpassen. Zwei ausgekugelte Finger hatte der Stille unter heftigem Gebrüll der Wilden an Ort und Stelle eingerichtet.

Endlich angekommen, schien Nagazir am Ende seiner Kräfte zu sein. Er stolperte und konnte sich kaum mehr aufrecht halten.

»Trinken Sie das.« Ein Glas Wasser, das ihm Elias reichte, sollte dem Mediziner und Forscher wieder auf die Beine helfen.

»Wer seid ihr?« Eine gebrochene Stimme mit einer noch zittrigeren Hand. »Woher kommt ihr?«

»Wir sind die Warriors …«

Nagazirs Augen weiteten sich. »Der Circle!«

Gabrielle nickte. »Richtig, wir kommen vom Circle und sind die, welche Travis nicht leiden kann«, bekannte sie ungeduldig.

Nagazirs Augen wurden groß, er griff panisch in seine Hosentasche.

»Sie wissen also, wer wir sind?«, fragte Elias.

»Ja …«, stammelte Nagazir. »Ich weiß, ihr seid der Circle. Travis gab mir eure Phiolen. Ich habe es untersucht und chemisch zerlegt.«

Die Geschwister starrten gebannt auf den Arzt.

»Und?«, wollte Gabrielle wissen. »Daraus ist X23y entstanden, oder?«

Der Mediziner nickte.

»Was kann X23y? Und warum Siedah Stevenson?«, hakte er nach.

»X23y …« Des Doktors Stimme war plötzlich hell und schrill, aber sehr leise. »Ein Wunder!«, hauchte er. »X23y ist ein Wunder der Medizin.« In seinen Augen strahlte Stolz.

Nagazir erhob sich und holte ein kleines Fläschchen aus seiner Tasche.

»Was ist das?« Gabrielles Miene war eisig.

Schwer seufzend strich sich Nagazir mit seinem rechten Daumen und Zeigefinger über den Nasenrücken. »Ich bin sehr müde.«

»Was hat es mit X23y auf sich?«, fragte Elias noch einmal behutsam. »Wir können Ihnen nicht helfen, wenn Sie uns nichts erzählen.«

Schnell zog Nagazir die Hand mit der Flasche zu seiner Brust. Er umklammerte sie fest. »Ich spreche von einer Armee und einer unangreifbaren Macht«

Elias und Gabrielle verstanden nicht. »Was? Was für eine Armee?« Die Schwester griff grob nach Nagazir, doch dieser wehrte ab.

Der Arzt lächelte verschmitzt. »Der Circle hat keine Ahnung. Die reine Armee in einer neuen Welt …« Er setzte seinen Singsang fort. »Was glaubt der Circle, was geschieht, wenn eure Substanz in die falschen Hände kommt?«

»Wovon um Himmels willen sprechen Sie da?«, forschte Elias beunruhigt nach.

»Woher kennen sie Travis?« Gabrielles Geduld war nun endgültig am Ende.

»Eure Spur …«, flüsterte Nagazir. »Ihr denkt falsch. Wichtig …« Er hob beschwichtigend den Zeigefinger. »Ist Stevenson. Sie ist der Schlüssel zu alldem, was nun passieren wird.«

»Was wird passieren? Hören Sie endlich auf in Rätseln zu sprechen«, zischte Gabrielle aufgebracht.

Elias wusste, wenn seine Schwester in Rage war, konnte sich schnell alles in die falsche Richtung drehen. Beruhigend legt er seine Hand auf ihre Schulter.

»Ich …« Der Arzt war erschöpft. »Bin müde. So müde.« Er wiederholte sich. »Ich habe die Welt zerstört.« Nun lächelte Nagazir. »Meine Eltern sind den Nazis entkommen, sie haben Hitler keine Möglichkeit gegeben, seinen Wahnsinn an ihnen auszuüben.« Der Arzt schwieg für einen kurzen Moment. »Sie gaben dem Diktator keine Chance und flohen rechtzeitig nach England und dann weiter nach Amerika. Ich wurde hier in meinem geliebten Israel geboren. Und jetzt … jetzt habe ich dazu beigetragen, dass abermals ein Despot an die Macht kommen wird.«

»Travis?«, fragte Gabrielle.

Der Mediziner neigte den Kopf schräg zur Seite. »Travis … Ach, Travis …« Er blinzelte, auf seiner Stirn glänzten Schweißtropfen.

Der schmächtige Forscher setzte die Phiole an die Lippen und verschluckte den Inhalt so schnell, dass die Warriors nichts eingreifen konnten. Röchelnd ging der Arzt zu Boden.

»Nein!«, schrie Elias. »Sie müssen uns alles erzählen! Wir sind die Guten!«

»Es … ist … zu … spät …«, keuchte Nagazir.

»Warum? Warum ist es zu spät? Gibt es mehr, die sind wie Stevenson?«

»Stevenson …«, raunte der Arzt. »So vollkommen! Ich habe das Rätsel gelöst. Achtet auf P … P … P …«, Nagazir rang heftig nach Luft, Schaum bildete sich um seinen Mund. »Die reine Armee … P … Pa …« Er tat noch einen Atemzug, ehe er Sekunden später in Elias' Armen verstarb.

Julian saß mit Lucas und Ethan strategisch optimal, sodass sie Siedah und die Groups im Sichtfeld hatten. Mit wachsender Sorge überblickten sie den Ort des Geschehens. Die Menschen im Café wurden mehr und mehr, die Sonne heizte das Bezal zu einem Ofen auf, der Geräuschpegel stieg und es hatte den Anschein, als ob sich in zunehmendem Maße Männer um Siedah scharrten.

»Mein Gott!«, entfuhr es Lucas entsetzt. »Das sind alles Groups.«

»Sie werden immer mehr«, erkannte Ethan ebenso und sank tiefer in den Stuhl. Julian nahm seine Sonnenbrille ab und schob sie in den geöffneten Ausschnitt seines Hemdes. Entschlossen stand er auf.

»Wir holen sie. Jetzt!«, bestimmte er. »Ich nehme Stevenson und ihr lenkt die Groups ab.«

»Es sind verdammt viele«, ermahnte Lucas seinen Freund. »Travis muss Stevenson wahnsinnig wichtig sein und ich bin mir ziemlich sicher, dass er und seine Krieger wissen, dass wir da sind.«

»Umso wichtiger ist es, sie jetzt zu holen.« Julian sah noch einmal durch die Runde, »Geben wir unser Bestes und bringen Siedah Stevenson in den Circle.«

Der heiße Sommertag war einer stickigen Luft gewichen. Dunkle Wolken zogen auf. Ein Gewitter kündigte sich an. Mit langsamen Bewegungen steuerte Julian auf die junge Frau zu, die sich merklich unwohl zu fühlen schien. Sie dürfte die Männer ebenfalls erfasst haben.

»*Wir brauchen Verstärkung*«, dachte Julian als plötzlich sein Handy vibrierte.

»Nagazir ist tot«, berichtete Gabrielle kurz und bündig.

»Was?« Julian erbleichte.

»Er hat sich vergiftet.«

»*Die Lage wird eskalieren*«, dachte Julian und sagte: »Kommt sofort ins Bezal. Hier wimmelt es von Groups.«

Noch ehe Gabrielle antwortete, waren die Geschwister schon im Laufschritt unterwegs.

»Wie viele sind es?«, wollte Gabrielle nervös wissen.

Auch Julian war in Bewegung. »Viele. Ich denke, mehr als zwanzig – wir haben sie noch nicht gezählt. Heinrich, Kito, Connor – alle sind da.«

»Verdammt«, fluchte Gabrielle. »Wir hatten Kilian und Naruto. Sie waren in der Klinik.«

»Hm …« Julian schnaubte. »Die beiden gingen mir schon ab.« Als er aber den großgewachsenen, afrikanischen Mann mit langen weißen Zöpfen neben Siedah stehen sah, wusste er, dass keine Zeit mehr war. Der Afrikaner packte sie am Arm und sagte: »Einfach mitkommen, Stevenson!« Bedrohlich baute er sich vor ihr auf.

»Was wollen Sie von mir?«, vernahm Julian ihre zittrige Stimme. »Woher kennen Sie meinen Namen?« Siedah wirkte verunsichert.

»Lass sie!«, fauchte Julian der plötzlich neben ihr stand. »Lass sie sofort los, oder …«

»Oder was, Julian?«

»Wenn du leben willst, Kito, lass sie auf der Stelle los.«

Die Drohgebärden der beiden Männer erschreckten die junge Frau zutiefst. Sie rang nach Atem. Mit einem heftigen Schlag konnte Lucas Stevenson von Kito befreien. Sofort zog sie Julian zu sich und schrie. »Lauf, Siedah!«

Doch diese war wie erstarrt. »Ich kann nicht«, stotterte sie, »Ich kann nicht!«

»Du kannst, Siedah. Lauf.« Julian zerrte sie weiter von Kito weg und begann, zu rennen. »Du kannst es, Siedah. Lauf.«

Julians Blick richtete sich auf Ethan und Lucas, die sich schnaubend vor Travis' kleiner Armee aufbauten. Die Hektik und das Geschrei hatten alle Gäste herum aufmerksam gemacht. Schnell brach Panik aus.

Langsam und stolpernd setzten sich endlich Siedahs Beine in Bewegung. Zuerst waren sie wie fest am Boden angewurzelt, plötzlich ging es immer schneller und sie kam tatsächlich in einen Laufschritt. Julian atmete auf. In der Bewegung drehte er sich um und sah, wie sich Kito gegen die Warriors zu wehren versuchte, während ein weiterer Group mit einer Pistole wild um sich feuerte. Lucas und Ethan waren auf Grund ihrer Schnelligkeit und ihres Talents, außerordentlich hoch zu springen, deutlich im Vorteil. Im Kampf ähnelten die Warriors Tieren, die sich raubtierartig fortbewegten. Lauernd, schnell und gefährlich. Jeder Schlag kam für den Gegner heftig und überraschend. Für die Groups hatte es den Anschein, als wäre der Circle überall. Erleichtert konnte Julian die Warriors Gabrielle und Elias entdecken, sie waren zurück. Aber genauso Kilian und Naruto, dies sich ins Geschehen eingemischt hatten.

Aus der Sicht eines Warriors viel zu langsam, lief Julian um das Leben der jungen Frau an seiner Seite. Er hielt ihre Hand und schleifte sie förmlich hinter sich her. »*Ich muss sie hier schnellstmöglich wegbringen*«, dachte er und fragte sich insgeheim: »*Wie muss sie sein …*«

»Ich kann nicht mehr«, verzweifelte Siedah. »Ich kann nicht mehr!«

»Nur noch ein kleines Stück.« Er blieb kurz stehen, fasste sie an den Schultern und sah sie mit seinen grauen Augen an. »Nur noch ein kleines Stück. Versuch es.«

Das schwüle Wetter tat ihr Übriges, dass Siedah am Ende ihrer Kräfte angelangt war. Suchend sah sich Julian um. »*Wo ist das*

Auto, mit dem Gabrielle und Elias unterwegs gewesen sind«, fragte er sich. Das Haus des Circle war zu weit weg.

»Wir laufen bis zu diesem Hauseingang.« Er zeigte auf ein schmales Gässchen, wo sich ein kleines Haus mit einer versteckten Tür befand. »Das ist nicht mehr weit. Dahinter steht unser Auto.« Julian hoffte, dass die beiden Warriors das Gefährt wieder dort abgestellt hatten, wo es zuvor gestanden hatte. Unter seinem Blick und mit der sanften Art, mit der er sie ansprach, schien der Warrior Siedah zu beruhigen. Sie wischte sich den Schweiß von der Stirn, nickte entschlossen und lief wieder los.

In einem von Angst und Schrecken geprägten Zustand erreichten die beiden das ersehnte Gebäude. Dahinter stand tatsächlich ein Wagen. Als Siedah beobachtete, dass ihr Retter, ohne zu zögern die Autotür aufsperrte, sprang sie in das Fahrzeug. Mit rasender Geschwindigkeit fuhren sie los.

Wortlos chauffierte Julian das Gefährt durch die engen Gassen und bald schon war auf einer Anhöhe ein Haus zu sehen. Die Fahrt dauerte in etwa zwanzig Minuten. Zwanzig Minuten, in denen sie kaum ein Wort miteinander sprachen.

»Ich werde dir alles erklären, wenn wir da sind«, sagte Julian und sein Blick traf den ihren. Schnell wandte er sich ab und starrte wieder auf die Straße. »Aber …« Er räusperte sich. »Du brauchst keine Angst vor mir zu haben«, versuchte er zu versichern.

»Ich bin in deinem Auto«, flüsterte seine unfreiwillige Begleiterin. »Ich bin schwerkrank. Ich bin dir ohnehin ausgeliefert.« Sie seufzte.

Als sie eintrafen und das Vorzimmer betraten, blieb Siedah wie angewurzelt stehen. Ein toter Mann lag in der Küche, den sie sofort als Dr. Nagazir identifizierte. Hysterisch begann sie zu schreien, doch Julian ging unbeeindruckt in die Küche, schob den Toten zur Seite und sah sie mit schrägem Kopf an.

Ein tiefer Seufzer drang aus seiner Brust. »Beruhige dich.« Er blickte sie durchdringlich an. »Du schwitzt«, stellte er fest.

»Was? Ist das alles?« Siedah war fassungslos. »Ich schwitze? Ist das alles, was du zu sagen hast?«

»Schau doch mal in den Spiegel«, forderte er sie auf.

Verunsichert sah sie sich um. »Hinter dir ist das Bad«, erklärte Julian, füllte für sich und seinen Gast ein Glas Wasser ein und nahm in der Küche auf einem klapprigen Stuhl Platz.

Von all den Ereignissen aufgewühlt, ging Siedah in das kleine Zimmer, in dem sich eine Dusche und eine Toilette befanden. Ihr Spiegelbild ließ sie erschaudern. Ihr Kopf glühte feuerrot und schien in Flammen zu stehen von der Hitze und Aufregung. Aber all das machte ihr keine Angst. Der Schweiß jedoch, der an ihrem Körper und Gesicht klebte, war kein gewöhnlicher.

»Oh mein Gott!«, entfuhr es ihr entsetzt. »Was passiert mit mir?« Sie sah an sich hinab. Ihr ganzer Körper schien zu bluten.

»Das ist Blutschweiß«, antwortete Julian ruhig. »Du bist bereits in Phase Zwei.«

Schwer atmend betrachtete Siedah ihr Spiegelbild und strich mit zittriger Hand über ihr Gesicht.

»Du veränderst dich«, erklärte Julian, stand auf und ging auf sie zu. »Dem Anschein nach ist X23y unserer Substanz sehr ähnlich.«

Siedah verstand nicht. »Welche Substanz? Was um alles in der Welt passiert hier und wer bist du?« Sie stemmte ihre Hände in die Hüften. »Und woher kennst du meinen Namen? Und was ist mit Dr. Nagazir.« Sie schüttelte den Kopf und drehte sich um. »Er ist tot. Ihr seid Mörder.«

Seufzend nahm Julian ein Tuch und begann, Siedah den Blutschweiß vom Gesicht zu wischen. Das erste wichtige Indiz ihrer Veränderung. Ja, sie würde durch X23y werden wie er. Das Mittel, Purus, das ihn zum Puristen gemacht hatte.

Bei beiden Substanzen schien die Metamorphose mit Blutschweiß zu beginnen. Der Warrior schauderte und ein beunruhigendes Gefühl überkam ihn. Wenn es der Wahrheit entsprach und sie sich ähnelten, oder sogar gleich waren, würde der jungen Frau noch viel Schmerz bevorstehen, ehe sie zur Puristin würde.

»Ja, er ist tot. Wir sind keine Mörder, er hat sich selbst das Leben genommen. Mein Name ist Julian Koshien und ich gehöre einer Institution an, die sich Circle nennt. Purus eine Substanz, die deinem X23y sehr ähnlich ist. Aus dem Lateinischen übersetzt bedeutet es ›rein‹. Es reinigt den Körper von all den Dingen, die dich krank machen, dich schwächen oder dir das Leben nehmen wollen.« Julian räusperte sich. »Wenn sich der Organismus von all den schadhaften Dingen reinigt, so tut er das in Phasen. Du bist dem Anschein nach in der zweiten von acht Phasen.« Mit warmem Wasser reinigte er den Lappen. »Wir wissen das, weil wir vom Circle alle diese Art von Reinigung erfahren mussten. Wir werden dir alles erklären, jetzt aber ruh dich aus.«

Siedah krauste die Stirn. »Circle? Was ist der Circle? Was soll das?«

Er hatte es schon geahnt, als er das Foto zum ersten Mal gesehen hatte: Siedah Stevenson war eine schwierige Frau. Doch er konnte nachvollziehen, dass sie nervös war und nicht verstand, was mit ihr geschah.

Zögernd begann Julian: »Sehr viele Menschen musste im Zweiten Weltkrieg ihr Leben lassen. Der Circle ist eine Art Geheimdienst, der eine Wiederholung der damaligen Ereignisse verhindern möchte.«

»Oh!« Siedahs Augenbrauen zuckten nach oben.

»Der Circle wurde gegründet, um böse Menschen zu suchen, zu finden und sie …« Er zögerte, »zu liquidieren« wollte er nicht sagen. »Vor Gericht zu stellen und die Guten wollen wir beschützen. Du,«, sein Zeigefinger deutete auf den Zögling, »bist eine Gute, aber leider an den falschen Arzt gekommen«.

Sie würden ihr noch alles erklären und versuchen, sie zu beruhigen. Er schob sie weiter in ein Zimmer mit einem großen Bett, verließ den Raum und er zog die Tür hinter sich zu. Erleichtert atmete er auf. Siedah Stevenson war vorerst in Sicherheit. Aber, verdammt noch mal, Nagazir war tot. Noch einmal drehte sich Julian um. Hatte er keine Angst, dass sie vor ihm flüchten wollte? Immerhin hatte er sie in ihren Augen gerade entführt und in eine Wohnung gebracht, wo ihr toter Arzt lag! Er kniff die Augen zusammen, sicher war sicher. Er verschloss den Raum.

ISRAEL, TEL AVIV, JULI 2021

Am Flughafen Ben Gurion in Tel Aviv tummelten sich etliche Menschen. Die Zeitungen waren voll von den neuesten Unruhen aus Deutschland. Ein äußerst brutales Attentat in Bonn auf vier hochrangige Mitglieder des ECEH, dem European Center for Environment and Health, versetzte die Welt einmal mehr in Angst und Schrecken. Doch Geschäftsleute und Touristen nutzten Israels wichtigsten und größten Flughafen, um weiterzureisen oder einfach Tel Aviv zu besuchen und nahmen von dem Zeitungsartikel an diesem Tag wenig Notiz.

Travis kam von Terminal eins und hielt nach dem Auto Ausschau, das Kilian für ihn organisiert hatte. Von Tel Aviv nach Sharajzem, das in der Nähe von Haifa lag, würde er eineinhalb Stunden benötigen.

Er saß seit 20 Minuten im Auto und hoffte auf Kilians Anruf, dass sie Stevenson ergriffen hatten. Womöglich gab es als Draufgabe noch einen Warrior. Aber Travis kannte die Krieger und wusste, so leicht konnte man Nats Krieger nicht zu fassen bekommen. Sie waren wie Tiere, gefährlich und sie bewegten sich mit hoher Geschwindigkeit. Demnach – Travis machte sich nichts vor – musste er froh sein, wenn seine Groups Siedah erwischt hatten.

Dass nicht alles wie gewünscht abgelaufen war, erkannte er auf den ersten Blick, als er nach Sharajzem einbog. Die Stadt war in Aufruhr. Etwas war geschehen. Polizei, Sanitäter und das Militär sicherten Straßen und Häuser. Offensichtlich wurde fieberhaft nach jemandem gesucht. Erfolglos hatte er bereits dreimal Kilians Nummer gewählt. Niemand ging ans Handy. Ein ungutes Gefühl beschlich ihn. Nein, schlimmer noch, Panik flog auf. Was, wenn der Circle seine Groups ergriffen hatte?

Am frühen Nachmittag erreichte Spedding die Unterkunft seiner Krieger – ein Wohnhaus mit einer durch natürliche Alterung entstandenen Oberfläche, das an einer Straßenkreuzung in Downtown lag. Dort – im sechsten und letzten Stock – hatte er seine zwanzig Anhänger einquartiert. Kilian war der Kopf der Operation gewesen. Er hatte viel auf seinen treuen Krieger und Anhänger gesetzt. Wer – wenn nicht sein bester Soldat – konnte Purus oder Siedah Stevenson auftreiben? Als Travis durch die Tür schritt, überkam ihn plötzliche Übelkeit.

»Was, um alles in der Welt, ist hier los?«, empörte er sich, als er all seine Krieger völlig entkräftet, verletzt und erschöpft auffand. »Kilian!« Er packte den Mann an den Schultern und zog in zu sich hoch. »Was ist passiert?«

»Es war Julian mit vier Warriors«, kam krächzend eine zögerliche Antwort.

»Es waren fünf Warriors?«, schnaubte Travis verächtlich. »Und ihr seid zwanzig.«

»Alles ging wahnsinnig schnell.« Kilian spähte zu Sean, dem Jüngsten unter der Truppe. »Sean ist schwer verletzt. Er atmet kaum noch und sein Bauch ist dunkelblau.« Sein Blick hing an dem Jungen fest. »Ich glaube, er verblutet innerlich. Drei haben massive Stichwunden und viele haben an den Händen und um die Kehle Würgemale.« Er zuckte mit den Schultern. »Wir konnten keinen einzigen erwischen. Sie sind noch vorsichtiger geworden, seit dem letzten Zwischenfall mit dir und Naruto.«

Im Raum, der stickig und eng war, herrschte eisige Stille. Nur Seans schweres Atmen war zu vernehmen. Spedding traute weder seinen Augen noch seinem Gehör. Er hatte sich getäuscht und das war äußerst bitter. Seine Männer hatten versagt.

Travis schnaubte. »Ich vermute, Koshien hat Stevenson?« Der Tonfall war unheilverkündend.

Kilian nickte. »Und sie haben Nagazir.«

Speddings Blick war starr auf Kilian gerichtet. Er sagte nichts, sondern drehte sich um und ging auf Sean zu. Er war tot. Es wäre ohnehin nur eine Frage der Zeit, bis das Leben aus ihm gewichen wäre. Aus der Eisesstille war eine Bedrohung geworden. Alle Augen waren auf Spedding gerichtet, teils schockiert, teils verängstigt, teils gefühllos.

»Ihr habt«, erhob Travis das Wort, »gründlich versagt.« Er blickte durch die Runde. »Ihr solltet eine junge, kranke Frau auf Manor Hill bringen und von dem verschrobenen Chemiker die Formel von X23y einfordern.« Er schüttelte den Kopf und begann, ein Lied zu summen. Das tat Travis immer, bevor er seiner Wut freien Lauf ließ. Diese entlud sich in Form der Zerstörung sämtlicher Gegenstände im Raum. Das Weite vor Travis Speddings Zorn zu suchen, konnte und erlaubte sich niemand. Sie warteten ab wie eine Frau, die wusste, gleich von ihrem Mann unter Alkoholeinfluss verprügelt zu werden. Travis schüttelte den Kopf und verschränkte die Arme.

»Ich habe Nagazir gefunden. Ich war es.« Er hielt kurz inne. »Er hat eine Substanz erschaffen, welche Purus ähnlich ist. Das wissen wir, weil wir es an Siedah Stevenson sehen.«

Unruhig begann er, im Raum auf und ab zu gehen. »Ich will Siedah Stevenson, weil ich wissen möchte, ob X23y Purus ersetzen kann.« Nervös griff er sich auf den Kopf und fuhr sich durchs blonde, schulterlange Haar. »Versteht ihr mich überhaupt?« Er starrte durch die Runde. »Versteht ihr mich überhaupt?«, brüllte er und griff nach einem Stuhl, den er durch den Raum schleuderte, es folgte ein Kasten, den er mühelos umkippte. Der Zorn wuchs stetig. Mit seinen Füßen trat er gegen den Kasten, als läge ein Mensch vor ihm, den er in den Bauch treten wollte. Schweiß lief ihm übers Gesicht, als er abrupt innehielt und seine Arme ausbreitete, als würde er zu seinen Jüngern sprechen.

»Ihr kennt alle«, begann er, »den Unterschied zwischen Puristen und einfachen Puristen.« Sein Blick erwischte jeden Einzelnen. »Ich erkläre es euch noch einmal.«

Er tat eine nonchalante Handbewegung, als würde er mit Erstklässlern sprechen, »Puristen, wie die Warriors, haben zehn Leben. Sie sind praktisch unangreifbar. Man kann sie verwunden, das wäre eure Aufgabe gewesen, aber man kann sie so gut wie nicht töten. Man kann sie mit Alkohol lähmen. Es sei denn, sie haben ihre Leben verbraucht. Eine schwere Verletzung kann ein Leben nehmen und die nächste schwere Verletzung und die nächste und so weiter, bis keine Leben mehr übrig sind. Das sind Puristen, durch deren Adern reinstes Purus fließt. Einfache Puristen, so wie ihr es seid, sind Menschen, die sich laufend eine ähnliche Art von Purus verabreichen. Diese Substanz ist aber deutlich schwächer. Den Puristen unterstützt sie bei der Heilung, euch soll sie vor Krankheiten beschützen. Einfache Puristen werden so gut wie nie krank, aber man kann sie verletzen oder töten.«

Travis' Hand glitt nun über Seans toten Körper. »Hm …« Er seufzte. »Wie soll ich«, fuhr er fort, »eine reine Armee aufbauen, die zu schwach ist, eine Frau zu entführen und eine Formel zu stehlen?« Er sah durch die Runde. »Wie soll die neue, reine Welt aufgebaut werden?« Er hielt kurz inne. »Ohne Purus?« Er stemmte die Fäuste gegen die Hüften, richtete sich bedrohlich auf und atmete tief durch. »Wir wollen eine neue Welt erschaffen, dazu brauchen wir Purus.« Er seufzte. »Sucht Stevenson und bringt mir Koshien.«

ISRAEL, SHARAJZEM, HAUS DER WARRIORS, JULI 2021

Es dämmerte bereits und Siedah kam langsam zu sich.

»Durst?«, fragte Julian mit hochgezogenen Augenbrauen.

Sie nickte langsam.

»Sie ist schon viel weiter, als sie sein sollte. Die Metamorphose geht schneller voran als bei uns«, bemerkte Lucas kaum hörbar.

Julian reichte ihr ein Glas Wasser. »Was hat dir Nagazir gegeben?«

»X23y«, krächzte Siedah, ihre Kehle war wie ausgedörrt.

Er rollte mit den Augen. »Ja, das wissen wir, was noch? Hat er dir ein weiteres Medikament verabreicht?«

»Nein.«

»Wie geht es dir?« Julian hatte sich rechts neben dem Bett positioniert und stand mit verschränkten Armen wie ein Riese vor ihr. Er setzte sich auf die Bettkante und räusperte sich, als würde ihm die nächste Frage Kopfzerbrechen bereiten.

»Du bist chronisch krank und noch bis vor einer Woche konntest du ohne deinen Stock nicht einmal drei Schritte gehen.« Er hielt kurz inne.

Siedahs Blick war glasig geworden.

»Dein Herz begann zu rasen, du fühltest dich jünger und gesünder, oder?«

Sie nickte.

»Hm …« Julian dachte nach. »Ach … ja! Und du bist gewachsen.«

Langsam füllten sich ihre Augen mit Tränen. »Wer seid ihr?

Was wollt ihr von mir?« Leises Schluchzen erklang. »Ich bin krank. Ich wollte doch nur gesund werden. Ich hatte nichts zu verlieren.« Sie stockte. »Mir ging es wirklich gut in den letzten Tagen. Aber ich habe das Medikament nicht. Wenn ihr es haben wollt, müsst ihr in die Klinik. Dort gibt es das Präparat in Hülle und Fülle.«

»Wir wollen dein Medikament nicht.« Julian stand entschlossen auf. »Wir wollen dir helfen.« Er kratzte sich am Kinn. »Nur leider wird das jetzt schwierig.«

»Helfen? Aber warum? Ich brauche keine Hilfe.«

»Die Männer im Bezal … kennst du sie?«

»Nein«, antwortete Siedah zaghaft und kaum hörbar.

»Das waren die Männer von Travis Spedding – sie nennen sich Groups. Sie … wollen dein Medikament und sie wollen dich. Wir sind da, um das zu verhindern und dich in Sicherheit zu bringen.«

Im Zimmer war es stickig und heiß. Es stank metallisch und unangenehm. Siedahs Blut war über die Laken und das ganze Bett verteilt.

»Wieso? Sie können in die Klinik gehen und sich X23y einfach holen, oder stehlen.« Sie rang nach Atem.

»So einfach ist das nicht. Ihr habt alle die Substanz erhalten, aber nur du …« Er hielt kurz inne. »Nur du hast dich verändert.«

»Offensichtlich bin ich im Moment noch kränker geworden.«

»Ja.« Julian nickte. »Und es wird noch schlimmer werden. Deine Augen sind bereits grau, du atmest sehr schnell und bald werden heftige Krämpfe kommen.«

Im Raum war es still geworden. Julian gab den anderen ein Zeichen, zu gehen. Wortlos verließen sie das Zimmer.

»Teilweise hat die Lähmung schon eingesetzt«, fuhr er leise fort, während er ihr ein Glas Wasser reichte.

Wie betäubt hörte die junge Frau zu, verstand aber nicht. »Ich werde sterben?«

»Nun ja.« Abermals setzte er sich auf die Bettkante. »Nicht wirklich. Du wirst überleben. Aber es wird ein Kampf, verbunden mit extremen Schmerzen.«

»Bin ich vergiftet worden?«

»Nein.« Zum ersten Mal lächelte der Mann, der das bevorstehende Unheil verkündet hatte. »Nein, du wurdest nicht vergiftet. Aber es gibt kein Mittel, welches das alles wieder rückgängig machen kann. Das ist Segen und Fluch zugleich.«

»Was redest du da? Sag mir endlich, wer ihr seid und was ihr wollt!« Sie hustete und Blut quoll ihr aus den Mundwinkeln.

»Meine Freunde in der Küche sind Lucas, Ethan, Gabrielle und Elias. Sie gehören dem Circle an. Im Gegensatz zu den Groups sind wir die Guten.« Er schmunzelte und schaute in die Küche. »Also das denken wir zumindest.« Seine grauen Augen richteten sich wieder auf Siedah. »Du hast ein paar schmerzhafte Tage vor dir, aber das geht vorüber und du wirst ein neuer Mensch sein. Wir wollen dich vor Spedding beschützen und dich aus Israel rausbringen.«

»Und wohin?« Anklagend griff sie nach Julians Arm und versuchte, sich zu erheben. Sie krümmte sich vor Schmerz und ließ stöhnend ab von ihm.

»Wir bringen dich ins Stammhaus nach Schottland. Dort bist du in Sicherheit vor den Groups. Der Circle will vermeiden, dass mit dir Experimente oder hässliche Versuche angestellt werden.«

Der Warrior erhob sich. »Wir meinen, zu wissen, was X23y kann. Wenn es aber wirklich das ist, was wir vermuten, dann ist selbst der Circle das erste Mal in einer sehr ernsten Situation.«

Dicke Tränen liefen über Siedahs Gesicht. Selbst im fiebrigen Zustand, in dem sie sich momentan befand, war ihr bewusst geworden, dass sie nie wieder in ihr altes Leben zurückkehren würde. Sie hatte unzählige Fragen an den unbekannten Mann, den sie nicht kannte und der vorgab, sie zu retten. Doch in ihrem Kopf konnte sie keinen klaren Gedanken fassen und schon gar keinen ordentlichen Satz formulieren. Noch immer hatte sie das Glas Wasser in der Hand. Sie trank einen Schluck, doch der Durst war kaum zu ertragen. Eine Welle des Schmerzes durchströmte Siedah ruckartig und die Tortur verzerrte ihr Gesicht zu einer unheimlichen Grimasse.

Nachdenklich ging Julian in die Küche, wo Ethan, Lucas, Elias und Gabrielle bei einer Pizza saßen und schweigend aßen.

»Ich dachte immer, Ethan ist unser Romeo«, machte sich Lucas lustig.

»Wenn es Purus ist, wissen wir alle, was jetzt kommen wird.« Julian nahm sich das größte noch übriggebliebene Stück Pizza. »Wir müssen Nat informieren.« Er sah sich um. Nagazirs Leiche war verschwunden. »Wo habt ihr den Körper hingebracht?«

»Den haben wir entsorgt.« Ethan schien entspannt.

»In den Keller, oder wohin? So schnell kann man keine Leiche loswerden.«

»Ja, in den Keller. Wir bringen sie zu seinem Haus.«

»Aber seid vorsichtig. Die Groups werden überall sein und bestimmt suchen sie Nagazirs Haus auf, wenn sie nicht schon dort sind oder waren.« Seine Sorge war nicht unberechtigt. »Hast du ihr Blut abgenommen?«, fragte er und sah zu Ethan. Der nickte. »Schick die Proben gleich an Sam. Sonst noch was an Stevenson entdeckt?«

»Nein. Nur das Übliche.«

»Was hat Nagazir gesagt?«, wollte Julian weiter wissen.

Gabrielle richtete sich auf. »Er meinte, dass eine Armee mit Puristen eine unangreifbare Macht wäre.«

»Nun ja …« Lucas seufzte. »Da lag er nicht falsch.«

»Wenn sich Travis also …« Julian dachte laut. »Reines Purus verschafft und sich damit eine Armee aufbaut, dann wäre er unschlagbar.«

»Aber was würde er mit dieser Armee wollen?«, fragte Ethan.

»Macht«, schloss Julian. »Er wäre mächtig und unbesiegbar und egal, wo er mit seiner Armee hinzieht, Spedding würde jeden Krieg gewinnen.« Er kaute und sah ins Leere. »Habt ihr dieses schwarze P auf gelbem Untergrund schon wo gesehen?«, fragte er. »Ich nämlich nicht.«

Alle stimmten zu. Noch keiner hatte das Zeichen entdeckt.

»Aber Nagazir erwähnte es …«, meinte Gabrielle.

»Niemand würde sich mit ihm anlegen wollen«, nahm Elias den Faden über Travis' Armee wieder auf. »Was meint ihr?«, fuhr er fort. »Was wäre es einem Staat wert, so eine Armee loszuschicken?«

»Viel!« Lucas griff nach einem Glas Wasser. »Verdammt! Jetzt wäre ein guter Zeitpunkt, um ein, zwei Bier zu trinken.«

»Hm …« Julian lächelte verhalten. »Oder einen guten Whisky.«

»Wir würden auf einen dritten Weltkrieg zusteuern«, führte Elias besorgt das Gespräch weiter und blickte in die Runde.

»Travis würde so lange Krieg führen, bis er der mächtigste Mann der Welt wäre und niemand könnte ihn aufhalten?« Julian schauderte.

»Wir …« Elias Augenbrauen hoben sich fragend. »Wir sind die Einzigen, die ihn aufhalten können, oder?«

»Nicht gegen eine Armee«, reagierte Gabrielle mit Gänsehaut auf den Unterarmen.

»Wir müssen ihn aufhalten, bevor es zu spät ist.« Julian sah geistesabwesend aus dem Fenster. »Purus«, murmelte er, »wurde erzeugt, um Kriege zu vermeiden. Was für eine Schande.« Er wandte seine grauen Augen wieder seinen Warriors zu. »Woher weiß Travis von Purus?«

Gabrielle und Elias blickten sich an.

Julian rollte mit den Augen. »Woher weiß Travis von uns?« Er schob die Pizza von sich weg. »Ich versuche seit Ewigkeiten, das herauszufinden, ohne Erfolg. Travis ist ein Mysterium.«

»Jeder hinterlässt Spuren«, meinte Lucas. »Du hast noch nicht ordentlich gesucht.«

Julians Augen wurden zu Schlitzen. Langsam beugte er sich vor und blickte seinen Freund eindringlich an. »Ich habe mich intensiv mit diesem Menschen beschäftigt. Glaube mir. Ich weiß nicht, woher er uns kennt. Ich konnte nicht herausfinden, warum er von Purus weiß. Ich konnte nicht einmal ein Foto von ihm finden. Nichts. Dieser Mann, mein lieber Lucas, existiert nicht.«

»Nagazir«, fuhr Elias in seiner ruhigen Art fort, »hat noch mehr erzählt.«

Julian und Lucas entspannten sich wieder.

»›Travis ist doch einer von euch!‹, waren seine letzten Worte.«

Kurze Stille breitete sich im Raum aus. »Es gibt nur uns«, stellte Julian schließlich fest. »Das ist unmöglich. Er kann keiner von uns sein.«

»Verflucht«, dachte Julian. Damit war bewiesen, dass Nagazir über den Circle genau Bescheid gewusst hatte. Verdammter Spedding. Er erhob sich und griff nach seinem Handy. Er musste nachdenken und Nat informieren. *»Was um alles in der Welt geht hier vor«*, grübelte er und blinzelte.

»Wir wissen jetzt«, sprach Elias weiter, »warum sie uns die Phiolen immer gestohlen haben. Sie wollten …«

Doch Julian hörte nicht mehr zu. Seine Gedanken rasten. Travis … Travis Spedding … Warum wollte dieser Mann unbedingt Purus herstellen können? Wie konnte Travis ein Purist sein, was verband den Circle mit ihm?

Er seufzte. »Gabrielle, du und dein Bruder bringt den Arzt in sein Haus und durchsucht es gründlich. Schnappt euch alles, was ihr finden könnt. Wir müssen herausfinden, zu wem der Pharmakonzern Zweyg Pharmaceutical gehört und brauchen die Formel von X23y. Ich denke, dieser Konzern ist der Schlüssel zu allem. Nehmt alles mit. Laptop, Handy, Dokumente, einfach alles. Lasst nichts dort, sonst holt es sich Travis.«

Er wandte sich Ethan und Lucas zu. »Durchsucht Nagazirs Büro in der Klinik. Nehmt alles mit. Jedes Zettelchen kann wichtig sein und uns vielleicht einen Schritt weiterbringen. Ethan – versuch, in ein Labor zu kommen. Du findest dich dort sicher zurecht. Das gilt auch für euch, Gabrielle und Elias. Vielleicht hat Nagazir eines in seinem Haus. Ihr seid beide Chemiker. Nutzt euer Wissen und findet etwas.«

»Wenn du mit Siedah allein zurückbleibst«, mahnte Lucas, »sei vorsichtig.« Die Warnung galt nicht der Sorge vor den Groups, sondern vielmehr, weil niemand wusste, wie sich Stevenson Zustand entwickeln würde. Alle nickten zustimmend.

»Ich werde achtsam sein«, schwor Julian und fuhr fort: »Ich rufe jetzt Nat an. Wir werden dem Circle ein ausführliches Update geben müssen.«

Demnach war die Sache beschlossen. Ethan und Lucas machten sich am nächsten Morgen auf den Weg in Nagazirs Labor und Gabrielle und Elias auf den Weg in dessen Haus. Dort würden sie die Leiche ablegen. Es sollte den Anschein haben, als hätte der Arzt sich in seinem eigenen Heim das Leben genommen.

ISRAEL, SHARAJZEM, JULI 2021

Das Büro des Mediziners erwies sich als wenig ereignisreich. Die Groups hatten es offensichtlich bereits durchsucht. Die Tische waren leergeräumt, Stühle umgeworfen, die Schränke ohne Inhalt und etliche Bilder lagen am Boden verstreut. Vermutlich war nach einem versteckten Safe gesucht worden. Verhältnismäßig schnell hatte sich die Sache für Lucas und Ethan hier erledigt.

»Hier gibt es nichts mehr«, stellte Ethan fest und Lucas rollte mit den Augen.

»Klugscheißer«, dachte er, sagte aber: »Lass uns nach dem Labor suchen. Vielleicht finden wir es.«

Für das menschliche Auge kaum wahrnehmbar gelang es den Warriors geschickt, schnell und unbemerkt weiter ins Innere der Forschungsanstalt zu gelangen. Um sich heimlich in einem Labor aufhalten zu können, suchten sie nach einer Umkleidekabine. Mit Nagazirs Ausweis verschafften sich die Warriors still und leise Zutritt zu sämtlichen Räumen, in denen sie nach Schutzanzügen Ausschau hielten. Die Umkleidekabinen waren einfach zu finden, die Schutzkleidung war rasch entdeckt. Schockiert ergriff Ethan nach einem dreiteiligen weißen Overall.

»Unglaublich«, flüsterte er. »Bei uns Zuhause würdest du niemals dermaßen einfach und weit ins Innere eines Labors vordringen können.«

Die Kleidung versprach optimalen Schutz vor Säuren, Hydroxiden, Basen und allerhand mehr. Ethan kannte derartige Schutzanzüge und wusste, sie bestmöglich anlegen zu können. Die Größe der Warriors machte das Anziehen allerdings schwierig. Die Hose mit den Hosenträgern war zu kurz, die Jacke etwas zu eng, nur die Kapuze mit Gummibändern wurde von beiden als passend empfunden. Maske, Schutzbrille und Überschuhe waren schnell angelegt.

»Scheiße«, sagte Lucas. »Mit dieser Ganzköper-Schutzverkleidung siehst du mal wirklich wie ein echter Laborant aus«

Ethan versuchte, das Gehörte zu ignorieren. Genau aus diesem Grund konnte er Lucas nicht leiden.

»Ich bin Infektionsbiologe. Ein Laborant bin ich schon lange nicht mehr. Im Gegensatz zu dir. Du sitzt noch immer im Circle-Callcenter und bearbeitest Anfragen, wie ›Mein WLAN funktioniert nicht.‹«

»Touché!« Lucas schüttelte den Kopf.

»Schau doch mal geradeaus«, forderte Ethan schließlich auf.

Lucas tat wie geheißen und grinste. »X23y«, sagte er. »Hier muss das Labor sein.« Er straffte seinen zu engem Overall. »Na dann lass uns auf die Suche gehen.«

Aber trotz intensiver Bemühungen beider, etwas zu finden, und dem Glück, dass sich niemand im Labor befunden hatte, mussten sie mit leeren Händen zu Julian und Siedah zurückkehren. Wo auch immer Nagazir all seine Daten, Proben und Forschungsarbeit versteckt hatte, in den Räumlichkeiten der wissenschaftlichen Untersuchungen, war nichts.

Anders hingegen erging es Gabrielle und Elias. Sie fanden eine Menge und packten alles ein. Laptop, Handy, Ordner, Schlüssel, jedes noch so kleine Zettelchen konnte ein wichtiger Hinweis sein. Sie mussten schnell arbeiten, denn, so lag wohl auf der Hand, schon längst wusste Spedding, dass Nagazir in den Händen des Circle war.

»Beeil dich«, sagte Gabrielle. »Sie werden bestimmt bald da sein.«

Elias nahm sein Handy und wählte die Nummer von Ethan. »Was gefunden?«

»Nein«, bekam er zur Antwort. »Sie waren schon da. Ich denke, ihr solltet schnell machen, sie werden nun auf dem Weg zu euch sein. Wir waren in seinem Büro und im Labor. Wir konnten nichts finden. Entweder hat er in seinem Haus ein geheimes Lager, oder er hat bereits alles vernichtet.«

Elias schnaubte verächtlich.

»Und ihr?«, fragte Ethan. »Was habt ihr?«

»Wir nehmen alles mit, was noch da ist. Wir hatten mehr Glück. Laptop, Unterlagen, vieles ist noch da.« Der Warrior seufzte. »Inwieweit es verwertbar ist, können wir noch nicht beurteilen.«

Elias hörte Lucas flüstern: »Sie sollen nach einem Labor in Nagazirs Haus suchen!«

»Seht euch nach einem Labor um«, sagte Ethan laut. »Wenn wir nichts gefunden haben, muss er bei sich zu Hause etwas haben.«

Gabrielle gab ihrem Bruder ein Zeichen, dass sie noch einmal in den Keller sehen würde.

»Wir gehen dem noch einmal nach, aber ich fürchte, wir werden nichts finden. Wir gehen jetzt«, sagte Elias. »Wir sehen uns im Haus.« Er legte auf.

Noch einmal durchforsteten sie vom Dachboden bis zum Keller jeden einzelnen Raum. Untersuchten die Bilder an der Wand, ob sich dahinter nicht doch ein Safe befand. Von einem Labor ganz zu schweigen. Nichts. Elias holte tief Luft und drehte sich im Kreis. »Irgendwo müssen Proben sein, das gibt es nicht. Wir übersehen etwas!«

Gabrielle dachte nach und sah durch ein Fenster in den Garten. »Ich denke, er hat sie vernichtet.« Sie zuckte mit den Schultern und drehte sich zu ihrem Bruder um. »Wo sollte er sie sonst versteckt haben. Nagazir hatte panische Angst. Es liegt auf der Hand, dass er alles vernichtet hat.«

Elias' graue Augen wurden plötzlich groß.

»Was ist?«, fragte sie ihren Bruder. »Was ist los mit dir?«

»Der Garten!« Elias zeigte in die prachtvoll und gepflegte Grünanlage.

Gabrielle folgte dem Blick ihres Bruders. »Hm? Da war ich schon.«

»Überprüfen wir es noch einmal.«

Beide zogen ein zweites Mal eine Runde durch den Garten, bis ihnen schließlich etwas auffiel. Ein vergessenes Tor entlang einer ungewöhnlich breiten Hausmauer. Kaum sichtbar. Verschmolzen mit der Landschaft.

»Oh mein Gott. Sieh nur«, entfuhr es Elias erstaunt.

»Da ist ein Tor«, erkannte Gabrielle.

Zuerst rüttelte der Bruder heftig an der Tür, dann versuchten sie es beide.

Die Schwester rollte mit den Augen. »Meine Güte, natürlich ist es verschlossen. Was hast du erwartet? Wir müssen es aufbrechen!«

»Nein, warte.« Elias lief zurück ins Haus. »Ich habe Schlüssel gefunden«, erinnerte er sich freudig.

Gesucht und gefunden. Der dritte passte in das Schloss! Quietschend ließ sich das Tor öffnen. Ein süßlich beißender Geruch schlug den beiden Warriors entgegen.

»Cadaverin und Putrescin«, meinte Elias kopfschüttelnd und hielt sich die Hand vor Nase und Mund.

»Verwesungsgeruch«, ekelte sich Gabrielle und tat es ihrem Bruder gleich. Auch er hielt sich die Hand vor Nase und Mund. »Hier verfault etwas.«

Elias nickte. »Ja, typischer Leichenfäulnisgeruch. Im Krieg habe ich viele Leichen gesehen und gerochen und noch immer finde ich den Gestank grauenhaft. An das gewöhnt man sie nie.«

Vor ihnen tat sich ein dunkler Einstiegsschacht auf. Ein Blick nach unten zeigte eine Steigleiter ins Innere. Bewaffnet mit Taschenlampen machten sich die beiden auf den Weg nach unten. Je tiefer sie stiegen, umso mehr stank es.

»Ich denke, der Schacht ist schon älter.« Elias folgte seiner Schwester. »Ich könnte mir vorstellen, dass diese Grube irgendwann zum Abpumpen von Wasser gegraben wurde.«

Fünf Meter tiefer waren sie unten angekommen. Der Bruder entdeckte und betätigte einen Lichtschalter und schnell erhellte sich der abstruse Ort. Fassungslos starrten sich beide an.

»Was zur Hölle?«, fragte Gabrielle und sah sich irritiert um.

»Verfaulte Tierkörper«, murmelte Elias.

So unerträglich der Gestank auch gewesen war, so faszinierend waren die verendeten Vierbeiner.

»Ratten. Unzählige Ratten.«

Die mäuseähnlichen Tiere lagen tot in ihren Käfigen.

»Siehst du das?«, fragte Gabrielle voller Entdeckungslust und beleuchtete die Kadaver mit ihrer Taschenlampe. »Was für ein ungewöhnliches Fell diese Ratten haben. Und die unnatürlichen weißen Augen?«

Wie immer bestürzt von Tierversuchen, seufzte Elias. »Hier haben wir ein Versuchslabor.«

»Dieser Gestank, mir ist übel. Lass uns das Labor noch durchsuchen, dann verschwinden wir.«

»Sei still. Ich höre etwas …«, bedeutete Elias, den Finger erhoben. »Hörst du das?«

Angestrengt lauschte Gabrielle. »Ja. Du hast recht.«

»Als würde sich etwas sehr langsam bewegen.«

»Womöglich sind nicht alle Ratten tot, oder etwas anderes kriecht herum.«

Entschlossen gab Elias seiner Schwester ein Zeichen, ihm zu folgen. »Sieh nur.«

Mit langsamen Schritten näherten sie sich der unheimlichen Geräuschkulisse. Weitere Kadaver lagen im verwahrlosten Käfig, nur eine Ratte eilte geschäftig von Ecke zu Ecke.

»Sie lebt«, sagte Gabrielle.

»Und ich glaub, sie hat Hunger«, antwortete Elias.

Als das Tier die beiden Gestalten vor ihrem Käfig stehen und staunen sah, kam es langsam auf sie zu. Mit großen, weißen Augen starrte es die fremden Gegenüber an.

»Was ist das?« Elias Blick war auf das gespenstische Tier gerichtet. »Sie ist viel größer als die anderen.«

Die Miene der Ratte war furchteinflößend. Die Farbe der Augen wechselte von Weiß in grau und umgekehrt. Sie schnaubte, als wäre sie zum Angriff bereit.

»Was steht hier?« Gabrielle zeigte auf ein Schild neben dem Käfig.

Elias kam näher heran. »Ein ›E‹?«

»Ja, sieht so aus«

Sie kamen näher und betrachteten den Buchstaben, als plötzlich ein Knurren von der Ratte ausging. Erschrocken wichen die beiden Warriors zurück. Mit einem Ruck sprang die Ratte gegen die Gitterstäbe.

»Verdammt«, schrie Elias.

Das Tier hatte sich offenbar in Rage gekrallt. Scheinbar aussichtslos schlug es mit seinem Kopf gegen den Käfig. Die Vorrichtung begann, unheilvoll zu wackeln, bis sie donnernd zu Boden krachte und die Käfig-Tür mit einem Ruck aufging.

»Scheiße«, brüllte Elias und sprang zur Seite. »Wo ist sie?«

Beide sahen sich um. Sie hörten erneut ein Geräusch.

»Das gibt es nicht«, erkannte Gabrielle beinahe belustigt. »Sie ist hoch.«

Schnell eilten die beiden ihr nach, doch von dem Tier fehlte jede Spur.

»Sie ist flott, unheimlich und böse«, keuchte Elias und wischte sich den Schweiß von der Stirn.

»Dieses Mistvieh hat uns ausgetrickst«, stellte Gabrielle belustigt fest. »Die finden wir nie wieder.«

Elias zuckte mit den Schultern. »Ja, womöglich. Aber letzten Endes ist sie nur eine Ratte.«

»Eine böse Ratte. Das ging schon einmal sehr übel aus«, schloss Gabrielle und zwinkerte ihren Bruder zu.

Sie suchten noch lange nach dem Tier, fanden es aber nicht. Sie stiegen die Steigleiter wieder hinab. Keine Spur von der Ratte und keine Unterlagen oder Aufzeichnungen. Einzig einige Tierkadaver packten sie ein und nahmen sie mit, sowie den Käfig mit dem Hinweis »E«. Sie verließen den entsetzlichen Ort und stiegen wieder hoch ins Freie.

»Scheiße, Mann.« Elias atmete tief durch und beugte sich nach vorn. »Luft, ich brauche Frischluft.« Er stütze seine Arme auf den Oberschenkeln ab und schüttelte angewidert den Kopf.

»Memme«, sagte Gabrielle und lachte. »Wir müssen Nagazir noch im Haus deponieren und dem Circle schnellstmöglich Bericht geben.«

Nagazirs Leichnam wurde in seinem Bürostuhl platziert. Erst als sie alles verstaut und zum letzten Mal das Haus durchsucht hatten, bemerkten sie es – ein gelbes P auf schwarzem Hintergrund auf Nagazirs Kühlschrank. Ein winziger Zettel, angepinnt mit einem Magneten. Sie schauderten. Wieder ein ominöser Hinweis.

»Wir nehmen den Zettel mit. Und jetzt komm, lass uns verschwinden«, drängte Elias. Schnell stiegen sie in ihr Auto und verließen die Zufahrtsstraße zu Nagazirs Haus. Als sich die Straße kreuzte, steuerte ein alter, verbeulter Mercedes auf sie zu. Während die Warriors rechts einbogen, änderte das entgegenkommende Auto seine Richtung nach links.

Wären die Geschwister später aufgebrochen, hätte dieser Nachmittag wohl einen verheerenden Verlauf genommen. So aber dirigierte Kito das Auto gemeinsam mit Travis unbemerkt von den Warriors auf Nagazirs Haus zu. Und für sie blieben Gabrielle und Elias im Verborgenen.

Spedding war außer sich, als er mit seinem Group beim Haus des Arztes eintraf. Unheilbringend still war es in der Villa und als sie den Mediziner tot in seinem Bürostuhl fanden, war schnell klar, was passiert war.

»Das war der Circle.«

Der Anführer der Groups stand regungslos im Schlafzimmer. *»Ich befinde mich in einem Albtraum«*, dachte Travis. Er atmete tief durch, ehe er einen tobenden Schrei losließ.

»Das kann nicht wahr sein«, brüllte er, nahm einen Stuhl und donnerte ihn durch das Fenster. »Such alles ab!«, befahl er seinem Krieger barsch. »Alles! Beweg dich!« Travis' Augen waren erschreckend hellgrau geworden, wie immer, wenn er einen Tobsuchtanfall bekam.

Die Gestalt des Anführers der Groups war monströs und furchteinflößend. Ein Hüne mit beinahe weißen Augen, dunkelblonden, schulterlangen Haaren, in schwarzer Hose und weißem Hemd und mit einem Körper, der einer Muskelmaschine glich. Ein Tier, das nun nicht mehr aufzuhalten war. Er riss Kito die Axt aus der Hand und begann, in blinder Zerstörungswut auf die Innenausstattung des Büros einzuschlagen. Er jagte von Raum zu Raum, brüllend, fluchend und vernichtend gegenüber allem, was sich ihm in den Weg stellte. Der Group indes blieb ruhig und durchsuchte das Büro beziehungsweise das, was noch davon übrig war. Den großgewachsenen, afrikanischen Kerl mit den weißen Rastazöpfen schien nichts aus der Fassung bringen zu können. Er kannte Travis lang genug, um zu wissen, dass niemand ihn stoppen konnte, sobald er die Fassung verloren hatte. In der Regel passierte das sehr schnell und an der Seite von Travis durfte keiner eine Mimose sein.

»Verdammt!«, brüllte Spedding. »Sie haben alles mitgenommen!« Er schnaubte verächtlich. »Wir werden nichts finden.« Genervt fuhr sich Travis durch die Haare und stützte seine Hand an der Hüfte ab. »Das bringt nichts! Ich muss nachdenken.«

»Vielleicht hat er sich gar nicht selbst umgebracht, sondern der Circle hat ihn ermordet.« Noch immer blieb Kito gelassen und hantierte mit leerem, weißem Papier herum, das flatternd zu Boden fiel. »Alles was sie finden konnten, nahmen sie im Anschluss mit.«

Travis knurrte. »Nein, die Warriors haben Nagazir nicht getötet. Das denke ich nicht.« Er holte tief Luft. »Vermutlich hat er sich wirklich selbst das Leben genommen, zumindest würde das den Schaum in seinen Mundwinkeln erklären.«

Mit zusammengekniffenen Augen sah er sich im verwüsteten Wohnzimmer um. Er musste zugeben, er hätte Nagazir einen Selbstmord nicht zugetraut, dafür war er viel zu ängstlich gewesen. Er hatte sich in ihm getäuscht. Für die Umsetzung von X23y hatte dem Mediziner definitiv der Ehrgeiz gefehlt. Die Zielstrebigkeit, etwas Neues und Großes aufzubauen, hatte er letzten Endes nie bei ihm entdeckt. Er hätte mit Travis eine neue reine Welt erschaffen können. Und jetzt? Das war kein Mann von Format, das war ein Waschlappen. Aber nun war es wie es war, daran ließ sich nichts mehr rütteln. Der Mediziner war in den Tod geflohen und das Geheimnis um X23y blieb den Groups weiterhin verborgen.

»Wir gehen zurück«, befahl er seinem Krieger barsch. »Ich hole mir mein Purus oder X23y, oder was notwendig ist, und wenn es das Letzte ist, was ich tue.«

Mit einer bizarren Faszination überblickte er das Chaos, wandte sich ab und kickte mit der Fußspitze einen umgefallenen Mülleimer weg. Kito indes griff nach einem winzigen Blatt Papier, auf dem etwas Unleserliches zu erkennen war und steckte es ein. »*Vorsichtshalber*«, dachte er, man wusste ja nie.

ISRAEL, SHARAJZEM, HAUS DER WARRIORS, JULI 2021

Während Julian rund um die Uhr an Siedahs Seite wachte, die bereits seit mehreren Tagen mit der Metamorphose kämpfte, richteten sich die Warriors in der Stadtvilla an der Batsiyonut Avenue zwischen Beit Oren und den Carmel Mountains ein und verwandelten den Ort in einen Hochsicherheitstrakt. Das zweistöckige Haus, teils aus Jerusalem-Stein und teils mit vergitterten, hohen Glasfronten im Obergeschoss, bot einen wenig spektakulären Anblick. Von außen erschien es düster und der Garten ließ keinen Blick auf den Eingang zu. Sechs Zimmer, zwei Badezimmer, eine Garage und Fenster mit Rundbögen, die auf Grund der dunklen, zugezogenen Vorhänge vom Inneren nichts erahnen ließen.

Am Grundstück, im Haus und in den einzelnen Zimmern waren Kameras positioniert worden. Die Alarmanlage war durchgehend auf Standby. In allen sechs Räumen standen Laptops, die mit aller möglichen Technik verbunden, verkabelt und angeschlossen waren. Niemand konnte dieses Haus betreten, ohne von einem Warrior gesehen zu werden. Selbst der Circle im weit entfernten Schottland war stets online und konnte alles aus dem Stammhaus überwachen. Fin und Nat hätten gern auf diese Art der Beobachtung verzichtet, wenn wenigstens Nagazir noch am Leben gewesen wäre. Was zum Teufel war dem Doktor eingefallen, sich einfach aus dem Staub zu machen. Noch dazu mit Gift! Doch der Circle war froh, dass sie noch rechtzeitig sämtlichen Schriftverkehr an sich nehmen hatten können.

Gabrielle und Elias war es gelungen, Unterlagen über X23y zu finden und diese mitzunehmen. Die Übermittlung der Daten ins Stammhaus war unverzüglich erfolgt, ebenso wie ein Bericht über die unheimliche Ratte, die jetzt ihre Kreise allein durch das Land zog. Hoffentlich würde dieses Tier keinen erneuten schwarzen Tod bringen.

Lucas und Ethan hatten in Nagazirs Labor nichts mehr gefunden. Ungebeten schoss Julian ein Gedanke ein und ihm fröstelte. Travis war hier, er konnte seine Anwesenheit spüren. Er fragte sich, ob die anderen ebenso dieses beklemmende Gefühl hatten, oder nur er selbst. Die Befürchtung, dass der Feind unmittelbar vor ihm stand, er ihn aber nicht sehen konnte. War Spedding ein Purist? Wenn ja, wie war er zu einem solchen geworden? War er bereits im Besitz von Purus? Warum der Aufwand mit X23y und Siedah Stevenson? Zu viele Fragezeichen standen im Raum.

Er seufzte, als ein kurzer Aufschrei die Stille des Hauses durchbrach. Stevensons Metamorphose, die Reinigung und Veränderung, war in vollem Gange. Heftige Krämpfe verbogen ihren Körper und Julian erinnerte sich an seine eigene Veränderung. Bei diesem Kampf, bei dem sich der Körper von allem Schädlichen befreite, konnte nichts und niemand helfen. Neben all den Schmerzen, die sich durch jede Zelle, durch den ganzen Organismus bohrten, kam die Angst. Die Furcht stieg an, als er erblindete und vollständig gelähmt wie ein lebloser Kadaver auf der Isolierstation im Stammhaus lag. Damals hatte er sich unglaublich allein gefühlt. Schmerzlich hatte er sich an seine Mutter erinnert, die bei einem Attentat in Jerusalem ermordet worden war. Und er war noch immer wie betäubt vom Tod seines Vaters gewesen.

Er blickte auf Siedah herab und ächzte. Er wusste, der Weg würde nicht mehr lang sein und bald würde sie in eine gnädige Ohnmacht fallen, sterben und wiedergeboren werden. Leise ging er durch das Zimmer, setzte sich auf die Bettkante und nahm die fiebernde Frau in seine Arme, während er ihr immer wieder Mut zusprach. Er musste zugeben, der Kampf zum Puristen war heftiger als erwartet ausgefallen. Julian konnte sich nicht daran erinnern, dass bei ihm selbst die Metamorphose so rasche Fortschritte gemacht hatte.

»Ich kann nichts sehen.« Leise weinend klammerte sich die junge Frau an seinen Arm.

»Ich weiß, aber es wird vergehen.«

»Ich kann mich fast nicht mehr bewegen.« Ihr Haar war schweißnass und das Bett feucht vom Blut, das stetig aus allen Poren tropfte und sich nicht stillen ließ.

»Das geht vorbei.« Er schob ihr eine ungewöhnlich weiße Haarsträhne zur Seite. »Es dauert nicht mehr lange, du wirst sehen.«

»Ich habe wahnsinnigen Durst.«

Behutsam reichte ihr Julian ein Glas Wasser, als Lucas den Raum betrat.

»Hm.« Sein besorgter Blick war auf ihren Gast gerichtet. »Das haben wir alle schon hinter uns.«

Der Warrior blickte auf. »Kannst du dich noch daran erinnern?« Er lächelte. »Immerhin ist das bei euch schon über 70 Jahre her.«

»Oh ja.« Lucas schob einen Stuhl ans Bett und nahm neben seinen Freund Platz. »Diesen Schmerz vergisst man nie. Egal wie lange es her ist.«

Julian seufzte. »Was für eine gruselige Geschichte …«

»Was meinst du?«

»Die Ratte«, antwortete sein Freund.

»Hm … Sie haben Nat schon einen Bericht über den Vorgang geschickt.« In kurzen Sätzen fasste Lucas die Ereignisse zusammen, dann betrachteten beide wieder ihren Gast wider Willen. »Was denkst du«, dachte Lucas laut, »löst den Schmerz aus? Das Auslöschen der Krankheiten, oder der Kampf auf Leben und Tod?«

Stirnrunzelnd sah Julian seinen Freund an. »Keine Ahnung. Was denkst du?«

»Ich glaube wirklich, dass es der Dreck ist, den wir im Körper haben. Purus«, Lucas' Zeigefinger deuteten ein Apostroph-Zeichen an, »befreit uns von all dem Müll, den wir in uns haben.«

»Das sagt der, der noch immer raucht und sich nicht vom Guinness trennen kann.« Julian lächelte. »Und dem es offensichtlich völlig egal ist, dass er sich danach tagelang kaum bewegen kann und einen Kater von unbeschreiblichem Ausmaß hat.«

»Sag ich ja. Es ist der Müll, der uns krank macht. Rauchen, trinken, ungesunde Ernährung, zu wenig Bewegung und zu wenig Erholung. Purus löst den Dreck in uns auf und das ist der Schmerz, den wir spüren.«

Ein schweres Stöhnen drang aus Siedahs Kehle.

»Die Menschen«, sagte Julian, »streben nach dem ewigen Leben, frei von Krankheiten und von Schmerz. Wissenschaftler, Mediziner und die Pharmaindustrie geben Unsummen an Geld für die Forschung dafür aus.« Seine Augen wanderten über Stevensons Körper, der bebte und sich immer wieder aufbäumte. »Und dann kommt ein Mittel, das genau das kann.« Er hielt inne. »Und was haben wir davon?« Er sah zu Lucas hinüber. »Einen Wahnsinnigen, der eine Armee …«

»Reine Armee«, korrigierte Lucas.

»… Eine ›reine‹ Armee aus Puristen erschaffen will und mit dieser dann schlichtweg unbesiegbar ist.« Er schluckte. »Dann haben wir wirklich den Dritten Weltkrieg und das Monster trägt nicht den Namen Hitler, sondern Spedding.«

Er tupfte Siedah den Blutschweiß von der Stirn. »Wenn es so ist, wie du sagst, dass Purus den Körper vom Dreck befreit, dann ist der Körper ›rein‹.« Julian sah aus dem Fenster und dachte nach. »Die ›reine Welt‹ aussehen soll … Ich frage mich, ob er allein arbeitet. Ich frage mich, ob Spedding all das allein geplant hat!« Er sah seinen Freund mit großen Augen an. »Er muss jemanden haben, der ihm hilft und ihn unterstützt. Er kann nicht allein in einen derartigen Krieg ziehen, egal ob besiegbar oder nicht.« Sein Blick löste sich von Lucas und wanderte wieder zu seinem Gast.

»Die reine Armee … hm … der reine Körper, die reine Welt!«

Schmunzelnd boxte Lucas Julian in den Bauch. »Hey, Wicki hatte einen Geistesblitz!« Er kniff Julian in die Nase. »Segel hoch, mein Freund, lass uns in den Kampf ziehen.«

»Das ist nicht lustig, Lucas!«

»Wir werden Travis finden. Wir werden alles herausfinden. Wir haben ein großes Rätsel und wir werden es lösen.«

»Er ist da. Ich spüre es.« Wieder verlor sich Julians Blick. In Gedanken versunken starrte er auf Siedah herab, nahm sie aber nicht wahr. »Er ist da«, wiederholte er. »Ich weiß es.«

»Umso besser, dann finden wir ihn vielleicht hier in Israel.« Lucas hielt inne. »Nein, ich glaube nicht, dass du Spedding spürst. Ich glaube, dass dir der letzte Kampf mit den Groups noch in den Adern sitzt.«

Entrüstet erklärte Julian: »Nein.« Er schüttelte den Kopf. »Er lässt seine Groups hier nicht allein schalten und walten. Siedah Stevenson ist ihm wichtig.«

»Glaubst du, dass Travis ein Purist ist?« Mit einem scharfen Blick musterte Lucas sein Gegenüber.

»Ich habe seine Augen gesehen«, murmelte Julian.

»Das habe ich auch. Sie waren grau.«

»Ja, wie unsere Augen. Und er war groß.«

»Ja, wie wir.«

Beide verstummten. »Weißt du«, erklärte Lucas nach kurzer Pause und rückte mit seinem Stuhl näher an Julian heran. »Als du auf der Krankenstation lagst, hatte ich ein Gespräch mit Nat. Er war furchtbar nervös. Er hatte …« Der Warrior suchte nach den richtigen Worten. »Ich meine, er hatte Angst. Angst vor einem neuen großen Krieg.«

»Kann ich nachvollziehen. Aber wovor fürchtet er sich so? Travis? Wenn er wirklich ein Purist ist, woher kommt er dann?«, fragte Julian.

»Einer der Probanden könnte überlebt haben, kannte die Gepflogenheiten des Circle und floh.«

»Das ist eine haarsträubende Idee.«

»Aber eine Möglichkeit«, hielt Lucas dagegen. »Es könnte so passiert sein. Ich sage es dir, vielleicht hat ein Proband wirklich überlebt und der sinnt auf Rache?«

»Und du meinst, das soll Travis sein? Der aus Rache eine unbesiegbare Armee gründen will und in den Dritten Weltkrieg damit zieht«, meinte Julian und wandte sich in Richtung Tür. »Möglich, glaube ich aber nicht. Aber ich stimme dir zu, das könnte erklären, warum uns Travis immer einen Schritt voraus ist.« Er zögerte. »Als würde er uns kennen. Also den Circle meine ich.«

Julian griff nach der Türklinke und wandte sich seinem Freund zu. »Sehen wir zu, dass wir Siedah heil aus Israel bekommen. Wir werden heute noch versuchen, so viel wie möglich zu analysieren und die Daten ins Stammhaus schicken. Vielleicht finden wir irgendwo einen Hinweis auf Travis, auf dieses P und E, und …«

»Im Übrigen … Elias und Gabrielle haben eine Notiz von Nagazirs Haus gefunden. Daran hing ein Zettel mit einem gelben P auf schwarzem Untergrund.«

»Verflucht. Dann hat Nagazir vermutlich gewusst, was es zu bedeuten hat.«

»Oder war dem auf der Spur.«

Julian schüttelte den Kopf und verließ schweigend den Raum. Siedah atmete schwer und rollte immerfort mit den Augen. Lucas beträufelte ihre Lippen mit einem feuchten Tuch. »Bald geschafft, Siedah«, sprach er ihr Mut zu. »Du hast es bald geschafft.«

ISRAEL, SHARAJZEM, HAUS DER GROUPS, JULI 2021

Travis grübelte. Nachdenklich betrachtete er sein Gesicht im Spiegel. Es war jung, seine Augen strahlten in einem hellen Grau, darüber streng geformte, dichte Augenbrauen. Am rechten Nasenflügel war ein winziges Muttermal sichtbar, die Haut war rosig und der dunkelblonde Bart, der von den Wangen über das Kinn bis zum Hals dicht und getrimmt war, verliehen ihm nicht das Antlitz eines Langweilers. Die Haare, in einheitlicher Länge, fielen lockig bis zu seinen Schultern. Das drohende Mienenspiel, das er sah und das Travis hervorragend beherrschte, amüsierte ihn jetzt. *»Ja«*, schloss er, *»Ich kann in der Tat einen sehr bösen Blick haben!«*

Er war groß, muskulös und in der Mitte seiner Brust prangte eine dreißig Zentimeter lange Narbe. Spedding gefiel, was er im Spiegel sah. Seiner Meinung nach war er vollkommen. Kerngesund würde er mit seiner reinen Armee unbesiegbar sein und das hob seine Laune, denn er hatte eine Idee, wie er Koshien und Stevenson finden könnte. *»Wenn ich wüsste wo sich die Frau befindet, dann wäre der Weg für die Groups frei, sie sich endlich schnappen zu können. Keine Frage«*, schloss er. Von den neunzehn Soldaten an seiner Seite, würden vermutlich nur wenige einen Kampf mit den Warriors überleben. Aber es zählte einzig Stevenson. Alles andere war ihm egal.

»Kilian.« Er wandte sich von seinem Spiegelbild ab und holte den Krieger zu sich. »Ich möchte, dass wir uns in fünf Minuten alle im Salon treffen.« Seine Arme breiteten sich aus wie die eines Predigers. Er lächelte über seinen eigenen Scherz, denn der »Salon« war ein dunkles, stickiges Zimmer, in dem überall leere Bierflaschen und sämtliches Verpackungsmaterial einer Fast-Food-Kette lagen. Den toten Sean hatten seine Groups hoffentlich fachmännisch im Meer versenkt. Heftiges Gemurmel und Brummen drangen durch den Raum, das abrupt erstarb, als Travis schließlich das Zimmer betrat.

»Es ist kein Geheimnis«, erhob Spedding seine Stimme, »dass der Circle nicht nur Siedah Stevenson in seiner Gewalt hat, sondern am Tod von Nagazir die Schuld trägt.« Zustimmendes Nicken ging durch die Runde. »Daher ist es unbedingt notwendig, dass wir dem Circle zeigen, was es heißt, wenn wir zornig werden.« Es war mucksmäuschenstill geworden. Die Groups lauschten ihrem Anführer gebannt. Man hörte nur den Straßenlärm von draußen. Eine Mischung aus Hupen, Fahrradklingeln und Polizeisirenen.

»Wir wollten einen Chemiker finden, der eine Substanz schafft, die Purus ersetzt oder dem sehr nahekommt. Und …« Seine Stimme wurde verschwörerisch leise. »Wir entdeckten Nagazir mit X23y und eine Probandin als Draufgabe, die hervorragend auf die Substanz ansprach. Sehr vielversprechend, dachten wir.« Er faltete seine Hände wie zu einem Gebet, seine Zeigefinger berührten nachdenklich die Lippen. »Die gute Nachricht dabei: Nagazir fand einen Stoff, der Purus tatsächlich sehr ähnlich ist. Die schlechte Nachricht ist, dass sich nun sämtliche Unterlagen von Nagazir im Besitz des Circle befinden.« Es folgte eine kurze Pause. Alle starrten ihren Anführer gebannt an. Fasziniert von seiner Stimme, seinem Auftreten und von der Bedrohung, die er ausstrahlte.

»Wir werden«, fuhr Travis fort, »Julian Koshien und Siedah Stevenson nur mit einer List finden können.« Er zuckte mit den Schultern. »Die Warriors sind untergetaucht. Warum?« Er stellte diese Frage nicht an seine Krieger. »Sie sind untergetaucht, weil Stevensons Gestaltenwechsel, die Reinigung des Körpers, in vollem Gange ist. Vermutlich werden die Warriors nicht mehr lange in Israel sein, dann ist die Metamorphose abgeschlossen und Stevenson wieder so weit hergestellt, dass sie fliehen kann. Mit Julian natürlich.« Wieder folgte eine Pause. »Deshalb müssen wir schnell handeln. Um genau zu sein – heute noch.« Er spie die letzten Worte aus. »Heinrich wird sich sofort mit Fraser Island in Verbindung setzen.«

Erstaunt riss dieser die Augen auf. »Australien? Was wollen wir in Australien?«

»Du wirst mit Keith Logan in Kontakt treten. Er soll sich sofort auf die Suche nach Mira und Michael Stevenson machen.«

»Das sind die Eltern von Siedah Stevenson«, erkannte Kilian und in seinem Tonfall lag ein Hauch von Heiterkeit.

»Ja, sie leben in Australien auf einer Ranch«, erklärte Spedding. »So eine Art Kommune. Hängen dort mit anderen Gleichgesinnten herum, bauen ihr eigenes Gemüse an, jeder treibt es mit jedem, sitzen dann im Kreis auf der Terrasse und warten auf die Ankunft von Wesen aus einer anderen Welt. Verrückt starren alle auf den Nachthimmel, summen Lieder bis zur Ekstase, nur um dann enttäuscht zu sein, dass die Aliens noch immer nicht gelandet sind.«

Kito schnaubte. »Wahnsinnige.«

»Nicht mehr als wir«, konterte Heinrich.

»Keith Logan muss sie schnellstmöglich finden und wenn er zur Ranch aufbricht, soll er sich sofort mit mir in Kontakt setzen.«

Aufgeregtes Gemurmel war zu vernehmen, als Travis' Krieger sich erhoben und den Raum verließen.

»Kito!«, rief Spedding den Hünen zu sich zurück. »Ich möchte, dass du ein Auge auf Naruto hältst und pass auf Kilian auf. Mir scheint, seine Gedanken drehen sich viel zu sehr um sich selbst. Er will um jeden Preis mächtig sein und das kann ich nicht dulden, zumal durch ihn in jüngster Vergangenheit zu viele Fehler geschehen sind.«

Stumm nickte der Group und trottete zu seinen Kameraden zurück.

SCHOTTLAND, ISLE OF SKYE, CIRCLE STAMMHAUS, JULI 2021

Von Schottland aus organisierte Nat ein Flugzeug, das seine Warriors mit Siedah nach Hause bringen sollte. Als Pilotin würde wie immer Erin Riley fungieren. Eine Frau, die ihrem Warrior-Titel alle Ehre machte. So hatte sie am Grundstück des Stammhauses ein großes Gehege, in der ihre Eule Irma lebte. Erin spielte Schlagzeug und flog die Militärmaschine des Circle.

Die toughe Kriegerin mit kurzem blonden Haar und Piercings im Gesicht trat bei festlichen Veranstaltungen immer in verrückt designten Kilts auf. Eine stolze Schottin, die lautstark »FREIHEIT« durch die Runde rief, wenn sie der Meinung war, dass Menschen, die sich in einer ungerechten Zwangslage befanden, unbedingt vom Circle gerettet werden mussten. Für Nat war klar: Erin war die perfekte Pilotin für dieses Unterfangen.

»Was lachst du?«, säuselte ihm eine Stimme in sein Ohr.

Er räkelte sich und sah in die Augen seiner wunderschönen Ärztin.

»Weil ich an Erin denke.«

»Und warum lachst du? Weil sie eine Frau wie ich ist und ein Flugzeug ›wie ein Mann‹ fliegen kann?« Sam kuschelte sich an ihn und zog die Bettdecke hoch. Es war spät und sie mussten beide am nächsten Tag früh aus den Federn. Siedah Stevenson würde, wenn alles gut ging, bald im Circle sein und es gab noch eine Menge zu tun, wie zum Beispiel ihr gesamtes Hab und Gut aus London in den Circle zu schaffen.

»Du weißt«, erwiderte Nat gespielt böse, »dass ich so niemals denken würde«.

Beide lachten.

»Wir Frauen sind nicht weniger ›Warriors‹ als ihr Männer.« Sam ließ nicht locker. »Ich kann kämpfen!« In ihren Augen blitzte es kurz auf.

»Lass es gut sein, mein Schatz. Das weiß ich doch.«

Beide lachten.

Nat überlegte. »Was denkst du über Stevenson?«

»Hm«, grübelte die Ärztin an seiner Seite. »Dazu kann ich noch nicht viel sagen. Wir müssen warten, bis sie hier ist.«

»Sie ist besonders.«

Sam reagierte nicht auf Nats Worte und löste sich aus der Umarmung.

»Besonders …«, fuhr er fort und konkretisierte: »Die Metamorphose geht deutlich schneller voran.«

Die Ärztin winkelte die Beine an und seufzte. »Wir werden es herausfinden. Aber ich vermute, dass wir uns am Beginn einer großen Aufgabe befinden.«

Nat zog sie erneut in seine Arme. »Davon bin ich ebenso überzeugt.«

ISRAEL, SHARAJZEM, HAUS DER WARRIORS, JULI 2021

In Israel hingegen las Julian soeben in der aktuellen Tageszeitung und es lief ihm kalt über den Rücken. In Montréal, vor dem Hauptsitz der Internationalen Zivilluftfahrt-Organisation – ICAO, war es zu einer wilden Schlägerei gekommen, die damit geendet hatte, dass sich vier junge Männer in die Luft jagten und das mächtige Gebäude dabei schwer beschädigten. *»Warum?«*, dachte er, *»Warum tun junge Menschen so etwas?«*

»Julian.« Eine Stimme drang leise und zaghaft aus dem Schlafzimmer. Siedah stand kurz vor Phase Fünf, die mit dem Tod verbunden war. »Julian, wo bist du?«

»Ich bin hier, Siedah.« Er nahm ihre Hand, die kalt und schneeweiß war. Die Blutungen hatten aufgehört. Das Bett war zum siebten Mal frisch bezogen. Lucas und die anderen kamen ebenfalls in den Raum. Es war so weit. Ihr Gast war ruhig geworden. Die Schmerzen waren vorbei.

»Julian«, wiederholte sie. »Ich sehe dich nicht, aber ich weiß, du trägst manchmal eine Brille.« Siedah lächelte. »Ich hatte auch eine Brille. Aber seit ich X23y verabreicht bekommen habe, muss ich sie nicht mehr tragen. Plötzlich konnte ich wieder alles klarsehen. Stell dir vor.« Sie drückte seine Hand fester und fuhr flüsternd fort: »Und jetzt sehe ich überhaupt nichts mehr. Ich bin blind und gelähmt.« Sie seufzte. »Wenigstens habe ich keine Schmerzen mehr.«

Es war eine bedrückende Situation. Ein Mensch würde jeden Moment sterben. In Gedanken ließen alle ihren eigenen Tod noch einmal Revue passieren. Julian sah nicht nur seinen eigenen Tod, sondern auch die Leiche seines Vaters. Und er würde nie wieder zurückkommen. Nie wieder.

»Julian?«

»Ja.«

»Wieso trägst du manchmal eine Brille?«

Die absurde Frage einer Sterbenden.

»Hm … Weißt du, Siedah, ich bin wahnsinnig klug.« Schnaubendes Lachen aller Anwesenden. »Immerhin spreche ich mehrere Sprachen fließend«, verteidigte sich Julian.

»Aber du brauchst sie nicht, oder?«, konkretisierte die junge Frau.

»Nein.« Julian schüttelte den Kopf. »Ich trage sie, um einfach klug auszusehen …« Er korrigierte sich. »Um noch klüger auszusehen.« Er fuchtelte mit der Hand in der Luft. »Ein Tick«, meinte er schließlich lachend.

»Sind alle im Raum?«, wollte Siedah wissen.

»Ja. Sie sind alle da. Lucas, Ethan, Gabrielle und Elias.«

»Dann bin ich nicht allein, wenn ich sterbe?«

»Nein, bist du nicht.«

»Dann muss ich wirklich sterben?«

»Naja … Irgendwie schon. Aber du kommst wieder zurück.«

»Ich werde ein Engel«, flüsterte sie. Es hatte etwas Drolliges an sich. »Weißt du«, hauchte sie, »ich hatte mal einen Kater. Er wurde fast zwanzig Jahre alt. Er war mein Ein und Alles. Meine Welt brach zusammen, als er starb.« Eine Träne lief über ihre Wange. »Ich dachte, wenn ich wieder gesund bin, dann hol ich mir ein Kätzchen. Ein kleines

Kätzchen.« Sie seufzte, »Ja das wollte ich.«

»Wie hieß der Kater?«

»Bugsy.« Jetzt lächelte Siedah ein klein wenig. »Hast du ein Tier?«, wollte sie wissen.

»Ja.« Er nickte. »Ja, ich habe einen Hund aus Ungarn. Fand ihn dort in einer Tötungsstation. Er hört auf den Namen Donnie, er ist ein schwarz-weißer Mischling und hat ein bisschen was von einem kleinen Münsterländer. Aber er lebt bei einer Ärztin. Der Gauner kam nicht mehr von ihr zurück. Er ist nämlich ein schlimmer Ausbrecher.« Er wandte sich zu Gabrielle. »Und sie hat ein ganzes Wolfsrudel am Gelände des Circle. Der Name des stolzen Anführers ist Anubis.«

»Ach!« Siedah lächelte. »Anubis ist ein hundeartiger ägyptischer Gott. Wie schön. Tiere sind etwas Wunderbares.«

Ein Stöhnen entwich ihrer Kehle.

»Wie lassen dich jetzt noch ein bisschen allein«, sagte Julian. »Ruf uns, wenn du etwas benötigst.«

»Ja, danke«, kam flüsternd die Antwort. Murmelnd verließen alle den Raum. Letzten Endes wusste keiner, ob sie tatsächlich zurückkommen würde. Am späten Nachmittag fanden sie sich schließlich wieder ein. Es würde nicht mehr lange dauern, hatte Ethan festgestellt. Sie waren bei Siedah, als sie um 15.23 Uhr an einem sonnigen Nachmittag endlich ihren letzten Atemzug tat. Nun musste Julian, Lucas, Ethan, Gabrielle und Elias nur abwarten. In etwa 20 bis 25 Minuten würde sie zurückkehren.

Julians Gedanken kreisten noch immer um den Mediziner. Geheimdienste hin oder her, Fin war ein begnadeter Spion, bestens vernetzt, hatte Augen und Ohren immer offen und diesem Mann entging nichts. Aber wie hatte er Nagazir gefunden und woher hatte Travis die Information? Fragen über Fragen. Aber er wusste, der Circle musste Antworten finden.

Alle hatten sich in der Küche versammelt, dort bauten sie ihre Laptops auf, und begannen, ihre Berichte zu schreiben. Nat und Fin waren über Stevensons Tod informiert worden. Die Zeit schien endlos zu sein. Noch immer war es still im Haus. Nur das Tippen auf den Laptoptastaturen war zu vernehmen.

Nach 35 Minuten war Siedah noch immer nicht zurückgekommen und zum ersten Mal seit sehr langer Zeit empfand Julian Angst. Er griff nach den Unterlagen seines Schützlings, die er von Nat erhalten hatte. Wieder studierte er sie. Er hatte ein ungutes

Gefühl, konnte aber nicht erklären, woher es kam. Vielleicht weil er diese Frau nicht einzuschätzen vermochte. Sie war trotz ihrer Erkrankung mutig und stark. Wie hatte sie es geschafft, nicht an Lebensenergie zu verlieren? Ein Leben in Schlangenlinien. Verbunden mit Höhen und Tiefen. *»Mut kommt aus Erfahrungen«*, dachte Julian. Siedah Stevenson beugte sich ihrer Krankheit nicht. Aus Verzweiflung, so meinte er, hatte sie sich entschlossen einen entscheidenden Schritt zu gehen und ihre Heilung, wenngleich noch so aussichtslos, selbst in die Hand zu nehmen. Er erinnerte sich an ein Gespräch, das er einst mit seiner Mutter zum Thema Mut geführt hatte. Damals hatte er wissen wollen, woher sie die Courage gehabt hatte, als Jüdin mit seinem Vater aus dem gefährlichen Berlin zu fliehen.

»Weißt du Julian, manchmal reagiert man einfach. Mit viel Glück ist es dann die richtige Entscheidung zum passendem Zeitpunkt. Genauso ist es.« Damals hatte sie ihn in den Arm genommen und ihm einen Kuss auf die Stirn gedrückt. »Meine Familie und ich waren ohnehin Todgeweihte, mit oder ohne Fluchtversuch. Versuche, immer aktiv und handlungsfähig zu sein. Habe keine Angst davor, neue Wege zu gehen. Aus kleinen Wegen können große werden.« Sie hatte gelächelt. »Wären wir nicht geflohen, gäbe es dich heute nicht. Hab Vertrauen und treffe für dich die richtigen Entscheidungen, auch wenn sie für den einen oder den anderen manchmal verrückt, tollkühn oder todesmutig erscheinen.« In Gedanken versunken legte er die Unterlagen wieder zur Seite. *»Ja, ohne Zweifel«*, dachte er, *»Stevenson ist mutig. Sehr mutig sogar. Sie hat sich entschieden nicht kampflos aufzugeben.«* Er seufzte. Sollte sie zurückkehren, mussten sie sich in Acht nehmen. *»Unterschätze niemals eine mutige Frau.«* Unwillkürlich musste er lächeln. Er war frischgebackener Purist gewesen, als im Fernsehen über Jeanne Manford berichtet wurde, die damals gemeinsam mit ihrem homosexuellen Sohn an der Gay Pride Parade in New York teilgenommen hatte. Couragiert war sie gegen homophobe Menschen aufgetreten.

»Frauen!«, sagte er laut und alle sahen auf.

»Wie bitte?«, fragte Lucas.

Julian schüttelte den Kopf. »Ach, ich war in Gedanken versunken.«

»Sie kommt zurück«, meinte Elias. »Nur keine Sorge.«

ISRAEL, SHARAJZEM, HAUS DER GROUPS, JULI 2021

»W*arum um alles in der Welt dauert es so lange, bis die Australier Stevensons Eltern gefunden haben*«, fragte sich Travis. Ihnen lief die Zeit davon. Aber es war zwecklos. Wo sie suchten, keiner der Groups konnte Stevenson und Koshien finden. Die Warriors und ihr weiblicher Schützling schienen wie vom Erdboden verschluckt zu sein. Travis hatte es angekündigt, doch keiner seiner Krieger wollte es wahrhaben. Kilian suchte wie verrückt, herrschte Naruto und den Rest seines Teams an. Selbst für Spedding, der ein Gespür für den Circle hatte, war das sonderbar. Er wusste, die Warriors konnten sich rasend schnell bewegen und waren für die Augen seiner Männer so gut wie unsichtbar. Aber sie hatten eine todkranke Siedah an ihrer Seite. Sie konnten nicht flüchten, geschweige denn ausreisen.

»Wo seid ihr?« Wieder einmal stand Travis vor dem verschmutzten Spiegel in der verwahrlosten Wohnung im sechsten Stock und starrte sein Ebenbild an. »Wo bist du, Julian?«, stellte er seinem eigenen Spiegelbild die Frage. »Wo hast du sie versteckt?«

Er dachte nach. Was würde er tun? Wo hätte er selbst Siedah hingebracht? Er hätte sie nicht in der Stadt gelassen. Außerhalb, definitiv, der Circle war nicht in Sharajzem. Ihr Stützpunkt musste irgendwo abgelegen und ruhig liegen. Nicht zu weit weg, und in der Nähe musste es einen Landeplatz für einen Hubschrauber des Circle oder Ähnliches geben.

»Kito!«, rief er seinen Krieger. »Bring mir meinen Computer. Ich brauche eine Landkarte von Sharajzem und Umgebung.« Er wandte sich Heinrich zu. »Habt ihr Siedahs Eltern?«

»Die Leute von Keith haben die Ranch in fünf Minuten erreicht. Ich habe gesagt, sie sollen auf weitere Anweisungen warten.«

»Gut.« Travis war zufrieden, wenigstens dieser Plan schien aufzugehen. »Gib mir sofort Bescheid, wenn sie da sind.«

Die Gabe, die Puristen in ihren schnellen Bewegungen zu sehen, amüsierte Spedding. Ob der Circle bereits Verdacht geschöpft hatte und ahnte, dass er in derselben Liga spielte wie die Warriors selbst? Er hatte zehn Leben. Das war sein spezielles Geheimnis, das niemand wissen sollte. Julian hatte ihn angestarrt, als er zuletzt auf ihn getroffen war. Er hatte in seine Augen geblickt, die so grau waren wie dessen eigene. War Travis durch diesen kurzen flüchtigen Blick als Purist unvorsichtig geworden?

»Hier, bitte sehr.« Kito hatte den Laptop an ihn herangetragen, auf dem die visualisierte Darstellung von Sharajzem und der Umgebung zu erkennen war.

»Stell ihn hierher.« Travis deutete auf den Tisch in der Küche. Er fegte mit einer Hand den angesammelten Müll von dem Möbelstück, zog einen Stuhl näher heran und zoomte die Landkarte größer. Mit der Maus schob er das Bild hin und her. Seit es Google Earth gab, war vieles einfacher geworden. Wegstrecken konnten genauer geplant werden, die Umgebung besser ins Visier genommen werden und man konnte damit sogar durch Orte und Straßen spazieren. Das Ashdot Yagur Reserve lag mitten im Grünen. Er verwarf die Idee schnell, Ashdot war eine viel zu große Stadt in der Nähe von Tel Aviv. Er zoomte weiter. Bet Xearim, eine archäologische Stätte im Norden Israels, rund um diese Gegend? Nein, zu viel Tourismus. *»Beit Oren könnte gut möglich sein«*, schloss er. Kfar Hasidim auch. Beit Oren lag mitten im Gebiet des Carmel Mountain National Park. Er dachte kurz nach und sah auf die gelbliche Zimmerdecke. Irgendwo am Fuße des Carmel Mountains könnten sie sich versteckt haben. Zumal Sharajzem durch gut gebaute Straßen schnell und einfach zu erreichen war. Er würde beide Orte noch heute selbst besuchen.

»Sie sind da«, rief Heinrich und kam angelaufen. »Was sollen wir nun tun? Sie warten auf deine Anweisungen.«

Travis klappte den Laptop zu, erhob sich, nahm die Autoschlüssel und sein Handy.

»Endlich«, knurrte Travis genervt. »Ich rufe Keith jetzt gleich aus dem Auto an.«

»Wo fährst du hin?«

»Ich muss etwas überprüfen.« Spedding war sich nicht sicher, ob der Circle dort seinen Stützpunkt hatte, aber er verspürte Erregung. *»Dort irgendwo bist du, Julian«*, dachte er. Summend, fast gut gelaunt, verließ er die Wohnung und gelangte durch das Treppenhaus in die heiße Luft von Sharajzem. Die Stadt kochte, die Hitze war schier unerträglich geworden. Beim Auto angelangt begann er bereits, die Nummer von Keith in sein Handy zu tippen. Donnernd schlug er die Autotür zu und während er den Motor startete, war dieser schon am Apparat.

»Was hat so lange gedauert?«, wollte Travis gereizt wissen.

»Mann! Wir sind in Australien. Die Ranch ist nicht gerade um die Ecke und meine Leute musste ich organisieren.«

Spedding seufzte und dachte: *»Dilettanten.«*

ISRAEL, SHARAJZEM, HAUS DER WARRIORS, JULI 2021

Riley fliegt die Maschine«, erklärte Julian, während er in der Küche bei Lucas saß, der still auf seinem Notebook vor sich hinarbeitete – Berichte schrieb, Mails beantwortete und Fotos scannte.

»Sie kommen mit Sam«, erklärte Julian weiter und starrte auf das Blatt Papier, auf dem ein gelbes P auf schwarzen Untergrund zu sehen war. »Sie sind schon in der Luft.« Er räusperte sich und überlegte: »Was mag das wohl zu bedeuten haben?«

»Hm …«, grübelte Lucas. »Vielleicht Purus?«

»Vielleicht hast du recht«, murmelte Julian. »Vielleicht ist Travis wirklich ein Purist und hinterlässt so seine Spuren für die anderen Anhänger.« Er sah zu seinem Freund hinüber. »Wäre möglich, oder?« Sorgsam legte er den geheimnisvollen Hinweis zur Seite und streckte seine Beine von sich. »So etwas wie: ›Ich war hier‹.«

Kurzes Schweigen breitete sich aus.

»Was tun wir, wenn sie nicht wiederkommt?« Für einen Moment schloss Lucas die Augen. Diese Frau war für seinen besten Freund erstaunlich wichtig geworden. *»Es sind bereits über 75 Minuten«,* dachte er weiter. Er zog die Brauen zusammen und fragte: »Kehrt sie zurück?«.

»Ich weiß es nicht«, seufzte Julian. »Es ist nicht Purus, es ist X23y. Mag sein, dass es hier länger dauert. Wir haben mit dieser Substanz keine Erfahrungswerte.«

»Aber morgen geht es in jedem Fall nach Hause.« Lucas wollte so schnell wie möglich aus Israel weg. »Ich mag diesen Ort hier nicht. Er ist unheimlich.«

»Blödsinn!«, schnaubte Julian. »Du magst den Ort nicht, weil es dir hier zu wenig aufregend ist.«

»Ja, kann sein.« Sein Freund hielt inne und sah auf. »Es ist scheiß-langweilig hier. Es ist heiß, der nächste Supermarkt ist meilenweit weg, und für jede Packung Zigaretten muss ich auf den Balkon gehen. Und ...« Er war jetzt richtig in Fahrt gekommen. »Überall dieses Grünzeug.«

»Was für ein Grünzeug?«, wollte Julian wissen, der seines Zeichens Israel liebte, was er der Herkunft seiner Mutter Alisha Vistra zu verdanken hatte.

»Ja, Bäume und Palmen und diese unzähligen Käfer. Überall krabbelt es.« Er schüttelte sich. »Eklig. Nichtsahnend stehst du draußen, ziehst an deiner Zigarette, während dich hinterhältig ein Käfer am Arm angreift.«

»Angsthase!« Julian lachte laut auf. »Wir sind Soldaten, wir fürchten uns vor nichts.«

»Ach ja.« Lucas hob die Augenbrauen. »Wer läuft denn schreiend durch den ganzen Circle, wenn in seiner Wohnung eine Spinne krabbelt? Die noch dazu kaum größer als drei Millimeter war.«

»Falsch!«, konterte Julian amüsiert. »Das war ...« Er suchte nach Worten. »Ein Goliath, eine Vogelspinne, ja ... Es ist erwiesen, dass Menschen, die an einer Arachnophobie leiden, das Tier um ein Vielfaches größer empfinden, als es in Wahrheit ist.«

Lucas zog eine Grimasse. »Schreiend bist du zu mir gelaufen. Du konntest kaum atmen.«

»Sie wollte mich angreifen«, verteidigte Julian sich. »Eklige, spindeldürre Beine krabbelten in meine Richtung.« Er schüttelte sich.

In Wahrheit aber wollte Lucas so schnell wie möglich wieder nach Hause. Gedankenverloren sah auf er sein Tattoo »Diana forever«. Das erste Mal seit so langer Zeit war da jemand und er wünschte sich, dass sie noch immer da sein würde, wenn er nach Hause kam.

»Beky!« Als könnte sein Freund Gedanken lesen. »Wusstest du, dass Rebecca aus dem aus dem Hebräischen kommt und einen biblischen Ursprung hat?«

Lucas' Miene wurde wachsam. »Nein«, er schüttelte den Kopf, »wusste ich nicht, aber woher … Ich meine … Wie kommst du auf Beky?«

Sein langjähriger Gefährte lächelte und fuhr unbeirrt fort: »Genau genommen geht der Name auf das Wort ›rivkah‹ zurück und bedeutet unter anderem ›die Betörende‹.«

Lucas hielt den Blick starr auf seine Tätowierung gerichtet.

»Luki«, sprach Julian weiter und wählte bewusst den Spitznamen, den er immer verwendete, wenn sie unter sich waren und sehr persönliche Dinge besprachen. »Ich bin dein bester Freund. Natürlich habe ich es bemerkt. Aber sei vorsichtig. Das kann gefährlich werden.«

Lucas seufzte: »Ja, ich bin ein Warrior und sie … nicht, sondern eine Ärztin.«

Julian nickte: »Genau.«

Die beiden sahen sich fragend an. Der Gedanke an die Liebe ließ sie schwermütig werden. Das Kribbeln im Bauch, den Atem des anderen auf der Haut spüren, der erste Kuss. Die Warriors mussten unter sich bleiben, dieses Gesetz im Circle bestand, seit sich Paul Koshien unsterblich in eine ›gewöhnliche‹ Frau, nicht der Institution angehörend, verliebt und nach deren Tod beinahe den Verstand verloren hatte. Das Ableben von Alisha hatte eine heftige Diskussion entfacht, warum nahe Angehörige kein Purus erhalten durften. Die magische Zahl Zwölf durfte weder über- noch unterschritten werden. Denn die Zahl Zwölf stand für Hingabe und das Dienen.

»Was wäre aus dir geworden?«, fragte Lucas irgendwann.

»Du meinst, wenn mein Vater nicht gestorben wäre?«

Sein Freund senkte zustimmend den Kopf.

»Dann wäre ich wohl im Circle Dolmetscher geworden und hätte ein normales Leben führen können.«

»Warum dürfen es nie mehr als zwölf sein?«

»Das ist das Gesetz im Circle.«

»Mit Stevenson sind wir dreizehn.«

Julian nickte knapp. »Stimmt!«

»Vielleicht«, sagte Lucas, »ändern sie diese Zwölfer-Regel?«

Beide lachten, denn sie wussten, Fin würde die Zahl Dreizehn nicht gefallen. Möglicherweise gab es Hoffnung für Lucas und Beky.

Das Insekt auf der Zimmerdecke, bewegte sich langsam von der rechten Ecke in die linke. Das Krabbeln war erschreckend klar zu hören. Die Härchen an den Beinen des Käfers waren deutlich zu sehen. Durch die Äderchen in den Flügeln schien laut das Blut des Tiers zu fließen. Sie hob ihre Hände und ihr Blick blieb an den makellosen, langen Fingernägeln haften. Ein tiefer Seufzer drang aus ihrer Brust.

Luft holend richtete sie sich auf, schwang sich aus dem Bett und stellte ihre nackten Beine auf den Boden. Sie betrachtete ihren Körper. Seidige Haut, so vollkommen. Langsam stand sie auf und ging auf Zehenspitzen in das angrenzende Bad. Sie betrachtete ihr Spiegelbild. Schneeweiße Haare, graue Augen und ein perfekter, aufrechter Körper. *»Ja«,* dachte sie noch einmal, *»ich bin vollkommen.«*

Keiner der Warriors hatte die kaum wahrnehmbaren Geräusche, die aus dem Bad drangen, gehört. Und niemand hatte den Ton, der eine E-Mail ankündigte, mitbekommen. Doch mit einem Mal war es unheilschwanger leise im Haus geworden. Die Blicke der Warriors trafen sich.

»Was war das?«, fragte Elias und richtete sich auf.

»Warriors. Warriors«, drang eine flüsternde Stimme an ihr Gehör, wobei das »S« dem Zischen einer Schlange glich. »Warriors.«

Blitzschnell wanderten alle Augen auf den Punkt, von dem sie das Flüstern vernommen hatten. Sofort waren alle in Alarmbereitschaft.

»Warriors!«

Niemand bewegte sich. Bedrohlich, geheimnisvoll und geisterhaft stand sie plötzlich splitternackt im Türrahmen.

Siedah Stevensons athletischer Oberkörper glänzte schweißgetränkt mit einer perfekt geformten Brust, einem straffen Bauch, schmalem Becken und Beinen, die endlos schienen. Das kurze, unheimlich weiße Haar stand wild in alle Richtungen, ihre grauen Augen fixierten jeden einzelnen Warrior, mit der Zunge wischte sie den letzten eingetrockneten Blutstropfen weg.

Noch immer bewegte sich niemand.

Absolute Stille.

Es war beinahe gespenstisch. Da stand etwas ... Unheimliches.

Sie war zurückgekommen. Ein feminines Wesen, das für eine Frau überdurchschnittlich groß war, ebenmäßig und grazil. Atemberaubend.

Der Erste der seine Worte wiederfand, war Lucas.

»Julian, gib mir deine Jacke!«, forderte er sein Gegenüber auf, nahm das Kleidungsstück und bedeckte Siedah damit. »Wie geht es dir?«, fragte er überrascht.

Siedah neigte den Kopf zur Seite. »Ich stehe gerade nackt vor Menschen, die ich nicht kenne, aber sonst ist alles gut.« Sie wandte sich zu Julian. »Wer war das?«

»Wer war was?« Julian zuckte die Schultern.

»Wer hat mich ausgezogen?«

»Ernsthaft jetzt?« Julian war noch immer nicht bei der Sache. Abgelenkt von zu viel nacktem Körper. Diese Frau verwirrte ihn immer mehr.

»Ja.« Siedah nickte. »Ich lag nackt im Bett.« Sie hantierte mit ihrer Hand, als würde sie etwas nach den Männern werfen.

»Kannst du dich an etwas erinnern?«, wollte Julian wissen.

»Bevor ich jetzt noch irgendetwas mache oder sage, habt die Güte und bringt mir ein paar Kleider. Vorzugsweise welche, die passen.« Ihr Ton war schnaubend. Sie wandte sich um und verließ die Küche.

»Ja, spinne ich?« Julian musste lachen. »Sie schneit einfach hier herein, macht Wirbel und gibt uns Befehle.«

»Das habe ich gehört!«, warf Siedah aus ihrem Schlafzimmer zurück. »Außerdem ist dieses Zimmer ein echter Saustall. Und es stinkt.«

Julian rang nach Worten und hörte, wie sein Gast »She's a Rainbow« von den Rolling Stones vergnügt vor sich hin trällerte. »Das ist kein Engel, das ist ein Wesen aus einer anderen, fernen Welt.«

Er sprang auf und sauste zu seinem Schützling. »Du ziehst dich jetzt an und dann reden wir.«

»Ja mein Herr, selbstverständlich mein Herr, wie Sie befehlen mein Herr.« Siedah lachte.

Aus der Küche kam verhaltenes Lachen. »Frauen!«, erkannte der Womanizer Ethan.

»Das fängt ja gut an.« Julian kam zurück und setzte sich wieder vor den Laptop. Er funktionierte ihn hoch und bemerkte, dass eine E-Mail eingegangen war. Er vermutete die Nachricht von Nat, der an alle die Reisedaten verschickt hatte, wer wann wo zu sein hatte. Jedoch konnte er den Absender der Mail nicht zuordnen. Er kannte die Adresse nicht, die aus unzähligen aneinander gereihten Buchstaben bestand. Spams erhielten die Warriors nicht. Es musste etwas sein, das von Belang war. Ohne viel nachzudenken, öffnete er Mitteilung und stockte.

»Seht euch das mal an. Was ist das?«, fragte er in die Runde, während das fröhliche Singen von Siedah immer lauter wurde. Er klickte auf einen Link und ein Fenster öffnete sich. Zum zweiten Mal an diesem Tag verschlug es ihnen die Sprache. Ein Video, das zwei blutüberströmte Menschen am Boden knien zeigte. Um ihre Hälse hingen Schilder, auf den Namen zu lesen waren. Die

Frau wimmerte und hielt ihren Oberkörper mit den Händen umschlossen. Lucas zoomte näher. »Mira Stevenson.« Er fuhr zusammen. »Das ist die Mutter von Siedah. Und der Mann neben ihr ist Michael Stevenson«, erkannte er. »Das sind Siedahs Eltern.«

»Oh mein Gott«, flüsterte Julian. *»Das ist Travis' Antwort auf Nagazirs Tod und dass wir Siedah haben«*, dachte er. *»Sie muss ihm verdammt wichtig sein. Mehr als wir anfangs dachten.«*

SCHOTTLAND, ISLE OF SKYE, CIRCLE STAMMHAUS, JULI 2021

Nat starrte gebannt auf seinen Flachbildfernseher. Eine Live-Übertragung zu den Ereignissen eines Bombenanschlags in Washington D. C. auf das Headquarter des Internationalen Währungsfonds ließ ihn staunen. Wie war das möglich? Wie konnten die Attentäter so weit nach vorne dringen, um einen derartigen Anschlag zu verüben?

Sein Laptop zeigte eine Nachricht an, die er kopfschüttelnd öffnete. Regungslos saß er auf seinem Bürostuhl und starrte auf die Bilder, die sich ihm darin zeigten. Niemals hätte er gedacht, dass er noch einmal mit einer derartigen Grausamkeit konfrontiert werden würde. Tief erschüttert verfolgte er die Ermordung von Siedahs Eltern.

Riley flog bereits die Maschine des Circle. Sie und die anderen Warrior peilten den Flugzeugträger in Ägypten an.

»Wie weit seid ihr?«, erkundigte sich Nat mit ruhiger Stimme.

»Wenn alles gut geht«, erklärte Jacob, Rileys Liebhaber, der wie immer als Co-Pilot fungierte, »erreichen wir das Ziel in zwei Stunden. In Schottland ist es jetzt kurz nach ein Uhr Mittag. Das bedeutet, in Ägypten ist es eine Stunde später, also vierzehn Uhr und in Israel ist es bereits fünfzehn Uhr.« Er räusperte sich. »Wir werden also gegen vier in Ägypten sein. Der Hubschrauber, der uns auf den Flugzeugträger bringen wird, steht für uns bereit?«

Nat amüsierte sich über Erin Riley und Jacob Bauer. Im privaten Leben liebten und hassten sich die beiden. Erin, die toughe Schlagzeugerin mit ihrer Eule Irma, und Jacob der Kungfu-

Kämpfer. Sie waren schräg, aber seit Jahren ein Paar. Selbst nach lautstarken Streitereien, wobei sie nicht zögerten, dem anderen Dinge wie Geschirr hinterherzuschmettern, konnten sie in der Regel sachlich und routiniert miteinander arbeiten.

»Ja«, kam zur Antwort. »Ihr seid gegen siebzehn Uhr dreißig Ortszeit in Israel.«

»Korrekt.«

»Ist etwas passiert?«, fragte Erin.

Nat seufzte. »Travis hat Siedah Stevensons Eltern ermorden lassen.« Er holte tief Luft. »Wir hier im Circle haben gerade eine E-Mail mit dem Video erhalten und Julians Team hat die Nachricht ebenfalls bekommen.«

Kurzes Schweigen an Bord. »Wie wurden sie getötet?«, erkundigte sich Bauer, der nach Rileys Arm griff.

»Zimperlich waren sie nicht.« Nat hielt kurz inne. »Keith Logan und seine Truppe haben auf Travis' Anweisung hin die Ranch auf Fraser Island in Australien überfallen. Es befanden sich dort dreiundzwanzig Menschen, darunter Siedahs Eltern, denen das Anwesen gehört. Zuerst wurden alle auf ein Feld gejagt. Sie schossen jedem in die Beine, nur Siedahs Eltern nicht. Beide trugen Namensschilder um den Hals und kauerten am Boden, während die anderen verletzt auf der Erde lagen und schrien. Verständlicherweise herrschte absolute Panik. Wir gehen davon aus, dass Logans Truppe aus mindestens zehn Schlägern bestand.«

»Was geschah weiter?«, wollte Riley wissen, die entsetzt aus dem Fenster des Cockpits blickte. Die Aussicht wäre atemberaubend gewesen, ein Meer aus tiefblauem Nichts, wären nicht die Erzählungen von Nat gewesen.

»Siedahs Eltern kauerten am Boden, auf dem ein Schreiben lag, das sie vorlesen mussten.«

»Was stand dort?« Bauers Unbehagen wuchs stetig.

»Naja … Natürlich zum einen, dass dies die Rache für Siedahs Entführung sei. Der zweite Punkt war im ersten Moment für uns unklar. ›Das reine Funktionierende sei ein Kunstwerk an sich‹, ›Die neue reine Welt‹. Anfänglich verstanden wir nicht. Doch Julian und die anderen konnten damit mehr anfangen. Nagazir sprach vor seinem Tod über ›Die neue reine Welt‹.«

Jacob holte tief Luft und sah zu Riley. Nun war der gestrige Abend vergessen. »Puristen sind frei von Krankheiten, demnach ›rein‹, die Übersetzung von Purus. Spedding will eine unangreifbare Armee aufbauen, dazu braucht er Purus.«

Unbeirrt von alldem schaltete sich Erin wieder ein: »Der Typ hat ja nicht alle Tassen im Schrank.« Sie lachte kurz auf. »Wenn mir vor ein paar Jahren jemand erzählt hätte, dass wieder so ein Wahnsinniger kommen soll, hätte ich ihm den Vogel gezeigt.«.

»Er will eine neue Welt erschaffen ›Eine neue reine Welt‹. Wie das zu verstehen ist, können wir nur vermuten. Das ist krank.« Sam, ebenso an Bord, griff unwillkürlich nach ihrer Halskette und der Phiole, welche mit dem niedrigdosiertem Purus gefüllt war. »Spedding ist wahnsinnig.«

»Wie auch immer ›Die neue reine Welt‹ auszusehen hat«, fuhr Nat fort, »Travis ist fest entschlossen, den ersten Schritt umzusetzen. Er braucht dazu eine unangreifbare Armee.« Eine kurze Pause entstand. »Im Übrigen … Stevensons Metamorphose ist abgeschlossen. Wie vermutet, kam sie zurück.«

»Wie lange war sie weg?«, wollte Sam wissen.

»Ungewöhnlich lange, mehr als eine Stunde. Fast 90 Minuten.«

Sam überlegte. »Ja«, bestätigte sie schließlich. »Das ist tatsächlich ungewöhnlich lang. Sonst noch etwas Auffälliges an ihr?«

»Julian«, erzählte Nat, »und die anderen sprechen von einer geisterhaften Erscheinung. Sie kam lautlos und war plötzlich da.«

Riley lachte schrill und laut auf. »Niemals! Sie warten Minuten auf das Ereignis und überhören es?«

»Das glaube ich nicht«, warf Sam ein.

»Sam, du wirst herausfinden, was es mit X23y auf sich hat und was an Siedah Stevenson anders ist.«

Es raschelte im Hintergrund und Nat lenkte das Gespräch wieder in eine andere Richtung. »Sie haben das gelbe P auf schwarzen Untergrund entdeckt«, erklärte Nat.

»Purus«, meinte Sam schnell.

Riley schnaubte. »Das wäre zu einfach! Nie im Leben.«

»Vielleicht hat es was mit der ›Neuen reinen Welt‹ zu tun«, merkte Erin an.

»Oder es bedeutet Purist«, antwortete Jacob leise.

»Wir wissen es zu diesem Zeitpunkt leider noch nicht«, antwortete Nat.

»Was ist mit Siedah? Weiß sie vom Tod ihrer Eltern?« Sams Stimme war holprig. Wenn Stevenson bereits von der Ermordung wusste, wäre eine Flucht mit ihr deutlich schwieriger. Keiner wusste, wie sie auf eine solche Nachricht reagieren würde. Manche erstarrten und waren handlungsunfähig, andere wiederum rasend vor Wut.

»Sie haben Siedah nichts gesagt. Das macht die Sache zwar nicht leichter, aber für uns ein wenig kalkulierbarer.« Gut hörbar sortierte Nat die Unterlagen auf seinen Tisch. Es raschelte unangenehm laut.

»Wenn ihr im Anflug seid, meldet euch. Travis hat uns den Krieg erklärt. Am Ende des Films spricht Kilian und erklärt ihr Handeln noch einmal. Die anderen auf der Ranch wurden danach systematisch erschossen. Das reinste Gemetzel.« Er machte eine kurze Pause. »Da ist noch etwas.«

Alle lauschten gespannt.

»Elias und Gabrielle«, sagte Nat, »haben etwas sehr Ungewöhnliches entdeckt.«

Die Gruselgeschichte über den Schacht war schnell erzählt. Wieder fungierte die unheimliche Ratte als Hauptprotagonist.

»Ein E?«, fragte Riley und sah orientierungssuchend zu ihrem Freund, der kurzzeitig das Steuer übernommen hat, damit sie nachdenken konnte.

»Ja«, stimmte Nat zu. »Ein E. Es mag nichts zu bedeuten haben, aber wir sollten versuchen, herauszufinden, was es mit der Ratte zu auf sich hat.«

»Zu dumm, dass sie den beiden entwischt ist«, meinte Sam.

Nat räusperte sich. »Sie haben einen Großteil der Kadaver sicherstellen können. Wir werden sehen, ob wir klüger sind, wenn wir diese genau untersucht haben.« Ein Knacken in der Leitung. »Gut. Passt auf euch auf und holt alle heil aus Israel zurück. Vor allem Siedah Stevenson. Sie ist der Schlüssel zu alldem. Sie und dieses X23y.«

Nach der Verabschiedung war es still in der Leitung geworden. Unzählige bekannte Geräusche und Erschütterungen waren im Flugzeug zu vernehmen. Caspar, der die Tragflächen im Blick hatte und die Metallklappen an ihrer Oberseite, die sogenannten Störklappen, beobachten konnte, schien in Gedanken versunken. Es roch muffig im Flugzeug, es war laut, dunkel und ab und an konnte man den Ton eines Gongs hören. Sie saßen nicht hintereinander wie in einer Passagiermaschine, sondern einander gegenüber.

Ihr Auftrag war es, Julians Mannschaft mit Siedah Stevenson unversehrt aus Israel zu evakuieren. Der Einsatz von Waffen war sehr wahrscheinlich, zumal alle damit zu rechnen hatten, dass Travis' Truppe da sein und das Feuer eröffnen würde. Einen verletzten Warrior, wie zuvor Julian, wollte man in jeden Fall vermeiden.

Dr. Sam Haymann war wohl mit an Bord, sie war aber als Ärztin für Siedah gedacht und nicht für einen Warrior. Alle waren still geworden. Die vermutlichen Pläne von Travis mussten sie erst auf sich wirken lassen. Ein Schauder durchfuhr jeden von ihnen und sie fragten sich, was für ein Krieg auf die Menschheit zukäme, wenn ein Wahnsinniger einen perfiden Plan schmiedete und damit tatsächlich eine neue Welt erschaffen wollte. Eine Welt mit einer Armee aus Puristen. Käme Purus in die falschen Hände, wäre es egal, wie lange die Soldaten zu leben hätten. Zuchtstätten würden entstehen. Zuchtstätten für die unangreifbare Armee.

Damals war es Nat gelungen, Adolf Hitler zu beseitigen. Aber es war nicht er allein gewesen, er hatte stets zwei weitere Warriors in seiner Nähe gehabt, die rasch hätten helfen können, wäre es zum Ernstfall gekommen. Nat alias Heinz Gruber wäre sofort durch einen anderen Puristen ersetzt, mit neuem Purus versorgt und nach Schottland gebracht worden. Purus hätte es möglich gemacht, so lange weiterzumachen, bis der Circle nicht mehr erforderlich gewesen wäre – ohne Menschenleben auf das Spiel zu setzen.

ISRAEL, SHARAJZEM, HAUS DER WARRIORS, JULI 2021

Siedah betrachtete ihr Gesicht im Spiegel und berührte ihr Kinn nachdenklich. »*Seltsam*«, dachte sie. X23y hatte sie verändert. Die Metamorphose, wie die ungewöhnlichen Männer an ihrer Seite es nannten, hatte offensichtlich aus ihrer noch bis vor kurzem kranken Erscheinung eine großgewachsene, schlanke und gesunde Frau mit schneeweißem und dichtem Haar gemacht. Ihre Haut war glatt, die Augen strahlten in einem sonderbaren grau, beinahe weiß. Ihr Erscheinungsbild war aufrecht und die übliche Gangunsicherheit war zur Gänze verschwunden. Sie selbst war sich fremd. Etwas Mysteriöses starrte sie hier vom Spiegel heraus an, war das wirklich sie selbst?

Ohne es zu wollen, musste sie an die unsäglichen Schmerzen denken, die sie tagelang gequält hatten. Es war, als wäre ihr Körper in Stücke gerissen worden, als hätten Ochsen oder Pferde an ihren Gliedmaßen gezerrt. Husten, Atemnot und das furchtbare Engegefühl im Brustkorb verschärften das subjektive Erleben des Todes. Das pfeifende Atemgeräusch, das aus ihr gedrungen war, war so laut gewesen, dass sich Siedah vergeblich die Ohren zu gehalten hatte. Was um alles in der Welt war geschehen?

»*Ich bin gestorben und wieder zurückgekommen.*« Beinahe war es komisch. Sie war behütet in einem Vorort in London aufgewachsen. Mutter und Vater stets besorgt um das Wohl ihrer Tochter, die ein ruhiges introvertiertes Kind und später eine junge Frau war. Doch von einer Sekunde auf die andere hatten sie beschlossen, eine Ranch in Australien zu kaufen und auszusteigen. Sie wollten nach Gott suchen und ihm näherkommen. Die Tochter, so die Meinung der Eltern, war alt genug und stand bereits auf eigenen Beinen.

Siedah, schon immer in ihrer eigenen Traumwelt versunken, hatte schließlich ihre große Liebe zur Musik gefunden. Ein Partymensch war sie nie gewesen, daher kam der Job bei in einem Musikverlag sehr gelegen. Dort hatte sie ihre große Leidenschaft zum Beruf gemacht. Sie war aufgeblüht. Hatte mit vielen neuen Menschen Bekanntschaft geschlossen. Die häufigen Siebzig-Stunden-Wochen – Montag bis Sonntag – waren kein Problem gewesen. Der Beruf war zur Berufung geworden und Musik zu ihrem Leben. Bis an jenem Tag, der alles verändern sollte. Der Tag, an dem die Diagnose Encephalomyelitis disseminata – kurz MS – erhalten hatte, die ihr Leben von nun an bestimmen sollte.

Rasch war den Ärzten klar gewesen, dass es sich um eine besonders aggressive Form der Krankheit handelte. Siedahs Zustand hatte sich von Monat zu Monat verschlechtert. »Hab Vertrauen, alles wird gut, du wirst sehen«, hatten ihre Eltern versucht, sie zu beruhigen.

Beim Anblick ihres Spiegelbildes musste sie nun unwillkürlich lachen. Ihre Eltern hatten nach Gott gesucht, ihn nicht gefunden und waren schließlich der Meinung gewesen, dass die Welt von Außerirdischen erbaut worden war. Und da stand sie – die Tochter, die ihre Mutter und den Vater genau deshalb immer belächelt hatte – und fragte sich: *»Bin ich die Außerirdische oder gar göttlich?«*

»Mutter!«, flüsterte sie leise. »Vielleicht bin ich eure Antwort.«

Julian saß auf einem Stuhl in der Küche und beobachtete seinen ungewöhnlichen Schützling. Seine Augen wanderten von Kopf bis Fuß und die Erschütterung über X23y war noch immer tief spürbar. Er wusste nicht, wie Siedah vorher gewesen war, aber ihm war bewusst, wie sie danach war. Ein neugeborenes Etwas, das Baby unter den Puristen. Diese Frau hatte noch keine Ahnung, welche Kräfte von nun an in ihr schlummerten. War sie zornig, wurden die Augen weitgehend weiß. Eine unbewusste Handlungsweise, die sie nicht steuern konnte und noch zu lernen hatte. Im Laufe der vielen Lebensjahre eigneten sich die Puristen die Fähigkeit an, diesen Zorn, verbunden mit den weißen Augen, zu unterdrücken. Siedahs Bewegungen waren noch viel zu schnell, die Schritte glichen einem Weitsprung.

»Sie ist unheimlich«, kam Lucas auf seinen Freund zu.

Julian nickte langsam, ohne die Augen von ihr abzuwenden. »Ja. Aber vielleicht waren wir das alle?«

»Nein«, antwortete Lucas. »Du warst nicht so. Versteh mich nicht falsch, du bist der einzige Purist, dessen Metamorphose ich miterlebt habe. Aber du warst nicht so.«

»Hm … X23y … vielleicht kann es mehr als Purus?«, mutmaßte Julian. »Sie ist in jedem Fall wieder gesund. Sie leidet unter extremem Durst, ist wahnsinnig schnell und groß … und ihre Haare und Augen.« Er hielt kurz inne. »Purus hat uns nicht böse gemacht. Aber kann X23y den Menschen soziopathisch machen?«

»Wir haben Nagazirs Unterlagen. Vielleicht finden wir mehr heraus.« Lucas sah Julian an. »Meinst du, sie ist gefährlich?«

Sein Freund zuckte mit den Achseln. »Ich weiß es nicht. Denk an die unheimliche Ratte. Gabrielle und Elias waren entsetzt und sprechen seither von ihr.« Er seufzte und stand auf. »Ich weiß, dass Siedah eine neue Art von Purist ist, und das verursacht mir Kopfschmerzen. Wir wissen nicht, wie sie sich entwickeln wird, ob gut oder böse oder wie lange sie noch leben wird.«

»Sam wird es herausfinden.«

»Es beunruhigt mich«, fuhr Julian flüstern fort. »Es passieren plötzlich so schier surreale Dinge.« Er zögerte und dachte kurz nach. »Mir ist, als würde dem Circle alles entgleiten.«

Lucas klopfte Julian auf die Schulter. »Wir haben schon schlimmere Probleme gelöst.«

»Meinst du?« Julians Augen funkelten. »Lucas! Wir werden von einem Mann gejagt, der die Welt verändern möchte. Wir wissen nicht, wer er ist. WAS er ist. WAS er kann. Und wir haben es mit einer Substanz zu tun, von der wir ebenso nichts wissen. Wir tappen vollkommen im Dunklen.«

»Du malst schwarz. Wir haben Fin und Nat. Wir sind der Circle.«

»Ja, wir sind der Circle. Doch noch nie standen wir so einer ernsten, echten Gefahr gegenüber.«

»Ganz ehrlich, Julian, ein einzelner Mann, kann die Welt nicht verändern.«

»Eben! Er ist nicht allein. Travis kann das nicht allein machen.«

Lucas richtete sich auf. »Okay, denken wir die Sache durch, bis zum Ende. Travis Spedding ist vielleicht ein Purist und will eine unangreifbare Armee aufbauen, um sämtliche Regierungen der Welt zu stürzen. Dazu benötigt er Purus.«

»Und einen Chemiker … oder Mediziner … wie zum Beispiel Nagazir«, warf Julian ein.

Seufzend fuhr Lucas fort: »Er findet Nagazir und Siedah Stevenson. Stevenson ist die Einzige, die auf ein Mittel namens X23y anspricht. Travis muss sie haben. Sie ist der Schlüssel für seinen Plan, die Welt zu verändern.«

Beide sahen einander an. »Nagazir«, fuhr Julian schließlich fort, »bekommt es mit der Angst zu tun, als er die wahren Pläne von Travis erkennt.«

Wieder war eine Pause entstanden und beide dachten nach.

»Und dann kommen wir«, sagte Lucas. »Nagazir verliert vollends die Nerven und bringt sich um.«

»Jetzt braucht Travis Siedah Stevenson mehr denn je. Nagazir ist tot, wir haben die Unterlagen.«

»Angenommen, er bekommt Siedah«, spann Lucas weiter, »dann kann er X23y entschlüsseln, es herstellen und eben seine unangreifbare Armee aufbauen.«

»Und das kann ihn sehr mächtig machen. Aber …« Julian hob mahnend den Zeigefinger. »Dazu braucht er Unterstützung. Allein schafft er das nicht.«

»Du meinst, er hat Helfer?«

»Ja … Ich vermute, auf der ganzen Welt. Diesen Plan gibt es nicht erst seit gestern. Es gibt ihn seit langer Zeit. Du willst es zu Ende denken? Wenn Spedding Siedah Stevenson bekommt oder X23y, wird die neue reine Welt entstehen. Viele Menschen werden sterben. Eine neue, grausame Art der Diktatur wird kommen. Ausgehend von einer Gruppe von Menschen, die eine uneingeschränkte Macht über alle Länder der Welt besitzen wird.«

Lucas betrachtete seine Schuhspitzen und starrte auf den Boden. »Warum? Wie kommt ein Mensch auf eine derartige, kaum umsetzbare Idee?«

Der Warrior erhob sich und seufzte. »Auf die Idee? Macht, Habgier, Zorn. Das Übliche, mit einem Schuss Besessenheit.«

ISRAEL, CARMEL MOUNTAINS, JULI 2021

Schickt Drohnen los«, befahl Travis Kilian über sein Handy. »Richtung Nescher, Camel Mountain und Haifa. Sie können nicht unsichtbar sein.«

Spedding verstand die Welt nicht mehr. Alles, wirklich alles, ging schief. Ein verächtliches Brummen drang aus seiner Kehle. Längstens nach dem Erhalt des Videos mussten bei Koshien und seiner Truppe sämtliche Alarmglocken geklingelt haben. Doch nichts geschah und die Aktion mit Stevensons Eltern war eskaliert.

Julian? Dieser Warrior war von Bedeutung für Travis. Mit welcher Intention war diese kleine Gruppe von Elitesoldaten damals erschaffen worden? Kriege zu verhindern, ehe sie entbrannten? Die Art und Weise, wie die Welt in ihrer Differenziertheit lebte, konnte nicht funktionieren.

Travis hatte sich im Laufe der vielen Jahre informiert. Heute wusste er, dass es weltweit etwa 6500 Sprachen gab und eine Bibliografie von Religionen und Weltanschauungen beinahe unmöglich war. Die Liste der Staats- und Regierungschefs auf der ganzen Erde war Wahnsinn, dazu noch Untergruppierungen und aufständische Rebellen. Diese Vielfalt führte zu Krieg, das Gemisch aus unzähligen Religionen, Nationalitäten und Regierungen. Die Welt brauchte eine neue Ausrichtung. Ein Glaube und eine Exekutive mit einem kongruenten Sozialsystem war die Antwort, um dem Terrorismus den Garaus zu machen. Die Karten waren zu lange von zu vielen durchgemischt worden. Nun musste alles wieder ins Reine gebracht werden. Er zweifelte keine

Sekunde daran, dass die Welt diese Veränderung dringend benötigte.

Auf dem Weg nach Beit Oren, zu den Carmel Mountains, wo auch die Drohnen ihre Arbeit zu verrichten hatten, überlegte sich Travis seine nächsten Schritte. Stevensons Gestaltenwechsel musste bereits vorüber sein und er wusste, dass der Circle Israel bald verlassen haben würde. Verdammt.

In seinem Auto war es heiß und selbst das offene Fenster brachte kaum Luftzug. In der entgegengesetzten Richtung stieß er nur auf wenige Fahrzeuge. Es war ruhig auf der holprigen und steinigen, nicht asphaltierten Straße. Pinien zwischen den steil aufsteigenden Berghängen, umgeben von saftigen Sträuchern und unzählige Blumen, gaben der Landschaft ein mediterranes Flair. Hier lebten Schlangen, Vögel und Echsen und zu seiner Rechten fiel es gefährlich tief ab, was dem Weg eine gewisse Bedrohlichkeit gab. Staunend musste Travis zugeben, dass es sich hier um ein atemberaubendes Gebiet handelte. Fast wehmütig seufzte er. Er würde Israel und seine Menschen immer lieben. Es dauerte beinahe zehn Minuten, ehe Travis wieder auf eine gut befahrbare Straße gelangte. Er erblickte gerade den Wegweiser, der die Richtung nach Nescher anzeigte, als der Klingelton seines Handys ihn aus seinen Gedanken riss.

»Travis, wo bist du?« Kilian am Telefon war aufgelöst.

»In den Carmel Mountains. Ich vermute den Circle hier irgendwo.« Er schnaubte, viel Zeit blieb ihm nicht mehr. »Wieso, was ist?«

»Ich habe gute Neuigkeiten für dich. Wir haben eine heiße Spur.«

Abrupt fuhr Travis hoch, die soeben noch verspürte Resignation war plötzlich wie weggeblasen. »Was habt ihr?« In seiner Stimme lag Erregung.

»Yehonatan Nussbaum ist heute unser Mann!«, freute sich Kilian, der von einem verlässlichen Informanten sprach, dessen Spezialität im Abhören des Funkverkehrs lag. »Nussbaum hat einen Nachrichtenaustausch zwischen der ISA und einer britischen Militärmaschine abgefangen.« Travis' Herz schlug schneller, das war Rileys Maschine. »Sie dürften sich jetzt am Flugzeugträger in Ägypten befinden. Ein Militärhubschrauber wartet dort. Er soll inklusive Besatzung bis zu acht Menschen transportieren können.«

»Demnach«, schloss Travis, »machen sich Julian Koshien und seine Warriors mit Siedah bald auf den Weg.« Er dachte kurz nach, Riley flog nicht mit der eigenen Maschine des Circle, sie würde mit einem Hubschrauber anreisen. Somit konnte sie überall landen. Es wurde immer schlimmer.

»Macht euch alle auf den Weg Richtung Haifa. Das ist nicht weit. Ich bin praktisch noch in der Wildnis, aber kurz vor Nescher. Ihr müsst es in dreißig Minuten schaffen. Beeilt euch. Mit einem Hubschrauber kann Riley überall landen. Vielleicht kriegen wir Siedah noch.«

»Woher willst du wissen, dass sie irgendwo bei Haifa sind?«, stellte Kilian eine berechtigte Frage.

»Ein Gefühl oder ein siebter Sinn. Sie sind hier irgendwo in diesem Gebiet. Vielleicht helfen uns die Drohnen noch.« Travis war zuversichtlich.

ISRAEL, SHARAJZEM, HAUS DER WARRIORS, JULI 2021

Immer noch tief bestürzt über das Video packten die Warriors ihre Sachen. Sie mussten sich auf den Weg machen. Erin und die anderen waren bereits am Flugzeugträger. Julian ging zu Siedah, die ihre wenigen Habseligkeiten in einem Rucksack verpackte.

»Siedah.« Er kam näher und hielt sie an den Oberarmen fest. Tiefes Mitleid hatte ihn erfasst, doch sagen konnte er nichts über das, was geschehen war, noch nicht. Stevenson musste sich auf die Flucht konzentrieren.

»Du musst mir jetzt genau zuhören.« Sein Blick war fest und entschlossen. »Du bist jetzt eine Puristin. Puristen erreichen im Lauf bis zu 40 km/h, können diese hohe Geschwindigkeit aber nur für kurze Distanzen halten. Außerdem können wir bis zu einem Meter hochspringen. Ein normaler, gut durchtrainierter Mensch etwa 40 cm. Unser Gehörsinn ist ausgezeichnet entwickelt. Gleicht einem Leoparden. Unsere Augen sind außergewöhnlich. Wir spüren Schmerz wie ein normaler Mensch, jedoch nur kurz und nur schwere Verletzungen hinterlassen Narben. Wir haben zehn Leben. Weißt du, was das heißt?«

Siedah schüttelte den Kopf. »Nein. Vielleicht kann ich jetzt zehnmal sterben, bevor ich ›richtig‹ tot bin.«

»Ja. So in etwa. Purus kann bis zu zehnmal verabreicht werden. Danach ist der Purist kein Purist mehr, sondern ein normaler Sterblicher. Deshalb zehn Leben. Puristen altern. Aber nur nach einer weiteren Gabe von hochdosiertem Purus, nach tödlichen Verletzungen. Unser Alterungsprozess geht dennoch voran, aber deutlich verlangsamt.«

»O … k … a … y«, sagte Siedah langsam. »Aber warum sagst du mir das erst jetzt alles?«

»Wann hätte ich dir denn alles erklären sollen? Du warst in der Metamorphose praktisch nicht ansprechbar.«

»Gut, gut. Jetzt beruhige dich …«

»Ich bin ruhig. Glaube mir, wäre das nicht der Fall, würdest du es spüren.« Er fasste ihre Arme fester. »Es ist jetzt wichtig. Du bist eine Puristin und hast deine Fähigkeiten noch nicht unter Kontrolle.«

»Was gibt es hier unter Kontrolle zu haben? Ich steige in ein Auto, wir fahren zum Flughafen und fliegen nach Hause. Das ist nicht so schwierig.«

»Doch. Wir werden in ein Auto einsteigen und müssen damit rechnen, dass uns Travis noch jederzeit aufspüren kann. Wir werden nicht bis zum Schluss im Auto sitzen bleiben. Wir könnten verfolgt oder gar beschossen werden. Dann müssen wir das Fahrzeug verlassen und laufen.« Sein Blick war ernst. »Und hier liegt das Problem. Wenn wir laufen müssen, musst du dich unbedingt an mein Tempo halten. Du darfst um keinen Preis schneller laufen als ich.«

»Warum?« Sie kniff ihn in den Arm. »Weil ich schneller bin als du?«

Julian seufzte und rollte mit den Augen. »Nein, weil du deine Geschwindigkeit noch nicht unter Kontrolle hast. Es benötigt viel Übung, seine Fähigkeiten richtig einsetzen zu können. Und die besitzt du noch nicht. Du wirst fallen, stolpern oder dich vielleicht verletzen. Das alles kann uns wahnsinnig aufhalten und uns ein Leben kosten, oder noch schlimmer: Es kann uns zum Stillstand bringen und damit könnten wir in die Hände der Groups fallen.«

»Okay.« Siedahs leise Resignation und ihr »Diana-Blick« – ein scheuer Blick nach unten – rührten den Warrior beinahe.

Lucas stürzte ins Zimmer. »Travis hat Drohnen losgeschickt. Wir müssen uns beeilen.« Er verließ den Raum augenblicklich wieder.

»Hör zu«, fuhr Julian fort. »Wenn wir aus dem Auto müssen, bleibe immer an meiner linken Seite. Vor dir wird Ethan sein, links neben dir Lucas, rechts neben mir wird Gabrielle die Stellung halten und hinter uns wird Elias aufpassen. Du bist praktisch umzingelt von uns. Laufe unser Tempo! Konzentriere dich nur darauf. Schaue weder links noch rechts, nur nach vorne und bleib an meiner Seite.«

»Ja!« Sie nickte. »Ich habe verstanden. Wie lange fahren wir zum Flughafen?«

Julian erhob sich. »Wir fahren nicht zum Flughafen. Die Maschine des Circle steht in Abu Simbel am Flughafen, dort sind Riley und ihr Team mit einem Helikopter auf dem Weg zu einem ägyptischen Flugzeugträger.« Er hielt kurz inne und bemerkte ihren erstaunten Blick.

»Was? Ich komme mir vor wie … wie …« Sie suchte nach Worten. »Eine Gefangene, die man zum Austausch vorbereitet.«

Er reagierte nicht auf ihre Worte. »Wir haben Koordinaten erhalten, wo der Militärhubschrauber landen kann und uns mitnehmen wird.«

»Ein Hubschrauber kann überall landen. Notarzthubschrauber können das auch«, protestierte Siedah.

»Stimmt. Aber es empfiehlt sich dennoch, so unauffällig wie möglich zu bleiben. Ein Militärhubschrauber, der mitten in einem Wohngebiet oder so wie hier in einem Naturschutzgebiet landet, ist wohl nicht sonderlich diskret.« Er lächelte. »Weißt du, Siedah, die Menschen wissen nichts über uns Puristen, und so soll es bleiben.«

»Woher weiß Travis von euch?«, fragte sie ungeniert und zog eine Augenbraue hoch. »Weißt du, Julian, ich habe ein einziges Mal diese Infusion X23y erhalten. Nur ein einziges Mal!« Sie hob beschwichtigend den Zeigefinger. »Mir stellen sich tausend Fragen dazu …«

»Wir werden dir alles beantworten können, aber nicht jetzt.«

»Woher weiß Travis von Purus, von X23y und von mir?«

Diese Frage traf Julian wie ein Donnerschlag. Seine Miene war grimmig geworden. »Ja, gute Frage.« Die Worte kamen holprig. »Wir wissen es nicht. Das müssen wir herausfinden. Aber nicht hier und nicht jetzt, sondern im Circle im Stammhaus.« Abrupt wandte er sich um.

»Mach dich fertig!«, befahl er barsch, ehe er durch die Tür verschwand.

ISRAEL, NESCHER, JULI 2021

In Nescher angekommen, machte Travis auf einer kleinen Anhöhe Halt. Sein Blick scannte die Umgebung ab. Nichts, hier war nichts. Verdammt! Die Auswertung der Drohnen ergab bis jetzt ebenso wenig.

»Unglaublich!«, knurrte er. »Vielleicht habe ich mich geirrt und sie sind nicht da. Aber ich spüre ihn. Ich spüre Julian«, murmelte er in sich hinein. Mit Julian an seiner Seite wäre der Plan von der neuen reinen Welt perfekt gewesen. Der Warrior war zielstrebig, wenn es sein musste, gnadenlos. Aber er war äußerst loyal. Er würde den Circle niemals verlassen. So schön der Gedanke war. Die neue reine Welt! Mit einer reinen Armee, die für das Gleichgewicht sorgen würde. Er seufzte und packte sein Fernrohr weg, als ein kleiner Lichtblitz ihn ablenkte. Noch einmal nahm er den Feldstecher zur Hand und lugte hindurch.

»Ethan«, brummte er. »Das ist Ethan.« Er rieb sich die Augen und blickte noch einmal in die Richtung, von der er die Bewegung und den Lichtstrahl wahrgenommen hatte. Jetzt war sich Travis sicher, das war Kroeger und hinter ihm stand Gabrielle. Sie beluden einen dunkelgrünen Land Rover. Er griff nach seinem Handy und drückte Kilians Kurzwahltaste.

»Ich habe sie gefunden«, zischte Travis.

»Wir soeben. Die Drohne hat uns Bilder geschickt. Sie sind in der Nähe von Nescher. Ziemlich versteckt. Praktisch mitten im Wald.«

»Ja, richtig«, bestätigte Travis. »Wo seid ihr?«

»Wir sind in Jagur, also kurz vor Nescher.«

»Holen wir sie uns«, befahl Travis und packte alles in sein Auto. Plötzlich fühlte er sich wieder vollen Elan. Tausend Gedanken rauschten durch seinen Kopf. So nahe, er war beiden so nahe. Julian und Stevenson! Der Warrior mit seinem Zögling, welcher der Schlüssel zur Lösung war. Wild hämmerte ihm sein Herz in der Brust. Er war im Zustand der Euphorie. Ganz gleich, was geschehen war, egal wie weit er hatte gehen müssen, für Travis zählte nur noch Stevenson. Er war nun auf Tuchfühlung mit jenem Menschen, der alles für ihn möglich machen könnte. Sie würde ihn hassen. Verantwortlich machen für den Tod ihrer Eltern. Plötzlich durchfuhr es Travis eiskalt. Ja, er war für den Tod von Mira und Michael Stevenson verantwortlich. Er schüttelte diesen Ballast von sich und fuhr mit quietschenden Reifen davon.

ISRAEL, SHARAJZEM, HAUS DER WARRIORS, JULI 2021

Sie haben uns gefunden.« Elias war in höchster Alarmbereitschaft. »Wir haben ein Signal von den Drohnen aufgefangen.«

»Julian!«, rief Ethan beunruhigt. »Beeilt euch. Travis hat uns gefunden, wir müssen jetzt schnell aufbrechen.«

Während Julian noch immer mit Siedah im Haus war, packte der Rest der Truppe sämtliche Waffen zusammen. Alles andere wie Laptops, Drucker oder Telefone eliminierten sie oder machten den Systemen den Garaus.

»Meine Tasche!«, jammerte Siedah. »Meine Louis Vuitton-Tasche! Sie ist noch immer im Hotel.«

»Tickst du noch richtig?« Julian griff sich an den Kopf. »Über zwanzig Männer trachten nach deinem Leben und du lamentierst wegen einer Tasche?« Er war fassungslos und wenig amüsiert. »Du musst dich beeilen. Wir müssen weg. Jetzt!«

»Mein armer Louis und teuer war die Tasche.«

Ein Schnauben drang aus Julians Kehle, mit einem großen Schritt griff er nach ihrem Arm. »Du kommst jetzt, sofort!« Entnervt schüttelte er den Kopf. »Das kann ja wohl nicht wahr sein.« Er zog Stevenson hinter sich her, die in ihrer Militärkleidung wirklich schick aussah, wie Julian heimlich dachte, als er sie beobachtete.

»Na wenigstens hat die Hose dieselbe Farbe wie die Tasche«, murmelte sie und schob seine Hand entschieden von sich.

»Grün?«

»Das ist braun«, korrigierte sie lautstark. »Bist du farbenblind? Ah … deshalb die Brille …«

Diese Frau war ihm ein Rätsel und er musste zugeben, sie ärgerte ihn. Irgendetwas an ihr machte den Warrior nervös.

»Haben wir uns die Lippen nachgezogen und die Nase gepudert?« Julian kam abermals wutschnaubend zurück, um nachzusehen, wo Siedah geblieben war.

»Ich komme ja schon«, antwortete sie beleidigt.

»Sie bringt mich noch ins Grab«, dachte er und schleifte sie abermals hinter sich her.

»Gut, jetzt sind wir endlich vollzählig«, stellte Lucas fest und drückte seine Zigarette aus.

Schweigend stiegen sie in das Auto. Gabrielle am Steuer, ihr Bruder Elias als Beifahrer, der immer wieder gen den Himmel sah, aber noch nichts entdecken konnte. Julian und Siedah teilten sich mit Lucas und Ethan die Rücksitze.

Sie verließen das weitläufige und von Bäumen gesäumte Grundstück. Es war später Nachmittag, eine Windböe fegte durch die Äste und ließ die Blätter rascheln. Heiße Luft stieg flirrend von der langen, wenig befahrenen Straße hoch. Die angespannte Atmosphäre ließ Siedahs Herz schneller schlagen und ihr Mund war trocken. Aber das war nichts Neues. Seit der Metamorphose war Durst ein ständiger Begleiter. Dankbar nahm sie das Wasser an, das ihr Julian reichte. Sie kniff die Augen zu und verscheuchte all die wirren Gedanken, die ihr durch den Kopf gingen. Ihre feuchtkalten Finger spielten mit der Phiole an der Kette, welche ihr Julian vor der Abfahrt noch hastig angelegt hatte. Es war *seine* Kette.

»Geht es dir gut?«, erkundigte sich Koshien und sah ihr dabei prüfend in die grauen Augen.

»Ja«, murmelte sie leise. »Mir ist nur ein wenig schwindelig. Ich glaube, es war ein bisschen viel in letzter Zeit und ich hoffe, dass ich heil in Schottland ankomme.«

Sie fuhren über die teilweise holprigen Wege. In den Mittagsstunden hatte es ein Weilchen geregnet, sodass die Straße etwas weniger staubig war als sonst.

»Es ist viel zu still«, meinte Gabrielle leise und richtete ihren Blick in den Himmel. »Ich sehe keine Drohne. Das ist seltsam.« Sie kniff die Augen zu.

Lucas wandte sich zu Siedah. »Wenn wir aus dem Auto müssen weißt du, was du zu tun hast?«

Siedah nickte.

»Und du weißt, dass du dich an unser Tempo halten musst?«

»Ja, das weiß ich.« Sie sah zu Julian. »Und ich muss mich an dich halten und darf weder nach links noch nach rechts schauen, sondern einfach nur geradeaus.«

Als sie in eine stark belebte Straße bei Nescher einbogen, kam pfeifend ein Panzerabwehr-Granatwerfer direkt auf sie zu. Siedah erschrak und hielt den Atem an.

»Verflucht!«, schrie Gabrielle, sah sich nach allen Seiten um und beschleunigte das Tempo des Wagens. Die Augen weit aufgerissen, beugte sich Siedah zu Elias vor. Im selben Moment vernahm sie den Krach eines fahrenden Motorrads, das auf sie zuraste.

»Gabrielle!«, rief Julian. »Hinter uns!«

Plötzlich gab es kein Zögern mehr. Geschickt lenkte Gabrielle den Wagen und konnte den Fahrer loswerden, zwei weitere fuhren wie der Teufel auf sie zu. Die Lenker, vollkommen in Schwarz gehüllt, ließen sich nicht abhängen. Sie rasten über die mit Rissen und tiefen Schlaglöchern übersehene Straße, vorbei an Fußball spielenden Kindern, durch eine noch engere Gasse, wo sie am Dach eines alten Hauses eine weitere Gestalt ausmachen konnten, die erneut einen Granatwerfer auf sie losdonnern ließ. Die Fenster waren mit schwarzen Gitterstäben gesichert. Eine schwere, steinerne Tür, die bessere Tage erlebt hatte, stand weit offen. Durch diese kam nun Heinrich, bewaffnet mit einer MP5, mit der er sofort und ohne Rücksicht auf die Warriors los feuerte. Eine ohrenbetäubende Explosion vor den Augen von Julians Truppe stoppte abrupt den Wagen. Ein Steinhagel schoss durch die Luft, traf mit voller Wucht die Motorhaube des Autos und ließ es wie eine Wiege hin und her schaukeln.

»Fuck!«, brüllte Lucas. Rauch stieg aus dem Fahrzeug auf und ließ die Umgebung in stickigen Nebel versinken.

»Raus!«, rief Julian. »Raus aus dem Auto!« Sein Ton hatte beträchtlich an Schärfe gewonnen. Die Befürchtung, dass sie zu Fuß flüchten müssen würden, hatte sich leider bestätigt. Auch wenn sie sie gedanklich mehrmals durchgespielt hatten, so war die Situation für Siedah ungewohnt neu. Verzweifelt versuchte sie, sich zu erinnern. Die Flucht! Was hatten sie ihr eingebläut? Immer an der Seite von Julian bleiben.

Die Groups waren den Warriors sofort auf den Fersen. Es schien, als wären sie überall und sie kamen wie aus dem Nichts.

Über Headsets verbunden, wandte sich Julian an Riley. »Riley, wo seid ihr?«, schrie er ins Mikro. »Wir werden von allen Seiten von den Groups angegriffen.«

Ein Knattern in ging durch die Kopfhörer. »Wir sind in der Luft und kreisen über Nescher. Wir sehen euch noch nicht.«

»Wir sind dort«, mischte Ethan sich lautstark ein, »wo du viel Rauch und Feuer sehen kannst.«

Sie waren im Laufschritt und befanden sich auf einer breiten Straße, die unzählige Bodenwellen aufwies. Eine grüne Mülltonne stand mitten im Weg und versperrte einem herannahenden Fahrradfahrer den Weg. Die Häuser waren in einem desolaten Zustand, niedrig, und von den Mauern bröckelte Fassade ab. Auf den Dächern waren unzählige Satellitenschüsseln montiert. Stromleitungen oder andere Kabel hingen quer über die zum Teil engen Gassen und verbanden die Häuser untereinander.

Wie geplant und unzählige Male besprochen, befand sich Siedah in der Mitte des von den Warriors gebildeten Drachenvierecks. Sie passte ihr Tempo an das von Julian an.

Julian erkannte vier Groups die sie ins Visier genommen und die Jagd mit dem Motorrad wieder aufgenommen hatten.

Bewaffnet mit Maschinenpistolen, feuerten sie los. Gabrielles Blendgranate, die mit einem lauten Donner und einem gleißenden Lichtblitz explodierte, hielt die Verfolger auf und machte sie durch den Knall und das Blenden orientierungslos.

Er sah, wie sich Lucas im Laufen umdrehte und die Lage analysierte. Das Leben als junger Purist in Japan hatte aus ihm einen Meister einer effizienten und gefährlichen Waffe gemacht. Das Schleudern von Wurfsternen, getränkt in einem Betäubungsmittel, eignete sich hervorragend einen Verfolger aufzuhalten oder ihn zumindest im Kopf-, Hals- oder Schulterbereich schwer zu verletzen. Dies brachte den Warriors den gewünschten Vorsprung. Gewandt ergriff sein Freund wie Ethan die Maschinenpistole. Beide feuerten los.

Sie trafen zwei und dann noch drei weitere Groups, die blutüberströmt zu Boden gingen. Andere Schergen von Travis befanden sich abermals auf einem Dach und feuerten mit Granatwerfern. Julian sah, wie Lucas den Group Heinrich mit seiner Schusswaffe ins Bein traf und Elias zerfetzte Naruto die Schulter. Keuchend gingen beide zu Boden, noch ehe sie eine weitere Explosion auslösen konnten. Er selbst hingegen zielte nur ein einziges Mal auf Kilians Kopf und drückte ab.

»Wir sehen euch!«, hörte er Jacob Bauers Stimme durch sein Headset. »Wie sehen euch!«, wiederholte er. »Wir kommen runter.«

Unter ihn lag eine weitläufige Straße. Zwei Lieferwägen parkten dort.

»Seht ihr die Straße mit den zwei Lieferwägen vor euch?«, fragte Julian und beugte sich nach vorne, um seine Warriors besser sehen zu können.

»Ja!«, gab Jacob zurück. »Wir landen dort und holen euch.«

»Bleibt in der Drachenformation.« Schaltete sich Erin ein. »Und passt auf Stevenson auf, damit sie nicht zu stürmisch auf uns zu läuft und praktisch zu uns hineinfliegt.«

Die Warriors zu Boden inklusive Siedah befanden sich immer noch im Laufschritt, etliche Groups, sie hatten vierzehn gezählt, waren außer Gefecht gesetzt und Kilian sicherlich tot. Plötzlich spürte Julian ein heftiges Herzklopfen. Er war da. Travis war da.

»Zeichnet ihr alles auf?«, brüllte er in sein Mikro zu Riley.

»Ja, warum?«

»Travis ist hier irgendwo, ich spüre ihn.«

Sofern es ihm möglich war, scannte er das Umfeld ab, und sah nichts, nur den landenden Hubschrauber. Mit lautem Getöse, verbunden mit heftigem Wind, setzte Riley direkt vor ihren Füßen auf. Sam riss die Bordtür auf, reichte Siedah die Hand und zog sie zu sich. Nach und nach stießen Gabrielle, Elias, Ethan und Lucas dazu. Julian stieg als Letzter ein, er drehte sich heftig um die eigene Achse. Er blickte nach draußen, während Riley den Helikopter schnell wieder hochzog. Wie versteinert hielt sich Koshien am obersten Rand der Tür fest und sah nach unten. Rasch waren die Konturen von Nescher kleiner geworden, die Häuser winzig, Menschen waren nur noch kleine Punkte. Noch immer raste sein Herz, Travis war dagewesen. Er griff nach einem Fernrohr. »*Wo bist du*«, dachte er. Langsam scannte er das Gebiet ab. Die Augen von Travis trafen ihn so überraschend, dass er mit einem heftigen Keuchen zurückwich. Erschrocken hob Julian noch einmal das Fernglas. Travis sah noch immer in seine Richtung. Es schien, als lächle er ein wenig. Doch als Julian nach seinem Gewehr griff, hatte sich der Mann bereits abgewandt und verließ mit großen, schnellen Schritten den Ort.

»Ich wusste es. Er war da«, murmelte er.

»Was?«, fragte Lucas. »Was hast du gesagt?«

»Ich habe Travis gesehen. Das war Spedding, ich weiß es«, rief er den Warriors zu.

»Macht es Sinn, die Verfolgung aufzunehmen?«, fragte Jacob.

»Nein.« Noch immer starrte Julian nach unten und beobachtete die Stadt, Felder und Wiesen, wie sie sich weiter entfernten. »Nein, wir bringen Siedah in den Circle. Das war unser Auftrag.« Dennoch konnte er seinen Blick nicht abwenden. So nahe war er Travis gewesen und wieder hatte er ihn nicht fassen können.

»Ich finde dich«, knurrte Julian, dessen Haar zerzaust war, durch Wind und Schweiß. Noch lange stand er bewegungslos da und starrte nach unten. Nichts. Er konnte nichts mehr sehen. Keine Spur von Travis. Dieses Nichts verstärkte seine Aggression und er schwor sich, Spedding irgendwann einmal zu töten.

»Irgendwann finde ich dich, das schwöre ich.«

2. TEIL

Verkannte Pogrome

ENGLAND, CAMBRIDGE, MANOR HILL, JULI 2021

Der Mann, der am Vorabend bei einer Terrorattacke unweit des britischen Parlaments drei Menschen getötet hatte, war tot. Der durch britische Polizeikräfte zur Strecke Gebrachte war dem Geheimdienst MI5 aus früheren Ermittlungen bekannt. Das teilte Premierministerin Teressa Palmer in einer Erklärung vor dem Parlament mit. Der Täter war durch eine lautstarke Rede im Hyde Park zum Thema »Wieviel von diesem schlecht regierten Staat brauchen wir noch?« festgenommen worden. Es hatte den Anschein, als liefen auf der ganzen Welt Protestaktionen. Das Kernthema war überall gleich: Eine schnelle Lösung aller zwischenmenschlichen, wirtschaftlichen und staatlichen Probleme zu finden. Nur mit einer straffen und gerechten Führung könnte man die Schwierigkeiten in den Griff bekommen, so lautete der Tenor.

Manor Hill, ein altes gotisches Herrenhaus mit unzähligen Spitzbögen, lag auf einem Hügel im äußersten Westen von Cambridge, inmitten einer wunderbaren Park- und Gartenlandschaft. Das rotbraune Schichtmauerwerk stammte aus dem früheren 15. Jahrhundert und ging in den 1980er-Jahren an Rufus Brock, einem Nachkommen einer hoch angesehenen britischen Familie, über. Neben dem großen 35-Zimmer-Gebäude befanden sich außerdem noch einige kleinere Gebäude, die einst von einem Großteil des Personals bewohnt worden waren. Die typischen Rundbogenfenster ließen mächtige Raumhöhen erahnen. Die Einturmfassade mit ihrem Kreuz an der Spitze verlieh dem Bauwerk etwas Sakrales. Im portalförmigen Haupteingang setzte sich der gotische Spitzbogenstil fort. Durch diese Pforte schritten seine Krieger der Groups mit hängenden Köpfen. Travis, allen voran, verständigte sich ausschließlich mit Kito. Den Rest seiner Mannschaft bestrafte er mit hartnäckigem Schweigen. Kilian war tot, viele zum Teil schwer verletzt, darunter Naruto. Mit seiner verletzten Schulter würde er für längere Zeit nicht einsatzfähig sein. Jene, die überlebt hatten, wurden sofort mit dem einfachen Purus, mit der aus den Phiolen gestohlenen Substanz behandelt. Sie erholten sich wieder, aber für andere kam jede Hilfe zu spät. Kilians Leiche hatten sie in Israel zurückgelassen.

Im Inneren des Gebäudes blieb Travis im großen Vestibül auf der herrschaftlichen Treppe stehen und wandte sich um. Zum ersten Mal sah er in die erschöpften Gesichter der Krieger. Seine Augen wanderten von links nach rechts. Nichts entging diesem Blick. Auf der prunkvoll erbauten Treppe mit Stufen aus massivem Holz lehnte er sich an den Handlauf des Geländers, überkreuzte Arme und Beine und seufzte. Glanzvoll hing ein Kronleuchter mit großzügigem Kristallbehang von der Decke. Die Spiegelung, die entstand, wenn sich das Licht in diesen Kristallen brach, sorgte für eine beeindruckende Helligkeit. »*Wie ein König im Rampenlicht*«, versuchte Travis die richtigen Worten zu finden.

»Die neue Welt«, begann er schließlich, zu sprechen, »ist unser aller Ziel.« Er faltete die Hände wie zu einem Gebet. »Wir sind uns einig, dass wir eine neue Ordnung der Welt mit einer globalen Regierung brauchen, um Themen wie Rassismus oder Terrorismus bekämpfen zu können. In einer globalisierten Welt werden Menschen nicht nur auf wirtschaftliche Weise miteinander effizienter verbunden sein, sondern die grenzüberschreitenden Austauschprozesse werden erheblich vorangetrieben. Wir müssen der Menschheit Hoffnung geben! Hoffnung, dass wir diejenigen sind, welche die Apokalypse aufhalten können.« Travis hielt kurz inne. »A fronte praecipitium, a tergo lupi«, zitierte er und übersetzte: »Vorn klafft der Abgrund, hinten lauern die Wölfe.«

Sein finsterer Blick wanderte zu Connor. »Connor, erkläre es mir, warum herrscht auf der ganzen Welt Krieg und Terror?«

Irritiert sah der Mann durch die Runde. Wollte Travis ihn jetzt prüfen?

»Connor!« Spedding schnippte mit den Fingern. »Hier bin ich! Aufwachen!«

»Kr … Krieg«, stotterte der Group, »entsteht durch das Unreine. Die Welt ist unrein.«

Travis bedeutete ihm mit seinem Zeigefinger, der sich im Kreis drehte, fortzufahren. »Ja, und weiter …«

»Terrorismus destabilisiert unsere Welt und ist inzwischen längst zum Alltag in unser aller Leben geworden. Eine neue Ordnung der Gesellschaft wird weitere Kriege verhindern und Menschenrechte schützen. Das Übel ist die Unterscheidung. Zu viele Sprachen, zu viele Religionen und zu viele Gruppen, die nicht wissen, wohin sie gehören.« Beinahe mechanisch fuhr er fort: »Wir müssen die Erde säubern, damit sie wieder rein und frei von Terrorismus und Rassismus wird. Purus ist die neue Macht, aber darf nicht zum Schlechten eingesetzt werden. Nur zur Säuberung und zum Wohle der Menschheit.«

»Gewonnen«, kommentierte Spedding mit einem Seitenblick auf Naruto das Gesagte. Kurze herrschte Stille. »Die neue reine Welt – Paragon!« Es schien, als hielt jeder Zuhörer den Atem an. »Der große und mächtige Rufus Brock, der Urschöpfer von Paragon, ist dabei, seine Armee für die Erstürmung startklar zu machen. Rufus ist nicht nur ein Weltenlenker, nein, er ist viel mehr.« Jedermanns Augen hingen gebannt an Travis' Lippen, der fortfuhr: »Er ist ein diplomatischer Finanzier, ein großer Denker und Visionär.« Er ließ die Worte wirken. Niemand der Anwesenden hatte gewusst, wie weit der Plan bereits gediehen war. Im Vestibül war es so still geworden, dass nur noch das leise Ticken einer Uhr den Zustand der Lautlosigkeit unterbrach.

»Purus! Wir brauchen diese Substanz, damit wir unangreifbar werden. Damit wir Regierungen stürzen können.« Travis sprach sich in Rage. »Damit wir die Welt von der Verschiedenheit befreien können. Damit wir den Terror bekämpfen können. Damit wir nur noch zu einem Gott beten und nicht zu hunderten Gottheiten.« Seine Augen waren hellgrau geworden. »Und niemand …wird uns dabei aufhalten können.« Mahnend hob er seinen Zeigefinger. »Keine Regierung, keine Staatsmänner und keine Armee wird uns stoppen können. Denn sie haben es bis heute«, er ballte die Faust gen Himmel, »zu keinem Weltfrieden gebracht. Schafften es nicht, uns alle zu einen. Die Menschheit zu einen! Diese neue Welt wird in fünf Regionen unterteilt sein. Jede Region erhält einen Regenten. Ich …« Er zog die Buchstaben in die Länge und dieses Mal zeigte der Zeigefinger auf seine Brust. »Bin einer der Regenten. Aus aller Herren Länder werden bereits Soldaten für die »Reine Armee« rekrutiert. Li Kepang, Ashraf Hassani, Rufus Brock und die Hyäne, die anderen vier Regenten, sprechen bereits von der bevorstehenden Stürmung und der Eroberung aller Staaten.« Er seufzte und verschränkte wieder die Arme. »Das einfache Purus wird, dank unserer Arbeit, bereits in rauen Mengen produziert«, fuhr Travis schließlich fort. »Wir haben es dem Circle gestohlen, um es irgendwann selbst herstellen zu können. Die Herstellung ist aber noch sehr teuer. Ein Leben mit dieser teuren Substanz zu retten, kostet ein Vermögen und muss sich in weiterer Folge lohnen.«

Abrupt rief er Naruto barsch zu sich. Die Augen des Kriegers weiteten sich, Panik kam auf. Mit wackligen Schritten ging er auf den vor Wut schäumenden Travis zu, der ihm keinen Zentimeter entgegenkam. Der verletzte Krieger, dem jede Stufe zur Qual wurde, blieb keuchend vor Spedding stehen und hielt sich seine verletzte Schulter.

»T … Travis?«, stammelte er.

»Kilian ist tot«, begann dieser langsam, und packte den Asiaten am Revers seines Hemdes. »Du hast nicht ernsthaft angenommen, dass ich einfach so über eure Fehler, insbesondere über deine, hinwegsehe. Ihr hattet nur eine Aufgabe!«, zischte er.

»Findet Siedah Stevenson und holt sie auf Manor Hill. Aber was macht ihr? Ihr lasst sie mit dem Circle entwischen und mit wichtigen Unterlagen. Aber nicht nur das …« Travis zog die Augenbrauen gefährlich hoch. »Ihr lasst euch verwunden. Was kostet die Welt?« Er breitete theatralisch seine Arme aus. »Wir haben das einfache Purus mittlerweile in großen Mengen. Was macht es da schon, wenn man verletzt wird«, fauchte er und packte ihn noch fester am Kragen. Wieder war es mucksmäuschenstill geworden. Keiner wagte, zu atmen. Die Zeit schien stillzustehen.

»Nein, Travis. Bitte nicht«, stammelte Naruto.

»Das Leben ist kostbar. Du möchtest ein Soldat der reinen Armee sein, achtest aber nicht auf dein Leben. Genau das wird in Paragon nicht geduldet werden.«

»Nein Travis, bitte nicht …«, appellierte Naruto erneut an ihn.

»Hör auf. Dein Jammern bringt dir nichts. Du wurdest bereits das dritte Mal verletzt, einmal in der Auseinandersetzung mit Julian und jetzt zweimal in Israel.«

Spedding winkte Kito zu sich. »In den Hof!«, zischte er. »Und ihr alle seid gewarnt. Ich verschwende das einfache Purus nicht. An niemanden. Seht zu und lernt!« Er wandte sich um und stieg die Treppen hoch, ehe er noch einmal das Wort erhob: »Kilians Name darf nie wieder erwähnt werden. Er ist und war eine Schande.«

Mit diesen letzten Sätzen verabschiedete er sich, während ihm das Jammern und Klagen von Naruto nachhallte. Später war es still. Der Versager würde die nächsten fünf Tage in einem Holzverschlag ohne Licht verbringen. Einzelhaft in einem Käfig ohne Fenster, nur mit einer kleinen Öffnung für die Luftzufuhr. Stickig und kalt zugleich. Ohne Toilette, ohne Wasser, ohne Ansprache und ohne ordentliche Verpflegung, mit eingeschränkter Bewegungsfreiheit.

SCHOTTLAND, ISLE OF SKYE, CIRCLE STAMMHAUS, JULI 2021

Siedah war fasziniert. Nat Crown, der Leader des Circle, hatte sie nach ihrer Ankunft auf dem Anwesen in Schottland, auf der Isle of Sky, in ein wunderschönes Zimmer gebracht. Dort lauschte sie nun den BBC-News, die über ein rezentes Ereignis berichteten.

»Heute Nacht«, so eröffnete der Sprecher die aktuellen Geschehnisse, »wurden in einer Luxussuite im Moskauer Ritz-Carlton drei Mitglieder des Grundlagenforschungsinstitutes ›European Molecular Biology Laboratory‹ und drei Prostituierte tot aufgefunden. Es gehört zu den renommiertesten biologischen Forschungslabors der Welt. Die Toten wurden durch die Substanz VX – ein Nervengift – ermordet.«

Sie hörte es, nahm es wahr, schenkte dem aber keine weitere Beachtung. Die Welt war verrückt geworden. Siedah wusste noch nicht genau, wo sie war, ob es sich um ein Schloss, eine Burg, ein großes Herrenhaus oder gar eine Festung handelte. Viel von der Umgebung hatte sie noch nicht wahrnehmen können, waren sie doch mitten in der Nacht angekommen. Jetzt, nach dem erholsamen Schlaf, war sie aufgestanden, durch ihr Zimmer gewandert und wagte einen Blick aus dem Fenster.

Das Anwesen lag inmitten der hügeligen Landschaft der Highlands. Dicke, schwere Wolken wanderten schläfrig über den grauen Himmel und Nebelschwaden zogen träge durch den angrenzenden Wald. Dahinter lag das Meer, das kleine Wellen an Land spülte. Ein magischer Ort, an dem sich Farne und Gräser im leichten Spätsommerwind hin und her wogen und Mücken durch die Luft tanzten.

Siedah nahm einen großen Schluck aus ihrem Wasserglas und untersuchte, berauscht von der Schönheit des Ortes, das Gelände weiter. Sie befand sich im obersten Stock des Gebäudes und hatte damit einen großartigen Blick über das Gelände und über den großzügig angelegten Park. Hortensien säumten den langen Weg hinauf zum Anwesen, Disteln ragten stolz mit ihren majestätischen, purpurnen Köpfen aus dem Boden, waren sie doch die Nationalblumen mit einer besonderen Bedeutung für die Schotten. Durch die prachtvollen Bäume und Sträucher summten fleißige Bienen, üppige, fliederfarbene Rhododendren, alte Obstbäume und sich an den Mauern entlang-räkelnde weiße Kletterrosen übten auf Siedah eine hypnotische Faszination aus.

Sie beobachtete ein rotes Eichhörnchen, das flink durch das Gras huschte und sah zu dem kleinen idyllischen Wintergarten, der romantisch auf einer kleinen Anhöhe neben einem Springbrunnen gebaut worden war.

Das Gebäude musste schon sehr alt sein, doch innen wie außen war es mit großer Sorgfalt restauriert worden. Ihre eigenen Räumlichkeiten waren groß, mit eigenem Badezimmer und Toilette. Sehr stilvoll eingerichtet mit Antiquitäten und, für Siedahs Geschmack, mit zu üppigen goldenen Dekoelementen ausgestattet. Dennoch fühlt sie sich hier wohl, fast wie Zuhause. *»Ein wenig Prinzessin«*, dachte sie und lächelte, während es an ihrer Tür zaghaft klopfte.

»Siedah?« Es war Riley. Die Pilotin, mit der sie sich von Anfang an glänzend unterhalten hatte. Erin war eine pfiffige und verrückte Frau und das gefiel ihr. Außerdem konnte sie mit ihr herrlich über ihre große Leidenschaft, Musik, philosophieren.

»Komm herein, Erin. Ich bin wach.« Sie wandte sich um und bewunderte den weiblichen Warrior, der in ihren Augen perfekt war – verrückt und schräg mit ihren rosa gefärbten Haaren. Nicht jede Frau hatte den Mut für so einen extravaganten Kurzhaarschnitt. Rileys Pixie Cut machte sie sexy, aber auch zart und elfenhaft. Mit Clips und Spangen setzte sie ihre Frisur pfiffig in Szene. Ihr Lieblingskleidungsstück war wohl der schottische Kilt, selbstredend in Pink gehalten. Die Besucherin huschte ins Zimmer und betrachtete Stevenson.

»Erholt?«, erkundigte sie sich und nahm sich auf dem breiten Bett Platz, das Siedah bereits ordentlich wieder aufgebettet hatte.

»Oh ja. Danke sehr. Ich habe herrlich geschlafen. Das erste Mal seit Langem.«

»Ja.« Riley lächelte. »Du hattest wirklich ein paar anstrengende Tage und dazu noch ein echtes Abenteuer.«

»Oh ja. Meine Güte. Da bin ich endlich wieder einmal halbwegs gesund und muss erst recht um mein Leben laufen.«

»Du bist nicht halbwegs gesund. Du bist jetzt eine Puristin. Sam konnte das bereits bestätigen. Du bist eine von uns. Freu dich.« Erin klopfte ihr bestätigend auf die Schulter.

»Wie wird es jetzt weitergehen?«, informierte sich Siedah.

Riley seufzte. Sie hatte den Auftrag, die Frau zu Nat zu bringen, der vorhatte, sie so behutsam wie möglich über ihre Eltern aufzuklären.

»Nun, zuallererst gehen wir zu Nat. Dort gibt es ein Frühstück für dich. Er wird mit dir alles Weitere besprechen.«

Siedah sah ihr Gegenüber mit großen Augen an. »Ich werde nicht nach Hause fahren, oder?«

»Hm … Nat wird alles mit dir klären.«

»Meine Eltern«, grübelte Siedah, »wissen gar nicht, dass ich hier bin. Normalerweise melde ich mich einmal in der Woche bei ihnen. Aber ich habe kein Handy mehr. All meine Sachen sind in Israel zurückgeblieben.« Sie hielt kurz inne. »Meine Mutter wird sicher in höchster Sorge sein. Ich muss sie irgendwie erreichen.« Sie beobachtete Riley, die sich dem Anschein nach mehr für den zwitschernden Vogel am Fensterbrett zu interessieren schien. »*Sie will mich nicht ansehen*«, dachte Siedah.

»Nat wird alles mit dir besprechen. Alles wird gut.« Ein zaghaftes Lächeln huschte Riley über die Lippen.

Stevenson wandte sich zu ihr. »Sieh mich an«, bat sie. »Weißt du, ich habe seit meiner … hm … Metamorphose … so etwas wie einen siebten Sinn. Was verschweigt ihr mir?«

»Komm, wir gehen.« Erin ging nicht darauf ein. Sie erhob sich und reichte ihr die Hand.

»Warte!« Siedah lief noch einmal zurück zu ihrem Nachtkästchen, dort lag der iPod, den ihr Riley nach ihrer Landung in Schottland geschenkt hatte. Sie hob ihn hoch. »Ohne ihn geh ich nirgendwo hin.« Sie lächelte und gemeinsam verließen sie das Zimmer.

Jetzt erst sah Siedah, wo sie sich befand. Das Gebäude war, wie sie vermutet hatte, alt.

»Das Haus«, begann Riley, »ist aus dem 19. Jahrhundert. Um genau zu sein, wurde es 1853 erbaut.« Sie stiegen eine breite Treppe hinab. »Aber lass dich nicht täuschen. Was du hier siehst, mag dich an den Wiener Kongress oder an Biedermeier erinnern, doch du wirst bald sehen, dass es sich hier um eine richtige Festung handelt.«

Erin machte ein grimmiges Gesicht, hob die Hände und schüttelte sie. »Willkommen auf Schloss Horrorstein!« Sie breitete die Arme aus und grinste. »Komm, ich bringe dich jetzt in eine andere Welt.«

»Hört sich gruselig an«, meinte Siedah und blickte sich zögernd um. Noch immer waren sie im Dunklen, durch wenige Lampen erhellten Treppenhaus und es kam ihr vor, als wandere sie durch ein kleines, englisches Castle. Alles funkelte und glitzerte, gelegentlich waren Kerzen angezündet und überall standen frische Blumen in Sträußen, die so prächtig waren, dass es ihr gelegentlich den Atem verschlug.

Die Räume waren hoch, sie schätzte etwa vier Meter, und ab und an konnte sie ein Fenster ausmachen. Alles in allem war »Schloss Horrorstein« tatsächlich etwas gruselig.

Endlich kamen sie an eine Tür, die nur mit einem Code zu öffnen war. Siedah war erleichtert. Es gab sie – auch hier – ein bisschen neue Welt mit Passwörtern und Elektrizität. Hinter dem hölzernen Eingang, der wie mit Geisterhand zügig aufging, befand sich eine breite Stahltür. Erneut musste Riley einen Code eintippen. Dieses Mal kam ein Aufzug zum Vorschein und sie stiegen ein.

»Es geht los«, machte Riley es spannend und flüsterte: »Wir steigen nun hinab in die düstere Welt des Circle.«

Mit einem Ruck setzte sich der Fahrstuhl in Bewegung. Riley drückte die Zahl Zwei – der zweite Stock, der wiederum nur mit einem Code zu erreichen war. Stumm ging es abwärts. Als die Tür aufging, riss Siedah entsetzt die Augen weit auf.

»Oh mein Gott«, entfuhr es ihr und sie hob die Hand vor den Mund.

»Willkommen am Institut ›Zur heiligen Blutwurst‹.« Wieder lächelte Riley, aber es war anders, verbunden mit etwas Ernstem. »Hier …« Sie betraten einen langen Gang, dessen Wände weiß waren und die grauen Platten am Fußboden zeigten einen Weg ins schier Endlose. Grelle Lampen erhellten den Flur. »Befinden wir uns im Sektor Zero«, fuhr Erin fort. »Die Warriors und Nat arbeiten hier. Außerdem sind hier sämtliche Besprechungs- und Büroräume.«

Sie kamen zu einer Tür, auf der ein großes Schild prangte: »Naturwissenschaft«. Experimente, Prozesskontrollen, Qualitätskontrollen, Prüfungen und Messungen fanden hier statt, erläuterte Riley. Sie passierten wieder eine Tür und bewegten sich am Labor-Arbeitsbereich »Telomere« und »Kryokonservierung« vorbei.

Erin schilderte zu »Telomere«: »Wir können ohne Purus bis zu 120 Jahre alt werden. Dass die meisten von uns dieses biblische Alter nicht erreichen, hat vereinfacht gesagt etwas mit unserem Erbgut zu tun. Danach wird hier geforscht. Und bei der Kryokonservierung geht es praktisch arschkalt – also eingefroren – in flüssigem Stickstoff in die Ewigkeit. In diesen Laboren forschen viele Wissenschaftler und auf unzähligen Türen steht ›Vorsicht Biogefährdung‹.« Sie verdrehte die Augen.

Die beiden bogen rechts ab und nun zeigten sich etliche Glastüren, hinter denen sich Büroräume und Besprechungszimmer verbargen. Riley beschleunigte ihren Schritt, als sie Lucas mit einer jungen Frau auf sich zukommen sahen. Die Ärztin an seiner Seite sah Julia Roberts als Pretty Woman verblüffend ähnlich. Beide unterhielten sich blendend und lachten. *»Oh«*, dachte Siedah, *»Lucas hat eine Freundin, hätte ich mir nicht gedacht.«*

»Geht ihr zu Nat?«, erkundigte sich der Warrior neugierig.

»Ja.«

»Gut, ich werde ihn später aufsuchen. Wir haben Nagazirs Texte übersetzt.«

»Es wird vermutlich heute eine Besprechung geben«, seufzte Erin. Zustimmend nickte Lucas. »Ja, denke ich auch.«

»Das wird noch ein langer Tag«, hörte Siedah Riley feststellen.

Nats Arbeitsbereich war eines der ersten Büros. Typisch eingerichtet mit Schreibtisch, Bürokästen, Laptop, Drucker und Telefon. Doch faszinierend fand Siedah die fünf großen Bildschirme, die an der Wand hingen und zurzeit schwarz, demnach ausgeschaltet, waren. Julian saß im Zimmer und schien gerade in ein ernstes Gespräch mit seinem Vorgesetzten vertieft zu sein. Siedahs Herz hüpfte, als sie ihn erkannte. Julian Koshien übte eine Faszination auf sie aus, die ihr unheimlich war. Gekleidet in Jeans und ein weißes Hemd, sah er äußerst gewöhnlich aus. Kein Krieger, kein Warrior, einfach nur ein Mann, dessen wirre blonde Mähne noch mehr zu Berge stand als sonst und mit einer Brille, die er nicht benötigte. Er spielte mit seinen Haaren und Siedah entdeckte im Nacken ein Tattoo. Als sie das Büro betraten, erhoben sich Nat und Julian rasch. Noch im Augenwinkel erkannte Siedah, was das Tattoo im Nacken darstellen sollte. Es war ein Wort »Faith«.

»Julian – an was glaubst du?«, fragte sie sich insgeheim.

Ihre Blicke trafen sich und wie durch eine Art Fernwirkung, schien ihr Julian eine Antwort zu schicken: »*An nichts mehr.*« Sie erschrak zutiefst.

»Siedah!«, freute sich Nat, der für sie wie ein richtiger Gentleman den Stuhl richtete und auf ein paar Brötchen zeigte. »Bitte, setze dich und iss etwas.«

Die respektvolle Distanz, die Nat nun zwischen ihr, Julian und sich selbst geschaffen hatte, verunsicherte sie. Riley verabschiedete sich und verließ schweigend den Raum.

»Was geht hier vor?«, zögerte Siedah und ergriff eine Weintraube, die als Zierde eines Käsebrötchens diente, und die sie schnell verschlang.

Alle nahmen ihre Sitzpositionen ein, während sie genüsslich kaute. Noch schlimmer als der Hunger war der ständige Durst, den sie seit ihrer Metamorphose verspürte. Die Weintraube erfüllte beide Zwecke: Sie stillte Durst und Hunger. Zumindest ein klein wenig.

Nat, saß elegant und aufrecht, den Oberkörper leicht nach vorne gebeugt, die Ellbogen auf die Tischkante gestützt, die Handflächen aufeinander, mit verschränkten, gespreizten Fingern, wobei der rechte Zeigefinger seine Lippen berührte. Deutlich entspannter erschien ihr Julian. Leger hatte er die Beine von sich gestreckt und die Hände am Bauch liegend verschränkt.

»Noch einmal, was geht hier vor?«, fragte Siedah gereizt.

Nat holte tief Luft. »Es gibt ein paar Dinge, die wir dir sagen müssen.«

»Und die wären? So schnell kann mich jetzt nichts mehr erschüttern.«

»Wir haben für dich hier eine Wohnung vorbereitet.«

»Ich brauche keine hier bei euch!« Sie war fassungslos. »Ich habe eine Wohnung.«

»In die du aber nicht zurückkannst.«

»Warum? Warum soll ich nicht zurückgehen können? Das ist alles ein Witz.«

»Siedah!«, griff Julian beruhigend ein und richtete sich auf. »Travis wird dich auf der ganzen Welt suchen. Wir haben dich nicht zum Spaß aus Israel geholt.«

»Ja, Julian hat recht. Du wirst nirgendwo mehr sicher sein, solange du nicht gelernt hast, mit deinen neuen Fähigkeiten umgehen zu können.«

»Moment!« Siedah rang nach Worten. »Mich jagt ein Mann namens Travis, weil ich jetzt eine … Puristin bin. Aber dem nicht genug, ich werde jetzt hier gefangen gehalten.«

»Nein.« Nat war entsetzt. »Du wirst nicht gefangen gehalten. Wir möchten dich beschützen und dir zeigen, was es bedeutet, eine Puristin zu sein. Es liegt uns sehr viel daran, dass dir nichts passiert.« Siedah empfand Nats Tonfall als ehrlich.

»Und deshalb«, ergriff Julian wieder das Wort, »haben wir deine Wohnung in London ausgeräumt, alles in den Circle gebracht und dir ein neues Heim hier eingerichtet.«

»Julian!«, mahnte Nat flüsternd.

»Ihr habt was?« Geschockt starrte sie beide an.

»Nat versucht gerade, dir beizubringen, dass du kein Zuhause mehr hast, weil dich Travis jagen wird, bis in alle Ewigkeit und vielleicht noch länger.« Er neigte seinen Kopf zur Seite. »Verstehst du uns? Du kannst nicht zurück. Nicht heute, nicht morgen, aber vielleicht irgendwann mal. Aber davor musst du lernen, mit deinem neuen Körper umgehen zu können.«

»Ihr habt in meinen Sachen gewühlt?«

»Nein haben wir nicht«, knurrte Julian ärgerlich. »Wir haben uns nur für ein paar Dinge deiner Einrichtung entschieden. Kleidung, wenn du das meinst, haben wir nicht mitgenommen.« Er betrachtete sie kurz. »Sie passt dir sowieso nicht mehr.«

Nats Blick haftete an Siedah, die schluckte und schließlich sagte: »Ich bin in einem Albtraum.« Sie griff sich auf die Stirn. »Ich bin in einem Albtraum und das habe ich nur dir zu verdanken.« Sie sprang auf und schlug nach Julians Brust.

»Hör sofort auf damit.« Koshiens fester Griff ließ sie abrupt innehalten. »Setz dich«, befahl er barsch. »Es gibt noch etwas, das wir dir sagen müssen.«

Siedah, die mit den Tränen kämpfte, ließ sich zurück in den Stuhl fallen und Nat fuhr fort: »Travis trachtet nach deinem Leben und er meint es ernst. Todernst.« Eine kurze Pause entstand. »Siedah, Travis ist ein böser Mensch, der, wenn er etwas haben will, barbarisch, brutal und äußerst zielstrebig sein kann. Er bekommt, was er will, und dafür geht er über Leichen.«

Siedah zuckte mit den Schultern. »Ich kann ohnehin nicht mehr sterben, oder?«, fauchte sie.

»Zum Ersten«, sagte Nat, »sterben Puristen. Puristen haben zehn Leben, existieren lange, aber irgendwann sterben sie.« Er holte tief Luft. »Der Unterschied ist der, dass wir aber nicht wissen, ob du wie wir zehn Leben hast, oder vielleicht nur eines, nämlich das, was du jetzt hast, oder ob du …«, er suchte nach Worten, »vielleicht sogar unsterblich bist. Aber wir gehen davon aus, dass die zehn Leben bei dir zutreffen und die können sehr schnell zu Ende sein, wenn du nicht mit Purus behandelt wirst.«

Im Zimmer war es still geworden. Draußen an der Wand lehnten Riley und Lucas, die still das Szenario beobachteten.

»Travis Spedding«, erklärte Nat weiter, »hat Keith Logan, einen seiner Schergen, in Australien beauftragt, deine Eltern aufzusuchen.«

Siedah erstarrte. »Und?« Ihre Hände begannen zu zittern.

Ein schwerer Seufzer drang aus Nats Brust. »Sie sind tot. Es … tut mir sehr leid.«

»Nein!« ihre Augen waren groß geworden. »Nein! Bitte nicht.«

»Es tut uns sehr leid, aber es ist so«, bekräftigte Nat seine Worte.

»Travis ist ein Wahnsinniger«, erklärte Julian.

»Warum?«, klagte Siedah.

»Weil er dich haben wollte«, stellte Julian klar. »Du hast etwas in dir, was er haben will. X23y. Dein Körper ist für Travis von größter Bedeutung.«

»Nein.« Sie klammerte sich an den Stuhllehnen fest. »Nein, nein, nein. Das glaube ich nicht«, rang sie nach Worten. »Nein! Nein!«

Heftig schüttelte sie den Kopf und verbarg ihr Gesicht in den Händen. Tränen liefen über ihre Wangen.

»Nein!«

Abrupt sah sie auf. »Woher wollt ihr wissen, dass es sich um meine Eltern handelt?«

»Wir wissen es, Siedah«, erklärte Nat ruhig.

»Aber woher?«

»Es gibt eindeutige Hinweise auf die Ermordung deiner Eltern, von der Polizei und von unseren Leuten dort vor Ort.«

»Tote müssen identifiziert werden«, versuchte Siedah noch immer, das Unglaubliche nicht wahr werden zu lassen. »Wer hat sie identifiziert?«

»Deine Tante. Die Schwester deines Vaters«, konkretisierte Julian. »Sie war dort und hat die Leichen identifiziert.«

Um sie herum hatte sich alles zu drehen begonnen. Langsam erhob sie sich.

»Wie sind sie gestorben?«, hauchte sie.

Nat starrte zu Julian, der den Blick von ihr abgewandt hatte. »Sie wurden …«

»Erschossen«, beendete der Warrior den Satz.

»Er lügt«, dachte Siedah, *»was ist mit meinen Eltern wirklich geschehen?«*

»Daran bist nur du Schuld«, flüsterte sie und sah ihren vermeintlichen Retter mit kummervollem Blick an. »Deinetwegen sind sie jetzt tot.«

»Nein, sie sind tot, weil Travis sie ermorden hat lassen«, antwortete Nat.

»Wäre ich doch nie nach Israel gegangen«, flüsterte sie. »Ich wollte nur gesund werden.« Sie schniefte. »Gibt es Fotos oder irgendeinen Beweis?«

»Es gibt Fotos, aber die sind von der Polizei noch nicht freigegeben.«

»*Jetzt lügt Nat*«, dachte sie.

»Ich will sie sehen – die Fotos, meine ich.« Zittrig und wie in Trance bewegte sich Siedah in Richtung Ausgang.

»Wohin gehst du?«, fragte Julian.

»Ich muss hier raus«, flüsterte sie.

»Riley!«, rief Nat. »Begleite Siedah.« Zu der jungen Frau gewandt sagte er: »Nimm dir alle Zeit der Welt. Riley wird für dich da sein und wir auch.«

Sprachlos, mit gesenktem Kopf, verließ sie das Büro, während Erin ihre neue Freundin behutsam in den Arm nahm und zu beruhigen versuchte.

»Sie sind tot«, flüsterte ihr Siedah zu.

»Ich weiß. Lass uns ein paar Schritte gehen, ich bringe dich in dein Zimmer und wir können reden.«

»Warum? Warum?«

»Weil Travis ein Wahnsinniger ist.«

Riley hielt sie fest in ihren Armen, nickte Lucas noch einmal zu und drückte den Knopf für den Fahrstuhl. Surrend kam dieser langsam herab.

»Komm, lass uns in dein Zimmer gehen.«

Siedah konnte nichts wahrnehmen, weder die Ärzte, die sie anstarrten, noch die Warriors Ethan und Gabrielle, die in einem Büro saßen und ihre Köpfe über einem Laptop zusammengesteckt hatten. Doch sie blickten hoch, als die beiden Frauen langsam an dem Büro vorbeigingen. Unzählige fremde Gesichter verfolgten jeden Schritt der beiden.

Siedah hatten den Boden unter den Füßen verloren. Tiefe Trauer und eine große Leere hatten sie erfasst. Sie kaute an ihren Fingernägeln, heiße Tränen liefen über ihre Wangen. In kleinen Schritten bestiegen sie schließlich den Aufzug und traten den Weg nach oben an. Das typische Geräusch ertönte, als sie die gewünschte Ebene erreicht hatten und sich die Tür wieder öffnete. Sie befanden sich nun wieder nicht unter, sondern über der Erde und Siedah erkannte das Eingangstor im Vestibül. Ihr Atem ging schwer. Zorn hatte Siedah Stevenson erfasst, Wut über den Circle, der sie aus ihrem Leben gerissen hatte und der Schuld am Tod ihrer Eltern war. Ihr Atem wurde immer schneller. Ihre Brust hob und senkte sich. Riley drückte ihren Arm fest an sich. In ihr herrschte höchste Alarmbereitschaft.

Aus dem schnellen Atmen wurde Keuchen. Wie ein Tier, das kurz vor einem Angriff stand. Die schneeweißen Augen zusammengekniffen. Aus der jungen, schönen Frau war ein Dämon geworden, der sich plötzlich rasend schnell von Riley losriss und in Richtung Portal lief. Noch ehe Erin überhaupt reagieren konnte, stürmte Siedah mit hoher Geschwindigkeit aus dem Haus. Für ein menschliches Auge nicht mehr sichtbar, nur ein Windhauch, für Riley ein wütendes Gespenst, das in den regnerischen Tag in einem tiefschwarzen Wald verschwunden war.

»Siedah!«, brüllte Erin. »Siedah! Komm zurück! Ich bitte dich.«

Doch diese musste weg. Raus aus diesem furchtbaren Traum. Sie konnte noch Erins lautstarkes Telefonat hören: »Sie ist weg!«, schrie Riley ins Telefon. »Sie ist einfach losgelaufen und sie ist rasend schnell. So etwas habe ich noch nie gesehen.«

ENGLAND, CAMBRIDGE, MANOR HILL, JULI 2021

Travis erwog, Rufus Brock selbst anzurufen. Über die Unfähigkeit seiner Krieger durfte er sich nicht beklagen, sondern vielmehr musste er eine Erklärung abliefern, warum seine Groups und er in Israel versagt hatten. Er konnte deutlich spüren, wie langsam Unsicherheit aufkam. War er der Falsche für dieses Vorhaben? Allerdings – warum sollte er beunruhigt sein? Brock kannte den Circle und diesen auszutricksen war nicht einfach.

»Ein Anruf für dich, Travis!« Kito kam eilig mit einem Handy herbei. Spedding hatte sein Telefon in der Bibliothek liegen gelassen, besser gesagt vergessen. Das Display zeigte eine wohlbekannte Nummer auf, er seufzte. *»Rufus, wenn man an den Teufel denkt …«* Travis kniff die Augen zu. »Lass mich allein«, fauchte er in Richtung seines Kriegers und nahm in einem breiten Ohrensessel Platz, der einen herrlichen Blick in den Garten bot.

»Rufus, ich wollte mich ebenso gerade bei dir melden«, begrüßte Travis seinen Gesprächspartner.

»Was war los bei euch? Ihr habt ziemlich viel Wirbel in Israel gemacht«, begann Brock.

»Ja«, stimmte Travis zu. »Es lief nicht so wie ich es wollte.«

Spedding sah sich hastig um, er wollte keine ungebetenen Zuhörer.

»Ihr habt Stevenson nicht und Nagazir ist tot. Was ist passiert?«

Es nützte nichts, sein Gesprächspartner wusste ohnehin bereits Bescheid. Er nestelte mit der linken Hand unruhig an seinen

Hemdkragen und kam ohne Umschweife zur Sache. Spedding war sich seiner Worte bewusst und wählte sie sorgsam. In einer solchen Situation war es besser, Tacheles zu reden.

»Nun«, meinte Rufus schließlich, als Travis geendet hatte, »das sind wahrlich keine guten Neuigkeiten. Du hast gut gehandelt, dass du die Leichen in Israel gelassen hast.« Eine kurze Pause entstand. »Du hast von mir klare Anweisungen erhalten. Für die neue, reine Welt benötigen wir Purus. Dreh- und Angelpunkt ist Nagazirs Formel und Stevenson. Aber ihr konntet weder das ein noch das andere auf Manor Hill bringen.«

Spedding hatte das Gefühl, in sich zusammenzusacken.

»Meiner Meinung nach bist du noch immer viel zu gut zu deinen Groups«, donnerte Brock los. »Ist das, was du auf meinem Anwesen deinen Kriegern gelehrt hast, umsonst gewesen?«

»Wir konnten nichts machen, wir ...«, warf Spedding ein, doch Rufus schmetterte weiter: »Ich hoffe, es wird dir nicht entgangen sein, dass wir einen klaren Weg zu bestreiten und ein Ziel haben: Eine neue, reine Welt mit einer globalen Regierung. Paragon!«

Travis hatte einen Moment, wo er nichts mehr sagen konnte. Er hatte keine Antwort.

»Die Groups müssen deine Anweisung akzeptieren und ausführen. Zweifeln sie an deiner Kompetenz?«

Theoretisch hätte sich Spedding nun auf eine Diskussion einlassen können, aber das wollte er nicht. Seine Krieger akzeptierten ihn und zögerten keineswegs, wenn sie komplizierte oder gefährliche Aufgaben zu erledigen hatten, das wusste er.

»Natürlich nicht«, antwortete er schließlich.

Die Vorstellung, dass seine Groups und er nicht an der Mission teilnehmen konnten und Brock sie womöglich austauschen würde, war für Travis undenkbar.

Rufus fuhr nun etwas ruhiger fort: »Ich vertraue dir, Travis. Wenn du das sagst, glaube ich es.« Hörbar genervt sprach er schließlich weiter: »Die Regenten treffen sich in zwei Tagen in

Ulaanbaatar. Ich möchte davor noch mit dir sprechen. Also richte es ein, dass du früher anreist. Am besten machst du dich heute noch auf den Weg in die Mongolei. Ich habe etwas, das dich vielleicht interessieren könnte.«

»Und das wäre?«

»Lass dich überraschen. Natürlich sind wir nicht glücklich über den Ausgang in Israel und es bedarf einer gründlichen Überlegung, wie wir nun weiter vorgehen sollen. Die Ereignisse haben sich überschlagen.«

»Natürlich, Rufus«, seufzte Travis. »Zu meinen Groups möchte ich noch etwas anmerken.«

»Ja?«

»Der Circle, ist ein außerordentlich starker Gegner, wie du weißt.« Mit sorgfältig gewählten Worten fuhr er fort: »Sind sie einmal da, ist es schwierig, gegen sie anzukämpfen.«

»*Schwierig gegen sie anzukämpfen …*«, äffte Rufus nach. »Jedes Mal erklärst du mir, wie schwierig es ist, gegen sie anzukommen.«

»Aber das ist die Wahrheit. Sie sind körperlich wie gesundheitlich deutlich belastbarer als meine Groups, sie sind Puristen, das weißt du. Wenn sie im Team kommen, sind sie noch stärker.«

»Vielleicht wart ihr zu auffällig?«, knurrte Rufus.

Er räusperte sich. »Ja, vielleicht hast du recht.«

»Natürlich habe ich recht.« Rufus Tonfall war gefährlich gnädig. »Aber der Tag wird kommen, an dem wir unsere Ziele erreicht haben werden. Du wirst sehen. Ich verspreche es dir.« Er seufzte durch das Telefon. »Genug geschwatzt.« Travis vernahm ein Lächeln. »Wir haben viel zu tun. Pack deine Sachen und nimm meine Maschine, mit der ihr von Israel nach Hause geflogen seid.«

Travis senkte den Kopf und beide legten auf. Kurze Zeit versuchte er, sich zu sammeln. »*Brock hat keine Ahnung*«, dachte er, aber er vertraute auf Rufus. Er musste nur immer wieder auf die Gefährlichkeit des Circle hinweisen. Ein tiefer Seufzer drang aus seiner Brust, ehe er sich erhob und Kito zu sich rief.

»Kito! Organisiere mir sofort einen Flug in die Mongolei. Rufus möchte mich sprechen.«

Zwei Stunden später saßen er und sein Krieger in einem schwarzen Jeep Renegade und brausten in Richtung Flughafen. Brocks Privatjet, stand wie üblich startklar bereit und Spedding bestieg die Boeing, ohne sich zu verabschieden. Seine Gedanken rasten. Was war die Überraschung, von der Rufus gesprochen hatte? Er musste unbedingt den Zettel mit Brock besprechen, den Kito in Nagazirs Haus gefunden hatte. Travis selbst konnte mit dem Gekritzel nichts anfangen, aber er hatte ihn eingescannt und Brock gemailt. Vielleicht konnten er und seine Forscher etwas daraus lesen.

Spedding starrte durch die Luke, hinaus in die dunkelblaue Himmelswelt. Die Wolken darunter zogen an ihm vorbei. Seine Groups, auf die er so hohe Stücke gehalten hatte, stellten sich nun als schwächer heraus, als er sich jemals hatte vorstellen können. Er dachte daran, wie es den anderen Regenten wohl erging. Rufus Brock, der Mächtigste und Gründer der neuen, reinen Welt, war ein Mann der Tat. Wieder und immer wieder stellte sich Travis die Frage, ob es richtig war, wie Brock seine Ziele bis zum bitteren Ende zu verfolgen schien. Er erinnerte sich an jenen Tag, an dem dieser hochgewachsene Mann einfach und plötzlich da gewesen war. Von Anfang an war Travis von diesem Mann, der einen Traum von einer Welt hatte, in der alle Menschen gleich waren, fasziniert gewesen. Spedding hatte sofort für die Idee »Die neue reine Welt« gebrannt, denn das Böse war die Verschiedenheit, die zu Krieg führte. Rufus' Worte erhellten sein angeschlagenes Herz, das keine Ruhe mehr finden konnte – seit damals.

Als Erstes hatte Rufus Travis die Aufgabe gegeben, selbst eine kleine Armada von Soldaten aufzubauen – eine Gruppe zu gründen, mindestens acht Mann groß. Spedding in seiner Euphorie hatte seinen neuen Freund beeindrucken wollen und ihm erzählt, dass er von einer geheimen Ansammlung von mehreren Personen gehört hatte, die sich »Circle« nannte und ihm vom Wundermittel Purus berichtet. Mit Purus würden sie eine unangreifbare Macht aufbauen können. Natürlich hatte ihm Rufus sofort den Auftrag gegeben, dem nachzugehen und Purus zu stehlen, oder zumindest die Phiolen der Warriors, damit sie selbst die Substanz herstellen konnten.

Die neue, reine Welt bedeutete Frieden. Der Weg dazu würde steinig werden. Aber nur so würde die Welt Ruhe finden. So waren die Groups entstanden. Danach hatte Rufus Manor Hill zur Verfügung gestellt und die Jagd nach dem Circle und seinem Purus hatte begonnen. Auch ein Chemiker sollte gesucht werden, gefunden hatte er diesen in Nagazir und in weiterer Folge damit Siedah Stevenson.

Travis war seit über 48 Stunden auf den Beinen und fühlte sich plötzlich müde und erschöpft. Rien ne va plus war noch nie sein Motto gewesen. Er ist nicht umsonst dort angekommen, wo er jetzt war. Er lebte immer noch. Obwohl schon so viele versucht hatten, ihn zu töten oder gar aufzugeben. Erschöpfung hin und her, er musste wieder klar denken können und rief sich zur Ordnung. Die neue, reine Welt – eine Weltregierung mit ihm an der Spitze. Noch waren seitens Rufus keine Einzelheiten dazu bekannt gegeben worden. Aber, so hoffte Spedding, bald würde es so weit sein. Nicht umsonst berief Brock in aller Eile ein streng geheimes Meeting ein.

ULAANBAATAR, SUKHBAATAR PLATZ, PEACE AVENUE, JULI 2021

Als Travis am Chinggis Khaan International Airport in Ulaanbaatar, der Hauptstadt der Mongolei eintraf, zeigte seine Uhr 21.01 Uhr, demnach war es in Cambridge 13.01 Uhr. Obwohl Spätsommer, war es kühl, im Durchschnitt lagen die Temperaturen zwischen 15 und 20 Grad. Die unzähligen Sonnentage in der Mongolei waren den hohen Gebirgszügen des Altai, Sajan und Xinggang, die das Land umgaben, zuzuschreiben, machten es aber nicht wärmer. Ulaanbaatar galt als die kälteste Hauptstadt der Welt, im Winter froren die Menschen bei bis zu minus 47 Grad und so richtig anfreunden konnte sich Travis demnach mit der Mongolei nicht. Kälte erinnerte ihn an den Krieg, an Hunger und Ungerechtigkeit. Während es der Reichsführer der SS, dieser grässliche Heinrich Himmler, gemeinsam mit seinen Kommandeuren warm gehabt hatte, hatte die Bevölkerung gefroren und an Hunger und Angst gelitten. Ganz zu schweigen von den Häftlingen in den Konzentrationslagern. Wie hatte er diese Zeit gehasst.

Travis beobachtete die Menschen um sich herum. Noch heute leben die Nomaden in kratzenden Filz-Jurten und wie seit Anbeginn weideten Yaks, Pferde und Schafe und allerhand andere Tiere auf den weiten Steppen. Diese Kultur war ihm fremd. Die Menschen waren ihm fremd. Und das Erlernen der mongolischen Sprache war für Spedding mit enorm viel Mühe verbunden. Währender der Fahrt zu Brocks Penthouse, betrachtete er verwundert die Symbole, die wie Graffitis überall an die Wände gesprüht waren. Ein großes, gelbes P auf schwarzen Untergrund. Er erkannte es aus Israel wieder.

Als er endlich müde in Rufus' Penthouse eintraf, das im Herzen des Botschaftsviertels der Hauptstadt lag, erwartete ihn ein aufgekratzter Brock. Der fast zwei Meter große Hüne strahlte, als er seinen Schützling entdeckte und breitete die massiv tätowierten Arme aus.

»Travis!«, begrüßte er ihn freudig. Das lange blonde Haar hatte Rufus zu einem Dutt gebunden.

Spedding lächelte und sah sich um. Weißes Leder und hellgrauer Marmor, alles glitzerte und funkelte. Eine monströse Fensterfront bot einen atemberaubenden Blick auf den Bogd Khan Mountain und auf die funkelnde Stadt, deren Nachtleben soeben begonnen hatte.

»Ich habe Neuigkeiten und …« Verschwörerisch umarmte Rufus seinen Gast und flüsterte geheimnisvoll: »Eine Überraschung für dich.« Spedding fühlte sich unbehaglich. Etwas war geschehen, etwas war anders, ganz und gar anders.

»Welche Neuigkeiten? Du machst es spannend.« Plötzlich war Travis hellwach.

Beide nahmen auf der pompösen Ledercouch Platz. Ein Diener kam und reichte Champagner.

»Lass uns anstoßen.« Rufus hob das Glas. »Nein! Lass uns auf einen *›Meilenstein‹* anstoßen.« Er zog das Wort »Meilenstein« künstlich in die Länge.

Es dämmerte bei Travis. Ging es um die Notiz, die er ihm zukommen hatte lassen? Hatten Brocks Leute das Gekritzel entziffern können?

»Meilenstein?« Travis' Augenbrauen hatten sich fragend hochgezogen. »Und nein danke, ich trinke keinen Alkohol, wie du weißt, bekommt er mir nicht.«

Rufus Brock lehnte sich entspannt zurück, überkreuzte seine langen Beine und spielte mit seinem blonden Vollbart, in den er kunstvolle Zöpfe eingeflochten hatte. Er lächelte. »Travis, Travis,

Travis. Was habt ihr in Israel angestellt?« Sein Lächeln erstarb abrupt.

»*Vorsicht*«, mahnte sich Travis.

»Du bist getrieben, Travis.« Die Stimme war gefährlich geworden. »Getrieben von deinem Zorn gegenüber dem Circle, Crown und Koshien. Dein Hass blendet und leitet dich. Doch wir …« Rufus fuhr hoch und packte Travis an den Schultern. »Wir brauchen den Circle nicht. Wir brauchen weder Nat Crown noch Julian Koshien. Auch keine Siedah Stevenson. Ich habe andere Pläne.«

»Aber …«, versuchte Travis einzulenken, »wir brauchen Purus oder X23y.«

»Wir brauchen gar nichts. *Du* brauchst den Circle und deinen viel gerühmten Julian. Du willst zeigen, wie mächtig du jetzt bist.« Brock schob ihn unsanft zur Seite. »Ich weiß nicht, was dir der Circle angetan hat, dass du ihn so sehr hasst.« Er zuckte mit den Schultern. »Ich weiß nicht einmal, woher du von der Institution weißt. Ist mir egal. Aber ich muss gestehen, ich glaubte deinen Erzählungen vom Circle nicht. Ich dachte, was für eine skurrile Geschichte. Letzten Endes fand ich wohl oder übel heraus, dass es diese Gruppe von speziellen Soldaten wirklich gibt.«

Niemals würde Travis seine Pläne mit dem Circle und Julian aufgeben. Niemals.

Brock wechselte das Thema. »Du hast mir eine Notiz zukommen lassen.«

»Ja, was ist damit?« Travis versuchte, Haltung anzunehmen und saß kerzengerade auf der Couch, schließlich hatte er das Blatt gefunden, er und seine Groups.

»Was glaubst du?«

»Die Formel von X23y ist es nicht?«, meinte Spedding. Das Telefonat mit seinem Gegenüber wäre nicht eskaliert, wenn er ein Ergebnis aus Israel mitgebracht hätte.

Brock lachte verächtlich. »Ich glaube nicht, dass X23y besser ist als Purus.«

Entsetzt, enttäuscht, frustriert, all diese Eigenschaften hatten sich auf einen Schlag vereint. Travis sank in sich zusammen. Er war keineswegs der gleichen Meinung wie Rufus. Er fürchtete X23y. Niemand wusste, was es wirklich konnte. Aber er schwieg und wagte es nicht, gegenzuhalten. Sein Mund war trocken, Schweiß bildete sich auf der Stirn, er rang nach Worten. »Aber von welchen Neuigkeiten hast du gesprochen … oder … von welcher Überraschung?«

Beklommenheit überkam ihn. War die Überraschung sein Ausschluss oder gar sein Tod? Letzteres machte Spedding keine Angst. Er konnte nicht sterben, noch nicht.

»Ach, die Überraschung, richtig.« Wieder ließ sich Brock zurück in die Couch fallen. »Ich bin sehr enttäuscht über den Ausgang in Israel, du hast mit deinen Racheplänen an den Circle immens viel Zeit vergeudet und damit die gesamte Operation gefährdet. Ich müsste dir den Rang des Regenten abnehmen.«

Travis erstarrte. Alles, nur das nicht.

»Aber«, Rufus hob mahnend den Zeigefinger, »Nagazir hat uns in der Tat eine Formel hinterlassen.« Eine kurze Pause entstand. Spedding hielt den Atem an. »Aber nicht die von Purus oder X23y.« Brock trank einen Schluck, ehe er fortfuhr: »Hm … Purus können wir seit …« Er dachte nach und blickte bewundernd auf die blütenweiße Decke seines Penthouses. »Drei Wochen schon … herstellen …?«

»Was?« Travis fuhr hoch. Es hatte wie ein beiläufiger Nebensatz geklungen, war es aber nicht.

»Oh ja … Wir haben die Formel schon seit mehreren Monaten, ich wollte sie mit X23y vergleichen, aber … Das gelang uns nicht.« Er grinste. »Du bleibst Regent, aber nur aus einem Grund.«

Wieder war Travis erstarrt. »Und der wäre?«

»Das Zettelchen, das du gefunden hast …« Brock holte das Schriftstück aus seiner Hosentasche und hielt es feierlich hoch. »Ist die Formel für ein … Gegenmittel.«

Für Spedding schien die Zeit stehen zu bleiben, nur noch vage nahm er Rufus' Worte im Hintergrund wahr.

»Was für ein Gegenmittel? Gegen was?«

»Es zerstört Purus und hebt den Wirkstoff im Körper auf«, fuhr Brock fort und lächelte, als eine Frau den Raum betrat. Tara, seine Lieblingshure, war angekommen. Atemberaubend schön und lasziv. Ihr langes, glattes, blondes Haar bändigte sie mit einem feuerroten Haarband, das sie mit Haarnadeln festgesteckt hatte. Einzelne Strähnen fielen ihr dabei verspielt ins Gesicht. Der Lidschatten in dunklen Grau- und Lilatönen war sorgfältig aufgetragen, umspielte ihre grünen Augen und verlieh ihnen eine beinahe unheimliche Strahlkraft. Die Wimpern waren kräftig mit Mascara getuscht. Dunkler Kajal vervollständigte das perfekte Augen Make-up. Knallroter Lippenstift rundete die farbliche Gestaltung des Schmollmundes ab. Tara trug ein hautenges schwarzes Trägerkleid, dazu hochhackige rote Pumps. Ein zarter Ring mit einem rund eingefassten, glitzernden Schmuckstein zierte ihren linken Ringfinger.

»Mein Herz!«, säuselte Rufus, als die Schöne näherkam und er ihr den Po voller Vorfreude tätschelte. Begierige Blicke trafen die Frau und Travis wusste, das Gespräch würde nicht mehr lange dauern. Unbehagen erfüllte Spedding. Nicht nur weil der Circle damit zerstört werden kann könnte, sondern weil er hoffte, dass Rufus sein eigenes Geheimnis noch nicht herausgefunden hatte. Das erste Mal seit sehr langer Zeit empfand er Todesangst.

»Mein Freund!«, sagte Brock und klopfte ihm auf die Schulter. »Wieso freust du dich nicht?«

Travis erholte sich allmählich wieder. »Ich … ich bin nur sehr erstaunt und …« Er hatte sich gefangen und die Stimme war wieder fester geworden. »Und einfach nur glücklich.«

»Genau!« Rufus beugte sich vor und Spedding ekelte sich vor dem Alkohol-Atem, der ihn einhüllte.

»Jetzt, Travis, kann uns nichts mehr aufhalten.« Brock erhob sich und stemmte die Hände in die Hüften. »Die neue reine

Welt!« Ein fanatisches Grinsen entwich seinem Gesicht. Fanatisch und lüstern. Was für eine grauenhafte Kombination. Travis konnte sich nicht helfen. Aber er hatte ein ungutes Gefühl. Ein Plan konnte sich rasch in Fanatismus ändern und aus Fanatismus konnte sich die Tendenz schnell in die falsche Richtung bewegen.

»Ruh dich nun aus, mein Freund«, komplimentierte Rufus Travis bestimmend zur offenen Salontür. »Morgen erwarten wir noch die drei anderen künftigen Regenten.« Er lächelte und verabschiedete sich, indem er sich Tara zuwandte, sie in die Arme schloss und mit ihr in Richtung seines Schlafzimmers schlenderte.

»Wir beginnen einen Krieg, damit wir Krieg in Zukunft vermeiden.« Das war Travis' Plan gewesen, dessen Umsetzung er jetzt so nahe war wie noch nie. Verstört und durcheinander verließ er den großen Raum und suchte sein eigenes Zimmer auf.

SCHOTTLAND, ISLE OF SKYE, LOCH CORUISK, JULI 2021

Sie war über wilde Felsen gelaufen, gestolpert und gesprungen, weil sie vor dem Wahnsinn fliehen wollte und nicht verstand, was um sie herum passierte. Obwohl ihr Gesicht Spuren der Jugend und Gesundheit aufwies, fühlte sich Siedah auf einmal alt und verbraucht. Der Wind zerzauste ihr Haar, Regentropfen prasselten auf sie nieder, während sie auf einem Hügel saß, allein, und um sich herum die rauen schottischen Highlands betrachtete. Tränen liefen über ihre Wangen. In der linken Hand hielt sie den iPod fest, den ihr Riley geschenkt hatte. Aus den Ohrhörern drang noch immer viel zu laut »Run to the hills« von Iron Maiden.

Ihre Eltern waren tot, kaltblütig ermordet von einem Wahnsinnigen, der nur sie wollte. In ihr floss etwas, das sich X23y nannte und sie hasste diese Substanz. Wohl hatte sie Siedah gesunden lassen, doch zu welchem Preis? Wie weit würde der Mensch noch gehen, um ewige Jugend und Gesundheit zu erlangen? Wieviel Leid noch ertragen müssen, bis er endlich verstehen würde, dass alles im Leben »endlich« war und das das gut war. Glaube? An was glaubte sie? Sie hatte an die Endlichkeit geglaubt und dass alles irgendeinen Sinn hatte. Einen Sinn haben musste. Sie wollte leben, nur noch ein bisschen. Nur noch ein bisschen frei sein, von Schmerz und Angst. Der Preis dafür? Tod, Verzweiflung und Ewigkeit. Doch was sollte ihr die Jugend, die Gesundheit und die Zeitlosigkeit mit einem Anfang, aber ohne Ende bringen, wenn sie allein war?

Widernatürlich schoss es Siedah durch den Kopf. Alles hatte seinen Sinn. Wo ein Anfang, musste es auch ein Ende geben. Beklommen dachte sie daran, wann ihr eigenes Ende sein sollte. Jahrhunderte würde sie vermutlich noch leben. Jahrhunderte ohne Eltern, ohne Freunde, alle würden sterben. Alles würde vergehen. Das Haus, in dem sie leben würde, die Menschen um sie herum, die Tiere und die Welt würden sich ändern, während sie sich nach der guten alten Zeit sehnen würde. Was für eine Zukunft? Eine Zukunft, nach der die Menschheit mit aller Kraft strebte. Purus! Was für ein Medikament! Entwickelt ohne jede Vernunft. Ohne zu erahnen, was es anstellen konnte.

»Du kennst die Geschichte von Purus nicht«, brummte es hinter ihrem Rücken. »Du weißt nicht, wie es entstanden ist und warum.« Julian näherte sich ihr, mit nassen Haaren. Die feuchte Kleidung klebte an ihm. Er stand hinter ihr und setzte sich zu ihr auf den vom Regen durchtränkten, schlammigen Boden.

»Wie machst du das?«, fragte Siedah.

»Wie mache ich was?« Er runzelte die Stirn.

»Es kommt mir vor, als würdest du meine Gedanken lesen können. Du weißt, wo ich bin, du liest aus mir wie aus einem Buch.«

Julian neigte den Kopf schräg zur Seite und grinste. »Das ist ein Geheimnis, wie ich das mache.«

»Kann ich das auch? Jetzt, wo ich …« Sie hielt kurz inne. »Zu euch gehöre?«

»Das weiß ich nicht.« Er zögerte. »Warum bist du weggelaufen?«

»Weil mein Leben nicht mehr das ist, was es einmal war? Weil meine Eltern ermordet worden sind? Weil ich plötzlich von einem Wahnsinnigen gejagt werde? Oder weil ich von Wesen umgeben bin, die in Rätseln sprechen. Purus, Metamorphose oder Circle? Denkst du nicht, dass mir das alles Angst macht?« Siedah seufzte und blickte gen wolkenverhangenen grauen Himmel, von dem noch immer vereinzelt Tropfen zur Erde nieselten. Julian saß leger mit überkreuzten, angezogenen Beinen neben ihr, die Arme locker auf den Knien. Sein Blick war aufmerksam auf die besondere Frau gerichtet.

»Purus«, begann Julian zu erzählen, »wurde entwickelt, um Hitler zu ermorden und damit den Zweiten Weltkrieg zu beenden.« Siedahs Augen wurden groß. »Der Plan war gut, allerdings dauerte es Jahre, bis endlich ein Mittel hergestellt werden konnte, das Menschen für eine gewisse Zeitspanne unsterblich macht«, fuhr Julian fort. »Purus wurde bereits im Ersten Weltkrieg angedacht, jedoch erst im Zweiten Weltkrieg weiterentwickelt, um ›Soldaten oder Agenten‹ unangreifbar zu machen. Allerdings nur zum Wohle der Menschheit. Die Menschen träumten schon Jahrhunderte davon, das Altern zu stoppen und die Folgen von schlechtem Lebensstil oder Sünden zu verhindern. Purus ist das Zaubermedikament, das den Menschen zehn Leben schenkt und ihn nach Krankheit, Unfall wieder in das Leben zurück zu holt. Aber mit jeder Gabe von Purus wird das Medikament schwächer. Nach der zehnten Gabe wird es schließlich wirkungslos und der Mensch stirbt und altert wie jeder andere.« Er zögerte.

»Und weiter?«, lauschte Siedah gebannt seinen Erzählungen.

Er räusperte sich. »In der Regel ist es so, dass vor der ersten Gabe von Purus Eizellen von Frauen beziehungsweise Sperma von Männern eingefroren werden.«

»Ach ...« sie zog die Augenbrauen hoch. »Warum?«

»Wir können uns nicht fortpflanzen.«

Siedah war verwirrt. »Du bist ein Retortenbaby?« Sie dachte kurz nach. »Das kann nicht sein. Damals gab es noch keine Retortenbabys, oder?«

»Es gab einen Mann Berthold Wiesner, der zusammen mit seiner Lebensgefährtin Mary Barton von 1940 bis 1960 eine Fruchtbarkeitsklinik in London unterhielt. Aber nur die Oberschicht konnte sich damals eine derartige Behandlung leisten.« Julian lächelte. »Wiesner war im ständigen Austausch mit dem Circle. Und ja, du hast recht ... Ich bin ein Retortenbaby ... Ich vermute sogar, das allererste, noch vor Louise Joy Brown, das erste im Reagenzglas gezeugte ›Retortenbaby‹, das 1978 zur Welt kam.«

»Oh!« Siedah betrachtete den düsteren Himmel. »Ich muss nie wieder verhüten. Und eine Eizelle von mir habt ihr nicht entnommen?«

Julian war entsetzt. »Bist du verrückt? Natürlich nicht.«

»War nur ein Witz.« Sie stieß ihn am Ellbogen. »Ich wollte nie Kinder. Ich wollte immer nur Tiere um mich haben. Ich kann damit leben.«

Sie schwiegen für einen Moment.

»Fünfzehn Puristen«, fuhr Julian fort, »erhielten ihr erstes Purus im Mai 1941. Ein Mann und eine Frau starben dabei. Damit waren es dreizehn. Für unseren Urvater und Gründer Fin eine Unglückszahl. Doch dann starb noch ein weiterer Mann und es waren zwölf. Die Probanden kannten sich untereinander nicht. Alle, die überlebten, erhielten eine neue Identität. Offiziell waren sie im Krieg für ihr Vaterland gestorben. Aber von nun an, gehörten sie der geheimen Institution ›Circle‹ an und werden seither Warriors genannt. Geführt wurden die Warriors damals von meinem Vater Paul Koshien und geleitet wurde und wird der Circle heute noch von Fin McAllister. Zwölf Söldner wurden ausgesandt, um Hitler und seinen Stab zu liquidieren.«

»Hitler beging Selbstmord«, hielt Siedah entgegen. »Er hat sich praktisch selbst liquidiert.«

Julian lächelte. »Ja, so steht es in den Geschichtsbüchern geschrieben.«

Siedah runzelte die Stirn. »War es denn nicht so?«

»Nicht ganz.« Er streckte seine Beine von sich und lehnte sich, abgestützt durch seine im feuchten Boden liegenden Händen, zurück.

»Der Circle schleuste Nat als Hitlers Kammerdiener ein. Es ist richtig, Hitler beging Suizid, aber … nicht freiwillig.«

»Nat?«, fragte Siedah ungläubig.

Julian nickte. »Nat zwang Hitler, zuzusehen, wie er Eva Braun die Giftkapsel in den Mund schob. Fast ungerührt beobachtete der Wahnsinnige das. Er war ein gnadenloser Verbrecher, ohne ein bisschen Mitgefühl, mit der Seele des Teufels, der Menschen für seine eigenen barbarischen Ziele missbrauchte.«

»Und weiter?« Wie betäubt hörte sie zu.

»Nat erzwang praktisch den Freitod.« Der Warrior räusperte sich. »Hitler zögerte, hatte Angst abzudrücken, erzählte Nat später. Mein Vater holte ihn schnellstmöglich aus dem Bunker heraus und ließ ihn mehr oder weniger verschwinden.«

»Aber es gab Untersuchungen zu Hitlers Tod von oberster Stelle.«

»Richtig. Die wurden unter anderem vom Circle geleitet. Sozusagen in die richtigen Wege gelenkt. Damit war der Krieg zu Ende. Zurück blieb eine kleine Elitetruppe, die mehr oder weniger ohne Krieg unsterblich war.«

»Welche Rolle spielte Fin dabei?«, erkundigte sich Siedah und betrachtete Julian mit ernster Miene.

»Finley McAllister war der Mann, der alle rekrutierte und den Circle gründete.«

»Was passierte im Anschluss mit dem Circle?«

»Sie waren beim Wiederaufbau dabei und beschützten Staatsmänner bei den Verhandlungen. Aber sie waren Söldner, Krieger oder Soldaten und konnten viel mehr. Schnell wussten sämtliche Geheimdienste von der Truppe. Länder holten den Circle, um Menschen zu befreien und Kriege zu vermeiden, noch bevor sie entstehen konnten. Der Circle war oder ist eine Gruppe von Leuten, die für das Grobe engagiert werden. Dort wo es heftige Krisen gab, Menschen gefoltert wurden und das Böse regierte. Das waren die Gebiete, wo man den Circle bis heute hinschickt.«

»Wie kamst du ins Spiel?«, interessierte sich Siedah.

»Mein Vater, Paul Koshien, war wie gesagt von Anfang an dabei. Er lernte meine Mutter 1943 in Berlin kennen. Sie wurde gerade von der SS abtransportiert, weil sie Jüdin war. Er beobachtete die Szenerie und beschloss kurzerhand, gegen alle Regeln der Vernunft, die Familie meiner Mutter und sie zu befreien. Nach der Befreiung flohen sich nach England. Bei einem Besuch in Jerusalem 1968 wurde sie erschossen, weil sie nur hebräisch und englisch verstand, aber das arabische Gebrüll nicht. Ich war damals 21 Jahre alt.«

Sie sollte nicht nur an sich denken. Auch Julian hatte eine Geschichte. Sie sah ihm in die Augen.

»Mein Vater und ich kehrten nach England zurück. Mit der Leiche meiner Mutter. Wir sprachen lange kein Wort über das Geschehene miteinander. Er war ein gebrochener Mann. In sein altes Leben fand er nicht mehr zurück. Unkonzentriert verletzte er sich oft. Aber als Leader des Circle konnte sich Paul Koshien keine Fehler leisten. Genau das geschah bei einem Einsatz in Vietnam. Mein Vater starb 1970, weil er im Alleingang unterwegs war und niemand wusste, wo er sich befand. Zeugen haben berichtet, dass er schwer verletzt war, aber ohne Purus konnte er nicht überleben.«

Er seufzte und Siedah schüttelte bestürzt den Kopf: »Und was ist weiter passiert?«, forschte sie nach, als Julians Handy vibrierte und er ohne Gruß das Gespräch entgegennahm.

»Sie ist bei mir«, teilte er mit, »und es geht ihr gut.«

Der Warrior erhielt offensichtlich Anweisungen, still hörte er zu. Siedah wandte sich ab und bestaunte abermals die wundervolle und atemberaubende Landschaft. Schroffe Felskanten, inmitten der See und das saftige Grün boten eine wilde wie auch faszinierende Kulisse. Nebelschwaden hüllten die Berggipfel ein. Keine Straßen führten hier her. *»Ich war noch nie an so einem Ort«*, dachte sie, *»welcher eine derart vielfältige Landschaft zu bieten hat.«*

Der Warrior riss sie plötzlich aus ihren Gedanken.

»Wir müssen aufbrechen. Wenn ich dich nicht bald zurückbringe, reißt mir Nat den Kopf ab.« Julian sprang auf und lächelte. Entgegen ihrem Willen tat sie es ihm gleich und ergriff die ausgestreckte Hand. In der Ferne hörten sie das Heulen von Wölfen. Anubis und Gabrielles Wolfsrudel, schienen Siedah willkommen zu heißen. Beide verließen den trüben und so überwältigenden Ort und eilten, ohne ein Wort zu sagen, Richtung Circle Stammhaus.

ULAANBAATAR, SUKHBAATAR PLATZ, PEACE AVENUE, JULI 2021

Travis war im Rausch. Im Rausch der Gefühle. Rufus konnte Purus herstellen und er, Travis Spedding, hatte ein Gegenmittel gefunden. Seine kurze Verstörtheit war wieder verflogen. Der Plan war richtig und gut. Die Welt brauchte eine neue Richtung. Ekstatisch betrachtete er den Zettel, auf den Kito gestoßen war. Wieder und immer wieder musste er auf die verworrene, für ihn unverständliche Formel blicken. Er war müde, konnte aber keinen Schlaf finden und wanderte auf und ab durch sein Zimmer. Er sah auf seine Uhr. 23.07 Uhr hier in Ulaanbaatar und 15.07 Uhr in Cambridge. Seine Krieger saßen vermutlich untätig auf Manor Hill herum, so wie sie es immer taten, wenn er nicht da war. Travis hatte Kito beauftragt, sie im Auge zu behalten. Zeit, einen Anruf zu tätigen.

»Kito, was macht die nutzlose Bande?«, fragte Spedding.

Die Krieger lachten leise. »Ich habe sie alle in den Cave geschickt. Sie müssen alle Stationen durchlaufen.« Er räusperte sich. »Den ein oder anderen konnte ich schon jammern hören.«

»Gut«, lobte Travis. Der Cave war eine Art Kraftkammer und definitiv nichts für Weicheier. Die Krieger hassten diesen Ort, denn wurde eine der fünfzehn Stationen falsch ausgeübt oder konnte nicht erreicht werden, ging von der Stelle ein Stromschlag aus, der sehr schmerzhaft war. Für Kito selbst war es kein unüberwindbares Hindernis mehr. Kilian und er waren die Könige in dieser Disziplin, wie sie sich selbst immer genannt hatten.

»Wie läuft es bei dir?«, wollte der Krieger wissen.

»Es gibt viele Neuigkeiten. Aber morgen werde ich mehr wissen.«

»Was sagt Rufus zu Israel?«

Travis holte tief Luft und seufzte. »Nun, er brach nicht in Begeisterungsstürme aus.«

»Dachte ich mir. Aber wir werden es wieder hinbiegen können, oder?«

»Natürlich.« Travis lächelte leise. »Dein Zettel, den du in Nagazirs Haus gefunden hast, ist Gold wert.«

»Er hat ihn entschlüsseln können?«

»Ja hat er.«

»Und? Los, sag es mir.«

»Nein, ich werde dich morgen oder übermorgen in Kenntnis davon setzen, bis dahin musst du dich in Geduld üben.« Travis seufzte. »Wie geht es Naruto? Er ist jetzt seit drei Tagen in Einzelhaft.«

»Wie es allen geht, er scheint verrückt zu werden.«

»Lass ihn morgen raus und päpple ihn wieder auf. Er hatte seine Lektion.«

»Und du gibst mir keinen Hinweis über Nagazirs Zettel?«

»Nein – noch nicht.«

Kitos Antwort blieb aus. Er war enttäuscht und Travis war sich dessen bewusst. Aber er konnte seinem Krieger jetzt noch nichts sagen. Er musste mit den anderen sprechen. Es war noch viel zu früh und vorschnell über etwas zu berichten, von dem er noch nichts Genaues wusste, wäre übereiltes Handeln gewesen.

Beide verabschiedeten sich und Travis blieb in Gedanken bei Nagazirs Zettelchen. *»Eine Formel, die Purus auflösen kann«*, dachte er, *»was für ein Fortschritt.«* Sie konnten eine reine Armee aufbauen und wenn es notwendig war, den ein oder anderen wieder auslöschen. Soldaten, die zu gefährlich wurden, konnten vernichtet werden – trotz Purus.

Er starrte aus dem großen Fenster, hinaus in die Nacht, die durch die Lichter der Stadt erhellt war. Eine neue Welt, eine Welt in Frieden, das wollte er und das wünschte er sich schon so lange. Die Menschen sollten alle gleich sein. Keine Religionen mehr, keine Nationalitäten, keine Grenzen. Die Menschheit würde eins werden, regiert von einer gemeinsamen Regierung.

Travis wandte seinen Blick von der atemberaubenden Nachtlandschaft ab und ging in sein großes Bad. Dort betrachtete er sein Ebenbild in einem überdimensionalen Spiegel. »*Was ist mir von meinem alten Leben geblieben*«, dachte er und zog sein Hemd aus. Er trat näher an den Spiegel und untersuchte sein winziges Muttermal am rechten Nasenflügel. Es war noch immer da. Seit 105 Jahren. In der Mitte seiner Brust prangte die dreißig Zentimeter lange Narbe. Aber die hatte er erst seit wenigen Jahren.

Sie trafen am nächsten Tag ein. Beinahe minütlich kam es zu überschwänglichen Begrüßungen durch Rufus und seinen künftigen Regenten. Travis hatte schlecht geschlafen, er nickte den vier Neuankömmlingen schlicht zu. Wieder kam das ungute Gefühl zurück, das ihn schon gestern befallen hatte. Zwar war er berauscht von der bevorstehenden Entstehung der neuen reinen Welt, aber sein Bauchgefühl sagte ihm, ab sofort müsse er auf der Hut sein. Brock wusste nicht, dass Spedding selbst Purist war. Mit der neuen Substanz, welche Purus aufheben konnte, war er angreifbar geworden. Er holte sich Brocks Worte noch einmal in Erinnerung: »*Es zerstört Purus und hebt den Wirkstoff im Körper auf.*« Abermals schauderte es ihn. Wie hatte Rufus die Substanz genannt? Er dachte nach, aber es wollte ihm nicht einfallen. »*E …*«, meinte sich Travis zu erinnern, Elisium, Eleisum, es war ihm entfallen. Verflixt. Er kniff die Augen zusammen. Himmel, wie hatte er die Substanz genannt? E … E …. E … plötzlich war es da. Ezilion.

Im prunkvollen Besprechungszimmer, das mit unzähligen Bildschirmen und allerhand Laptops ausgestattet und reich an einer großen Anzahl an alkoholischen Getränken war, ließen sich die Teilnehmer auf ihren zugeteilten Plätzen nieder.

»Seid willkommen, meine Regenten und trinkt mit mir! Es gibt Champagner für alle«, protzte Brock.

Spedding beobachtete das seltsame Schauspiel des Mannes, der ihn immer mehr an Surgat erinnerte. *»Ein Dämon der alle Schlösser öffnen kann. Niemand ist vor ihm sicher, selbst wenn Türen doppelt verriegelt sind. Nachts, wenn er kommt, lässt sein Antlitz dich bis ins Mark erschrecken.«* Aber vermutlich waren es Brocks furchteinflößende Tätowierungen, die durch sein weißes Hemd hindurchschimmerten. Sie erinnerten an den Teufel. Ein grauenhaft dargestelltes Wesen, umringt von grinsenden Kobolden, Engeln, deren Flügel in Flammen standen, und brennenden Menschen, die offensichtlich nach Hilfe flehten.

Er verwarf den Gedanken an Surgat und widmete sich wieder der Gesellschaft. Alle lachten und hoben gut gelaunt ihre Gläser. Am Kopfende hatte Rufus seine Position als die Person mit dem höchsten Rang eingenommen. Mit der Wand im Rücken und der Tür vor sich, hatte er alles bestens im Blick. Zu Travis' Linken saß der 45-jährige Ashraf Hassani. Ein kleiner, wendiger Koreaner, von Natur aus mit pechschwarzem Haar. Er trug seine lässig zerzauste Kurzhaarfrisur nach oben gestylt mit rötlichen, eingearbeiteten Highlights. Seine zerrissenen Jeans in Schwarz erschienen abgenutzt.

Li Kepang, ein Mann aus Kambodscha um die vierzig, saß Travis gegenüber. In seinem nachtblauen, langen, fließenden Hemd und der weiten Leinenhose, mochte man meinen, er sei ein kämpfender Mönch. Im Gegensatz zu Ashraf war Li's Gesicht glattrasiert. Die Symmetrie seiner gesamten Erscheinung verblüffte Travis einmal mehr. Travis mochte Kepang nicht besonders und das beruhte auf Gegenseitigkeit.

Neben Kepang saß »Die Hyäne«. Der kleingewachsenen Frau mit spitzem Gesicht, dunkel geschminkten Augen und langen weißen Haaren, deren Alter nicht einzuschätzen war, hatte Rufus diesen Namen verliehen. Ihre merkwürdige Körperhaltung erinnerte ihn an jenes Raubtier, welches er vor rund zehn Jahren im südlichen Asien eingefangen und an einen Tuareg für ein religiöses Fest verschenkt hatte. Dieser hatte das Tier noch am selben Tag schlachten lassen. Tuaregs, das wusste Rufus, waren keine Freunde von Fisch, Hühner oder Eier. Travis konnte sich nicht entsinnen, dass »Die Hyäne« jemals ihren wahren Namen genannt hatte.

Die Sitzung begann. »Wie allen hinreichend bekannt ist«, begann Rufus mit seiner dunklen Stimme, »war Travis in Israel.« Er lächelte Spedding verschlagen zu. »Wir wollten Siedah Stevenson in unserer Mitte wissen. Doch …« Es war beinahe ein kehliges Flüstern. »Gelang uns das nicht.« Verschwörerisch wandte er sich ab. »Aber das macht nichts.« Wieder wurde sein Tonfall schärfer und lauter. »Das Geschenk, welches uns Travis aus Israel mitgebracht hat, ist um vieles bedeutsamer und besser.« Alle starten gebannt auf beide Männer.

»Ezilion!«, flüsterte Rufus, berauscht von sich selbst. »Ezilion ist das neue Zauberwort.«

»Ja«, dachte Travis *»Ezilion.«*

»Was soll das sein?« Li Kepang zog verwundert die komplett symmetrischen Augenbrauen hoch.

»Ezilion ist der Stoff, den Nagazir neben X23y entwickelt hat.« Rufus hielt eine schöpferische Pause. »Um Purus aufzuheben. Es zerstört es und neutralisiert den Wirkstoff im Körper.«

»Oh!« Kepang runzelte die Stirn. »Und was bitte schön *ist* X23y? Das wäre Travis' Auftrag gewesen, herauszufinden«, bemerkte er giftig und sein Blick traf auf Spedding. »Woher willst du wissen, was genau Ezilion ist? Woher willst du wissen, ob es Purus unschädlich machen kann?«

»Ach … ich vergaß, euch zu sagen.« Rufus kramte in seinen Unterlagen. »Purus können wir schon seit geraumer Zeit herstellen.« Wieder erwähnte er diese wichtige Information fast beiläufig. »Und deshalb wissen wir, dass wir erstens X23y nicht mehr benötigen und Ezilion die Substanz Purus zerstört.«

»Woher wisst ihr das?«, zeigte die Hyäne ihr Unbehagen.

»Tierversuche«, antwortete Rufus ruhig.

Die Hyäne verzog ihre Mundwinkel wenig überzeugt hoch. Mit ihren deutlich vergrößerten Eckzähnen ähnelte sie wahrlich dem Raubtier. Der schräg nach hinten abfallenden Rücken ließ die unansehnliche Frau deutlich kleiner erscheinen. Rundum war es still geworden. Hatte Brock erwartet, dass alle in Begeisterung ausbrechen würden, sobald er die Neuigkeit verkündet hatte, so hatte er sich getäuscht.

Sein Blick wurde maliziös. »Was ist mit euch?«, schrie er seine Regenten an und breitete die Arme aus. »Was ist?«

Li räusperte sich. »Rufus, was ist X23y?«

Leider musste Travis zugeben, dass er sich selbst die Frage ebenso schon etliche Male gestellt hatte.

Brocks Augen wurden zu Schlitzen. »Das brauchen wir nicht mehr, das ist lediglich eine abgeschwächte Form von Purus.«

»Wenn X23y eine abgeschwächte Form von Purus ist«, fuhr Kepang fort, »warum war der Circle so an Stevenson interessiert? Warum waren *wir* interessiert?«

Wieder musste Travis Kepang insgeheim Recht geben.

»Habt ihr mir denn nicht zugehört?«, brüllte Brock in die Runde. »Wir haben etwas viel Besseres. Wir können den Kampf gegen die Puristen – gegen den Circle – gewinnen. Nichts kann uns mehr aufhalten.«

Kepang blieb ruhig und stellte eine weitere Frage in den Raum. »Woher wusste der Circle von Stevenson und Nagazir?« Er richtete seinen fragenden Blick auf Travis. »Wir können Purus herstellen, in Ordnung.« Er wandte sich wieder an Rufus. »Wir haben eine Formel, die ein Gegenmittel zu Purus darstellt. Ezilion. Aber …« Wieder betrachtete er Travis aufmerksam. »Wir wissen nicht, was X23y ist und was es mit Siedah Stevenson angestellt hat. Und ich stelle dir noch einmal die Frage Rufus.« Seine Worte waren abermals an Brock gerichtet. »Was kann X23y und was interessiert den Circle an Siedah Stevenson?«

»Was willst du damit andeuten?«, fragte Ashraf.

»Ja …?«, raunte die Hyäne krächzend.

»Ich will damit andeuten, dass wir keine Ahnung haben, was diese Substanz kann.« Die schwarzen Augen streiften langsam zu Travis. »Und Travis, erzähl uns etwas über Stevenson«, forderte Kepang Spedding auf. »Warum wollte der Circle Stevenson um jeden Preis retten? Und woher wusste der Circle von dieser Frau?«

Travis räusperte sich. »Ich meine, der Circle wollte verhindern, dass wir Purus herstellen. X23y dürfte Purus sehr ähnlich sein. Wir konnten das anhand der Veränderung an Stevenson beobachten.«

»Aber …«, die Hyäne zog offensichtlich gelangweilt an ihrer Zigarette. »Ihr habt ihre Metamorphose nicht miterlebt.«

»Nein«, gab Travis zu. »Da war sie bereits in den Händen des Circle.«

»Was schließen wir daraus?«, wollte Ashraf wissen.

»Wie gesagt, es wird Purus sehr ähnlich sein«, wiederholte sich Travis. »Purus war immer das streng gehütete Geheimnis. Niemals darf damit Krieg geführt werden.«

Ashraf zog eine Grimasse. »Oft bedarf es einen Krieg, damit es der Welt besser geht.«

Alle stimmten dem zu. Auch Travis.

»Und«, fuhr Travis fort, »wir alle wissen, dass Fin, der Superior des Circle, ein Meisterspion ist. Er hat seine Informanten auf der ganzen Welt verstreut. Was dazu geführt hat, dass diese Nagazir und damit Stevenson gefunden haben. Er sah Purus, sein Purus, das er mitentwickelt hat, in Gefahr. Er musste um jeden Preis verhindern, dass diese Substanz in fremde Hände gerät.« Spedding räusperte sich. »Das wäre die Antwort auf deine Frage.« Sein Blick wandte sich an Kepang. »Siedah Stevenson ist dem Circle wichtig, weil sie das Geheimnis um Purus aufdecken könnte. Gewollt oder ungewollt.«

Schweigen. Seine Erklärungen waren für alle schlüssig.

Travis nickte Kepang zu. »Der Einwand von Kepang ist für mich nachvollziehbar. Niemand weiß, was X23y kann. Ist es stärker, ist es schwächer. Ist Stevenson damit nun unsterblich oder gar ein Dämon? Puristen können keine Kinder zeugen, vielleicht ist sie mit X23y nun zeugungsfähig? All das wissen wir nicht.«

Ashraf meldete sich zu Wort. »Vielleicht gelingt es uns jetzt, Stevenson mithilfe von Ezilion zu holen. Wir könnten den Circle ausschalten und die Frau für unsere Forschungszwecke verwenden.«

»Das ist absurd«, schnaubte Rufus. »Hört auf. Pisst euch nicht in die Hosen wegen X23y. Mag sein, dass es Purus ähnlich ist, aber es kann weder mehr noch weniger.«

»Meinst du?«, hakte Li noch einmal nach.

In Speddings Kopf tobte ein Hurrikan. Ungewollt musste er Kepang abermals recht geben. Was hatte es mit X23y auf sich? Siedah Stevenson war sicher im Circle untergebracht, aber was war aus ihr geworden? Was hatte X23y mit ihrem Körper angestellt? Rufus fühlte sich im Vorteil. Travis nicht. X23y konnte viel stärker sein als Purus. Vielleicht wusste das Nagazir bereits und hatte mit Ezilion verzweifelt versucht, ein Gegenmittel zu erschaffen? Gut möglich, sann Travis, dass X23y viel bedrohlicher war. Hatte Stevenson sich durch diese Substanz in eine Bestie in Menschengestalt verwandelt? Travis' graue Augen trafen die von Ashraf. Auch er dachte nach, wie alle anderen.

»Schluss jetzt.« Rufus schlug mit der Faust auf den Tisch. »Es reicht! Wir stehen kurz vor unserem Ziel. Wir haben Wichtigeres zu besprechen.« Er fasste nach der großen Papierrolle. »Ende der Debatte.«

Es mochten ein paar stille Minuten vergangen sein, als die Hyäne ein groteskes Glucksen von sich gab. Sie atmete zweimal tief und lange durch. Mit ihren entstellten Fingern und den unnatürlich langen Nägeln, zündete sie sich eine Zigarette an. Die freie Hand fuhr sich durch ihr zotteliges weißes Haar. Kepang ekelte es vor dieser Frau, das konnten alle erkennen und Hasani musste unweigerlich über das Schauspiel der Unansehnlichen lachen. Travis war nah dran, der Hyäne die Kippe einfach wegzunehmen, als Brock die Papierrolle auf den Tisch auszubreiten begann. Seine Augen funkelten voller Begeisterung. Er stützte beide Hände auf der Tischplatte ab, und beugte sich langsam vor. Er wollte, dass ihn alle ansahen und hörten: »Wir haben die Vorzeichen der neuen, reinen Welt bereits überall verkündet.«

Rufus sprach in Rätseln. Travis rutschte unruhig auf seinen Stuhl hin und her und trank von seinem Wasser.

»Der Schwur … das feierliche Versprechen«, fuhr Brock pathetisch fort. »Das große gelbe P auf schwarzen Untergrund.«

Sofort wusste Travis, wovon er sprach.

»Paragon«, hauchte er und gab den Blick auf eine Landkarte frei. »Das ist Paragon – die neue reine Welt.«

Überraschtes Raunen. Rufus' Landkarte zeigte mit großer Präzision die neue, reine Welt mit exotischem Namen und fremder Staatenaufteilung. Langsam erhoben sie sich, um die Papierrolle besser studieren zu können. Gelbe, große Klebezetteln ließen erahnen, dass Rufus hier etwas verbarg. Travis' Herz schlug so schnell, dass es in seinen Ohren dröhnte. Gebannt hielt er den Atem an. Wieder war es Brock gelungen, sämtliche ungeklärte Fragen ohne Antworten zu lassen und stattdessen alle in seinen Bann zu ziehen. Charismatisch, rückhaltlos und gefährlich. Travis blickte auf die Karte. Vorbehalte, hatte es sie gegeben, waren wie weggefegt.

»Wie dargestellt«, erklärte Rufus, »wird aus Nordasien und dem asiatischen Teil Russlands das neue Paragon – Alpha. Vorder- und Zentralasien werden unser Paragon – Zeta.« Brock sprach immer schneller. Die Worte sprudelten aus ihm heraus. Aufregung, Faszination und Wahnsinn spiegelten sich in seiner Miene. »Süd, Südost und Ostasien sowie Ozeanien erhalten den neuen Namen Paragon – Delta. Für Paragon – Omikron wurde das ehemalige Afrika und Lateinamerika auserwählt. Und aus Europa und Nordamerika wird Paragon – Sigma.« Seine Augen glänzten und sein Atem ging wahnsinnig schnell. Er war so weit, er und seine Regenten. Sie alle waren bereit.

Eng aneinandergedrängt, inspizierten Li Kepang, Travis Spedding, die Hyäne und Ashraf Hassani ihre neue Welt. Langsam entfernte Rufus große Haftnotizen, welche neben den neuen Bezeichnungen von Paragon klebten. Ihre Augen glühten vor Begeisterung. Von einer Sekunde auf die andere schien die Zeit still zu stehen. Hier war sie – die neue, reine Welt – ihr Paragon. Paragon, für das ihre Herzen brannten, für das sie lebten und kämpften.

»Das sind eure Hoheitsgebiete. Hier werdet ihr regieren.«

Mit offenem Mund dastehend sahen sie sich gegenseitig an. Keiner hatte damit gerechnet, dass Brocks Plan schon so weit gediehen war.

»Wir beginnen mit der Erstürmung aller Kontinente. Sämtliche Vorbereitungen sind abgeschlossen.«

Alle schwiegen für einen Moment und ließen das Gehörte auf sich einwirken. Nur Rufus grinste und setzte sich in fürstlicher Gnädigkeit auf seinen Stuhl. Breitbeinig und siegessicher.

»Tara!«, rief er, denn es gelüstete ihn nach wilder, zügelloser sexueller Aktivität. Die zierliche Schönheit hatte sich im Nebenraum befunden und stöckelte mit hochhackigen, schwarzen Overknees an Rufus' Seite. Optisch aufgewertet mit einem hautengen, schwarzen Träger-Lederkleid. Die ebenso schwarzen halterlosen Strümpfe ließen sich darunter erahnen. Ihr blondes Haar fiel ihr lockig über die Schultern. Rufus zog Tara auf seinen Schoß und berührte ungeniert ihre Brüste.

»Meine Regenten«, raunte er schließlich, sein Geschlecht hatte sich deutlich verhärtet. »Ich habe noch eine Überraschung für euch.«

War es die bevorstehende Nachricht, welche Rufus noch zu verkünden hatte, oder war es Tara? Rufus war nicht nur erregt, seine Befindlichkeit stand vor absoluter Verzückung.

»Morgen um zehn Uhr Ortszeit, schenke ich euch eine Dosis Purus. Euch allen!«

Eben noch verzaubert von dem Gehörten und Gesehenen, stockte Travis der Atem. Purus! Morgen für alle, auch für ihn.

Ihm war plötzlich speiübel geworden. Mit einer neuen Dosis würde er ein Leben verlieren. Er holte tief Luft, während alle anderen heftig applaudierten und sich gegenseitig umarmten. *»Zu dumm«*, dachte er bei sich, *»das kann nicht wahr sein.«* Er hatte gewusst, dass dieser Moment irgendwann einmal kommen würde, aber im Moment ging für Travis alles rasend schnell. Viel zu schnell. Auf eine Dosis Purus wollte er sich in Ruhe vorbereiten. Vielleicht einen Kampf mit dem Circle herausfordern und in Absprache mit Rufus Purus verlangen, weil er verletzt wäre. Da hätte er es plausibel erklären können. Aber nicht jetzt. So grundlos. Und wussten die anderen überhaupt, was es hieß, eine Metamorphose durchzustehen? Schmerzen ohne Ende. Hatten sie eine Ahnung davon? Er musste den besten Schauspieler aller Zeiten geben, um nicht enttarnt zu werden.

FRANKREICH, AVIGNON, JULI 2021

Unter freiem Himmel kosteten die Menschen in Avignon die Sonnenstrahlen aus. Die wunderschöne Stadt und Gemeinde in der Provence in Südfrankreich am östlichen Ufer der Rhone, ließ wie immer Fins Herz vor Freude übergehen. Er liebte diesen Ort, er genoss das rege Treiben auf den Straßen und mochte das irische Pub in der Cours Jean Jaurès, das einen herrlichen Blick in die Rue Agricol Perdiguier bot. Hier lag der Square Agricol Perdiguier, eine Grünanlage, die Menschen aus der ganzen Umgebung anzog und neben dem Tourismusbüro lag, sodass etliche Reisende hier eine Pause einlegten, um den Blick über die alten Bäume, die schönen Beetanlagen und die alten steinernen Bauten in Ruhe zu genießen.

Fin studierte die aktuellen Tagesnachrichten auf seinem Handy und erschrak. Ein Attentat auf den Generaldirektor der Organisation für das Verbot chemischer Waffen oder Organisation for the Prohibition of Chemical Weapons, kurz OPCW, prangte in großen Lettern auf seinem Display. Ein Schaudern durchzuckte ihn. »*Was passiert mit unserer Welt?*«, dachte er. Der Generaldirektor sowie seine Frau waren auf offener Straße erschossen worden. Zu dieser Tat hatte sich zum Zeitpunkt des Redaktionsschlusses noch niemand bekannt. Er seufzte und steckte sein Handy weg.

Fin trank ein Glas Rotwein, kein Bier, während er eine Gruppe von Jugendlichen beobachtete, die ihn amüsierten. Burschen wetteiferten um die Aufmerksamkeit von Mädchen. Eine Katze schlenderte in aller Ruhe an den Teenagern vorbei. Müde und träge ließ sie sich nicht abhalten, sich auf einem kunstvoll gestalteten Wandvorsprung des Office de Tourisme in Morpheus' Arme zu begeben. Er lächelte. Diese Ruhe, die schöne Stadt, knusprige Baguettes und Croissants, herrliche Weine und noch besseres Essen. Das wundervolle Avignon war klein, überschaubar und schnell erkundet. Er legte sein Handy weg und schob die Gedanken für die Welt zur Seite, als er es hier zum ersten Mal entdeckte. Das gelbe P auf schwarzem Untergrund, gezeichnet wie ein Graffiti auf einer Mauer.

»Du mochtest die Provence schon immer«, stellte eine glockenhelle und klare Frauenstimme fest.

Fin hob den Kopf und erblickte zu seiner Linken eine Frau von bewundernswerter Schönheit und Eleganz, die ihm nach all den Jahren noch immer den Atem raubte.

»Kayleigh!« Er erhob sich, umarmte das feengleiche Geschöpf und küsste sie auf beiden Wangen. »Schön wie immer«, begrüßte er seine beste Spionin. Eine Haarspange hielt ihre roten Locken aus der Stirn. Grüne Augen strahlten aus einem runden, sommersprossigen und hellhäutigen Gesicht. Ihr konturierter, glänzender Mund mit schön geschwungenen Linien lud zu einem verführerischen Kuss ein. Die perlmuttschimmernden Lippen verzogen sich zu einem kleinen erotisierenden Lächeln.

Kayleigh Finnigans Gestalt glich einem Wesen, das scheinbar aus der glühenden Fantasie eines jungen Mannes entsprungen war, unwahr, ja beinahe erfunden schön, wie eine Märchengestalt. Fin schob einen Stuhl zurecht, auf dem seine Verabredung Platz nahm und aus ihrer Clutch einen Zettel hervorzauberte. Wieder lächelte sie und gab ihre Bestellung auf, indem sie denselben Wein bestellte, wie ihr Gegenüber.

»Also!«, ergriff sie schließlich das Wort und trank ihren ersten Schluck. »Mein Informant ist in höchster Sorge.« Ein tiefer Seufzer drang aus ihrer Brust. »Das P auf schwarzem Hintergrund ist der erste Buchstabe eines Namens«, erklärte sie geheimnisvoll.

Fin zog die Augenbrauen hoch. »Ach, wirklich? Nur ein Name?« Er nahm einen Zug von seinem Rotwein. »Du meinst, wie dieses P dort auf der Hausmauer?« Er deutete mit dem Zeigefinger auf besagte Stelle.

Kayleigh schnaubte. »Ja. Nicht *nur* ein Name. P …« Sie beugte sich vor und ihre Miene war finster geworden. »Ist der erste Buchstabe und steht für Paragon.«

»Was?« Fin war verwirrt. »Was soll Paragon bedeuten?«

Kayleigh legte ihren Kopf in den Nacken.

»Kannst du dich noch erinnern, damals, als du tief beunruhigt über einen bestimmten Mann warst?«

»Adolf Hitler. Natürlich kann ich mich erinnern. Dieser vermaledeite Demagoge.« Er schnaubte.

»Ja.« Kayleigh nickte zustimmend. »Ein vermaledeiter Demagoge. Doch nun hat dieser einen furchtbaren Nachahmer.«

Aufmerksam betrachtete Fin sein Gegenüber. »Nachahmer gab es immer, Kayleigh«, versuchte er zu überzeugen.

»Das ist richtig. Aber noch nie gab es einen derartig gefährlichen.«

Aus einer Tasche holte sie eine Mappe hervor. Vorsichtig öffnete sie diese und zog einen Stapel an Fotos und Papieren heraus. Sie hielt kurz inne. »Stell dir vor, auf jedem Kontinent gibt es einen uneingeschränkten Machthaber, jeder wird mit einer neu erschaffenen Substanz auf Jahre unverwundbar gemacht und alle vereinen sich. Hier!« Sie überreichte ein Foto. »Das ist Rufus Brock!«

Angewidert betrachtete McAllister das unscharfe Bild, das einen Mann mit Wallemähne, langem Bart und unzähligen Tattoos zeigte.

»Wer soll das sein?«

»Hitler hatte einen Plan«, setzte Kayleigh das Thema fort, ohne auf seine Frage einzugehen.

»Hitler hatte mehrere Pläne«, korrigierte Fin. Das abscheulich wirkende Antlitz des Mannes jagte selbst ihm Angst und Schrecken ein.

Kayleigh runzelte die Stirn. »Rufus Brock plant wie Hitler damals eine neue Weltordnung. Er will eine ›neue, reine Welt‹ erschaffen.« Ihre Stimme war leise, beinahe flüsternd geworden.

Hustend beugte sich Fin vor. »Du meinst eine Weltregierung? Blödsinn! Das ist unmöglich!«

»Rufus plant Paragon … Nein …«, korrigierte sie schnell, »der Plan ist bereits sehr, sehr weit fortgeschritten. Ob man Paragon mit den damaligen Plänen von Hitler vergleichen kann, ist nur eine Vermutung.«

»Was verstehst du unter weit fortgeschritten?«, hinterfragte Fin mit hochgezogenen Augenbrauen.

»Auf der ganzen Welt haben sich bereits Gruppen zusammengeschlossen. Sie wettern gegen den Staat und rufen zur schnellen Lösung der zwischenmenschlichen und wirtschaftlichen Probleme auf.«

»Soll heißen?«, forschte Fin.

»Fin!« Sanft ergriff Kayleighs seine Hand. »Fin, verstehst du denn nicht?« Ihre Augen waren sorgenvoll geworden. »Wir rasen mit Hochgeschwindigkeit auf eine Autokratie zu. Die Menschen wettern, dass man nur mit einer straffen und gerechten Führung die Schwierigkeiten lösen kann. Terrorismus und Rassismus sind an der Tagesordnung. Wenn Rufus Brock eine neue Welt namens Paragon schaffen will und von dort eine Weltregierung, die genau für diese Probleme eine Lösung verspricht, dann befinden wir uns vor dem dritten Weltkrieg. Es geht nicht mehr um eine Weltregierung oder globale Regierung, sondern um viel mehr.«

»Das ist verrückt und absolut nicht machbar.« Fin drehte sein Weinglas zwischen Daumen und Zeigefinger hin und her. »Und, ich frage dich noch einmal, warum?«

Kayleigh neigte ihren Kopf schief zur Seite. »Größenwahn?«

Fin beugte sie vor. »Das ist verrückt!«

»Meinst du?« Sie dehnte ihren Rücken und streckte ihren Hals weit nach vorne, als ob sie eine Verspannung damit verscheuchen wollte.

Fragend blickte Fin sein Gegenüber an. »Kayleigh, woher weißt du das alles?«

Sie schnaubte. »Ach Fin, ich habe hervorragende Informanten. Mein Spion hat zu Brocks Penthouse in Ulaanbaatar gute Beziehungen.«

»Und befindet sich in Lebensgefahr«, beendete er den Satz.

»Das ist das Los von Agenten. Sie sind niemals sicher.« Sie winkte ab. »Aber lass mich fortfahren.« Tief Luft holend, sprach Kayleigh weiter: »Für jeden Abschnitt gibt es einen Regenten, welche die Oberbefehlshaber der reinen Armee sein sollen, welche ebenso ausschließlich aus Puristen bestehen soll.« Ihre Stimme senkte sich wieder. »Diese Menschen, Fin, sind damit unangreifbar. Zumindest für eine lange Zeit.«

Fin schüttelte ungläubig den Kopf. »Ok, noch einmal zum besseren Verständnis. Rufus Brock plant, mit vier anderen die Regierungen der Welt zu stürzen. Er will damit eine neue Welt aufbauen. Diese Welt soll sich Paragon nennen. Es soll keine Unterscheidungen mehr zwischen Nationalitäten, Herkunft und Religionen geben und global regiert werden.« Er lehnte sich zurück und faltete seine Hände im Schoß wie zu einem Gebet. »Was ist, wenn die Menschen das nicht wollen? Davon gehe ich aus.« Er lächelte. »Aufstände gegen das System wären vorprogrammiert. Autokratie will niemand. Der Plan ist unmöglich. Er ist nicht umsetzbar!«

»Sie wollen das große Neue. Sie werden einen widerlichen Weg gehen. Aufstände werden sofort von der reinen Armee zerschlagen. Was soll ihnen passieren? Die Regenten sind mit Purus unangreifbar. Und die reine Armee mit dem einfachen Purus kann wieder rasch im Einsatz sein.«

»Das ist verrückt. Nicht machbar! Und sie haben Purus nicht.«

Kayleigh lächelte. »Meinst du? Fin!« Sie beugte sich vor und strich über seine Hand. »Es hat bereits begonnen.«

Menschen liefen an ihnen vorbei. Plaudernd, gut gelaunt und vollkommen ahnungslos, was sie zu erwarten hatten.

»Und …« Kayleigh flüsterte nun. »Purus können sie bereits herstellen. Sie haben die Formel entschlüsselt. Wie auch immer sie das angestellt haben.«

»Niemals!«, fauchte Fin. »Nur ich kenne die Formel, sonst niemand.«

»Da täuschst du dich, mein Freund.« Für einen kurzen Moment starrte Kayleigh ins Leere. »Hm … Ich glaube, alle Anschläge der letzten Wochen gehen auf deren Konto. Sie haben begonnen, wichtige Stellen zu schwächen und Menschen zu töten.«

Fin begann, sich zu erinnern. »Addis Abeba, die vier hochrangigen Mitglieder der UNECA, dann die Internationalen Zivilluftfahrt-Organisation – ICAO und der Angriff in Washington D.C. auf das Headquarter des Internationalen Währungsfonds und jetzt das Attentat auf den Generaldirektor der Organisation für das Verbot chemischer Waffen.«

Seine Augen wurden zu Schlitzen. »Wir müssen dringend den Circle informieren.«

»Um was zu tun?«

»Um diese Wahnsinnigen aufhalten zu können. Und vor allem diesen Brock. Er scheint der Anführer zu sein.«

»Fin, Rufus Brock ist mit großer Wahrscheinlichkeit bereits ein Purist.«

Fin war empört. »Noch einmal, nur ich kenne die Formel von Purus.«

»Noch einmal … Meinst du?« Kayleighs Stimme war wieder lauter geworden. »Er hat die Formel bereits entschlüsselt und denke an Siedah Stevenson!«

Fin stöhnte. »Stevenson!«

Kayleigh rollte mit den Augen. »Ach ja, ich muss zugeben … Das ist sehr fatal.« Ihr Gesichtsausdruck wurde wieder sanfter. »Ja, ich bin mir sicher, Nagazir kannte exakt die Formel von Purus. Entstanden durch X23y. Es war ein Leichtes für Nagazir, die Inhaltsstoffe davon abzuleiten.« Sie schüttelte den Kopf. »Aber Nagazir hat ein Mittel entwickelt, das Purus aufhebt, Ezilion!«

»Es gibt ein Mittel, das Purus aufhebt?« Fin war verstört. Mit jedem Satz, der aus Kayleighs Kehle drang, wurde das Unmögliche denkbarer.

»Ja. Rufus prahlt damit. Ihr müsst zu dieser Formel kommen. Irgendwie! Nur so kannst du Rufus aufhalten.«

»Die Ratte! Das E! Wir wussten nicht, was es zu bedeuten hatte.« Sein Blick wanderte zu den Jugendlichen ihnen gegenüber. »Wie kam Brock zu dieser Formel?«

Kayleigh lächelte. »Du wirst es kaum glauben. Es war ein winzig kleiner Zettel, den Travis in Nagazirs Haus gefunden hat. Darauf stand die Formel.« Sie schluckte. »Leider haben deine Männer dieses Papier in der Hektik übersehen.«

Fin hustete entsetzt. »Pah! Übersehen? Sie haben alles mitgenommen.« Wieder trank er einen Schluck Wein. »Nagazir, warum hat er sich umgebracht? Was für eine Schande!«

Kayleigh hob beschwörend ihr Glas und flüsterte: »Ich weiß es nicht. Dramatischer Abgang? Ihr habt Siedah Stevenson. Wir haben keine Ahnung, was Ezilion wirklich ist. Wir haben nur einen Informanten, der sagt, es hebt Purus auf. Aber wir haben noch keine Bestätigung dafür. Und wir haben keine Ahnung, was X23y wirklich kann. Wir wissen lediglich, dass Siedah Stevenson die Substanz erhalten hat und die Metamorphose der von Purus ähnelt. Findet heraus, was Nagazirs Ezilion und X23y ist. Ich glaube«, raunte Kayleigh leise, »Siedah Stevenson ist der Schlüssel zu allem und die Einzige, die Paragon stoppen kann.«

SCHOTTLAND, ISLE OF SKYE, CIRCLE STAMMHAUS, JULI 2021

Gemeinsam waren er und Siedah zurück ins Stammhaus gegangen. Die Wogen waren geglättet und die junge Frau hatte sich wieder beruhigt. Während sich diese frischmachte, blätterte Julian Nagazirs Unterlagen durch. Wie immer suchte er nur nach Travis. Vielleicht enthielten die Schriftstücke einen Hinweis über den Mann. Die Gesprächsprotokolle brachten nichts Neues an den Tag. Wieder und immer wieder durchforstete Julian die Niederschrift. Nichts. Kein Hinweis über Travis' Herkunft, wo er lebte oder wer er wirklich war. Er seufzte und legte die Unterlagen zur Seite. Im Fernsehen flimmerte ein aktueller Newsfeed eines Nachrichtensenders: *»Am frühen Morgen raste ein Lkw in die University of Utah in das Health Sciences Education Building. 48 Studenten kamen ums Leben. Der mutmaßliche Attentäter wurde erschossen. Die Hintergründe sind noch unklar, die Anti-Terror-Staatsanwaltschaft ermittelt.«*

Er spürte noch immer, wie Adrenalin durch seine Adern rauschte. Stevenson war weg gewesen und Julian hatte Angst gehabt. »*Wie ungewöhnlich*«, dachte er. »*Sie war weg und ich hatte mehr Sorge um Siedah als um das, was um mich herum gerade geschah.*« Er schüttelte sich. Im Hintergrund lief Musik. Dolly Partons »Jolene«. Obwohl so traurig, mochte er diesen Song. Der Text handelte von einer Frau, die um ihren Mann kämpfte und eben diese Jolene, ihre Rivalin, bat, doch von ihm abzulassen. Das Magazin »Rolling Stone« kürte diesen Song zu den 500 besten Songs aller Zeiten. Sein Handy vibrierte und er erkannte

Nats Nummer. Doch er war zu fasziniert von Siedahs Anblick und nahm nicht ab, sondern beobachtete die Frau, die in seinem Wohnzimmer stand und die Bilder an der Wand betrachtete. Sie blickte fasziniert auf das eingerahmte Schwarz-Weiß-Bild, das ihn als Kind mit Vater und Mutter zeigte. Alisha Vistra lächelte verschmitzt, trug eine Schiebermütze in Tweetoptik, unter der sich ihr dunkles Haar versteckte. Ihre Augen waren tiefschwarz und die rechte Augenbraue war durch eine Haarsträhne verdeckt. Ihr schlankes, weißes Gesicht war ebenmäßig gezeichnet und er wusste, Siedah hatte wohl noch nie so eine schöne Frau gesehen.

Paul Koshien stand neben ihr, einen Arm um Alishas Taille gelegt, die andere Hand ruhte auf Julians Schulter. Auf diesem Bild war er zehn Jahre alt gewesen. Ein Schuljunge. Siedah schmunzelte. Dünn, klein und blond, mit frechem Gesichtsausdruck, die Hände vor der Brust verschränkt, stand er vor seinen Eltern. Bereit für das Foto. »*Was denkt sie gerade*«, fragte er sich. »*Selbstsicher war ich offenbar schon immer*«, überlegte er und musste lächeln. Er war alles andere als von sich selbst überzeugt.

»Was für ein Mann!«, hörte er Siedah flüstern, als sie das Foto seines Vaters betrachtete.

Julian kam näher. »Ja, er war groß, schlank und muskulös«, murmelte er.

»Mit einem kantigen Gesicht und schwarzen kurzen Haaren.« Sie berührte das Bild. »Der Drei-Tages-Bart schenkt deinem Vater eine zusätzliche Portion an Maskulinität, die aber nicht mehr nötig gewesen wäre.« Sie lächelte. »Ganz ohne Zweifel, deine Eltern sind ein sehr schönes Paar gewesen«.

»Dieses Foto ist sehr lange her.«

»Wie alt warst du da?«, wollte Siedah wissen und drehte sich zu ihm um.

»Zehn Jahre.« Er kam näher. »Und weißt du, wer das Foto gemacht hat?«

»Nein.«

»Lucas!« Julian tippte auf seinem Smartphone. »Er war damals schon Purist. So wie mein Vater und er sah damals schon genauso aus wie heute. Ein ungepflegter Rüpel. Rauchend und fluchend.« Julian grinste.

»Du bist gehässig. Er ist schließlich dein bester Freund.« Auch Siedah musste lachen.

»Das stimmt allerdings. Mein allerbester Freund.« Er nahm ihre Hand. »Komm, wir müssen gehen. Nat hat eine Nachricht an alle geschickt. Eine Besprechung angesetzt und er möchte dich dabeihaben.«

»Ist etwas passiert?«, überlegte Siedah.

Julian neigte den Kopf zur Seite. »Ich weiß es noch nicht. Wir haben ein paar Dinge erfahren, die uns ein wenig ängstigen. Aber vielmehr weiß ich noch nicht.«

»Hat Sam etwas über mich herausgefunden? Also über X23y?«

»Ja.« Er lächelte. »Es ist definitiv nicht Purus. Aber Sam wird uns gleich alles erklären.«

Er griff nach ihrer Hand und zog sie mit sich. Sie verließen die ebenerdige Wohnung und gingen durch einen langen Korridor. Hier lebten die Puristen, einschließlich Nat. Alle Unterkünfte befanden sich im Erdgeschoss, ein begrünter Innenhof und kleine Terrassen verliehen einen behaglichen Wohnkomfort. Die modernen, lichtdurchfluteten Behausungen des Circle waren alle in gleichem Maße groß. Jeder Purist besaß eine Wohnküche, Schlafzimmer, Bad und Toilette. Keiner vom Circle lebte auf großem Fuß. Luxuriös war es nicht, vielmehr zweckmäßig. Erneut kamen sie an zu dem Lift, den Siedah mit Erin schon einmal bestiegen hatte. Es ging abwärts in den Sektor Zero. Zum zweiten Mal an diesem Tag schritt sie durch den hell erleuchteten Flur, vorbei an den Laboren »Naturwissenschaft«, »Telomere« und »Krykonservierung«. Sie bogen abermals rechts ab und erreichten den großen Meetingraum. Nat und Sam waren bereits anwesend und in ein Gespräch vertieft. Die beiden unterhielten sich und es war nicht zu übersehen, dass die Ärztin und der Leader des Circle Gefühle füreinander hegten. Julian erkannte, dass Siedah dies sofort bemerkt hatte und wusste, was sie denken musste, denn grundsätzlich galt es Berufliches und Privates zu trennen. Doch wie man an den beiden sah, oder an Jacob und Erin, die eben den Raum gemeinsam betraten, funktionierte es so mit der Liebe und dem Glück nicht immer. Ethan, Lucas und die Geschwister McGregor kamen zugleich an, allmählich füllte sich der Raum.

»So!« Entschlossen griff Nat nach seinen Unterlagen. »Wer fehlt noch?« Er blickte durch die Runde. Die fehlenden vier Warriors kamen schließlich laufend und außer Atem ebenfalls an. Nun waren es wieder zwölf. Elf davon waren seit 1941 im Team, nur Julian war deutlich später dazugekommen. Alle hatten ihr eigene Geschichte, wie auch die drei Warriors, die jetzt immer mehr in die Operation miteingebunden werden mussten. Valentin, Caspar und Logan waren ausgebildete Ärzte und dienten dem Circle in erster Linie in der Forschung. Mit einem Unterschied, sie kämpften gegen den Einsatz von biologischen Waffen und untersuchten weltweit Ursachen nicht natürliche Krankheitsausbrüche. Eine Kriegsführung, die Pandemien verursachen und die Menschheit an ihre Grenzen bringen konnte. Isolation und Quarantäne, Leugner und Mitwisser, die bürgerkriegsnahe Zustände erahnen ließen. Aktuell waren die drei Warriors für ein Pandemie-Projekt abgestellt.

»Es kommen nun ein paar wichtige neue Informationen«, begann Nat und übergab somit das Wort an Sam. Sie räusperte sich. »Wie ihr alle wisst, haben wir Siedah bereits auf dem Flug nach Hause einigen Bluttests unterzogen. Diese konnten wir jetzt auswerten und zum Teil mit Purus vergleichen. Bei den Tierversuchen, und das wissen wir, greift Purus schnell an. Nicht so wie bei uns, wo es Tage dauert, sondern innerhalb weniger Minuten beginnt nach der Gabe bereits die Metamorphose. Das erleichterte uns die Arbeit ungemein, denn die Tests bei den Ratten haben ergeben, dass X23y im Grunde Purus gleicht, aber bei dieser Substanz zwei Dinge außergewöhnlich sind. Zum Ersten wechselte das Fell der Ratten von Grau in Schlohweiß.« Alle Augen wandten sich Siedah zu, deren Haare mittlerweile unnatürlich weiß geworden waren. »Zum Zweiten bleiben die Ratten zeugungsfähig.«

Heftiges Gemurmel brach aus und Siedahs Blick wanderte zu Julian, der sie aufmerksam beobachtete.

»Damit wissen wir«, fuhr Sam fort, »dass X23y …« Eine kurze Pause entstand. Sie suchte nach den richtigen Worten. »Vermutlich nicht nur besser entwickelt, sondern stärker ist. Wir können X23y noch nicht herstellen, aber ich bin dran. Dazu muss ich mir Siedah noch ein paar Mal ausborgen.« Die Ärztin lächelte und sortierte ihre Unterlagen.

Siedahs Brustkorb hob und senkte sich heftig. »Oh mein Gott«, flüsterte sie, »Was passiert nur mit mir?«

Julian ergriff ihre Hand, sanft, beinahe liebevoll. »Noch wissen wir nicht wie es mit dir weitergeht und was mit dir passieren wird.«

Ein verständnisvoller Blick von Sam wanderte zu Siedah. »Siedah, du bist hier bei uns im Circle«, sagte sie behutsam. »Die Metamorphose ist abgeschlossen, davon bin ich überzeugt. Wir wissen nur noch nicht, wo genau, bis auf das bereits Erwähnte, der Unterschied zwischen Purus und X23y ist.«

»Das finden wir heraus«, ergänzte Nat. »Ich werde Sam dabei helfen.

»Aber wie?«, murmelte Siedah.

»Wir sind«, erklärte Nat, »darin ganz gut. In unserem alten Leben war das unser tägliches Brot. Wir«, er zeigte auf seine Warrior und sich, »sind Chemiker oder Mediziner und Sam ist die Göttin, wenn es um die Herstellung von Purus geht.«

»Außerdem«, fügte Julian hinzu, »haben wir hervorragende Forscher und Denker. Bei uns arbeiten die besten Wissenschaftler der Welt. Mach dir keine Sorgen«, sagte er. Siedah kämpfte mit den Tränen. Sie schüttelte den Kopf und massierte mit Daumen und Zeigefinger ihren Nasenrücken. »Was für ein Albtraum«, flüsterte sie.

»Keine Angst«, versuchte Sam sie zu beruhigen. »Du bist nicht allein mit deiner Angst. Wir alle hatten Angst und wir alle waren wie du irgendwann mal ›die Ersten‹. Keiner von uns wusste, was mit uns passieren würde.«

»Aber das ist nur der Anfang«, sagte Nat und übernahm damit wieder das Wort. »Fins Agenten haben wichtige Dinge erfahren: Paragon, Rufus Brock und Ezilion! Offensichtlich handelt es sich um einen Staatenumsturz verbunden mit einer globalen Regierung. Das berichtet Fin. Er sprach von Travis und den sogenannten Regenten und von einem höchst gefährlichen Mann namens Rufus Brock.«

»Ich verstehe nur Bahnhof«, meinte Lucas.

Nat richtete sich auf. »In den letzten Wochen und Monaten gab es auf der ganzen Welt viele furchtbare Anschläge. Überall sind Aufruhr und Aufstände entstanden. Es wird zur raschen Lösung der zwischenmenschlichen und wirtschaftlichen Probleme aufgerufen.«

»Ja«, stimmte Lucas dem zu. »Aber was hat das mit Paragon und diesem Rufus Brock zu tun?«

»Paragon soll eine neue Welt werden, mit einer straffen und gerechten Führung. Und es soll zur Aufhebung der Nationalitäten und Herkünfte kommen.«

»Was!«, entfuhr es Julian, »Das kann nicht dein Ernst sein?«

»Doch leider«, antwortete Nat.

Alle erinnerten sich an den, wie Fin immer zu sagen pflegte, vermaledeiten Demagogen Adolf Hitler.

»Ein Nachahmer?«, fragte Lucas.

»Mehr als ein Nachahmer«, erklärte Nat. »Rufus Brock ist wahrscheinlich ein Purist.«

Abermals war es still geworden. »Das ist unmöglich«, meinte Lucas. »Es gibt nur uns.«

»Nein!«, murmelte eine Stimme und alle Blicke richteten sich dieses Mal zu Gabrielle und ihrem Bruder.

»Ich glaube«, antwortete Gabrielle verschwörerisch – ihre schwarze schulterlange Mähne war zerzaust und die grauen Augen waren auf den Warrior gerichtet, »Elias hat etwas herausgefunden.«

Nat räusperte sich. »Was hast du herausgefunden?«

Elias setzte sich aufrecht in seinen Stuhl und begann zögerlich. »Wir haben die Unterlagen von Nagazir ausgewertet.« Er zog einen Stapel Papier aus seiner Tasche. »Nagazir konnte mithilfe von X23y auch Purus herstellen.«

Während alle anderen sich murmelnd und aufgeregt unterhielten, blieb Nat ruhig. »Woher weißt du das?«, fragte er.

»Es stand in seinen Unterlagen. Nagazir konnte Purus und X23y herstellen. Der Weg von X23y zu Purus war nicht mehr weit.«

Nat nickte. Er war nicht überrascht. »Aber das ist nicht alles«, übernahm er das Wort »Nagazir hat noch mehr entwickelt. Ein Gegenmittel!«

»Für was?«, wollte Lucas wissen und blieb dabei erstaunlich ruhig.

Alle beugten sich vor und warteten gespannt auf Nats Antwort. »Für Purus. Es nennt sich Ezilion und ist ein Gegenmittel.«

»Wie bitte?«, Lucas rang nach Luft

Für einen Moment schloss Julian die Augen. »Aber du wusstest ohnehin schon alles Nat, oder?« Irritiert versuchte er, sich zu sammeln.

»Ja, ich habe das alles schon gewusst. Fin hat mich davon in Kenntnis gesetzt. Seine Agenten haben genau das herausgefunden, was wir anhand der Unterlagen von Nagazir bestätigen konnten.« Wieder sortierte Nat seine Unterlagen. »Rufus Brock ist demnach höchstwahrscheinlich ein Purist und praktisch der Pate. Lasst mich aus Fins Unterlagen vorlesen: ›*Stell dir vor, auf jedem Kontinent gibt es einen uneingeschränkten Machthaber, jeder wird mit einer neu erschaffenen Substanz auf Jahre unverwundbar gemacht und alle vereinen sich.‹* Das ...« Nat unterstrich den Ernst der Lage mit einer Pause. »Ist Paragon! Mit Paragon möchte er eine neue Welt erschaffen. Es soll eine neue, reine Welt mit einer Weltregierung werden. Dazu braucht er seine sogenannten Regenten. Brock hat die Welt in Abschnitten unterteilt. Für jeden Bereich gibt es einen Regenten. Und diese Regenten sind bereits bestimmt. Paragon – Alpha geht an eben diesen Rufus Brock, das ist Nordasien und der asiatische Teil Russlands.« Nun reichte Nat ein Bild von Brock herum. »Paragon – Zeta soll an einen gewissen Ashraf Hassani gehen, damit ist Vorder- und Zentralasien gemeint. Leider haben wir von den anderen Regenten keine Bilder. Paragon – Delta soll an einen Li Kepang gehen. Das ist Süd-, Südost-, Ostasien und Ozeanien. Paragon – Omikron erhält die sogenannte ›Hyäne‹, das ist Afrika und Lateinamerika und unser Freund Travis Spedding erhält Paragon – Sigma, Europa und Nordamerika. Paragon soll von diesen Regenten gesteuert werden. Sie sind auch die Oberbefehlshaber der reinen Armee. Alle Regenten sollen Puristen sein.« Nat verteilte die Unterlagen, welche er vorbereitet hatte. »Damit, Ladys und Gentlemen, sind sie unangreifbar.« Er ließ die Worte wirken, ehe er fortfuhr. »Die Regenten sind die beherrschende politische Macht über Paragon. Das Konzept von Paragon soll die Aufhebung der Unterscheidungen von Religion und nationaler Herkunft sein.« Nat rieb sich die Stirn. »Wenn wir den dritten Weltkrieg verhindern wollen, müssen wir die Formel von Ezilion finden. Sofort.« Kurzes Schweigen. »Das ist unser neuer Auftrag von Fin.«

»Wer ist im Moment im Besitz der Formel?«, wollte Julian wissen.

»Rufus Brock«, antworte Nat. »Sein Hauptsitz befindet sich in Ulaanbaatar und sein Penthouse am Suchbaatar Platz.«

»In der Mongolei? Oh mein Gott! Was zieht einen Menschen dort hin?« Lucas musste sich schütteln.

»Menschen, die Kälte lieben«, versuchte Sam.

»Und sie kennen«, mutmaßte Julian.

»Guter Ansatz«, meinte Nat. »Finden wir heraus, wer Rufus Brock ist.«

»Was weiß Fin über Rufus Brock?«, fragte Valentin, der bereits alle Informationen in seinen Notizblock schrieb.

Nat kramte in seinen Unterlagen. »Im Grunde nichts.« Er studierte kurz ein paar Zeilen, ehe er fortfuhr: »Wie schon erwähnt, befindet sich Rufus Brock in Ulaanbaatar in seinem Penthouse am Suchbaatar Platz. So viel wissen wir von einem Informanten, den Fin dort glücklicherweise hat einschleusen können.«

»Woher hat er die Formel für dieses EKSSILION?«, fragte Sam.

»Ezilion«, korrigierte Nat.

Sam schüttelte den Kopf. »Gut, Ezilion …«

Ein Seufzen drang aus Nats Kehle. »Travis hat sie gefunden. In Nagazirs Haus!«

Gabrielle und Elias schlossen die Augen. Sie hatten ein wichtiges Detail übersehen.

»Es ist nicht eure Schuld, es war ein winzig kleines Stück Papier. Und ihr wart unter Zeitdruck.«

»Und diese unheimliche und beschissene Ratte«, fauchte Gabrielle.

Julian schien bestürzt. »Ja, aber wir haben durch Nagazirs Unterlagen, welche ihr mitgenommen habt, viel herausfinden können. Schließlich wissen wir jetzt, dass Nagazir neben X23y auch Purus herstellen konnte und«, Julian versuchte, sich zu sammeln, »jetzt wissen wir, dass es ein Mittel gibt, das Purus aufhebt.«

»Malen wir den Teufel nicht an die Wand«, meinte Nat nüchtern. »Mit Ezilion können sie uns vielleicht töten. Aber wir könnten sie damit ebenfalls töten.«

»Was wir aber nicht haben«, ergänzte Elias.

»Wir müssen uns dahinterklemmen.« Gabrielle war nicht zu bremsen. »Lasst uns noch einmal alle Unterlagen studieren. Vielleicht finden wir einen Hinweis«, versuchte sie, die Situation zu entschärfen.

»Ja«, stimmte Nat zu. »Ihr sucht nach Hinweisen zu Ezilion und Erin und Jacob, ihr versucht, alles über Rufus Brock herauszufinden. Lucas, vergleiche alle Anschläge in den vergangenen Wochen und versuche, herauszufinden, wer wo die Fäden gezogen hat und ob es irgendwo so etwas wie ›Anführer‹ gegeben hat.« Nat wandte sich nun zu Julian und Siedah. »Und du, Julian, bringst Siedah in ihre Wohnung und zeigst ihr, wo die Trainingsräume sind. Siedah muss schnell angelernt werden, damit sie ihre Kräfte richtig einsetzen kann. Der Rest sucht nach den sogenannten Regenten. Durchsucht alles und findet etwas.«

Bestürzt über all die Neuigkeiten folgte Siedah Julian, der sich von den anderen mit einem kurzen Nicken verabschiedet hatte. Stumm kamen sie schließlich wieder am Fahrstuhl an, als der Warrior abrupt stehen blieb und sich ihr zuwandte. »Okay. Wir steigen da jetzt ein und fahren hinauf. Versprich mir, dass du nichts anstellen wirst.«

Siedah rollte mit den Augen.

»Du hast es schon einmal gemacht!«, kam schnaubend zur Antwort. »Du wirst nicht davonlaufen.« Julian ergriff ihre Schultern. »Verstehst du mich, Siedah?«

»Ja, natürlich. Du sprichst nicht in Chinesisch«, fauchte sie zurück.

Er ließ ab von ihr. »Alles so weit gut?«

»Jaja …«

»Perfekt.«

Sie stiegen ein und als der Aufzug an sein Ziel angelangt war, ergriff Julians Siedahs Hand.

»Nur für den Fall«, sagte er.

»Lass mich los, ich lauf schon nicht weg«, beschwichtigte sie. »Wir sehen wie in Liebespaar aus.«

»Okay«, antwortete Julian, »dann eben so!« Heftig packte er sie ihrem Oberarm und zerrte sie hinter sich her.

»Du tust mir weh!«, jammerte Siedah, konnte sich aber aus seinem Griff nicht befreien.

Nach zehn Minuten erreichten sie schließlich eine Wohnung. Mit einer Schlüsselkarte öffnete Julian die Tür.

»Und hier …« Er breitete großzügig seine Arme aus. »Ist dein neues Reich.«

Staunend sah sich Siedah in ihrem neuen Heim um. Vieles kannte sie, denn so manches Möbelstück hatte der Circle in der Tat von ihrer alten Wohnung hierhergeschafft.

»Ihr habt meine Wohnung …«, stotterte sie, »einfach hierher verlegt.«

»Habe ich dir ja gesagt, oder?«

»Hm … Ja … Aber ich hätte niemals damit gerechnet, dass ihr so viel mitgenommen habt. Das ist mein Wohnzimmer und mein Schlafzimmer«, sagte sie.

»Ja stimmt. Aber die Küche, das Bad und die Toilette sind neu. Das ging nicht. Und wir mussten dein Arbeitszimmer in das Wohnzimmer verlegen. Es gibt hier für uns alle nicht so viele Räume. Aber dafür eine schöne Terrasse.« Julian lächelte. »Und«, fuhr er gut gelaunt fort, »damit du uns nicht wieder davonläufst, habe ich ein Geschenk für dich.«

Suchend blickte sich Lucas in der Radiologie um. Vertieft saß Beky über einer Lektüre. Ihr braunes langes Haar, das wegen ihrer blonden Strähnen sportlich und lässig wirkte, fiel ihr locker über die Schulter. Gedankenverloren spielte sie mit einer Haarlocke, als plötzlich Lucas vor ihr stand und lächelte.

»Hallo mein Warrior, wie geht es dir?«, erkundigte sie sich und stand auf. Verträumt legte sie ihre Arme um seinen Hals.

Lucas zog Beky näher an sich heran und flüsterte: »Jetzt geht es mir sehr gut«. Er küsste sie. Die Frau in seinen Armen war schmaler geworden. Bei all den beunruhigenden Nachrichten konnte ihm dieses wunderschöne Wesen ein bisschen Frieden geben. Lucas wollte für einen kleinen Augenblick dieses kleine Glück festhalten.

»Irgendwann machen wir es.« Verträumt sah er in ihre grünen Augen. »Jetzt, wo Stevenson im Circle ist, ist der Bann der magischen zwölf Warrior gebrochen. Sie ist die Dreizehnte unter uns.«

Beky löste sich aus seiner Umarmung. »Das wäre wunderbar«, gab sie zur Antwort und wischte sich eine Träne von der Wange.

»Wir dürfen die Hoffnung nicht aufgeben, Beky«, beruhigte sie Lucas.

Die junge Frau griff nach ihren Unterlagen und sortierte sie.

»Findest du sie unheimlich?«, wollte Lucas wissen. »Ich meine, was denkst du über X23y? Ist es das neue Purus?«

»Das musst du Sam fragen. Ich habe heute ein sehr langes Gespräch mit ihr geführt. Sie erschien mir sehr beunruhigt, so wie du jetzt. Gibt es Neuigkeiten, welche dich oder euch ängstigen?«

Lucas nickte. »Ja, aber wir wissen nichts Genaues. Es wäre zu früh, jetzt bereits Schlüsse ziehen zu können.«

Er senkte seinen Blick. *»Ich darf dir nicht sagen, wie viel Angst ich habe«,* dachte Lucas. Langsam ging er auf Beky zu. »Ich finde Siedah unheimlich. Es ist …« Er suchte nach Worten. »So seltsam. Die Metamorphose ging schnell und sie war viel zu lange weg.« Er schüttelte den Kopf. »Weißt du, als sie vor uns stand, dachte ich mir, nein, ich war mir sicher, das ist nicht Purus. X23y ist anders. Ich kann dir aber nicht sagen, warum ich mir das gedacht habe und noch immer denke.«

Beky lehnte ihren Kopf an Lucas' Brust. »Ich denke, es sind ihre unnatürlich weißen Haare.« Sie blickte hoch. »Und ich glaube, dass du eifersüchtig bist«.

Entsetzt blickte der Warrior sein Gegenüber an. »Eifersüchtig? Warum?«

Sie lächelte. »Julian kümmert sich beinahe rührend um seinen neuen Schützling.«

»Muss er auch, sonst läuft sie ihm wieder davon.« Etwas verwundert fuhr er fort: »Deshalb bin ich aber nicht eifersüchtig.«

Die beiden standen eng umschlungen in den Räumlichkeiten der Radiologie. Als sie hörten, dass eine Tür geöffnet wurde, lösten sie sich voneinander.

»Doch!«, amüsierte sich Beky. »Du bist eifersüchtig. Zum Training ist Julian nun mit ihr gegangen und nicht mit dir.«

»Musste er, Anweisung von Nat!«

»Na klar!« Beky lachte laut auf. »Aber es ärgert dich. Gib es zu.«

SCHOTTLAND, ISLE OF SKYE, CIRCLE STAMMHAUS, AUGUST 2021

Siedah runzelte die Stirn. »Ein Geschenk?«

»Ja, warte.« Aufgeregt ging Julian in das Badezimmer.

Siedah starrte zweifelnd auf die verschlossene Badezimmertür, die sich langsam öffnete. Heraus kam Julian mit einem winzigen Ding, das er in der Hand hielt und vorsichtig immer wieder berührte, nein streichelte. Langsam erkannte sie, was der Warrior in seinen Händen hielt. Ein Kätzchen.

»Schau, sie ist ein Mädchen und zehn Wochen alt.« Er reichte ihr den Winzling, der sofort zu miauen begann. »Unsere Katzendame Nelly hatte ein Rendezvous mit unserem Kater Bugs. Und siehe da …«

»Du meine Güte!« Siedah drückte das kleine Ding sanft an ihre Brust.

»Nelly hat vier Jungs – Sammy, Philbey, Smiley und Romeo. Und eben ein Mädchen. Die Jungs haben sich schon zwei Forscherinnen aus dem Labor geholt und das Mädchen hat Erin für dich reserviert. Und hier ist es.«

Das Fell des grauweiß getigerten Kätzchens war außergewöhnlich seidig. Kluge, blaue Augen sahen Siedah groß an.

»Du Schuft«, sagte sie schließlich lächelnd zu Julian. »Das ist gemein.«

Aber dass ihr Herz übergegangen war, als sie das kleine Tierchen sah, konnte er sehr gut an ihrer Mimik erkennen.

»Wie nennen wir sie?«, fragte Julian und begann wie Siedah, die Kleine sanft hinter dem Ohr zu kraulen.

Eine kleine Träne lief über ihre Wange. »Finny«, flüsterte sie. »Ich würde ihr gerne den Namen Finny geben.«

»Gut!« Julian freute sich ungemein und drehte sich übermütig im Kreis. Aus dem rauen, oftmals schlecht gelaunten Warrior war ein streichelweicher Mann geworden. »Herzlich willkommen im Circle.«

Siedah lachte. Beide nahmen auf Couch Platz und lehnten sich entspannt zurück. Finny schnurrte und stupste die soeben gewordene Katzenmama mit ihrer kalten Nase an.

»Was geschah damals mit deinem Vater? Du hast mir nicht die ganze Geschichte erzählt«, bat Siedah.

Der Warrior sah Richtung Fenster. Sein Blick hing in Gedanken versunken an der blitzsauber gereinigten Scheibe. Es war still und beinahe düster auf der schottischen Insel, nur das Prasseln des Regens war zu vernehmen. Das Licht flackerte, was dem schlechten Wetter geschuldet war. Langsam begann Julian, über den Rücken des kleinen Kätzchens zu streicheln.

»Damals rückte der Circle mit der US-Armee für eine Bodenoffensive Nahe Saigon ein. Ziel war das Hauptquartier der NLF, der Nationalen Front für die Befreiung Südvietnams. Es sollte gefunden und zerstört werden.« Zögernd neigte er den Kopf zur Seite. »In der Schlacht um Kambodscha wurden unzählige Soldaten getötet, Waffenlager und Bunker torpediert. Aber das eigentliche Ziel konnte nicht gefunden und schon gar nicht zunichtegemacht werden. Im Bombenhagel zog mein Vater allein los, um eine junge Frau zu retten«, erinnerte sich der Warrior beklommen weiter. Seine Stimme war kehlig geworden. Er schluckte bei jedem Wort. »Er wurde vermutlich schwer verwundet. Bei sehr ernsten Verletzungen verabreicht der Circle reines Purus. Damit erholt sich der Körper wieder. Fin und Nat wussten aber bereits, dass man sehr sorgsam damit umgehen muss. Nach jeder Verabreichung verliert Purus immer mehr seine Wirkung. Man wartet so lange wie möglich. Mein Vater war aber allein unterwegs. Zeugen berichteten später über seinen Tod. Es hatte lange gedauert, durch das Verabsäumen einer weiteren Dosis Purus kämpfte sein Körper unnatürlich lange bis zum Schluss. So wurde uns erzählt. Die Ortsansässigen hatten wahnsinnige Angst vor ihm und verbrannten die Leiche.« Er zuckte mit den Achseln und fuhr fort. »Danach wurde Nat zum Leader ernannt und das ist er bis heute. Ich wurde am 29. Mai 1971 offiziell zum Puristen erklärt. Ich war praktisch der Ersatz für meinen vermissten Vater.« Er lächelte kurz. »Alisha Vistra hat hier am Anwesen des Circle ihr Grab. Weißt du, sie haben nie geheiratet. Deshalb steht auf ihrem Grabstein nicht Koshien, sondern Vistra.«

»Wie konntest du Nat und Fin verzeihen?«, wollte Siedah wissen.

Julian runzelte die Stirn. »Verzeihen?«

»Sie haben deinen Vater sterben lassen und vermutlich nicht ernsthaft versucht, ihn zu finden.«

Er räusperte sich. »Nein, haben sie nicht. Mein Vater war ein unglücklicher Mann, ständig traurig. Freudlos und wahnsinnig melancholisch. Er hat den Tod gesucht, er wollte ohne meine Mutter nicht mehr leben.« Julian hob gedankenverloren das Kinn und sah durch das Fenster in den Nebel, der immer dichter wurde. »Meine Eltern setzten sich für Recht und gegen das Unrecht ein. Gegen Rassismus, Krieg und Vernichtung. Er fragte mich immer: ›Warum, können wir Menschen nicht miteinander leben? Warum Arier, Apartheid und Kasten? Warum unterscheiden wir? Wir sind alle Menschen. Egal welcher Religion wir angehören, woher wir stammen, welche Sprache wir sprechen oder welche Hautfarbe wir haben. Wir sind Menschen! Warum können wir nicht in Frieden miteinander leben?‹ Er stellte mir diese Frage unzählige Male. Warum können wir nicht in Frieden miteinander leben?«

»Hat er eine Antwort gefunden?«, wollte Siedah wissen.

Julian seufzte. »Nein, ich denke nicht. Sonst hätte er um sein Leben gekämpft. Vermutlich dachte er, er könne ohnehin nichts mehr tun. Für ihn war alles verloren.«

»Er hatte dich.«

Ein zaghaftes Lächeln huschte über seine Lippen. »Ja.« Er streichelte sanft das Kätzchen. »Er wollte für meine Mutter und für mich eine bessere Welt. Gleichheit für alle, ohne Ausgrenzungen, Hass und Blut.« Julian holte tief Luft. »Du musst wissen, er hatte für mich alles arrangiert. Alles für ein Leben außerhalb des Circle. Niemals hätte er gewollt, dass ich ein Warrior werde. Sein Ziel war es gewesen, dass ich für den Rest meines Lebens in Sicherheit war. Fünfzig, sechzig Jahre – mehr nicht. Das wollte er. Er hatte mir ein Stück Land im Nirgendwo gekauft und war der Meinung, dass dort nichts passieren würde.«

»Wo war das Stück Land?«

»Keppel Island.«

»Wo ist das? Noch nie gehört«, fragte Siedah.

Julian lachte laut auf. »Eine Ironie des Schicksals. Auf den Falkland-Inseln.« Er schüttelte den Kopf. »Niemals hätte sich mein Vater gedacht, dass es dort einmal Krieg geben würde. Das Land gehört mir schon lange nicht mehr.«

Julian wandte sich zu Siedah und sah sie an. »Weißt du, solange es Menschen gibt, so lange wird es Krieg und Verderben geben. Egal wo man gerade lebt oder meint, in Sicherheit zu sein. Mein Vater wünschte sich eine Welt, die es niemals geben wird.«

FRANKREICH, AVIGNON, AUGUST 2021

Fins Gedanken rasten. Es entglitt ihm. Niemals hätte er gedacht, dass er noch einmal in eine derartige Situation kommen würde. Nein! Niemals. Gut konnte er sich erinnern – an damals. Damals, als er sich in Berlin befunden hatte, und eine junge Frau auf ihn zugekommen war und sich mit zittriger Stimme vorgestellt hatte.

»Entschuldigen Sie mein Herr, ich bin Angela Maria Raubal. Aber die meisten nennen mich Geli.«

Fin hatte damals alles verstanden. Er sprach fließend Deutsch und hatte sich in Berlin befunden, um sich mit Hindenburg – dem damaligen Reichspräsidenten – zu treffen. Es hatte sich um eine verdeckte Operation gehandelt, deren Ziel es gewesen war, mit Hindenburg über Adolf Hitlers weitere Karriere zu sprechen. Der deutsche charismatische Mann, der ein Österreicher war, war gefährlich.

»Wissen Sie wer ich bin?«, hatte die Frau schüchtern gefragt und einen Platz ihm gegenüber eingenommen.

Fin hatte verneint, aber gewusst, dass es sich um Hitlers Nichte handelte.

Geli hatte gelächelt. »Oh, Sie wissen genau wer ich bin und ich weiß, warum Sie hier sind.« Ihre Hände hatten gezittert und immer wieder hatte sie über ihre Schultern geblickt.

»Warum bin ich denn hier?«, hatte Fin gefragt.

Seufzend hatte sich Geli vorgebeugt. »Um meinen Onkel aufzuhalten.«

Fin hatte die Stirn gerunzelt. »Meinen Sie?«

»Ja.« Sie hatte kurz innegehalten und sich abermals nervös umgesehen. »Mr. McAllister, Sie *müssen* ihn aufhalten«, hatte sie beschwichtigt. »Ich flehe Sie an. Halten Sie meinen Onkel auf.«

Es war Fin natürlich nicht entgangen, dass die junge Frau panische Angst gehabt hatte. Zum wiederholten Male hatte sich Geli aufgewühlt umgesehen. Beunruhigt hatte sie ihre Handtasche geknetet und sich geräuspert. »Noch einmal – halten Sie meinen Onkel auf. Er hat mein und das Leben meiner großen Liebe zerstört, aber das ist einerlei. Er ist ein Teufel mit einem wahnsinnigen Plan.«

Damit war das Gespräch beendet gewesen und sie war hastig aufgestanden. »Sie werden mich nie wieder sehen.« Sie hatte ihm zum Abschied die Hand gereicht. »Guten Tag, Mr. McAllister.«

Mit raschen Schritten war sie davon gegangen. Fin war verwundert gewesen, woher Geli gewusst hatte, wer er war und warum er hier gewesen war.

Drei Tage später, am 18. September 1931, war die junge Frau tot gewesen. Suizid, getötet durch Hitlers Pistole. Warum sie sich erschossen hatte, blieb wohl auf immer ungeklärt.

»In Paris werden bewusst seit geraumer Zeit Falschmeldungen über die Politik gestreut und es wird zum Kampf gegen die staatlichen Probleme aufgerufen. Derzeit entsteht ein Ausnahmezustand, der kaum aufzuhalten ist.« Kayleigh holte Fin aus seinen Gedanken zurück. Sie stand aufrecht vor ihm und griff hektisch nach ihrer Tasche. »Weißt du was das bedeutet?« Nervös fuhr sie sich durch ihre Haare. »Es hat begonnen!« Sie nahm Platz und bestellte sich einen Whiskey. Fin runzelte die Stirn. *»Ganz schlecht«*, dachte er. Normalerweise brachte Kayleigh nichts so schnell aus der Fassung. Der Kellner brachte das gewünschte Getränk und mit einem Schluck leerte sie das Glas.

»Auch ich bin in großer Sorge«, erklärte Fin.

»Pah!«, zischte Kayleigh. »In großer Sorge? Fin, der dritte Weltkrieg beginnt. Jetzt!«

Fin betrachtete ernst sein Glas Rotwein und drehte es hin und her.

»Und niemand tut etwas. Politiker sind mit Wahlen und Selbstvermarktung beschäftigt. Sie denken nur an ihr Öl oder an den Verkauf von Waffen. Andere streiten wieder, wie viele Flüchtlinge wer aufnehmen darf und welche Grenzen offenbleiben oder geschlossen und wo eine Mauer gebaut werden soll.« Kayleigh holte tief Luft und griff nach ihrem Handy, das sie aus der Tasche genommen hatte.

»Was hast du da?«, fragte Fin. War er davor beunruhigt und nervös gewesen, so kam jetzt ein Anflug von Panik auf.

»Fotos!«, antworte Kayleigh ein wenig zu laut. »Ich habe Fotos von den Regenten!«

Verblüfft starrte Fin sie an. »Du hast Fotos?« Er griff nach ihrer Hand. »Kayleigh, das gleicht einem Selbstmord deines Agenten.«

»Agentin!«, korrigierte sie. »Es ist eine Frau und sie ist Rufus'Hure. Seine Lieblingshure Tara.«

»Das ist Wahnsinn! Du schickst diese Frau in den Tod.«

»Ah, Marta Hari und Elisabeth Schragmüller waren auch Frauen!«, winkte Kayleigh achselzuckend ab. »Oder deine Madeleine!«

Das war höchst unangebracht. Madeleine, oder, wie ihr richtiger Name lautete – Noor Inayat Khan – war eine Prinzessin und Muslimin, die als Agentin für den britischen Nachrichtengeheimdienst bei der Spezialeinheit Special Operations Executive (SOE) in den Kampf gegen Hitler gezogen war.

»Madeleine!«, murmelte Fin melancholisch. »Meine Madeleine! Sie war so schön und so klug. Und durch nichts zu brechen. Nicht einmal unter der Folter.«

»Ja … ja«, tat Kayleigh ab und tippte auf ihrem Handy, scrollte, suchte und fand das WhatsApp von Tara. »Hier!« Sie schob das Smartphone in Fins Richtung. »Das ist Rufus. Aber den kennen wir ja bereits. Das ist Ashraf Hassani.« Kayleigh tippte auf das Bild, das einen jungen Mann asiatischer Herkunft zeigte, lächelnd, mit kurzem struppigen brünett gefärbten Haar, roten Strähnchen und topmodisch gekleidet. »Ein Koreaner.«

Eingehend betrachtete Fin das Bild. »Jung«, sagte er.

»Er sieht jünger aus, als er ist. Dürfte knapp über vierzig sein.« Sie nahm ihm das Handy weg und scrollte weiter. »Das ist die sogenannte Hyäne.«

Das Bild zeigte eine unheimliche Erscheinung. Eine Frau mit dunkel geschminkten Augen, langen, weißen Haaren und boshaft wirkendem Gesicht.

»Wie alt ist sie?«, fragte Fin, der schaudernd das Bild betrachtet.

Kayleigh zuckte mit den Schultern. »Das weiß keiner. Aber sie ist brandgefährlich. Skrupellos und soziopathisch veranlagt. Sie erhält Paragon – Omikron, also Afrika und Lateinamerika.«

Fin seufzte. »Das ist ein Albtraum!«

»Es geht noch weiter«, fuhr Kayleigh fort. »Das ist Li Kepang, ein Mongole um die vierzig. Schwarzes, kurzes ordentlich gekämmtes Haar, ein schöner Anblick, finde ich.«

»Ein Bild von Travis?«

»Leider nein. Er ist der einzige Regent, dessen Foto uns noch fehlt. Aber Tara ist dran. Sie hat mir berichtet, dass es den Anschein hatte, dass Travis der einzige Regent ist, der sich nicht darüber gefreut hat, Purist zu werden.«

»Die Vermutung liegt nahe, dass er bereits Purist ist. Die Warriors liegen mir seit Wochen damit in den Ohren. Und ich befürchte, sie haben recht. Auch wenn Nat immer wieder versucht hat, sie zu beruhigen.«

»Vielleicht ist er einer von euch?«

Fin kratzte sich am Kinn. »Glaub ich nicht. Ich wüsste nicht, wer das sein sollte.«

»Ein ehemaliger Proband?«, fragte Kayleigh.

»Alle Probanden, die überlebt haben, sind nun Warriors und im Circle. Der Rest ist tot. Das wissen wir.«

»Alle Toten waren wirklich tot?«

»Ja, amtlich bestätigt. Keiner ist zurückgekommen«, antwortete Fin.

Kayleigh straffte ihren Oberkörper »Ihr habt etwas übersehen, Fin!«

»Ja, aber was?«

»Findet es heraus, so schnell wie möglich.«

»Wenn Travis Spedding ein Purist ist«, dachte Fin laut nach, »warum schließt er sich einem Mann an, der Purus bis vor Kurzem nicht herstellen konnte? Er hätte sich selbst, praktisch als Versuchskaninchen zur Verfügung stellen können.« Er seufzte. »Ich verstehe das nicht. Sie haben verzweifelt nach einer ähnlichen Substanz gesucht. Wenn ich ein Purist bin, bietet es sich an, dass ich bereitstehe und mein Blut der Forschung überlasse.« Fin schüttelte den Kopf. »Ich kann es nicht nachvollziehen. Vermutlich glaube ich deshalb nicht, dass Travis ein Purist ist. Und wie hätte er das werden sollen?«

Kayleigh richtete sich auf und antwortete genervt: »Ach Fin, stell dich nicht so dumm an. Da gibt es mehrere Möglichkeiten.«

»Die wären?«

»Er kann ein überlebender Proband sein, von dem wir nichts wissen.«

»Unmöglich.«

»Weißt du nicht! Wer weiß, vielleicht hat man dir nicht immer alles gesagt.«

»Zweitens?«

»Zweitens kann es ein Mann sein, der Purus, wie Stevenson, durch Zufall erhalten hat, er es weiß und sich auf die Suche gemacht hat, ob es ähnliche Menschen wie ihn gibt. Würde zum Beispiel erklären, wie er zu euch gekommen ist.«

Fin kniff die Augen zusammen. »Ja vielleicht möglich. Wäre eine Erklärung. Aber warum verheimlicht er es offensichtlich vor Brock? Das wäre sein Trumpf gewesen.«

»Nein, das glaube ich nicht. Tara ist der Meinung, dass er es mit aller Kraft verheimlichen will.«

»Er will nicht, dass es Brock weiß.«

»Genau«, stimmte Kayleigh Fins Rückschluss zu.

»Was denkst du?«

»Ich ...« Der rechte Zeigefinger bohrte sich in ihre Brust. »Ich glaube, dass Travis Spedding ein ehemaliger Proband war, wir aber nie herausgefunden haben, wer er wirklich ist. Und der Angst hat, dass ihn der Circle aufspürt und vernichtet. Das wäre sehr qualvoll, denn wir müssten ihn quasi zu Tode foltern. Vermutlich weiß er das.«

Erschüttert richtete Fin sich auf. »Nein Kayleigh, ich wüsste es. Ich leitete damals das Forscherteam. Ich rekrutierte alle Probanden. Und wenn er seinen Namen geändert hat, wovon wir ausgehen müssten, ich wüsste wirklich nicht, wer das sein soll. Durch Zufall ein Purist geworden? Geforscht wird auf der ganzen Welt. Das ständige Suchen der heutigen Gesellschaft nach ewiger Jugend und Perfektion lassen Forscher Außergewöhnliches fabrizieren. Manchmal besser und manchmal schlechter. Weltweit arbeiten Wissenschaftler in ihren Labors daran, Stoffe zu entdecken oder zu entwickeln, die nicht nur Krankheiten heilen, sondern den Tod aufhalten können. Experten sind sich heute einig, dass das Leben eines Menschen durch eine genetische Manipulation verlängert werden kann.«

Kayleigh nickte und Fin fuhr fort: »Für mich ist es schlüssiger, dass er ein Zufallsprodukt der Pharmaindustrie ist, wenn er denn wirklich Purist ist.«

ULAANBAATAR, SUKHBAATAR PLATZ, PEACE AVENUE, AUGUST 2021

Rufus war nicht zu bremsen. Seine Regenten waren begeistert gewesen über die großen Neuigkeiten, nur Travis nicht. *»Gut«*, dachte Brock, Travis war schon immer sehr speziell gewesen. Er wusste nicht, was Spedding mit dem Circle so eng verband. Hatte es nie herausfinden können. Gut, das war ärgerlich. Aber hatte nicht jeder eine Vergangenheit? Wenn er an sich selbst dachte, erinnerte er sich sehr gerne daran, dass er sich seinen Namen selbst gegeben hatte. War er früher ein begeisterter Zuhörer der Geschichten seines wunderbaren und vielseits geliebten Großvaters gewesen, der ihm immer wieder über den legendären Rus erzählt hatte und ein glühender Anhänger des Absolutismus gewesen und ein Geächteter und Verstoßener mit großen Plänen war. Doch niemand hatte ihn gewollt und niemand hatte ihm eine Chance gegeben.

»Ja«, dachte er, *»wir alle haben unsere Gründe, warum wir Paragon wollen. Der Circle wird sich vor Rufus Brock verstecken müssen. Ich werde meinen Großvater rächen und seinen größten Wunsch erfüllen.«* Er streckte sich neben Tara aus, die ihn aufmerksam beobachtet hatte.

»Was ist?«, fragte er, als sein Blick den ihren traf.

»Nichts«, raunte sie. »Ich beobachte gerne, wenn du Pläne für die neue, reine Welt schmiedest.«

Er grunzte laut auf. »Liebes! Bald! Sehr bald ist es so weit. Heute bekommen alle Regenten ihr Purus. Nach deren Metamorphose setzen wir unsere Pläne in die Tat um.«

»Und was ist mit dir? Wann bekommst du dein Purus?«

»Meine Schöne«, raunte er. »Ich habe es bereits vor Tagen erhalten.«

Tara hielt den Atem an. »Und wie fühlst du dich?«

»Ich merke, dass ich stärker werde. Ich fühle, wie sich mein Körper zu verändern beginnt.«

»Denkst du, es wird schmerzhaft sein?«

»Ja, bei den Tierversuchen haben sich die Ratten gekrümmt, offensichtlich vor Schmerz. Und … plötzlich war es vorbei.« Er grinste. »Deshalb werde ich für ein paar Tage nicht da sein. Ich werde die Regenten mit Aufgaben beauftragen, damit sie mich nicht vermissen.«

»Hm. Guter Plan. Wann soll es heute so weit sein?«

»Wir werden uns am Abend nach dem Dinner treffen. Im Anschluss sollen alle ihr Purus erhalten.« Ein verschlagenes Grinsen huschte über sein Gesicht.

»Außer du«, hauchte Tara und konnte sich dem Gefühl nicht erwehren, dass er sie belogen hatte.

»Genau!« Rufus griff sich abrupt auf die Schläfen. »Ahhh … Gestern zu viel Champagner!« Er betrachtete seine linke Hand. Es kostete ihn alle Kraft, die Hand zu heben. Es schien, als sei sie gelähmt.

»Hast du keine Angst, dass der ein oder andere stärker sein könnte als du?«, fragte Tara ungezwungen und räkelte sich.

Brocks Körper schien zu erstarren. Das war eine falsche Frage gewesen.

»W … a … s …?« Sein Ton war gefährlich geworden. Er neigte den Kopf zur Seite und richtete sich auf, »Was hast du gesagt?«

Taras Lippen zitterten, ihr Körper bebte. »Ach nichts …« Sie winkte ab. »Ich bin so ein Dummerchen, das war eine …«

Sie konnte den Satz nicht zu Ende führen. Rufus packte sie am Handgelenk und zog sie unsanft hoch.

»Wage es nie, mich infrage zu stellen.« Er schloss die Augen, auf seiner Stirn bildete sich unnatürlicher Schweiß. »Verstehst du mich?«

»N … natürlich, Rufus.«

Seufzend ließ er ab von ihr. Tara hatte mit dem Schlimmsten gerechnet, wie immer, wenn Rufus zornig war und sie das ein oder andere falsche Wort gesagt hat. Sie wusste von seinen Wutausbrüchen und kannte seine unbarmherzigen Schläge gegen ihren Körper. Aber jetzt? Verwundert sah sie ihn an. Von Kayleigh wusste sie, dass die Metamorphose sehr schmerzhaft war, das – so schloss Tara – wusste Rufus nun auch, oder vermutete es. Zumindest rechnete er mit großen Schmerzen. Aber was Brock definitiv nicht ahnte: Alkohol lähmte den Puristen. Deshalb, so meinte Tara zu glauben, konnte er nicht auf sie einschlagen. Er war zornig gewesen, vielleicht sogar in Rage, aber nichts war geschehen. Insgeheim musste sie über diesen gewalttätigen und vollkommen unkontrollierbaren Mann lachen und dachte: *»Das macht dich angreifbar, Rufus! Ich werde dich töten.«* Sie stand langsam auf.

»Ich mache mich frisch«, raunte sie und ging ins Bad. Dort griff sie nach ihrem Ring. Den rund eingefassten, glitzernden Schmuckstein entfernte sie behutsam und als sie die Flüssigkeit in Glas Wasser gießen wollte hörte sie, wie Brock sich aufraffte und zu ihr kam. Schnell ließ sie von ihrem Plan ab, Rufus zu vergiften und füllte das Glas mit Wasser. Tara nahm einen großen Schluck, ehe sie tänzelnd in Brocks Armen glitt. *»Mist«*, dachte sie. *»Mist, Mist und noch einmal Mist.«*

Rufus erschien beim Dinner bestens gelaunt. Aufgekratzt tänzelte er seinen Regenten entgegen. Er ballte die Fäuste und rief: »Was für eine Nacht! Heute ist es so weit!«

Hatte Travis einst gemeint, dass Rufus ein zielstrebiger Mann wäre, so hatte er in den letzten Tagen seine Meinung auf »ein zielstrebiges Ungeheuer« geändert. Aber was er jetzt sah, ließ ihn zutiefst erschauern. Engel, Dämon und Magier in Menschengestalt. Erschüttert betrachtete Travis den Mann, der die Welt verändern würde. Ob er nun wollte oder nicht, für Spedding war es längst zu spät. Es dauerte nicht lange und er wusste um Rufus' erschütterndes Auftreten. Metamorphose. *»Dieser Schurke«*, dachte er. Brocks Stirn war schweißnass. Blut tropfte von seinem Kinn. Das Schwein wollte Purus als Erster haben. Die Metamorphose lief bei ihm bereits. Wer wusste, ob die anderen das richtige Purus erhalten würden. Vielleicht nur die abgeschwächte Form. Jene, welche die Warriors an einer Halskette in einer Phiole für Erste-Hilfe-Maßnahmen verwendeten. Es nützte nichts. Travis musste es darauf ankommen lassen. Aus reiner Neugierde und umso länger er Rufus beim Abendessen beobachtete, desto mehr war er sich dessen bewusst geworden. Keiner würde heute das echte Purus erhalten. Rufus wollte die Substanz einzig für sich allein. Was Travis aber schmunzeln ließ war die Tatsache, dass Brock ein Glas Champagner nach dem anderen trank. *»Mach nur, mach nur weiter«*, dachte er, *»du wirst es bitter bereuen.«*

Der Abend wollte nicht vergehen. Rufus sprach ohne Punkt und Komma und alle hörten gebannt zu, wie er von den Anschlägen der vergangenen Tage erzählte. Sämtliche Forscher und Wissenschaftler, die sich dem Phänomen Purus oder X23y genähert hatten, hatte er töten lassen. Sie, und nur sie allein, waren die Auserwählten und niemand anderer durfte jemals an diese wunderbare Substanz gelangen. Er selbst sah sich als Redner und Führer von ganz Paragon bei politischen Entscheidungen. Auch hatte er nun schon überall auf der Welt charismatische Persönlichkeiten unter das Volk gebracht, die seine »Richtung der Änderungen« propagierten. Um den Circle, so sprach Rufus unbeirrt weiter, mache er sich jetzt keine Sorgen. Die Warriors seien zu wenige, als dass sie ihn jetzt noch aufhalten könnten. Auf dem gesamten Erdball hätten sich bereits Groups zusammengetan. Sie alle trugen das Zeichen von Paragon und sie waren die »Reine Armee«.

Umso länger der Abend andauerte, desto mehr schien sich Rufus' Zustand zu verschlechtern. Travis hörte das holprige und schnelle Reden. Brock griff sich immer wieder auf die Brust. *»Ja,*

Rufus«, dachte Spedding. »*Das nennt sich Herzrasen. Verdammt er ist bereits in Phase Drei*«, dachte er beklommen.

Rufus fühlte sich zunehmend schlechter. »*Dieser verdammte Durst*«, sagte er mehr zu sich selbst als zu seinen Dienern. Noch immer trank er Champagner, als gäbe es kein Morgen. Sein Herz schlug ihm wild gegen die Brust. Er musste gehen, sofort. Er ahnte, dass *es* jetzt beginnen würde. Die Ratten und Mäuse ... Diese verfluchten Viecher. Warum hatte er sich das angesehen? Er wusste, was ihn zu erwarten hatte. Rufus entschied abrupt, den Abend für sich zu beenden und sprang so heftig von seinem Stuhl auf, dass dieser umkippte. Er wankte, ob vom Alkohol oder von der Metamorphose, wusste er selbst nicht.

»Verzeiht, meine ehrenwerten Regenten.« Wieder fasste er sich an die Brust. »Ich würde gern die nächsten Tage noch die Endschlacht planen, daher werde ich mich für heute verabschieden. Ich werde für ein paar Tage nicht anwesend sein. Macht es euch gemütlich und freut euch auf die Unsterblichkeit.« Heftig wischte er sich den Blutschweiß von der Stirn. »Macht euch bereit! Meine Diener werden euch in einer Stunde abholen und euer Leben wird sich von Grund auf ändern. Purus!« Mit einer ausladenden Geste seiner Hände verlieh Rufus der bevorstehenden Aktion etwas Besonderes. Er sah sich als Erlöser. Als der neue Gott, auf den die Menschen seit Jahrhunderten schon gewartet hatten.

Heftiges Gemurmel brach aus, doch Brock schien das nicht mehr zu hören. Im Laufschritt verließ er den Raum.

»Gut!«, sagte Travis. »Warten wir mal ab.« Und dachte daran, wie wenig Rufus über Purus wusste. Unsterblichkeit? Mit Purus war man weder unsterblich noch vor Schmerzen gefeit. Es war eine lebensverlängernde Maßnahme und das machte die Regenten für einen kurzen Zeitraum unangreifbar, mehr nicht. Er stand auf und holte sich ein Glas Wasser. Er musste sich bewegen. »Wir warten!«, wiederholte er und seufzte.

Das Gemurmel baute sich zu einer Unterhaltung auf. Zuerst waren alle vom Gedanken beflügelt gewesen, praktisch unangreifbar zu werden, doch allmählich kamen auch bei den anderen Zweifel auf. Nicht an Rufus Brock. Niemals an Rufus, sondern vielmehr, was wenn der Wirkstoff bei den künftigen Regenten nicht wirken sollte. Travis beobachtete sie genau. Sie alle waren geblendet worden, hintergangen von einem machtgierigen und äußerst gefährlichen Mann. Spedding und die anderen waren Marionetten in einem grausamen Spiel geworden. Doch für diese Einsicht war es jetzt längst zu spät.

»Was ist mir dir?«, fragte Li. »Der geheimnisvolle Travis Spedding scheint angeschlagen.«

»Na komm schon, Travis, erzähl uns einmal etwas von dir. Du bist so geheimnisvoll, wir wissen nichts vor dir. Du weißt alles über uns, berichte mal etwas über dich, deine Geschichte, warum du hier bist«, forderte ihn Hasani auf.

Travis dachte angestrengt nach. »Ich war am falschen Ort zum falschen Zeitpunkt.«

Die Hyäne zog die Augenbrauen misstrauisch hoch. »Und?«, fragte sie gelangweilt.

»Ich wollte auf einen Markt einkaufen gehen und der wurde brutal von Extremisten überfallen. Ich spürte es sofort. Sie brauchten Opfer, um Aufmerksamkeit zu bekommen. Und schossen sie einfach auf die Menschenmenge los. Es gab unzählige Tote. Am meisten aber Frauen und Kinder.« Travis schluckte, es fiel ihm schwer, darüber zu reden. »Am Ende stiegen sie einfach über die Leichen hinweg und hissten eine Fahne. Alle brüllten und hoben ihre Maschinenpistolen hoch. Sie freuten sich. Sie sahen die Toten als ihren Sieg.«

»Wo ereignete sich das alles?«, wollte Li wissen.

»Das ist unwichtig«, antwortete Travis beinahe flüsternd. »Fakt ist, dass Menschen getötet wurden, die Attentäter stolz auf ihr Blutbad im Namen Gottes waren und sich damit Gehör verschafft haben.« Er zögerte. »Ich bin der Meinung und das sage ich meinen Groups immer, um die Apokalypse aufhalten zu können, brauchen wir eine neue Ordnung der Welt. Ich will, dass die Menschen aufhören, sich zu bekriegen. Wenn alle gleichgestellt sind, geführt werden von einer Regierung, so denke ich, kann man Terror, Krieg und Verzweiflung auf Dauer vermeiden. Die Aufhebung aller Nationalitäten und Religionen ist ein wichtiger Schritt, um Frieden zu erlangen. Veränderungen bringen immer Verlierer, aber nur so können wir weiterkommen und am Ende wird es mehr Gewinner, als Verlierer geben.« »*Wenn alles so läuft, wie ich es mir vorgestellt hätte*«, fügte Spedding in Gedanken hinzu. »Das Übel ist die Unterscheidung, war es schon immer.«

»Faschist!«, zischte die Hyäne.

Abrupt sprang Travis auf. »Nenne mich niemals einen Faschisten. Ich will eine gerechte Welt und keine Diktatur. Du prangerst wie ich die Vielfalt an und dass Vielfalt zu Krieg führt.«

Die Hyäne holte tief Luft. »Reg dich ab. Meine Güte. Ja tu ich. Stimmt schon. Aber bei dir hört es sich an, als wolltest du eine autoritäre Führung. Das will niemand von uns. Wir wollen eine stabile Welt, gleichberechtigt, allen soll es gut gehen.«

»Ohne eine autoritäre Führung wird es uns nicht gelingen«, meinte Hasani.

»Aber dieser Weg ist falsch«, sagte Travis. »Wir müssen die Menschen überzeugen und nicht zwingen. Denn sonst sind wir wieder beim antidemokratischen System und dann …« Er musterte die Hyäne argwöhnisch. »Sind wir Faschisten.«

»Ah Travis … Du willst uns jetzt nicht auf die gleiche Stufe wie deinen Hitler stellen, von dem du uns so oft erzählt hast. Wir wollen keine Rassentrennung«, hakte Li ein. »Wir wollen keine Nationalitäten mehr und alle Religionen aufheben und eine Weltregierung.«

»Er war und wird …«, flüsterte Travis, »niemals *mein* Hitler sein.«

»Wieso siehst du alles so schwarz?«, meinte Hasani und die anderen gaben ihm recht.

Travis lehnte sich zurück und dachte: »*Weil Brock uns hintergangen hat und ich ihm nicht mehr traue*«, sagte aber: »Ich sehe nichts schwarz. Ich will nur, dass die Menschen in Frieden leben können.« Er seufzte.

»Und dein Sohn starb bei diesem Anschlag?«, fragte Ashraf zögernd und wollte damit das Thema wieder in eine andere Richtung lenken.

»Er …« Weiter kam Travis nicht mehr. Mit einem lauten Knall ging die Tür auf und drei von Brocks Untertanen kamen herbei.

»Wir haben Anweisung«, begann der Größte unter den dreien, »euch alle in die Räumlichkeiten für die wissenschaftlichen Untersuchungen zu bringen.«

»Das klingt, als wären wir Versuchsobjekte einer Studie.« Die Hyäne kicherte, stand auf und ging auf die Männer zu. Die anderen taten es ihr gleich. In Travis' Kopf dröhnte es. Es war keine Angst, auch keine Spannung, sondern geschuldet den vielmehr längst vergrabenen Erinnerungen. War zuvor noch hektisch und aufgekratzt durcheinander diskutiert und erzählt worden, so waren die künftigen Regenten jetzt erstaunlich still geworden. Es schien, als ob sich jeder für sich nun vorbereiten wollte auf das, was kommen würde. Einzig Travis, der sich langsam wieder im Griff hatte, entkam ein leises Lachen. Rufus hatte keine Ahnung über Purus und Spedding war sich mittlerweile sicher, keiner würde eben diese Substanz erhalten. Einerseits freute er sich über diese Tatsache, andererseits ärgerte er sich über Brock. Rufus Brock hatte alle belogen, alle hinters Licht geführt, jedem Einzelnen ein Versprechen gegeben, das er nicht halten würde, und alle folgten ihm. Wie bei einem Rattenfänger.

»*Wie konnten sich alle so blenden lassen*«, dachte Travis. Er nahm sich davon nicht aus. Es waren quälende Gedanken, mit denen sich Spedding nun herumschlagen musste. So leicht war es gewesen. Für Brocks Plan waren sie die richtigen Menschen zum richtigen Zeitpunkt gewesen.

Rufus hatte sich mit letzter Kraft in sein Schlafzimmer gekämpft. Dort lag eine willige Tara und erwartete ihn bereits in seinem Bett. Sie erschrak zutiefst, als sie Rufus erblickte. Blutunterlaufene Augen, schweißgebadet, taumelnd und hölzern. Als sich Brock heftig übergab, sprang sie alarmiert aus dem Bett. Sie wusste, jetzt war es so weit. Die Metamorphose war in vollem Gange. Bewegungslos lag Rufus am Boden. Der Atem ging schnell und sein Körper bebte. Zitternd starrten sie gelbe Augen an. Er wollte sprechen, konnte aber nicht, ein heftiger Schmerz durchschoss abermals seinen Leib.

»Ich hole Hilfe«, sagte sie schnell und griff nach ihrem Handy. Sie tippte und scrollte. Aber Tara suchte keinen Namen, sondern filmte Rufus' Kampf, um das Video sofort an Kayleigh zu schicken. Erst dann rief sie mit schlotternden Knien nach einem Arzt. Dr. Jutchenkow eilte sofort herbei und ließ Rufus auf die isolierte Krankenstation bringen. Keiner der künftigen Regenten durfte Brock derartig krank und schwach sehen.

»Dr. Jutchenkow!« Tara hielt den Arzt an seinem blütenweißen Mantel fest. »Was geschieht jetzt?« Obwohl sie wusste, was nun folgen würde, fragte sie nach.

»Die Substanz wirkt.« Er sah auf Rufus herab, der seine erste Schmerzinfusion erhalten hatte, dessen Körper sich aber nicht beruhigen wollte. Taras Wissensstand war der, dass kein Analgetikum der Welt die Schmerzen lindern konnte.

»Was haben Sie ihm da gegeben?«, fragte sie unschuldig.

»Ein Schmerzmittel, doch es scheint nicht zu wirken.«

»Wird er sterben?«

»Nein.«

Der Arzt befühlte Rufus' Stirn. »Er hat hohes Fieber.«

Tara seufzte.

»Es wird ein paar Tage dauern, bis er wieder der Alte ist. Wir müssen abwarten.«

»Und bis dahin?«

»Und bis dahin«, antwortete der Mediziner, »kümmere ich mich um die anderen Regenten, die bereits auf mich warten.«

»Es ist heute so weit?«, erkundigte sich Tara.

»Ja!«, nickte der Doktor. »Wir sind absolut im Zeitplan.« Er lächelte und Tara erschauderte. Sie blickte auf Rufus. *»Ich muss ihn jetzt töten«*, dachte sie, *»sonst ist es zu spät. Die Metamorphose ist noch nicht abgeschlossen.«* Doch Brock war umringt von schwerbewaffneten Soldaten. Ärzte schirmten ihn ab. Sie tastete nach ihrem Ring. Wieder und wieder bäumte sich sein Körper auf. Sie musste vorsichtig sein. Suchend sah sie sich um. Auf der Kommode neben der Nachttischlampe stand ein Glas Wasser. Ihr Herz hämmerte, als sie es langsam zu sich nahm und geschickt umfallen ließ.

»Ach herrje«, brüskierte sie sich über ihre vermeintliche Tollpatschigkeit. Ein hochgewachsener Krieger blickte aufmerksam zu ihr. »Wie dumm von mir. Ich hole ein frisches Glas Wasser«, beeilte sie sich zu sagen und lief ins Badezimmer. Dort griff sie nach dem rund eingefassten Stein und entfernte ihn. Etwas Flüssiges glitzerte in der kleinen Vertiefung. Schnell tröpfelte sie das Gift in das frische Glas Wasser. Behutsam stellte sie die Flüssigkeit an Brocks Seite, als plötzlich ihr Handy vibrierte. Kayleigh! Ein furchtbares Angstgefühl ließ sie erstarren, als sie las. »Tara! Es ist zu spät. Verlasse sofort Brock. Verschwinde aus seinem Penthouse und verschwinde aus der Stadt.« Sie schluckte.

»Ich werde euch jetzt allein lassen«, seufzte sie gekünstelt, ging zu Brock und streichelte ihm sanft über die Stirn. »Ruh dich aus, mein Herz«, säuselte sie, richtete sich auf und verließ den Raum.

3. TEIL

Götterdämmerung

SCHOTTLAND, ISLE OF SKYE, CIRCLE STAMMHAUS, AUGUST 2021

Am dritten Tag ihrer Ausbildung war der Warrior von der völlig überdrehten Stevenson sichtlich genervt. Viel zu mutig sprang sie über Hindernisse, überwand unkontrolliert Barrikaden und freute sich ungemein, wenn sie sich verstecken konnte. Beide befanden sich am Übungsgelände des Circle in einer nachgebauten zerstörten Kriegsstadt. Die Straßen waren demoliert, Brücken waren eingestürzt und Häuser mit Einschüssen durchlöchert. Es zeigte sich das Bild einer durch heftige Kämpfe in Trümmern liegenden Umgebung. In einem ausgebrannten Hochhaus befand sich ein Bunker und in diesem hatte sich Siedah versteckt und lachte höhnisch auf, als Julian sie fand. Wieder war es ihr gelungen, den Warrior auszutricksen. Doch an diesem Tag hatte er die Nase gestrichen voll.

»Es reicht«, knurrte er und zerrte sie unsanft hoch. »Das ist kein Spiel, Siedah.«

Mit großen Schritten schleifte er seinen Zögling grob hinter sich her und blieb vor einem Brunnenschacht stehen. Unsicher sah Siedah in die tiefe, fast bedrohliche, Dunkelheit der Grube hinab und zog fragend die Schultern hoch. Allmählich überkam sie Nervosität, denn der Warrior kam langsam auf sie zu und brachte sie damit in Gefahr, in den Brunnen zu stürzen. Er blieb stehen und starrte sie an. Ein eiskalter Schauder lief über ihren Rücken. Sie hielt den Atem an und bewegte sich keinen Millimeter. Ein kleiner Schritt noch und sie würde in die Tiefe fallen. Ihr Herz hämmerte so wild, dass sie glaubte, sie würde jeden Moment in

Ohnmacht fallen. Unsicher fuhr sich Siedah durch die Haare und fragte sich, ob er sie angreifen würde. Ob dies jetzt ein Test war? »*Will er mich töten? Aber das kann er nicht*«, machte sie sich selbst Mut. »*Ich bin viel zu wichtig für den Circle. Wenn er mich in die Tiefe schmeißen würde, was wäre dann?*« Würde sie Schmerzen haben? Wie würde es sein, wenn sie am Ende des Schachts aufprallen würde und sie zuhören müsste, wie ihr Genick brach? Bewegungslos in der Grube, aber mit Sicherheit nicht tot. Was für elende Gedanken. Plötzlich kam Julian mit rasender Geschwindigkeit auf sie zu und stieß Siedah mit einem heftigen Ruck nach hinten. Sie rutschte ab und begann zu fallen. Ein Schrei entwich aus ihrer Kehle. Doch der Warrior griff in Windeseile nach ihrer Hand und ließ sie nicht los. Ihre Füße baumelten in der Luft. Adrenalin schoss durch ihre Adern, als sie Julian sagen hörte: »Was meinst du, wird passieren, wenn ich dich fallen lasse?« Er neigte den Kopf zur Seite. »Blöd, wenn man nicht weiß, wie man richtig fällt, ohne sich weh zu tun!« Er lächelte. »Wir Puristen können das, weil wir auf solche Situationen trainiert worden sind«. Siedah schloss die Augen und krächzte: »Bitte Julian, lass mich nicht fallen und zieh mich hoch.« Sie hasste ihre verzweifelte Stimme. »Bitte!«

Kopfschüttelnd lächelte Koshien und zog sie langsam hoch. Endlich wieder festen Boden unter den Füßen, begann sie zu zittern. Julian zog seine Jacke aus und sie spürte seinen Blick, der jetzt wieder milder geworden war. Dankend nahm sie die wärmende Bekleidung an.

»Weißt du, Siedah, die Substanz macht dich nicht unverwundbar, aber sie gibt dir und deinem Körper übernatürliche Fähigkeiten. Kräfte für eine schnellere und bessere Heilung nach einer Verletzung und sie gibt dir die Gabe, auf dich und andere besser aufpassen zu können. Du bist schneller, wendiger, benötigst weniger Schlaf, siehst und hörst besser. Aber du musst lernen, wie man damit umgeht. Und deshalb sind wir hier.«

»Diese Lektion war nicht lustig«, folgerte Siedah beim Heimweg. Julian hatte recht, sie war noch ein Puristen-Baby, so wie ihr kleines Kätzchen Finny, das lernen musste, wie man auf einen hohen Kasten springen konnte. Wie schon einmal hörte sie das Geheul eines Wolfes.

»Ah … Das sind Gabrielles Wölfe«, erklärte Julian. »Erschrecke nicht, sollte das Rudel mal vor dir stehen. Sie laufen hier frei herum.«

Julian war außer Atem, als er den Meeting-Raum erreichte. Wegen einer Internetrecherche über Travis Spedding, die einmal mehr nichts über den Mann preisgegeben hatte, verspätete er sich.

»Was haben wir?«, fragte Nat durch die Runde. Die Besprechung war soeben eröffnet worden.

»Wir wissen noch immer nichts über Spedding«, dachte Julian, sagte aber nichts. Der Mann war noch immer ein Gespenst. Das Einzige, das Julian hatte, war ein winziger, unscharfer Schnappschuss. Aufgenommen durch Jacob, der geistesgegenwärtig bei einer Verfolgungsjagd letztes Jahr nach seinem Handy gegriffen und ein Foto geschossen hatte. Doch selbst eine hochtechnische Bearbeitung erbrachte kein scharfes Bild. Er seufzte und blickte erschrocken auf, als er Lucas' grimmige Stimme vernahm.

»Die Welt geht unter, das haben wir«, meinte dieser und spielte mit einem Kugelschreiber, was alle verrückt machte.

»Hör auf damit!« Gereizt nahm Erin ihm den Stift weg.

»Seid ihr blind?«, schnaubte er. »Es hat den Anschein, als stünde die Welt bereits in Flammen und ihr wollt es nicht sehen!« Lucas sprach sich in Rage. »Anschläge mit unzähligen Toten und überall prangt bereits das gelbe P auf schwarzem Untergrund, an Mauern oder U-Bahnen, selbst Flaggen werden gehisst.« Er zögerte. »Und diese monströsen Massenveranstaltungen.« Er schüttelte den Kopf, griff nach der aktuellen Tageszeitung und hob sie hoch. »Öffentlich werden Politiker angeprangert und aufgerufen …« Er hielt inne und suchte nach einem Absatz. »Eine schnelle Lösung aller zwischenmenschlichen und staatlichen Probleme zu finden«, zitierte er und schmetterte die Zeitung auf den Tisch. »Das ist Wahnsinn!«

»Stimmt«, gab Gabriella ihm recht. »Es haben sich wirklich rasend schnell Radikale zusammengefunden, die sich regelrecht zu Kultfiguren emporgebrüllt haben.«

Lucas griff noch einmal nach der Zeitung. »Hier wird geschrieben: ›Sie fühlen sich als Aufklärer über die tatsächlichen Zustände.‹ Und damit ziehen sie im Moment Menschenmassen in ihren Bann.«

»Ja, ich weiß«, bestätigte Nat müde. »Deshalb müssen wir noch schneller arbeiten, um das alles stoppen zu können.«

Aufgebracht sprang Lucas von seinem Stuhl. »Nat! Es ist zu spät!« Nervös fuhr er sich durch seinen zerzausten Schopf. Julians Blick streifte seinen Freund angespannt.

»Beruhige dich«, versuchte er zu intervenieren. »Das bringt nichts. Wir müssen einen klaren Kopf bewahren.«

Siedah und die anderen betrachteten die Szenerie verstört. Ein Warrior in Rage war gefährlich und angreifbar. Das wussten alle.

Nat hob seinen Blick und faltete die Hände. »Lucas, setz dich.«

Als Lucas keine Anstalten machte, der Aufforderung nachzukommen, erhob sich Julian, packte seinen Freund an den Schultern und drückte ihn unsanft nieder.

»Lucas«, flüsterte Nat gefährlich. »Es ist nie zu spät, zu versuchen, Menschenleben zu retten. Das müsstest du als Mitglied des Circle genau wissen.«

Alle schwiegen für einen Moment. Siedah, die neben Erin saß, fühlte sich hundeelend. Nach ihrem ersten Training mit Julian musste sie sich eingestehen, dass sie die ihr vorgegebenen Übungen noch lange nicht meistern würde können. Sie war zu schnell, sprang zu hoch, wurde schnell unruhig und konnte sich schlecht konzentrieren.

»Noch einmal«, sagte Nat. »Was haben wir?« Er holte tief Luft, griff nach seinen Unterlagen und forderte Sam auf, die wir immer neben ihm saß, zu berichten, was sie über Ezilion herausgefunden hatten.

Sam, Elias, Gabrielle und Ethan fassten nach ihren Tablets.

»In Nagazirs Unterlagen«, begann Sam, »konnten wir natürlich keine Formel finden. Wir nahmen uns X23y noch einmal vor. Zerlegten die Substanz, bauten sie neu. Den chemischen Unterschied zwischen Purus und X23y haben wir herausgefunden.«

»Und?«, fragte Jacob gespannt.

»Ja genau«, sagte Siedah und richtete sich auf. Unruhig zupfte sie an ihrer Unterlippe.

»Tja«, fuhr Ethan fort, »X23y ist die logische Weiterentwicklung von Purus.«

»Das heißt?«, fragte Nat.

Siedah war speiübel geworden. In ihrem Kopf dröhnte es. Ein heftiges Pochen an den Schläfen ließ ihre Augen trüb werden. Schnell rieb sie daran und versuchte, wieder einen klaren Blick zu bekommen. Erin beugte sich zu ihr.

»Nicht aufregen, Siedah«, flüsterte sie. »Das kann dich für kurze Zeit blind machen, wenn du nicht weißt, wie man damit umgeht.«

»Wieder so ein Ding, das ich so am Rande erfahre. Wie alles über Purus.«

»Mit der Gabe von X23y bist du nicht nur zeugungsfähig«, erklärte Gabriella, »sondern du bist in der Tat …« Sie suchte nach Worten. »Praktisch anders!«

»Wie anders?«, fragte Julian.

Galle stieg Siedah in den Mund und Erin griff nach ihrem Ellbogen. »Bleib ruhig.«

»X23y«, übernahm Elias das Wort, »ist nicht wie Purus. Ab der zehnten Gabe ist Purus wirkungslos. Bei X23y ist das nicht so.«

Das Surren eines Laptops, der hochgefahren wurde, drang durch den Raum. Sonst war nichts zu hören.

»Was soll das heißen?«, wollte Siedah wissen.

»Um Verletzungen oder Krankheiten zu heilen, brauchst du keine weitere Gabe von X23y«, erklärte Sam. »Der Körper heilt von allein.«

»Aber …« Erschrocken fuhr sie hoch. »Dann wäre ich unsterblich.«

»Nein!«, führte Ethan weiter aus. »Die Versuche mit den Ratten haben gezeigt, dass nach einer gewissen Zeit die Substanz offensichtlich verbraucht ist und du alterst und stirbst.«

»Ähnlich wie bei uns?«, hinterfragte Julian.

»Ja, richtig«, bestätigte Sam. »Nur dass wir immer wieder Purus benötigen und Siedah sich durch X23y selbst heilen kann.«

»Aber bei allen ist irgendwann mal Schluss?«, forschte Nat nach.

»Korrekt«, antwortete Elias. »Und X23y macht den Probanden nicht zeugungsunfähig.«

»Die logische Weiterentwicklung von Purus«, wiederholte Ethan die Worte von Sam.

»Aber was ist Ezilion?«, wollte Jacob, der am anderen Ende des Tisches saß, wissen.

»Ja, gute Frage.« Sam runzelte die Stirn. »Nichts, was wir im Labor versucht oder entwickelt haben, zerstört X23y oder Purus. Wir …« Für einen kurzen Moment schwieg sie. »Wissen es einfach … nicht.«

»Und was ist mit dem Auftraggeber?«, wollte Valentin wissen, der neben Jacob saß. »Zweyg Pharmaceutical? Das war der Auftraggeber, oder?«

»Ein Pharmariese«, erklärte Ethan. »Ziemlich verzweigt. Gibt es weltweit und forscht weltweit. Wir fanden nichts Ungewöhnliches. Gaben eine Studie in Auftrag, um ein Heilmittel für MS zu finden oder zu erforschen. Diese Krankheit ist nach wie vor nicht heilbar. Durch Nagazir kam es eben zu X23y. Das einzig Interessante dabei ist, dass Zweyg Pharmaceutical die Studie nach dem Tod von Nagazir sofort eingestellt hat. Aber das mag nichts heißen, da X23y bei keinem anderen Probanden eine Wirkung gezeigt hat.«

»Studien kosten ein Vermögen«, hakte Siedah nach. »Einfach so eingestellt?« Sie schüttelte den Kopf. »Erscheint mir unglaubwürdig.«

»Da hat Siedah nicht unrecht«, stimmte Erin ihrer Sitznachbarin zu.

»Wie gesagt«, setzte Ethan dem nach, »wir fanden es seltsam. Könnte alles und nichts bedeuten.«

»Aber wenn die Studie sofort eingestellt worden ist«, hob Siedah an, »dann frage ich mich, wer sie abgebrochen hat und warum? Was passierte mit den Auswertungen von X23y? Auch wenn sie gestohlen worden sind, so gibt es sicher noch Menschen oder Angestellte, die davon wussten. Besser gesagt, von mir wussten.«

»Die Angestellten«, erklärte Ethan, »wurden alle sofort gekündigt und mit großen Summen zum Stillschweigen gebracht. Wir haben bei ein paar Mitarbeitern nachgehakt, aber auf die Frage, ob sich jemand an Siedah Stevenson erinnerte, verneinten alle.«

Siedah hatte es gehört, konnte es aber nicht verstehen. »Wie? Niemand kann sich an mich erinnern? Und die Probanden?«

»Auch nicht«, sagte Sam. »Sie erhielten ihr Geld zurück.«

»Mehr noch«, erklärte Ethan. »Sie erhielten eine sehr, sehr große Summe, mehr oder weniger, um ihre Unkosten und die Unannehmlichkeiten damit abzudecken. Vermutlich mussten sie einen Vertrag unterschreiben, dass sämtliche Spätfolgen mit dieser Summe abgedeckt sind.«

»Das ist …« Lucas dachte nach. »Seltsam.«

»Ja.« Sam sortierte ihre Unterlagen. »Und Siedah hat laut den Unterlagen nie daran teilgenommen.«

Julian räusperte sich. »Sie haben beseitigt, was sie beseitigen haben können und sich das Schweigen aller Menschen, die davon gewusst haben, erkauft.«

»Ja.« Nat stützte sein Kinn in die rechte Hand und überlegte. »Bleibt da in jeden Fall dran. Vielleicht finden wir jemanden, der sein Schweigen bricht. Offenbar war jemand sehr bemüht, Spuren zu verwischen.« Er blickte auf die Uhr. »Es ist bereits sehr spät, wir treffen uns morgen um die Mittagszeit wieder.« Damit war diese Sitzung vorerst beendet.

ULAANBAATAR, SUKHBAATAR PLATZ, PEACE AVENUE, AUGUST 2021

Je länger Travis über alles nachgedacht hatte, umso mehr musste er über sich selbst lachen. Wie einfältig war er gewesen. Wie dumm. Und wie einfach konnte Rufus Brock alle in seinen Bann ziehen. In einen Bann, der absolut nichts mit dem zu tun hatte, was er seinen künftigen Regenten versprochen hatte.

Nachdem sie sich in den Räumlichkeiten von Dr. Jutchenkow eingefunden hatten, war dieser schon gekommen. In Reih und Glied waren sie vorbereitet worden und hatten eine … lächerliche Spritze erhalten. Travis konnte nicht anders. Er hatte laut auflachen müssen und alle hatten ihn entsetzt angestarrt. Jetzt, wo er in seinem Zimmer saß und über alles nachgedacht hatte, kam ihm noch ein zweiter Verdacht. Eine böse Vermutung. Wie weit würde Rufus noch gehen? Brock hatte alle hintergangen. Er war ein Betrüger und Lügner. Und plötzlich fiel es ihm wie Schuppen von den Augen. Gemeinsam mit seinen Regenten würde Brock Paragon aufbauen und wenn die Arbeit getan war, würde er sie alle töten lassen. Kein Purus, keine Weltregierung – Rufus wollte die ganze Welt für sich allein. Schockiert ließ er sich in sein Bett fallen und starrte an die Decke. Er rieb sich die Augen, als könne er sich die Wahrheit einfach wegwischen. »*Was habe ich gewollt?*«, fragte sich Travis. »*Nie wieder Krieg, Leid und Rassentrennung. Keine Religionskriege und politische Machtkämpfe. Ich wollte mit der reinen Armee Frieden und Ruhe schaffen.*« Auch wenn er wusste, dass dieser Weg lange und steinig sein würde, am Ende bliebe der Frieden, mit einer Weltregierung. Von Anfang an war klar gewesen, dass die Menschen eine Weltregierung nicht einfach hinnehmen würden. Man musste sie mit klaren, guten Argumenten dazu bewegen, denn über kurz oder lang war es die einzige Möglichkeit, um endlich in Frieden leben zu können. Hier hatte er seine Arbeit gesehen, die Menschen von Paragon und der Weltregierung überzeugen zu können. Mochte sein, dass er selbst das möglicherweise nicht mehr erleben würde und es mochte hunderte Jahre dauern, aber mit viel Anstrengung war es möglich.

Er hatte den Circle gejagt, um für seine Groups an die Phiolen der Warriors zu kommen, damit sie schneller wieder für das Richtige kämpfen konnten. Er hatte Nagazir gefunden und er wollte Siedah Stevenson für sich gewinnen. Mit ihrer Hilfe wollte er Menschen erschaffen, die für das einzig Richtige erkoren worden waren. Für eine Weltregierung. Für Paragon. Eine Welt ohne Unterscheidung von Nationalitäten und Religion mit einer Regierung für alle. Und nun? Brock würde den Menschen Paragon aufzwingen, sie autokratisch und straff führen wollen. Nein, so etwas wollte Travis Spedding niemals wieder erleben.

Julian und Siedah. Noch immer sah er zur Decke hoch und im Geiste tanzte die Szene, in der Julian mit der jungen Frau den Helikopter erreicht hatte. Was für ein Paar. Seufzend erhob er sich. Er glättete sein Hemd, sah in den Spiegel und kam näher heran. Langsam schüttelte Travis den Kopf und stellte seinem Spiegelbild eine Frage: »Warum hast du mich nicht sterben lassen? Warum?« Antwort bekam er keine, vielmehr kam eine neue Frage auf, die ihn seit Tagen quälte. »Was um alles in der Welt ist mit Siedahs Eltern passiert?«, murmelte er. »Wer hat den Mord beauftragt?« Er war es nicht gewesen. Er schloss die Augen und holte tief Luft. In seiner Hosentasche suchte er nach seinem Handy. Er sah auf die Uhr. Es war 20.33 Uhr und es hatte minus 23 Grad. Verdammtes Ulaanbaatar. In Cambridge war es demnach Mittag, 12.33 Uhr und vermutlich deutlich wärmer. Er tippte Kitos Mobilnummer, der sofort abnahm.

»Travis! Frierst du dir den Arsch ab?« Die Laune des sonst missmutigen Group war ungewöhnlich heiter.

Travis lächelte, »Bist du allein?«

»Nein.«

»Ah«, dachte Travis, *»Damenbesuch.«* »Wenn du mit deinem Tête-à-Tête fertig bist, musst du etwas für mich tun.«

Spedding hörte, wie sich Kito aufrichtete. »Klar.« Ein Rascheln und das Geräusch einer Tür, die sich schloss. »Ich bin jetzt allein. Was ist los?«

»Du musst etwas für mich herausfinden.«

»Und das wäre?« Kitos Stimmlage hatte wieder in die übliche ernste Tiefe gewechselt.

»Ich möchte, dass niemand etwas davon erfährt. Nur du und ich. Ist das klar?«

»Natürlich. Was kann ich tun?«

Kito war ein guter Soldat. Gewissenhaft und absolut loyal. Aber Travis hatte sich schon einmal getäuscht. Kilian Brown war eine Niederlage gewesen.

»Finde heraus, wer Keith Logan den Auftrag erteilt hat, Stevensons Eltern töten zu lassen.«

Am anderen Ende der Leitung war es still geworden.

»Ich bin nicht blöd oder dement«, sagte Travis. »Ich war es nämlich nicht.«

Kito räusperte sich. »Okay.«

»Wenn ich es nicht war, wer war es dann?«

»Einen Verdacht?«

»Ja, hab ich.« Sie schwiegen für einen Moment. »Finde heraus, wer den Mord beauftragt hat und sprich mit niemandem darüber. Verstehst du mich?«

»Alles klar, natürlich.«

»Und Kito?«

»Ja?«

»Beeil dich. Ich habe nicht mehr viel Zeit.«

SCHOTTLAND, ISLE OF SKYE, CIRCLE STAMMHAUS, AUGUST 2021

Siedah gelobte, sich angemessen zu benehmen. Wieder befand sie sich mit Julian am Übungsgelände von Schloss Horrorstein. Allmählich konnte sie dieser Bezeichnung von Erin etwas abgewinnen. Die Aufgabenstellung, die ihr der Warrior gegeben hatte, war wie immer die Gleiche: Sie musste durch brennende Häuser laufen, Dächer mit großen Sprüngen überqueren, durch Schlamm robbend die zerstörte Brücke erreichen, unter Maschinenfeuer ein Hochhaus erklettern und durch ein Fenster ein bestimmtes Ziel erreichen.

Dem Spektakel wohnten Lucas und Elias bei. Sie amüsierten sich blendend über ihren tobenden Neuankömmling, wenn ihn Julian in gewohnter Manier tadelte. Schneller, höher oder langsamer, nie war der Warrior zufrieden, der immer an ihrer Seite war und das Ziel stets als Erster erreichte. Ohne Diskussion begannen die beiden wieder von vorne. Sie war schmutzig, zornig und allmählich wurde sie dessen müde. Es war nicht lustig. Das Fass ging über, als er abermals als Erster das Ziel erreichte. Über das ganze Gesicht lachend stand er triumphierend in einer Ecke und winkte ihr mit der begehrenswerten und offenbar für Siedah nicht erreichbaren Fahne zu. Wortlos ging sie an ihn vorbei. Sie kochte vor Wut, aber der Warrior packte sie grob am Arm: »Nicht, dass du davonläufst«, säuselte er ihr ins Ohr. Er schleifte sie abermals zurück an den Start.

»Ich dachte du kommst nicht mehr«, belustigte er sich über Siedah, als sie wieder am Ausgangspunkt waren. »Du musst dich mehr konzentrieren«, provozierte er.

Jetzt wurde es gefährlich. Julian überspannte den Bogen. Anstatt ihm zu antworten, kniff sie die Augen zusammen und sprintete nach vorn. Nach einem winzigen und überraschten Zögern preschte der Warrior ebenso los. Ein fernes Grollen und Schüsse peitschten durch die Luft. Lucas und Elias hatten von Neuem mit dem Abfeuern der Maschinenpistolen begonnen. Siedah konnte nur an eines denken: »*Ich werde dich schlagen.*«

Sie flog förmlich über das Gelände, vorbei an den brennenden Häusern. Der Rauch schmerzte in ihren tränenden Augen, sie lief, als ginge es um ihr Leben. Mit hämmerndem Herzen erklomm sie die Dächer und sprang von Gebäude zu Gebäude. Stets dicht hinter ihr – Julian. Es dämmerte bereits, der Abend brach langsam an. Wie von Sinnen kroch sie durch das stinkende, matschige Gelände und erreichte ächzend die zerstörte Bücke. Sie konnte bereits das Hochhaus sehen. Dort galt es, die Fahne als Erste in den Händen zu halten. Im direkten Kampf mit sich selbst kletterte Siedah geschickt in schwindelerregende Höhen.

Sie rang nach Atem, als sie endlich das Fenster erreicht hatte. »*Nur noch diese Öffnung*«, dachte sie. Julian herauszufordern war ihre Absicht gewesen und diese Handlung diente dazu, ihren Stolz wieder zurückzugewinnen. Als sie die Fahne vor ihm berührte, hörte ihr Herz sekundenlang auf, zu schlagen. Für einen winzigen Moment war sie schneller als der Warrior gewesen. Sie keuchte, als seine Finger die ihren umschlossen. Es war ein Augenblick des Schwebens. Ein Flügelschlag, in dem sie wusste, sie hatte ihn für heute geschlagen. Der Warrior lächelte und klopfte ihr auf die Schulter.

»Bravo«, beklatschte er sie und Siedah konnte es kaum glauben. »Ausgezeichnet.«

Sie nickte langsam. Staunend kam Lucas und beglückwünschte sie ebenfalls. Sehr überschwänglich, als wolle er seinen Freund ein klein wenig ärgern.

Debattierend über die Durchführung des Trainings, verließen die beiden den Ort. Allein stand Siedah mit der Fahne in der Hand in dem teils zerstörten Bauwerk. Plötzlich vernahm sie ein leises Geräusch. Sie erstarrte und ließ das Stück Stoff erschrocken fallen. Langsam und elegant schritt ein Wolf auf sie zu. Wie auf Zehenspitzen. Bernsteinfarbene Augen blickten sie prüfend an. Aus seiner Körpersprache und Mimik meinte sie ablesen zu können, dass es kein Signal auf Angriff gab. Auch kein Knurren konnte sie vernehmen. Die Größe und der mächtige Körper des Tieres waren beeindruckend, aber die Haltung seines Kopfes und die Stellung der Ohren flößten ihr Respekt, aber keine Angst ein.

Regungslos verharrten Mensch und Tier. Gefühlt eine Ewigkeit. Er beobachtete sie. Siedahs Herz schlug ihr bis zum Hals. *»Ob Julian und Lucas bereits bemerkt haben, dass ich nicht nachgekommen bin?«*

Absolute Stille herrschte. Manchmal hörte sie den Wind, der um das Haus seine Linien zog, aber sonst war nichts zu vernehmen. Die Warriors hatten den Ort wieder schlafend gelegt, kein Krachen von Maschinengewehren oder Ähnlichem, während sie noch immer hier stand und nicht wusste, was sie tun sollte. Schreiend und um Hilfe rufen? Sie hatte keine Ahnung. Gabrielle und ihre Wölfe … Noch nie war sie diesem Tier so nahe gewesen. Wunderschön anzusehen. Eine majestätische Erscheinung, um die es so viele Mythen gab und die als Urvater der Hunde galt. Einst weltweit gejagt, bedroht, kam der Wolf wieder zurück. Eben dieser hob jetzt die Nase witternd, aber der Blick war noch immer starr auf Siedah gerichtet.

Das charakteristische Heulen eines weiteren Wolfes war zu hören. Diese Art der Verständigung diente einer sozialen Funktion, wie sie wusste. Ihr Gegenüber wurde gerufen. Doch er bewegte sich nicht, sondern lauschte den Gesängen seines Rudels. Immer mehr Tiere beteiligten sich an der durchdringenden Melodie. Aus der Dämmerung war mittlerweile früher Abend geworden. Nebel zog auf und das feuchtkalte Wetter ließ sie allmählich frösteln. Endlich bewegte sich das Tier. Es kreiste um Siedah, blieb stehen und verharrte abermals.

Der Wolf ließ die Frau keine Sekunden aus den Augen, nur sein Kopf bewegte sich langsam Richtung Fenster. Als wolle er ihr sagen *»Lass uns gehen«*. Mit vorsichtigen Schritten ging sie auf die Öffnung zu, durch die sie davor gekrochen war, um den Warrior endlich zu schlagen. Hinter ihr hörte sie das leise Atmen des Tieres, das sie verfolgte. Als Siedah endlich wieder unter freiem Himmel stand, erschauderte sie. Gezählte elf Wölfe hatten die Frau mit ihrem Anführer erwartet und die magischen zwölf Tiefe führten sie zurück ins Stammhaus. Als sie dort ankamen, stand nur Julian da und betrachtete sie fasziniert. Er lächelte, kam auf sie zu und reichte ihr eine Jacke. Sie zitterte am ganzen Körper. Vor Kälte, vor Anspannung oder vor Erregung – sie wusste es nicht. Sie drehte sich um und beobachtete Anubis und seine Wölfe, die leichtfüßig in die Dunkelheit trabten.

SCHOTTLAND, ISLE OF SKYE, CIRCLE STAMMHAUS, AUGUST 2021

Zu Mittag hatten sich alle wieder zu einer Besprechung versammelt.

»Erin und Jacob, was habt ihr über Brock herausgefunden?«, wollte Nat wissen.

Beide nahmen ihre Unterlagen zur Hand und Jacob begann mit seinen Ausführungen.

»Wir fanden heraus, dass Rufus Brocks richtiger Name eigentlich Ruslan Nikolajewitsch Gadjow lautet. Rufus leitet sich von Rus ab, einer legendären Gestalt – der Urvater – aus der slawischen Mythologie. Er soll zu den Gründern der slawischen Nationen gehören. Der Urvater von Russen, Russinen, Ukrainern und Weißrussen. Zeitlebens war Brock ein Nachtmensch. Deshalb wurde er von seinen Freunden früher Badger genannt. Badger leitet sich vom altenglischen Begriff brocc – also »Dachs« – ab. So kam Rufus auf den Namen Brock.« Erin blätterte in ihren Unterlagen. »Sein Großonkel Radola Gadjow, wurde, als vermeintlich politischer Gegner, Opfer der stalinschen Säuberungen. Er war einer der Fünfmillionen, die im Gulag starben.«

Gebannt hörten alle den Ausführungen zu.

Jacob fuhr fort. »Genau genommen führte das alles zu dem, was Brock heute ausmacht. Sein Großvater musste mit Frau und Kindern fliehen, kehrte aber nach Stalins Tod in seine Heimat zurück. Wo er über die Jahre untergetaucht war, konnten wir nicht ausmachen. Aber wir fanden heraus, dass sein Großvater, den Brock verehrte und sehr liebte, immer die Meinung vertreten hatte, dass Frieden nur durch eine Autokratie möglich wäre.«

»Wir vermuten – daher der Gedanke für eine Weltregierung«, erklärte Erin und schüttelte dabei den Kopf.

Jacob kaute an einem Stück Orange. »Meiner Meinung nach nicht ganz, weil theoretisch eine Weltregierung auf einer demokratischen Grundlage aufgebaut ist. Daher von der Autokratie zum Totalitarismus und bis hin zur …« Er hielt kurz inne. »Weltherrschaft.«

Für einen Moment herrschte Stille.

»Weltherrschaft?« Lucas rümpfte die Nase.

»Ja«, fuhr Jacob fort. »Rufus Brock strebt eine Weltherrschaft an.«

Nat griff nach seinen Unterlagen und holte das Protokoll zwischen Fin und seinem Informanten hervor. »Hm … In Fins Protokoll steht, dass eine WhatsApp an seinen Informanten direkt aus Rufus' Penthouse mit diesen Worten geschickt wurde: ›*Rufus Brock will eine neue Welt namens Paragon schaffen. Sein Plan ist es, alle Nationalitäten aufzuheben und die Teile in Regionen aufzugliedern. Von den einzelnen Regionen aus soll die Welt global regiert werden. Ich vermute, dass Brock seine Regenten hinters Licht führt. Brock ist kein Mensch, der teilen wird. Auch denke ich, dass die sogenannten Regenten kein Purus, sondern etwas anderes erhalten haben. Brock selbst befindet sich in der letzten Phase der Metamorphose, doch von den Regenten ist eben von dieser nichts zu erkennen.*‹ Nat überlegte. »Das würde zu eurer Theorie passen.«

»Hm«, erhob Julian das Wort. »Ich denke, die Regenten wissen nichts von ihrem Glück. Sie sind der Meinung, dass sie Purus erhalten haben und damit unangreifbar sind.« Er holte tief Luft. »Und ich denke, sie haben keine Ahnung, was Brock wirklich will. Sie wollen Gerechtigkeit und ein bisschen Rache. Sie fühlen sich gut mit dem Gedanken der Weltregierung. Vielleicht sogar geehrt.«

Nat streckte sich und überkreuzte die Arme am Hinterkopf. Das Licht im Raum flackerte unangenehm. »Ergäbe Sinn«, sagte er. »Wie kommst du auf diese These?«

»Wir haben alle künftigen Regenten unter die Lupe genommen. Und wie gesagt«, erklärte Julian weiter, »alle haben eine Vergangenheit. Ashraf Hassani, ein Koreaner, verlor durch ein Massaker, herbeigeführt von der Regierung, seine gesamte Familie und floh zu seinem Onkel. Weiter zu Li Kepang, ein Präsidentensohn und ebenso Flüchtling durch Krieg, weil sein Vater gestürzt worden war. Die sogenannte Hyäne ist ein interessanter Fall. Ihr Vater, ein US-Soldat, wurde im Krieg getötet, als er ein Kind retten wollte. Wie die anderen zwei traf sie irgendwann auf Rufus.«

»Travis?«, fragte Siedah. »Was habt ihr über Travis herausgefunden?«

Julian runzelte die Stirn. »Nichts«, sagte er. »Rein gar nichts.«

»Spedding scheint es nicht zu geben. Sein Name taucht nirgendwo auf«, erklärte er weiter. »Als wäre er ein Gespenst.«

Wieder flackerte das Licht und kurz war es dunkel geworden. Stromausfall. »Verdammt«, fauchte Nat. »Was soll das?« Er sah zur Decke hoch. Es flackerte abermals und der Strom war wieder da.

Nat sah wieder zu Julian. »Du meinst, dass alle ihre Gründe haben, warum sie sich auf Brock einließen. Aber ich finde es zu wenig. Deshalb schließt man sich nicht einem Mann an, der die Welt aus den Fugen heben möchte.«

»Brock«, griff Gabrielle in das Gespräch ein, »muss ein absolut charismatischer Mann sein. Sie folgen ihm bedingungslos und sind vermutlich wahnsinnig stolz darauf, dass er sie auserwählt hat. Außerdem wissen wir nicht, womit er alle geködert hat.«

»Erinnere dich«, sagte Lucas. »Es gibt Menschen, die mit ein paar Sätzen einen bestimmten Hebel im Kopf eines anderen auslösen können.«

»Hitler!«, flüsterte Siedah und ihr Blick wanderte zu Nat. »*Unglaublich*«, dachte sie. »Er *kannte diesen Mann* persönlich*!*« Alle Blicke waren auf sie gerichtet.

»Genau«, antwortete Lucas. »Ein ganzes Volk folgte seinem Führer, dem es innerhalb kürzester Zeit gelungen war, Parteien, Gewerkschaften und Verbände aufzulösen und zum Boykott gegen Juden aufzurufen. Sie folgten ihm, weil er ihnen Sicherheit und Ordnung versprach.«

»Es folgte das Verbot aller Parteien, außer einer«, murmelte Nat. »Das machte Deutschland zum Einparteienstaat.«

»Brock«, fuhr Lucas fort, »macht genau dasselbe. Wie ich schon sagte, die Welt ist in Aufruhr. Überall wird protestiert. Redner, die ihre Zuhörer geschickt manipulieren.«

Es dauerte einen Moment, ehe sich Julian zu Wort meldete.

»Und das mit Purus!«, sagte er schließlich.

»Aber wie ist ihm das möglich?«, grübelte Siedah. »Die Zeiten heute sind anders als damals. Ein Land umzustrukturieren ist kein Vergleich zu allen Staaten der Welt.«

»Ja«, erklärte Julian weiter, »an das haben wir gedacht. Wie ist das möglich? Entweder er hat finanzkräftige Investoren, die ihm viel Geld für sein Vorhaben geben, was auch bedeuten würde, dass er mit den reichsten Menschen der Erde verkehrt.«

»Und«, fuhr Gabrielle fort, »dadurch perfekt vernetzt ist.«

»Oder er ist selbst unheimlich reich«, forschte Julian.

»Geworden«, hielt Jacob entgegen. »Wir konnten aber leider keine Hinweise dafür finden.«

Nats Blick streifte durch die Runde. »Was ist mit den sogenannten Regenten? Sind sie vermögend, wie gut sind die vernetzt?«

»Die Regenten sind weder reich noch gut vernetzt«, erklärte Erin. »Entweder sie sind Vertriebene oder suchen nach Vergeltung. Aber alle«, sie hob einen Stift hoch, »sind schwer durch Krieg traumatisiert. Alle haben jemanden verloren. Und alle sehen in ihrer derzeitigen Welt … Hm …« Sie dachte kurz nach. »Eine Unordnung.«

»Gut.« Nat räusperte sich. »Brock ist der Drahtzieher und hat entweder unheimlich reiche Freunde, oder ist selbst reich, das wissen wir nicht.«

»Vielleicht hat er geerbt?«, stellte Sam die Frage in den Raum.

»Von wem?« Julian legte seine Stirn in Falten.

»Hm«, brütete Nat. »Entweder er hat einflussreiche Geldgeber, oder er beschafft sich auf illegale Weise das Geld, oder er ist ein glücklicher Erbe. So falsch ist Sams Gedanke nicht.«

»Aber von wem soll er geerbt haben? Seine Verwandtschaft ist nicht vermögend«, bemerkte Jacob.

»Es muss ja keine Erbschaft aus der Verwandtschaft sein«, setzte Gabrielle den Gedanken nach.

»Richtig«, stimmte Elias seiner Schwester zu. »Vielleicht führt er eine Idee aus, die gar nicht seine war. Und dafür wurde er mit einer Erbschaft ausgestattet.«

»Oder er ist ein mächtiger Pate«, meinte Erin. »Ein Deal mit der Mafia?«

Alle dachten nach.

Nat blätterte in seinen Unterlagen. »Hier sind aktuelle Fotos. Aber kein Bild von Travis.«

»Woher hast du die Aufnahmen?« Erstaunt beugte sich Lucas über die scheinbar heftig gemachten Schnappschüsse.

»Der Informant. Fin hat, wie bereits erwähnt, eine Spionin bei Brock eingeschleust.«

»Puh!«, zischte Ethan. »Eine Frau!«

»Wie meinst du das?«, brüskierten sich Erin und Gabrielle beinahe gleichzeitig. »Was soll das heißen?«, hakte Sam nach.

Der Warrior hatte gegen die Frauen verloren und winkte schnell ab. »Alles gut, alles gut«, antwortete er. »Ihr seid einfach die Mutigeren.«

Alle anwesenden Damen stimmten dem nickend zu.

»Das ist es immer und das Los von Agenten«, nahm Nat wieder das Gespräch auf. »Wir haben nichts über Travis Spedding. Das ist sehr bedauerlich. Was habt ihr rausgefunden?« Sein Blick wanderte zu Lucas und Erin, die ihre Recherchen zu präsentieren hatten.

»Es gab in den letzten Monaten in der Tat Anschläge, die eine Gemeinsamkeit aufweisen«, begann Erin. »Begonnen hat es mit dem Anschlag auf die FDA in Maryland. Es erfolgte ein Attentat in Bonn auf vier hochrangige Mitglieder der European Center for Environment and Health. Weiter ging es mit dem Bombenanschlag in Genf auf die WHO. Weiter ging es mit der Ermordung von drei Mitgliedern des Grundlagenforschungsinstitutes ›European Molecular Biology Laboratory‹ in Moskau.«

»Weiter kam der Anschlag auf die University of Utha dazu. Ein LKW raste in das Health Sciences Education Building«, ergänzte Julian.

»Genau!«, meinte Lucas. »Wir denken, dass alle an ähnlichen Substanzen wie Purus oder X23y gearbeitet haben.«

»Haben sich militante Gruppen dafür verantwortlich gezeigt?«, wollte Gabrielle wissen.

Erin und Jacob schüttelten ihre Köpfe. »Nein, nicht wirklich«, sagte Jacob schließlich. »Sie haben unterschiedliche Namen. Einmal unter der Bezeichnung ›Vereinte Kräfte‹, dann wieder ›Kraftfraktion‹ oder ›Yellow Land‹.«

»Yellow Land?«, fragte Elias. »Gelbes Land? Das gelbe P auf schwarzem Hintergrund.«

»Und hier wäre die Verbindung. Paragon!«, zischte Nat. »Gut! Versucht, mehr über Brock herauszufinden. Es muss etwas geben. Und sucht weiter nach Spedding. Auch er muss eine Vergangenheit haben!«

Siedah hob den Zeigefinger hoch. »Ich hätte eine Frage.«

Nat nickte und gab ihr ein Zeichen weiterzusprechen. »Was passiert mit den Ratten«, wollte sie wissen, »die Purus … und X23y erhalten haben?«

»Genau!«, sagte Erin. »Habt ihr das schon versucht?«

Sam war irritiert, aber Nat übernahm die Antwort: »Ja, Sam hat es bereits probiert.«

»Wirklich?«, nun war Ethan irritiert. »Du hast kein Wort gesagt.«

»Weil es nichts zu sagen gab«, teilte Nat den anderen zu schnell und zu aggressiv mit. »Die Ratten starben. Dieser Test führte ins Nichts.«

Sam zuckte mit den Schultern. »Stimmt, deshalb habe ich nichts gesagt. Ich wollte euch nicht unnötig mit Tests und Informationen quälen, die ohnehin nichts bringen oder brachten.«

Abrupt erhob sich Nat. »Findet Travis, Brocks Geldgeber und sucht nach den Anstiftern der Anschläge.«

Damit war das Meeting beendet. Unschlüssig sahen sich alle an. Sam packte ihre Sachen. Gemeinsam mit Nat verließ sie schweigend den Raum. Ethan schüttelte den Kopf und alle anderen erhoben sich. Nur Siedah blieb wie angewurzelt sitzen. Tausend Gedanken rasten durch ihren Kopf. Wer war Rufus Brock, wer war Travis Spedding und was um Himmels Willen hatte es mit diesen Substanzen Ezilion, Purus und X23y auf sich? Die Freude vom Vormittag, Julian, wenn auch nur um Haaresbreite, geschlagen zu haben, verblasste allmählich wieder.

ULAANBAATAR, SUKHBAATAR PLATZ, PEACE AVENUE, AUGUST 2021

Zwei Tage später waren die Regenten wie vom Teufel geritten. Wild und zügellos frönten sie sich im Glauben, ab jetzt so gut wie unsterblich zu sein. Außer sie würden mit Ezilion angegriffen werden.

»Der Circle«, sagte die Hyäne und zog heftig an ihrer Zigarette, »darf niemals von Ezilion erfahren.«

»Richtig«, stimmte ihr Ashraf zu. »Niemals!«

»Darauf trinken wir!« Kepang hob sein Glas Champagner und die anderen taten es ihm gleich. »Auf Paragon! Auf Rufus Brock und auf uns!«

Ashraf hielt abrupt inne. »Wo ist Travis?«, fragte er und runzelte die Stirn.

»Ich bin hier!«, sagte dieser und seufzte, als er das Alkohol-Gelage und die völlig betrunkenen Regenten vor sich erfasst hatte.

»Travis! Trink mit uns!«, grölte die Hyäne.

Langsam kam er näher. Er nahm ebenfalls ein Glas Champagner, hob es und stieß mit den anderen an. Während diese lauthals zu singen begannen, schüttete er den Alkohol in die Topfpflanze und murmelte: »Sie sind so ahnungslos!«

»Wie«, sagte Ashraf und rieb sich die Hände, »meint ihr, geht es weiter?«

Gelächter brach aus. »Wie wird es Rufus anstellen? Schließlich muss er Gespräche mit allen Regierungen aufnehmen.«

»Hm … ja … genau!«, johlte die Hyäne. »Nein, nein, die Regierungen müssen gestürzt werden.«

»Und das auf der ganzen Welt«, ergänzte Li und kratzte sich am Kinn.

Travis setzte sich neben Ashraf. »Er wird es wie Hitler machen«, sprach er seine Vermutung aus. »Einfach in die Länder oder Regionen einmarschieren. Die Menschen und Regierungen werden vollkommen überrumpelt sein. Niemand geht derzeit von einer Gefahr aus. Er wird mit großer Wahrscheinlichkeit im Hintergrund eine Armada an Streitkräften aufgebaut haben. Groups gibt es auf der ganzen Welt, das wisst ihr. Ich habe zum Beispiel Groups in Deutschland in die Regierung eingeschleust. Und in Frankreich. Im Vereinigten Königreich Großbritannien und Nordirland sitzen im Kabinett Mitglieder der Groups.«

»Ja genau«, sagte Ashraf. »Und ich habe Groups in Duschanbe in Tadschikistan beim Premierminister Rasulsoda eingeschleust. Das Gleiche gilt für Bischkek. Auch hier in Kirgisistan habe ich beim Premierminister meine Leute untergebracht.«

Am Ende stellte sich heraus, dass alle künftigen Regenten ihre Groups in aller Herrenländer in Regierungen platziert hatten.

»Ich denke, sie alle warten nun auf Rufus' Befehl«, beendete Travis die Gedanken aller.

»Travis hat recht«, sagte Li. »Groups gibt es überall. Sie sind in Wartestellung.«

Spedding gruselte es. Rufus würde nicht nur Menschen in die Regierungen eingeschleust haben, er würde sie in Konzernen, bei Energieanbietern, ja sogar im Silicon Valley sitzen haben.

»Es wird ihm gelingen«, murmelte Travis und griff nach einem Glas Wasser.

»Yeah!«, raunte die Hyäne. »Auf Paragon!«

»Ja auf Paragon!«, stimmten die anderen zu und hoben erneut ihre Gläser.

»Euch ist klar, dass wir in den Krieg ziehen?«, fragte Travis vorsichtig.

»Klar«, antwortete Li. »Mit anderen Mitteln werden wir es nicht bewerkstelligen können.«

»Mit anderen Mitteln …«, flüsterte Travis.

»Was?«, fragte die Hyäne.

Er schüttelte den Kopf. »Nichts, ich habe nur laut gedacht.« Er seufzte. »Aber wollten wir das? Einfach in den Krieg ziehen? Wollten wir nicht eine demokratisch geführte Weltregierung?« Er zögerte. »Wir wollten mit den Menschen reden, sie von unserer Idee überzeugen.«

»Du wirst jetzt nicht abspringen wollen?«, fragte die Hyäne.

Travis dachte über diese Worte kurz nach. Nein, abspringen nicht, aber zumindest wollte er Schadensbegrenzung betreiben. »Nein, natürlich nicht.«

»Im Grunde«, sagte Hasani, »war es von Anfang an klar, dass es nicht einfach werden würde. Dass es vermutlich sogar Krieg geben würde. Aber«, er zuckte mit den Schultern, »wie schon Machiavelli sagte: ›Eine Veränderung bewirkt stets eine weitere Veränderung.‹«

Hasani kannte Machiavelli, das überraschte Travis.

»Wo ist unser Held? Rufus?«, fragte Ashraf.

»Der stirbt wahrscheinlich gerade«, dachte Spedding, sagte aber nichts.

»Brock arbeitet mit Sicherheit«, meinte Li. »Es gibt so viel zu tun.« Er rieb sich die Hände.

Doch Rufus arbeitete nicht, sondern lag zwei Stockwerke unter ihnen in einem verdunkelten Krankenzimmer. Sein ganzes Leben, das wusste Brock jetzt, würde er sich an diese unsäglichen Schmerzen erinnern. Blind und vollständig gelähmt ans Bett gefesselt, musste er ein jämmerlicher Anblick sein. Tara kam ab und an und sah nach ihm. Täuschte er sich, oder schien sie seine Schmerzen zu genießen? Er verscheuchte den Gedanken und schob ihn auf sein hohes Fieber. *»Dennoch – wer ist diese Frau, welche sich Tara nennt«*, dachte er. Er musste es herausfinden. Wenn alles vorbei war. Das Ziehen, als würde ihm jemand seine Gedärme aus dem Leib reißen. Und dieser Durst, unendlicher

Durst, der niemals gestillt werden konnte. Entsetzlich, grausam, eine Folter. So war diese Veränderung, die er an den grässlichen Viechern, den Ratten, beobachten hatte können. Sie hatten sich wie er durch diese furchtbare Qual gekämpft, um sofort wieder vergiftet zu werden, abermals mit Purus versorgt wurden, sich erholten, und nach dem zehnten Mal hatte er sie töten lassen. Dieses Wissen reichte für Brock.

Er hatte gewusst, dass Gift ihn töten konnte, nur im Unterschied zu den Ratten hatte er Purus und konnte es sich so oft verabreichen, wie er wollte. Mit Purus war er fast unsterblich. Nur er allein. Den Circle würde er mit Ezilion auslöschen. Und seine Regenten, nun ja, seine Regenten. Es war einfach gewesen, sie zu überzeugen. Die »Weltgemeinschaft«, hatte er es genannt. Die Bereitschaft, mit ihm einen Weg zu gehen, seine Ziele zu teilen und aktiv dafür zu kämpfen, war ihm so leicht gelungen. Es hatte alle, auch den wankelmütigen Travis Spedding, mit der bevorstehenden Macht, Geld und Rache auf sein Vorhaben einschwören können. Penibel hatte er das Leben der anderen durchforsten lassen. Ja, sie waren die richtige Auswahl.

Travis Spedding hatte ihn gereizt, obwohl, und das musste er sich eingestehen, er wenig über ihn herausgefunden hatte. Und nun hatte er mit der Massenveranstaltung seine alte, bald neue Welt, mobilisieren können. Startklar für Paragon. Er seufzte. Mit einem Mal war er schmerzfrei geworden. Er schloss die Augen und dachte abermals: »*Wer ist Tara?*« Es war das Letzte, über das er nachgrübelte, bevor er starb.

FRANKREICH, AVIGNON, AUGUST 2021

Was wissen wir von Tara?«, fragte Fin.

Kayleigh und er saßen in einem Café inmitten eines Parks. Das Wetter war schön, eine dreifarbige Katze räkelte sich in der Sonne.

»Leider kann Tara nichts tun. Sie hat abermals versucht, ihn zu vergiften. Aber seine Ärzte lassen ihn keine Sekunde aus den Augen. Ich habe ihr die Flucht äußerst nahegelegt. Sie kann Brock ohnehin nicht mehr töten, es sei denn, sie kommt an Ezilion.«

Fin hob die Augenbrauen hoch. »Kann sie überhaupt noch fliehen?«

»Tara wusste von der Gefahr. Sie ist überzeugte ...« Kayleigh suchte nach Worten »Hm ... Früher hätte ich gesagt, sie ist eine glühende Anhängerin der Résistance. Sie hat hervorragende Kontakte zu einer Bewegung im Widerstand gegen den Terrorismus, die es sich zur Angewohnheit gemacht hat, die Welt und ihre Geschehnisse genau zu studieren und zu analysieren. Ich habe schon oft von dieser Gruppe gehört, die sich durch ihre äußerst tapferen und meist weiblichen Spione auszeichnet. Den Mut dieser lassen sie sich gut bezahlen. Diese Agenten sind sehr, sehr teuer.«

Fin lehnte sich gespannt nach vor.

»Mich irritierten die Anschläge der letzten Monate. Es gab bereits böse Gerüchte, dass weitere folgen sollten. Mein sensibler Spürsinn erwachte vollends, als Stevenson ins Spiel kam.«

»Und damit ich«, knurrte Fin leise.

»Ja, aber manchmal muss man einfach Glück haben. Ich lernte Tara in Paris an einem Konzertabend zufällig kennen. Mir gefiel ihre Art, wie sie sich gekonnt unter die Menge mischte. Ich beobachtete sie und plötzlich war sie weg. Erinnerst du dich an den Mord vor zehn Jahren an dem französischen EU-Kommissar in Helsinki?«

Erschrocken sah Fin hoch. Fin musste nicht lange nachdenken. Clément Maxime – ein korrupter Politiker. Maßlos, gefährlich und brutal. Keiner trauerte ihm nach.

»Maxime war einer der Gäste an diesem Konzertabend und er war in Begleitung von …« Abrupt hielt sie inne. Fin richtete sich alarmiert auf. Einige Männer verteilten sich um das Café herum. Reflexartig griffen er und Kayleigh nach ihren Pistolen, als ein Auto mit einem heftigen Krachen in die Luft flog. Feuer und Rauch stiegen auf. Durch die Detonation zerbarsten Fenster, Türen wurden aus ihren Angeln gehoben. Es waren nur wenige Sekunden, doch mit einem Mal schien die Welt still zu stehen.

Es folgten Schreie. Verstümmelte Leichen, Menschen, die wie Fackeln loderten und durch Straßen liefen, ehe sie tot zusammenbrachen. Der Geruch von verbranntem Fleisch lag in der Wolke voller Qualm.

Fin und Kayleigh vernahmen eine Stimme in ihrer Nähe. Eine Frau lag unter den Trümmern eines Eisenbalkens. Brüllend vor Schmerz flehte sie um Hilfe. Mit vereinten Kräften versuchten beide, die Verletzte aus ihrer Lage zu befreien. Es dauerte nicht lange, bis der Ernst der Lage erkannt wurde. Die ersten Einsatzfahrzeuge rasten an den Unglücksort. Sanitäter und Notärzte stießen dazu. Weitere Detonationen erfolgten und rissen breite Krater in die Straßen. Ein Reifen kam wie ein Geschoss auf Fin zugeflogen. Schnell duckte er sich und um Haaresbreite hätte es ihn erwischt. Riesige Äste prasselten auf die Menschen herab und begruben sie unter ihrer Last.

Erschrocken blickte Kayleigh zu Fin: »Ein weiterer Anschlag«, stellte sie fest.

ULAANBAATAR, SUKHBAATAR PLATZ, PEACE AVENUE, SEPTEMBER 2021

Rufus saß in seinem Wohnzimmer auf der Couch und traute seinen Ohren nicht. Er fragte sich, ob es an dieser Substanz lag, die ihn tagelang ans Bett gefesselt und ihn im wahrsten Sinne des Wortes zu Tode gequält hatte. Er blinzelte, legte sein Handy kurz zur Seite und lauschte. War er Herr seiner Sinne? Viele Begriffe fielen ihm über seinen Zustand ein. Entsetzt, verwirrt, verblüfft, verstört und konsterniert. Aber in Wahrheit hat es ihn aus dem inneren Gleichgewicht gebracht. Er nahm das Handy wieder und krächzte: »Sicher?«

Als Antwort erhielt er ein festes Ja. *»Planänderung«*, dachte er. *»Verdammt. Gerade jetzt, so kurz vorm Ziel.«* Zumindest waren die unsäglichen Schmerzen endlich vorbei. Er war etwas zittrig, erholte sich aber schneller als gedacht.

»Alles in Ordnung?«, fragte Dr. Jutchenkow und eilte herbei.

»Ja, alles in Ordnung.« Vergeblich versuchte Rufus sich aufzusetzen und fluchte.

»Du hast es bald geschafft, Rufus. Werde nicht ungeduldig. Du bist schwach«, versuchte der Arzt in zu beruhigen.

Er gab auf und ließ zurück auf die Couch fallen.

»Du musst dich ausruhen«, raunte es in sein linkes Ohr. Rufus erkannte die Stimme sofort.

»Tara.«

»Es ist bald vorbei. Hab Geduld und ruh dich aus«, sprach sie beruhigend auf ihn ein.

Rufus' schneller Atem, geschuldet der Nachricht, die er soeben gehört hatte, war ruhiger geworden. Der Körper hatte aufgehört zu zittern. Er entspannte sich.

»Ja«, stöhnte er auf. »Ja, es ist bald vorbei.«

Sanft fuhr Tara über seine Stirn.

»Ich muss nachdenken«, flüsterte Brock und griff nach ihrer Hand. »Ich muss über so vieles nachdenken.«

»Aber nicht jetzt. Später hast du genug Zeit.«

»Nein. Ich habe jetzt keine Zeit mehr …«, sagte er.

Zwei Stockwerke über Rufus Brocks Krankenzimmer studierte Travis die Nachricht zum tausendsten Mal und schüttelte fassungslos den Kopf. Der Arbeitstermin am Vormittag war gestrichen worden, da Rufus immer nicht zugegen war. So hatte er Zeit gefunden, seine Mails zu lesen. Die Botschaft, welche er aus Cambridge erhalten hatte, hatte ihn zutiefst erschaudern lassen.

Er atmete schwer und sein Herz hämmerte ihm wild gegen die Brust. Er saß auf seinem Bett, die rechte Hand ruhte auf dem Nachtkästchen und seine Gedanken schwirrten wild durcheinander.

Nach zehn Minuten Fassungslosigkeit stand Travis auf und ging zum Fenster. Er blickte über die Stadt, über der dunkelgraue Wolken hingen. Es war kalt und die Nacht brach bereits mit großen Schritten über den Sukhbaatar Platz herein. Die Menschen in den Straßen wuselten aufgeregt hin und her. Alle wollten sie heim zu ihren Familien und Freunden. Nichtsahnend von dem, was sie in den nächsten Wochen zu erwarten hatten. Nie wieder würden sie so einen Abend erleben.

Er warf einen Blick über die Schulter und starrte abermals auf seinen Laptop. Jetzt hatte Travis zwei Möglichkeiten. Entweder, sich der Illusion hinzugeben und weiter für Rufus und sein Paragon zu kämpfen, oder? Oder was? Er zitterte vor Zorn. In den letzten Minuten war sein Traum endgültig geplatzt. Angestrengt dachte er nach und kaute an der Unterlippe. Oder was? Oder …

Die zweite Möglichkeit in Betracht zu ziehen, Brock einfach zu töten?

Er hatte bereits herausgefunden, wo dieser sein Ezilion lagerte. Er konnte es sich holen und ihn damit einfach eliminieren. So einfach? Nein, ganz und gar nicht mehr einfach. Brock war ein Purist. Er würde rasch erkennen, welchen Plan Travis hegte.

Inwiefern konnte er Paragon aufhalten? Wie weit war Brock schon gegangen? Konnte es noch gestoppt werden? Und die Regenten? Niemand von den Regenten würde ihm Glauben schenken.

»Scheiße, Rufus! Du Arsch!«, fauchte er. Travis Spedding befand sich in einer Zwickmühle. Nach kurzem Nachdenken und Zögern war ihm klar, was er zu tun hatte.

SCHOTTLAND, ISLE OF SKYE, CIRCLE STAMMHAUS, SEPTEMBER 2021

Julian sah Lucas fragend an. Eine Idee stand im Raum. Diese kam ausgerechnet von Siedah und wie aus dem Nichts.

»Ich verstehe euch nicht«, empörte sie sich. »Einmal nur ein klein wenig Freude haben. Da ist nichts dabei!«

Beky lächelte verschmitzt und die beiden Freunde fühlten sich völlig überrannt.

Julian wandte sich zu Lucas zu und flüsterte: »So geheim dürfte es mit dir und der Radiologin nicht mehr sein.« Er schüttelte den Kopf. »Wenn sogar Siedah schon davon weiß und sie hier in meine Wohnung schleppt!«

»Wir können es versuchen«, äußerte sich Lucas' Freundin. »X23y und ich haben gute Ideen«, bekräftigte sie und zwinkerte Siedah zu, deren Namen sie mit dem der Substanz getauscht hatte.

Julian hoffte inständig, dass es sich hier nur um einen Witz handeln konnte. Doch die Damen machten ernst und zogen die Männer unsanft mit sich.

»Los kommt schon!«, bemühte sich Siedah, die beiden Warriors zu überreden. »Ich lasse dich das nächste Mal wieder gewinnen«, feixte sie mit einem Lächeln an Julian gewandt.

Nachdem sie eine Weile still dagesessen waren, erhob sich schließlich Lucas mit einem Seufzer.

»Na gut.« Er forderte seinen Freund auf, mitzukommen.

Julian traute seinen Ohren nicht. Dieser Mann hatte sich in der Tat von den Frauen überreden lassen? Er schüttelte den Kopf:

»Du hast sie ja nicht alle«, meinte er im Anschluss, als sie seine Wohnung verließen.

Lange bevor die vier den Raum, den sie anstrebten, erreicht hatten, konnten sie das laute Schlagen eines Instrumentes vernehmen. Erin trommelte wild, ihre Eule Irma und Jacob waren die einzigen Zuhörer. Julian gruselte es.

»Die Band ist da!«, freute sich die Pilotin, die zur Feier des Tages einen giftgrünen, selbst designten Kilt trug, und hob jubelnd ihre Stöcke. Jacob lächelte, als er die stummen Warriors auf sich zukommen sah.

»Frauen!«, flüsterte er den beiden zu.

Siedah, Beky und Erin besprachen sich kurz und schnell war ein Song ausgewählt, der gespielt werden sollte.

»Männer!«, rief Siedah und nickte den anwesenden Damen zu. »Wir haben gewählt.«

Die Radiologin eilte zu Lucas und übergab ihm ein Instrument. »Bitte übernehmen.«

Mit neuem Namen versehen, zerrte X23y Julian zum Piano. »Und du spielst hier.« Überrumpelt nahm der Warrior, der die Gitarre bevorzugte, welche sein Freund gerade zu stimmen versuchte, vor dem Klavier Platz.

»Und ich bin das Schlagzeug!«, jauchzte Erin.

Die Damen waren bester Laune und als Julian die ersten Töne anspielte, Jacobs raue und sanfte Stimme mit »Hey Jude« zu singen begann, grölten alle voller Freude. Beim fulminanten Ende des Songs lagen sich Beky, Siedah und Jacob in den Armen und ihr Lachen und »NaNaNa, NaNaNe – hey Jude« tönte durch die Gänge des Circle.

ULAANBAATAR, SUKHBAATAR PLATZ, PEACE AVENUE, SEPTEMBER 2021

Rufus war wieder da. Seine Gestalt war unnatürlich und jagte den Regenten einen gehörigen Schrecken ein. Nur Travis nicht. Seine eigenen Augen waren wie die von Brock widernatürlich grau.

»Elender Purist«, murmelte er und setzte ein gekünsteltes Lächeln auf, ehe er Rufus begrüßte. Spedding ahnte, was nun kommen würde.

»Hier bin ich wieder!«, rief Brock vergnügt und klatschte in die Hände. »Es ist so weit. Alles ist geplant und bald wird es geschehen.«

»Er hat deine Augen, Travis«, flüsterte Ashraf. »Sie sind genauso unheimlich wie deine.«

Travis runzelte die Stirn. »Wir sind aber nicht miteinander verwandt«, murmelte er.

Alle sahen es, doch niemand stellte die Frage – warum hatte sich Brock mit Purus anders verändert als die Regenten?

»Wir stehen vor dem Angriff und vor der Übernahme. Alles ist im Fluss.« Brock fühlte sich mächtig und groß.

»Wie soll es vonstattengehen?«, fragte die Hyäne. »Was müssen wir tun?«

Brock griff nach dem Champagner, ließ es aber sein und trank von einem Glas Wasser.

Travis konnte sich ein Grinsen nicht verkneifen.

»Ihr alle werdet nun nach Hause fliegen«, sagte Brock. »Mit

Massenveranstaltungen und Aufmärschen werden wir die Bevölkerung weiter für unser Vorhaben mobilisieren.«

»Ach?«, meinte Kepang.

»Ja. Ihr müsst wissen, in Wahrheit reicht einer, der sich als Führer positionieren muss, dann geht alles schnell.« Brock krempelte seine Ärmel hoch. »Und solche Führer habe ich weltweit einsetzen lassen.« Er lächelte. »Oh, in Armenvierteln ließen wir Wohnungen und Straßen bauen. In Ländern mit hoher Arbeitslosenrate gaben wir den Menschen Jobs.«

»Und wie?« Travis traute seinen Ohren nicht.

Brock schüttelte den Kopf. »Hörst du mir nicht zu? Mit dem Bau von Straßen und Wohnungen.« Genervt winkte er ab. »In Ländern, welche, so wie wir hier, häufig mit Frost und klirrender Kälte zu rechnen ist, verlegten wir Strom- und Gasleitungen. Wir forderten Menschen auf, denjenigen zu helfen, die an Hunger und Durst leiden und baten sie, diese zu versorgen. Freiwillige Spenden. Wenn jeder«, Brock bereitete seine Arme aus, »wenn wirklich jeder einen Teil seiner Einnahmen an uns abgibt, können wir die Welt zu einem besseren Ort machen.«

Travis' Herz raste. »Und das tun sie? Freiwillig?«

»Natürlich. In der Weltengemeinschaft macht man so etwas. Durch diese Einnahmen garantieren wir nicht nur, dass jeder, wirklich jeder, der krank ist, eine Versorgung erhält, sondern, wenn ich euch ein Beispiel nennen darf, dass Waisenkinder in schönen Waisenhäusern aufwachsen werden. Jede Familie, die ein Waisenkind aufnimmt, wird in Paragon finanziell unterstützt.«

»Was geschieht«, fragte Travis, »mit den Menschen, die sich weigern zu spenden oder etwas abzugeben?« Er dachte kurz nach. »Werden sie zu Feinden?«

Rufus war entsetzt. »Aber nein, natürlich nicht. Wenn ich …« Schnell korrigierte er sich. »Wenn wir den Menschen Arbeit geben, können sie sich ihre Unterkünfte leisten oder Kleidung und Essen. Keiner wird in Paragon mehr frieren müssen.«

Kepang, Hasani und die Hyäne waren begeistert und klatschten. Ihre Augen waren groß und gebannt folgten sie den Worten ihres Genies. Zweifellos identifizierten sich die drei künftigen Regenten mit ihrem zutiefst dominanten Herrscher. Nur Travis blieb stumm.

»Wenn ich dich richtig verstehe«, sagte Spedding, »willst du das Geld von finanziell gut gestellten Menschen nehmen, um deine Pläne umsetzen zu können.«

Rufus schwieg für einen kurzen Moment. »Travis, wir wollen eine Einheit sein. Eine Weltgemeinschaft. Niemandem soll es besser oder schlechter gehen.«

»Du nimmst den Menschen ihr Geld weg und gibst es den Bedürftigen. Du hast meine Frage nicht beantwortet. Wenn jemand sein Geld nicht hergeben möchte, wird er zum Feind?«

»Wir führen die Menschen in eine bessere Zukunft.«

»Und schüchtern jene ein, die noch keine begeisterten Anhänger deiner … Entschuldige, unserer Ideen sind.«

»Alle Menschen werden irgendwann loyal hinter uns stehen.« Der Schlagabtausch zwischen Travis und Rufus ging in die nächste Runde. »Unsere Aufgabe ist es, Gegner oder Skeptiker … umzuerziehen.« Rufus' Tonfall war gefährlich ruhig geworden. »Aber das Beste, und das wird dich freuen, Travis: Ich plane die Zerschlagung des Circle mithilfe von Ezilion.«

Spedding räusperte sich, eine weitere Diskussion hatte keinen Sinn mehr. »Wie willst du das anstellen?«, wollte er wissen. »Der Circle ist ziemlich sauer auf uns. Nicht nur sauer, sondern wütend.«

Brock verdrehte die Augen. »Na und.«

»Warum? Wie meint ihr das?«, fragte Kepang. »Wir haben Stevenson nicht.«

»Ja«, sagte Travis leise. »Aber wir haben Stevensons Eltern ermorden lassen.«

Brock zog eine Augenbraue hoch. »Nein, mein Lieber«, korrigierte er. »Du hast sie ermorden lassen.«

Travis' Augen wurden zu Schlitzen. »Nein, mein Lieber«, wiederholte er Brocks Worte. Jetzt war die Zeit gekommen, seine Zeit. Er war kein Idiot und Rufus sollte oder musste das wissen. Er fuhr sich durchs Haar und Brock starrte ihn unverwandt an. »Du, Rufus, hast sie ermorden lassen. Nicht ich. Die Australier haben auf deinen Befehl hin gehandelt, den du aber als meinen ausgegeben hast.«

Es war mucksmäuschenstill geworden. »Ich wollte den Stevensons nur Angst machen und den Circle unter Druck setzen. Du …« Er deutete mit dem Zeigefinger auf Brock. »Hast sie ermorden lassen.«

Wenn die anderen entsetzt waren, so zeigten sie es nicht. Travis lehnte sich in seinem Stuhl zurück und streckte die Beine aus. »Du hast Siedah Stevensons Eltern ermorden lassen. Eltern einer Frau, von der wir nicht wissen, wie sich die Substanz X23y auf ihren Körper auswirken wird. Wir haben keine Ahnung, was X23y überhaupt kann.« Spedding erhob sich langsam und ging auf Brock zu. »Was«, stellte er die Frage an Rufus, »wenn aus Siedah Stevenson ein unberechenbares Monster geworden ist, das auf Rache sinnt? Und die im Circle sitzt, der unangreifbar ist.«

Brock schlug mit der Faust auf den Tisch. Alle fuhren zusammen. »Nein!«, zischte er. »Wir haben Ezilion und du – Travis Spedding – wirst den Circle zerschlagen und uns Siedah Stevenson bringen.«

Travis war wenig eingeschüchtert und setzte sich wieder auf seinen Platz. »Und wie soll ich das deiner Meinung nach anstellen? Der Circle wird unser … Nein, dein neu geplantes System von der globalen Regierung und der Weltgemeinschaft, das meiner Meinung nach einem Regime gleicht, nicht akzeptieren.« Er legte die Stirn in Falten und griff nach einer Erdbeere. »Man geht nicht zum Circle und sagt: Hier bin ich. Nicht einmal mit Ezilion. Das wäre reiner Selbstmord.«

Alle lauschten gespannt dem Gespräch. Rufus schüttelte den Kopf. »Du … wirst nicht hingehen. Sie werden zu dir kommen.«

»Zu mir?« Travis grinste unverhohlen und schüttelte den Kopf.

»Ja, zu dir. Auf Manor Hill. Wir werden sie zu dir locken und du wirst sie mit deinen Groups ausschalten. Allen voran Crown. Mit Koshien kannst du machen, was du willst.« Er lächelte. »Mach es langsam, dann wirst du Spaß dabei haben. Nimm ihn gefangen, foltere ihn ein wenig. Schmerz spürt ein Purist. Dann erledige ihn mit Ezilion. Du hättest endlich deine Rache.«

Travis schauderte. Rache, ja, aber Folter? Julian foltern? Nein, das würde er niemals tun. Auf was für einen Wahnsinn hatte er sich da eingelassen? Auf Wahnsinn mit Wahnsinnigen.

»Alles klar bei dir Travis?«, fragte Brock. »Du erscheinst mir jetzt entsetzt.«

»Nein, ich frage mich nur, wie ihr den Circle auf Manor Hill locken wollt. Sie werden den Braten riechen. Schließlich suchen sie mich seit Jahren und plötzlich ginge es so einfach?« Travis schüttelte den Kopf. »Das werden sie nicht abnehmen.«

Brocks Miene war finster geworden. »Oh doch, glaube mir.« Er wandte sich ab und rief nach Tara. »Tara, meine Schöne, komm zu uns!«

Die junge Frau stöckelte auf ihren High Heels zu Brock, der sein Handy aus der Hosentasche nahm und es der Hyäne reichte.

»Die Hyäne muss heute etwas für dich tun«, raunte Rufus. »Schalte die Kamera ein«, befahl er.

Die eben Genannte verstand nicht sofort und schnell kam ein mahnender Blick von Brock. Rufus winkte Tara zu sich. »Komm her!«, sagte er. »Tara, erzähle uns etwas von dir.«

»Was meinst du?«, fragte sie verwirrt und setzte sich auf Brocks Schoß. »Ich verstehe nicht, jeder weiß, was und wer ich bin.«

»Nein.« Brock schüttelte den Kopf. »Nein, nur ich weiß, wer du bist.« Er lächelte. »Nämlich eine Spionin.«

»Oh Gott«, dachte Travis. *»Erbarme dich Rufus, mach es schnell und foltere sie nicht.«* Kurz dachte er daran, Tara möglicherweise

retten zu können. Aber in Wahrheit wusste er, dass er nichts tun konnte.

»Ja, meine Liebe. Ich weiß es. Du bist eine Spionin *und* du hast versucht, mich zu vergiften.« Er schüttelte betrübt den Kopf. »Aber leider war es zu spät.«.

Wie es aussah, befürchtete Spedding, würde dieser Abend blutig enden.

»Wie kommst du auf diese absurde Idee?«, fragte Tara und sah ihm tief in die Augen.

In einem leidenden Ton fuhr Brock fort: »Ein guter Freund von mir, der Herr hab ihn selig, kam sehr unschön ums Leben.«

»Und?«, fragte Tara spitz, ohne mit einer Wimper zu zucken.

Die Hyäne filmte wie gebannt die Szenerie, alle anderen saßen wie angewurzelt da und lauschten dem Gespräch. Travis beobachtete die Aktion mit Argusaugen und meinte, ein Lächeln in Taras Gesicht beobachten zu können.

Seltsam klar wiederholte sie die Frage: »Und?«

»Clément Maxime war so ein guter Freund von mir«, erklärte Rufus daraufhin.

»Ach«, dachte Travis, *»dieses Schwein hatte den Tod verdient. Doch was hat diese Frau mit ihm zu schaffen?«*

Langsam erhob sich Tara und schüttelte den Kopf. »Ja, in der Tat sehr tragisch. Ich hoffe, er musste nicht allzu lange leiden.«.

Spedding hatte keinen Zweifel mehr daran. Je länger dieses Versteckspiel andauerte, desto grausamer würde sein Ende werden.

»Clément, Clément!« Sie lächelte boshaft und umkreiste Rufus langsam. Das Klappern ihrer Stöckelschuhe erschien Travis ohrenbetäubend laut.

Brock erhob sich ebenso. »Ich hatte so viele Pläne mit Clément und du kommst und schneidest ihm einfach die Kehle durch.« Er breitete seine Arme aus. »Während er auf dir lag und du seinen Schwanz in dir hattest … einfach so.«

»Oh ja«, hauchte sie und stimmte zu: »Das war in der Tat eine Sauerei!«

Travis traute seinen Ohren nicht.

»Aber dem nicht genug. Du triffst dich mit Menschen und«, fuhr Brock fort, »erzählst von Paragon und den Regenten. Ich meine sogar, dass du von Fotos der Regenten gesprochen hast, welche du einer Frau zukommen hast lassen.«

Travis konnte sich nicht entsinnen, wann Tara Bilder von allen geschossen hatte. *»Die Bilder können nur unscharf sein«*, folgerte oder hoffte er.

Er erkannte, wie Brock es genoss, alle in Angst und Schrecken zu versetzen. Tara stand noch immer beinahe unbeirrt und vollkommen ohne Angst vor Rufus. Sie wusste mit großer Sicherheit bereits, was mit ihr geschehen würde. Sie konnte ihrem Mörder nicht mehr entkommen. *»Weißt du«*, erinnerte sich Travis an jenen Satz, den ihm ein Freund einmal zugeflüsterte hatte, *»ein Spion muss verschwiegen sein und darf keine Angst haben oder sie zeigen. Nur das macht einen echten Agenten aus. Egal was mit ihm passiert. Er muss Furcht vollkommen ausschalten können und darf nichts preisgeben. Das ist sehr wichtig, merke dir das.«*

Mit einem heftigen Ruck nahm Brock ein scharfes Messer und schlug ihr in einem Zug die rechte Hand ab. Entsetzt starrten alle auf Taras blutenden Stumpf. Brock fing lauthals an zu lachen und stieß sie von sich weg. Die Hyäne war wie erstarrt, filmte aber noch immer. Was danach folgte, ließ Hasani würgen. Langsam schnitt Brock ihr das Ohr ab. Niemals würde Travis diese Szene vergessen. Entsetzt sah er zu, wie Tara gefoltert und zu Tode gequält wurde. Doch war es nicht die Tat, die ihn erstarren hatte lassen, sondern vielmehr, dass aus Taras Mund kein einziger Laut drang. Eine Spionin des Circle? *»Nein«*, dachte er, *»Das ist eine Spionin von Fin.«*

Alles schien zu entgleiten. Brock war ein Mörder, Lügner, Demagoge und äußerst gut vernetzt. Ein gefährlicher Mann, dessen Messer Taras Kehle durchgeschnitten hatte. Ganz langsam zog er die Waffe von links nach rechts. Ein leises Röcheln war zu vernehmen. Aus der einst so schönen Frau war am Ende nur ein blutiger Klumpen übriggeblieben. Verstört beendete die Hyäne die Aufnahme. Ihre Hände zitterten, als sie Brock das Handy zurückgab.

»Niemand«, zischte Rufus, »wird uns aufhalten können. Und du …« Er blickte zu Travis. »Möchtest Regent werden? Du verstehst meinen Weg nicht.« Laut klirrend ließ er das Messer zu Boden fallen. Seine Augen glühten. Schweigend beobachteten die Anwesenden das Szenario. Entsetzt, verwirrt und verstört. Niemand wagte zu sprechen. Einzig Travis begann leise zu klatschen. Ganz langsam, und immer schneller.

»Bravo, Brock!«, höhnte er. »Wenn du recht hast und sie eine Spionin des Circle war, haben wir jetzt einen echten und sehr mächtigen Feind.«

»Sei still!«, fauchte Rufus. »Ich kann dein Geplänkel nicht mehr hören.« Er packte Travis am Kragen. »Es ist längst zu spät, Travis, du kannst und wirst Paragon nicht aufhalten können.«

»Du hast recht, ich kann es nicht mehr aufhalten«, flüsterte Spedding. *»Aber ich werde dich zerstören«*, dachte er, sagte aber nichts mehr.

Rufus kicherte und ließ ihn abrupt los.

»Haben«, sagte er, »wir alles geklärt. Die Spionin ist enttarnt, der Circle wird zerstört.« Brocks Augen funkelten. »PARAGON!«, rief er und verließ den Raum.

»Wahnsinnig«, flüsterte Ashraf und schüttelte verständnislos den Kopf.

»Ja«, gab ihm Li recht.

Wortlos erhob sich Travis und ging. Nur die Hyäne war wie erstarrt und bewegte sich nicht weg.

Zweiundzwanzig Stunden später erhielt Nat eine E-Mail mit einem Video und dem Hinweis: »Des Circle Spionin Tara ist auf Manor Hill in Cambridge im Sarg abholbereit.« Zu diesem Zeitpunkt befand sich Travis in Brocks Privatjet und flog Richtung

Heimat. Er würde den Wahnsinnigen töten müssen. Aber zuvor würde er klärendes Gespräch mit dem Circle führen. Allein konnte er, Travis Spedding, Rufus Brock nicht aufhalten. Seufzend griff er in seine Hosentasche und betrachtete ein kleines Fläschchen mit einer gallertartigen Flüssigkeit.

SCHOTTLAND, ISLE OF SKYE, CIRCLE STAMMHAUS, SEPTEMBER 2021

Gedankenverloren kraulte Siedah das kleine Köpfchen von Finny. Ein wohliges Schnurren entwich dem Kätzchen. Sie saß in ihrem Wohnzimmer und ärgerte sich einmal mehr über Julian. Seit zwei Tagen war ihr Training härter denn je. Er maßregelte sie weiter unentwegt und mehrmals war schon ein derartiger Zorn in Siedah aufgestiegen, wie sie ihn noch nie zuvor in dieser Art und Weise gespürt hatte. Ihre Augen begannen zu funkeln und Julian schien das dazu gefallen. »Siehst du, das ist eine Übung. Halte deinen Zorn im Zaum. Das musst du lernen.«

Sie seufzte. »Finny, da haben wir uns was eingebrockt«, sagte sie zu der Kleinen, die sich wenig davon abbringen ließ, weiter zu schnurren. Doch die letzten Tage hatten auch was Gutes mitgebracht. Zum ersten Mal seit langer Zeit hatte sie sich frei gefühlt, wenn *die Band* zusammen sang und tanzte. Julian war ein schlechter Tänzer, Jacobs Talent grenzte an einen Meister und Lucas schmiegte sich ohnehin nur innig an Beky. Genau genommen waren Siedah und Julian das einzige Paar, welches nicht liiert war. Ein heftiges Klopfen durchbrach die Stille und beide schreckten hoch.

»Siedah!«

Sie verdrehte die Augen.

»Siedah!«, brüllte Julian und klopfte lauter.

Aufgewühlt sprang Finny zu Boden und die frischgebackene Puristin stand genervt auf. »Ich komme ja schon. Du musst nicht so brüllen.« Seufzend öffnete sie die Tür.

»Es ist was passiert.« Julian rang nach Atem. Er schien völlig aufgelöst. »Nat hat ein außerordentliches Meeting einberufen. Die Gefahrenstufe wurde von Vier auf Neun erhöht.« Er wischte sich den Schweiß von der Stirn.

Das Kätzchen verkroch sich unter das Sofa. »Muss das sein?« Sie war müde und wollte nur Ruhe und Kuscheln mit ihrer Mitbewohnerin. Vielleicht auch noch kitschigen Liebesfilm ansehen und schlafen gehen.

»Ja, es muss sein«, polterte Julian.

Er packte sie an den Schultern und zog sie hinter sich her. *»Meine Süße«*, dachte Siedah trübsinnig, *»so viel zu unserem gemütlichen Abend.«*

»In London«, eröffnete Nat das Meeting, »toben heftige, bürgerkriegsähnliche Kämpfe. Eine geistige Brandstiftung, die einmal mehr zum Schluss der Probleme aufruft. Eine schmutzige Propaganda läuft gegen unseren Premierminister und stößt in weiten Teilen der Bevölkerung auf wachsenden Unmut.« Hektisch sortierte er seine Unterlagen. »Es werden bewusst Falschmeldungen gestreut. Nicht nur in London herrscht ein Ausnahmezustand, es ist wie eine Seuche. Es verbreitet sich auf der ganzen Welt. In fast allen Großstädten gehen die Menschen auf die Straße. Sie plündern und kämpfen heftig mit der Polizei.«

»Auch in Paris ziehen Menschen wütend durch die Gassen. Die Stadt brennt. Es beginnt«, flüsterte Erin.

Nat holte tief Luft. »Nein«, korrigierte er, »Es hat begonnen.«

»Was können wir tun?«, fragte Ethan. »Gefahrenstufe Neun hatten wir zuletzt bei Hitler. Wir kannten das Übel und mussten es nur finden. Aber jetzt – wir wissen nichts.« Er zuckte mit den Schultern.

»Ja das stimmt leider«, sagte Nat. »Leider haben wir schlechte Nachrichten von Fin erhalten.«

Alle verstummten. »Er hat uns über einen Anschlag in Avignon informiert. Es gibt unzählige Tote. Kayleigh und er waren inmitten des Geschehens. Beiden geht es gut. Aber unsere V-Person ist tot.«

Nat holte tief Luft. »Wir wissen das, weil wir heute dazu eine Mail bekommen haben.«

Julians Miene verdunkelte sich. »Travis!«, knurrte er.

»Nein. Sie kommt direkt vom Sukhbaatar Platz aus Ulaanbaatar.«

»Brock?«, fragte Elias.

»Richtig. Direkt von Rufus Brock. Es handelt sich um die Frau, welche sich bei Brock eingeschleust hat«, antwortete Nat.

Unruhe kam auf. Es schien, als dachten alle laut nach. Nat beruhigte seine Warrior. Nur Siedah saß wie versteinert.

»Eine Mail?«, flüsterte sie und sah zu Erin. Die schüttelte aber nur den Kopf. Sie hatte keine Ahnung, was es mit dieser Nachricht auf sich hatte.

Nat klappte den Laptop auf. »Es ist nicht schön, anzusehen«, sagte er. »Um genau zu sein, ihr braucht jetzt alle gute Nerven.«

Langsam fuhr der Laptop hoch und das Desktop-Bild erschien auf der Leinwand. Der Beamer strahlte ein seltsam schräges Licht aus, ehe die Vorstellung begann. Nat öffnete die E-Mail. Ein zittriges Bild erschien. Rufus Brock kam mit einer jungen, schönen Frau ins Bild. Zum ersten Mal sahen sie, die Warriors, den Mann, der unverkennbar bereits ein Purist war. Wer die Kamera im Hintergrund führte, war nicht zu erahnen. Aber sie sahen zwei Männer und einen dritten Mann, der offensichtlich neben jenem Menschen saß, der die Szene filmte. Der jungen Frau wurde eine Frage gestellt. »Tara, erzähle uns etwas von dir«, befahl Brock.

»Tara, sie heißt Tara«, dachte Siedah und ihr gruselte es. *»Fin, was um alles in der Welt hast du dir dabei gedacht?«* Diese Frau war erstaunlich ruhig, beinahe trotzig. Bewundernd musste sie sich eingestehen, dass sie selbst niemals diesen Mut hätte aufbringen können. Nicht einmal jetzt.

Alle hielten den Atem an. Sie ahnten, das würde für diese Frau nicht gut enden. Keiner wagte, etwas zu sagen.

»Woher weiß der Mann das?«, fragte Siedah Erin flüsternd.

»Ich vermute, er wird selbst seine Spione auf der ganzen Welt verstreut haben«, antwortete sie.

Siedah nickte.

Das Bild begann, unscharf zu werden, dennoch war klar zu erkennen, was hier zu sehen war. Der Beginn einer Folter im grausamsten Ausmaß. Die Hand wurde abgeschlagen, Schläge auf den Rücken, auf den Kopf und in die Hüfte, Wasser so lange in den Mund geschüttet, bis sie kurz vorm Ertrinken stand, danach wurde ihr Kopf in Kübel mit Eiswasser getaucht, bis sie zitterte. Dem nicht genug, wurde der Frau ein Ohr abgetrennt. Sie war noch immer bei Bewusstsein, doch kein Laut drang aus ihrem Mund. Entsetzt hielten sich Sam und Siedah die Hand vor dem Mund.

»Wie furchtbar!«, murmelte Erin.

Sie sahen, wie sich einer der Regenten heftig übergab. Sie hörten das fanatische, laute Lachen von Brock, der am Ende das Messer tief in ihre Kehle bohrte. Erst jetzt drang ein leises Keuchen aus dem Mund der einst so schönen Frau. Zwei Männer kamen und wurden begrüßt. Beide stellten den Tod der Gefolterten fest und ließen den Leichnam abtransportieren. Noch immer filmte der Unbekannte die abscheulichen Szenen. Als die Kamera ein klein wenig um sich herumschwenkte, kam kurz der dritte, bis dato noch nicht gefilmte Mann, ins Bild. Damit war das Video beendet. Wie erschlagen saßen alle am Tisch. Siedah blinzelte sich eine Träne weg.

»Das ist …« Elias suchte nach Worten. »Nein …«, er korrigierte sich. »Das sind …« Ihm fehlten schließlich doch die passenden Worte.

Entsetztes Schweigen herrschte.

»Wer war sie?«, fand schließlich Lucas als Erster wieder Worte.

»Ihr Name war Tara und wir können uns ihre Leiche bei Travis Spedding abholen.«

»Wir wissen jetzt, wo Travis Spedding lebt?«, fragte Jacob.

»Ja«, antworte Nat und klappte den Laptop zu. »Auf Manor Hill in Cambridge«. Er verstaute das Notebook wieder in seiner Tasche. »Fin ist auf den Weg nach Ulaanbaatar zu Rufus Brock.«

»Demnach kennen wir nun zwei Adressen von zwei Regenten?« In Julian regte sich die Hoffnung, Spedding endlich vor die Augen treten zu können.

»Ja, so ist es«, bestätigte Nat.

»Fin kann nicht im Alleingang zu Brock«, sagte Sam. »Brock hat Ezilion und kann ihn damit töten.«

»Wer sagt«, dachte Siedah, sprach es aber nicht laut aus, *»dass Fin ein Purist ist?«* Sie konnte sich entsinnen, dass sie ein Foto von Fin und Nat in Julians Wohnung gesehen hatte, bei dem Fin an einem Glas Rotwein nippte. Das konnten Puristen aber nicht. Oder war es kein Wein gewesen?

Julians Gedanken rasten. Travis! Sie hatten endlich eine Adresse. Aber warum? Warum war die Leiche bei dort abgelegen worden? Um den Circle zu locken und ausschalten zu können? Um sie alle mit Ezilion zu töten? *»Vermutlich«*, schloss er. Gedankenverloren ballte er die Fäuste und schloss sich den anderen an, die wie er den Meetingraum verließen. *»Der Mann in diesem Film«*, fragte er sich, *»War das Travis? Ich werde einen Mann jagen, von dem ich nur ein winziges unscharfes Foto und ein schlechtes, nicht bestätigtes Video besitze. Von dem ich nichts weiß und schon gar nicht, wie er tickt. Und warum er sich diesem furchtbaren Rufus Brock angeschlossen hat«*, grübelte er weiter, während er seine Wohnung betrat. Siedah saß auf der Couch und hatte ihn bereits erwartet.

»Was willst du?«, knurrte Julian schlecht gelaunt.

Sie stand auf und kam näher. »Dir einen Rat geben«, antwortete sie.

Julian lachte auf. *»Du?«*

Siedah griff nach Julians Hand: »Nat wird Speddings Haus stürmen. Er will endlich Antworten. Du musst auf dich aufpassen. Lass dich nicht von deinem …« Sie suchte nach Worten. »Vorhaben, Travis zu finden, beirren. Auf Manor Hill wird Krieg ausbrechen, wenn der Circle kommt. Wenn du unvorsichtig bist, könnte es dir ein Leben kosten oder dich sogar töten, wenn Spedding im Besitz von Ezilion ist.« Mit dem Zeigefinger berührte sie seine Nasenspitze sanft. »Du hast ja Sommersprossen«, flüsterte sie und ließ ab von ihm.

Julian war verwirrt und schüttelte den Kopf. »Nein, das ist ein Schönheitsfleck«, widersprach er und beobachtete, wie sein Zögling mit leisen Schritten seine Wohnung verließ.

FRANKREICH, AVIGNON, SEPTEMBER 2021

Bei dem Anschlag am Vortag hatte es unzählige Verletzte und noch mehr Tote gegeben. Die Luft roch nach Rauch und hin und wieder rauschte die Feuerwehr vorbei. Zum Attentat hatten sich radikale Gruppe bekannt, die zur Abschaffung des bestehenden Systems aufriefen. Der Zorn über die bevorstehenden Maßnahmen der Regierung auf Grund einer Pandemie und die geplanten Einschränkungen, ließ die Wut explodieren. Die Pandemie sei eine reine Erfindung, riefen die Leute. Die Bilder von überfüllten Intensivstationen entsprächen falscher Tatsachen.

»Wir haben Pläne von Brocks Penthouse«, erzählte Kayleigh und fuhr unbeirrt fort: »Und wir konnten zentrale Stellen in Ulaanbaatar ausmachen. Im Moment sitzen dort nicht nur das Gehirn von Paragon, Rufus Brock, sondern auch Behörden, die den Aufbau von Paragon koordinieren, die Ausbildungsstätten der reinen Armee, das Forschungslabor, neu hinzugekommen sind Hochsicherheitsgefängnisse und ein großes Gelände, auf dem sich viele Firmen und Fabriken angesiedelt haben. Rund um das Gelände entstehen große Wohnblöcke. Wir vermuten, dass sie hier die Soldaten der reinen Armee unterbringen werden. Daneben werden Einfamilienhäuser gebaut, wahrscheinlich entstehen hier die Dienstsitze der leitenden Angestellten vor Ort. Tara schickte uns außerdem noch eine Skizze über ein Organigramm. Das Organigramm bestätigt den genauen Aufbau der Führungsmannschaft.«

Sie überreichte Fin das ausgedruckte und stark vergrößerte Foto der Skizze des Organigramms. An erster Stelle fungierte der Regent, darunter der Leiter für Sicherheit und Ordnung, weiter ging es mit der Leitung für Wirtschaft und Verwaltung, es folgte Leitung Personal und Schlichtung, daneben Leitung für Siedlungsangelegenheiten. Es verschlug Fin den Atem.

»Ich breche sofort nach Ulaanbaatar auf.«

Kayleighs schlimmster Feind war das Nichtstun, das wusste er, und ehe er noch ein Wort sagen konnte, kam ein zielstrebiges: *»Ich komme mit, ob du willst oder nicht!«*

Mit leicht geneigtem Kopf musterte er sie. »Ich kann deine Gedanken förmlich hören, aber ich brauche dich. Wenn mir etwas zustoßen würde, musst du die Sache zu Ende bringen.«

Irritiert, beinahe genervt blickte sie ihn an. »Fin, was soll denn passieren!«, schrie sie. »Ich begleite dich. Komme was wolle. Ich habe Tara gefunden und sie hat mir vertraut.«

Er hatte es geahnt, kampflos würde sie sich nicht ergeben. »Brock hat Ezilion!«, bekräftigte Fin sein Vorhaben, sie nicht mitnehmen zu wollen. »Er kann mich töten!«.

»Blödsinn«, sie schüttelte den Kopf. »Uns beide kann nichts töten und das weißt du.«

Er tat sein Möglichstes, um sie abzuhalten. Doch sie hatte recht. Sie waren Auserwählte und sie würden nie sterben. Nach all den Jahren, mittlerweile Jahrhunderten, ängstigte ihn der Gedanke nun mehr denn je.

SCHOTTLAND, ISLE OF SKY, CIRCLE STAMMHAUS, SEPTEMBER 2021

Wieder war ein Meeting einberufen worden. Das zweite innerhalb von drei Stunden.

»Fin ist nicht allein unterwegs nach Ulaanbaatar«, erklärte Nat. »Er ist mit Kayleigh Finnigan unterwegs. Sie hat Tara bei Brock eingeschleust.«

Aufmerksam blickte Siedah zu Julian. *»Ist Fin ein Purist?«*, fragte sie sich abermals.

»Eine sehr mutige Frau«, meinte Sam über Tara.

»Ja«, stimmte Nat zu. »Zumal sie sich als Edelprostituierte in Brocks Leben einschlich.«

»Vielen Spioninnen gehen so vor«, legitimierte Erin Taras Tun.

»Ist Fin ein Purist?«, wollte Siedah schließlich wissen. In ihrer Frage lag Schärfe.

»Wie bitte?«, fragte Julian.

»Einfache Frage: Ist Fin ein Purist?« Sie wollte eine Auskunft und wandte sich nun an alle.

Nat signalisierte ein »Ja« durch ein Kopfnicken. »Natürlich, was dachtest du denn?«

Siedah zuckte mit den Schultern. »Ich weiß es nicht. Ich meine, mich zu erinnern, dass Fin auf einem Bild bei Julian ein Glas Wein trinkt. Das Foto ist nicht alt. Das erkannte ich an der Kleidung, die er trägt. Sehr modern.«

Der Leader des Circle schnaubte. »Puristen können keinen Alkohol trinken.« Er schüttelte irritiert den Kopf. »Das weißt du bereits, Siedah.«

»Wie gehen wir jetzt weiter fort?«, fragte Julian und lenkte das Gespräch wieder auf das eigentliche Thema.

»Fin«, erklärte Nat, »fliegt zu Brock, und kundschaftet alles aus. Wir müssen Brock töten, dazu müssen wir aber mehr über ihn wissen.«

»Brock ist Purist. Wir können ihn nicht mehr töten«, antwortete Lucas.

Zustimmendes Nicken ging durch die Runde.

»Ezilion«, meinte Siedah. »Nur mit Ezilion könnten wir ihn töten.«

»Was wir aber nicht haben«, erklärte Lucas. »Was für ein Alptraum.«

»Wir«, sagte Nat, »gehen heute Nacht zu Manor Hill und zerschlagen die Groups und ihren Travis Spedding.«

»Was, wenn Spedding ein Purist ist«, wollte Julian wissen.

»Deshalb, werden wir versuchen, ihn gefangen zu nehmen. Davor müssen wir aber all seine Groups ausschalten. Er wird sich wehren.« Nat erhob sich. »Wir müssen es versuchen.«

»Ich übernehme Spedding«, bestimmte Julian und sah Nat dabei starr in die grauen Augen. »Ich habe nachgedacht und bin zum Schluss gekommen, dass er mir nichts tun wird, davon bin ich überzeugt.«

»Warum?«, wollte Nat wissen.

Julian zuckte mit den Schultern. »Ist ein Gefühl.«

»Ein Gefühl?« Nat zog eine Augenbraue hoch.

»Ja«, bestätigte Julian. »Ich werde Travis Spedding finden und ihn in den Circle bringen. Ich will Antworten. Ich will wissen, wer er ist und warum er sich Brock angeschlossen hat.« Er griff nach Nats Arm. »Ich finde ihn.«

Siedah erkannte, dass Nat weder Lust noch Laune hatte zu diskutieren. Sie hatten keine Zeit mehr. »Wir werden sehen«, sagte er schließlich.

»Ezilion!«, mahnte Sam beunruhigt.

»Ja …«, bestätigte Nat. »Wir müssen vorsichtig sein. Wenn Brock Ezilion hat, könnte es sich in den Händen von Travis befinden.« Er sortierte seine Unterlagen und nahm abermals einen großen Schluck von seinem Wasser, was Siedah irritierte. Auch Sam trank unentwegt.

»Fin konnte viel in Erfahrung bringen«, sagte Nat. »Er sah die Skizze eines Organigramms, welches Tara an Kayleigh übermittelt hat. Praktisch der Aufbau der Führung. An oberster Stelle steht immer der Regent. Sie sind der Meinung, dass rund um Ulaanbaatar so eine Art Regierungsviertel im Entstehen ist.«

»Pah!« Gabrielle schnaubte. »Langsam geht mir dieser Brock so richtig auf die Eierstöcke!«

»Mir auch«, schaltete sich Erin zustimmend ein.

»Dem Arsch schneide ich eigenhändig seine …«

»Es reicht!«, stoppte Elias seine Schwester.

»Macht euch klar«, forderte Nat seine Mannschaft auf. »Dieses Mal nicht die übliche Vorgehensweise. Alle Warriors ziehen los. Keiner bleibt im Stammhaus. Lucas, Erin und Jacob, ihr bleibt auf Wachposten rund um das Anwesen und wertet die Bilder der Drohnen aus. Julian, Gabrielle und Elias, ihr bleibt um Manor Hill und sichert das Gelände. Der Rest bestehend aus Valentin, Caspar, Ethan und Logan wird mit mir das Haus stürmen. Sam, du bleibst bei Siedah. Ihr beide seid für die Phiolen zuständig. Es müssen genügend in der Nähe von Manor Hill vorhanden sein. Nehmt euch einen schnellen Geländewagen und bleibt in der Nähe von Lucas, Erin und Jacob. Macht euch bereit! Es geht los heute Nacht.«

Lucas und Julian saßen in der Waffenkammer und kontrollierten ihre Kampfausrüstung, jeder in Gedanken verloren.

»Wenn sie meine Partnerin wäre«, murmelte Julian und richtete sich seine Brille, »würde ich mit Nat sprechen.«

Sein Freund sah sich um und beugte sich nach vorne. »Was soll ich ihm sagen?«, flüsterte Lucas.

»Die Wahrheit!«

Prüfend blickte der Warrior in die Augen seines Kameraden. »Die Wahrheit? Ja, ich liebe Beky, aber es wird für uns keine Zukunft geben.«

»Wer sagt das?«

»Fin wird einen Warrior mehr niemals zulassen.«

»Nein. Ganz im Gegenteil. Fin ist abergläubisch. Wir sind jetzt dreizehn im Circle.«

Als sich Lucas' Schweigen in die Länge zog, fasste Julian nach der Schulter seines Freundes. »Nur jetzt habt ihr beide eine Chance.«

»Wie sollen wir zu Purus kommen und wer soll es Beky geben?«

Julian lachte und richtete sich abermals die Brille. »Seid kreativ. Es gibt immer Wege.«

Mit diesem Gedanken ließ er seinen Freund für kurze Zeit allein, um Munition zu holen.

»Hast du das gesehen?«, fragte Lucas, als Julian wieder zurückkam.

»Was gesehen? Travis?«

»Ja. Das ist ein wieder eine unscharfe Aufzeichnung von ihm.«

»Ja, leider. Es wurde mit zittriger Hand aufgenommen.«

»Ja, aber ich denke, man kann es so weit bearbeiten, dass man sein Gesicht zumindest so gut wie erkennt. Es wäre hilfreich für dich.«

Julian dachte nach. Auch er war mit einer Waffe beschäftigt, allerdings mit einer automatischen Schusswaffe, die auf dem Gatling-Prinzip aufgebaut war. »Wieso für mich hilfreich?«, fragte er.

Lucas lächelte. »Du willst ihn töten.«

»Wenn es mir möglich ist, ja. Aber wir wissen nicht, ob er ein Purist ist.«

»Nimm dir genügend Äthanol-Patronen mit. Du wirst es ohnehin schnell wissen, ob er Purist ist, oder nicht.«

»Ja, wäre so mein Plan gewesen.«

»Der Alkohol wird ihn stoppen.«

Lucas hielt kurz inne und starrte seinen Freund an.

»Was ist?«, fragte Julian.

»Hast du Angst?«

Sein Freund schüttelte den Kopf. »Nur ein ungutes Gefühl. Ich weiß nicht, aber ich befürchte, wir sind schon zu spät.«

Das Licht im Raum begann, abermals zu flackern. Julian sah hoch. »Es flimmert schon wieder. So geht es schon die ganze Zeit.«

»Wir haben es schon einmal geschafft, wir werden es wieder schaffen.«

»Lucas, das war 1945. Heute ist alles etwas anders. Mit Ezilion und X23y bewegen wir uns auf fremdem Terrain.« Er stöhnte und legte die Waffe zur Seite. »Wir wissen nicht viel. Um genau zu sein, wir wissen nichts. Fin glaubt, er kann Brock stürzen. Doch der Mann ist ein wahnsinniger Purist, tausendmal gefährlicher als Hitler. Und der Circle musste viel tun, um den Deutschen zu finden und ihn auszuschalten. Was kann uns mit Brock alles passieren?«

Beide verstummten und richteten ihre Blicke wieder auf die Waffen.

»Pass auf dich auf«, sagte Lucas. »Lass die Kamera immer an, auch das Headset.«

»Du bist wie Siedah. Sie hat mich auch ermahnt. Aber … komm schon, ich habe ein einziges Mal das Headset abgeschaltet. Natürlich lasse ich es an.«

»Ja, und was hat es dir gebracht? Einen Krankenhausaufenthalt und tagelanges Stöhnen und Ächzen.«

Lucas lächelte und klopfte Julian auf die Schulter. »Du bist mein bester Freund, also pass bloß auf dich auf und lass dich nicht beirren. Egal was passieren wird, bleib auf Spur, Julian!«

»Was soll passieren? Travis wird mich nicht töten, selbst wenn er Ezilion hat. Er wird es nicht tun.«

»Bist du dir da sicher?«

»Ja.«

»Warum?«, wollte Lucas wissen.

»Weiß ich nicht. Nur ein Gefühl.« Auch Julian sah seinen Freund mit ernster Miene an. »Frag mich nicht, warum. Ich weiß es einfach. Er wird mich nicht töten.«

Beide verstummten und widmeten sich wieder ihrer Arbeit.

Schließlich erhob sich Lucas seufzend, strich seine Hose glatt und klopfte seinem Freund erneut auf die Schulter. »Pass auf dich auf, ich bitte dich«, mahnte er abermals und verließ schweigend die Kammer.

ENGLAND, CAMBRIDGE, MANOR HILL, SEPTEMBER 2021

Wieder auf Manor Hill stand Travis am Fenster und blickte in die Nacht. *»Heute«*, sagte er sich, *»heute wird der Circle erfahren, wer ich bin.«*

Er schloss die Augen und lehnte den Kopf an die kalte Scheibe. *»Denk nach Travis, denk nach«*. Er versuchte seinen Verstand zu benutzen. Aber worüber? Er verschränkte die Arme und umschloss das kleine Fläschchen in seiner Hand noch fester. Ein langer, tiefer Seufzer drang aus seiner Brust. Unweigerlich musste er lachen. Dieser Narr Brock war nach Taras Ermordung derart mit sich selbst beschäftigt, dass er Travis und seinen Regenten keine Beachtung mehr schenkte. Spedding, neben Brock der einzige Purist unter den Regenten und unter Rufus' Lakaien, konnte sich für ein normal sehendes Auge viel zu schnell bewegen, sodass keiner sah, was er in Brocks geheimen Räumen tat. Er hatte die einzige kleine Ampulle Ezilion, die Dr. Jutchenkow bis jetzt hergestellt hat, gestohlen.

»Travis?« Naruto war stillen Schrittes gekommen und stand nun hinter ihm.

Spedding ließ das Fläschchen wieder in seiner Hosentasche verschwinden und wandte sich um. »Naruto! Lektion verstanden?«, fragte er.

»Ich werde dich nicht enttäuschen.«

»Das weiß ich.«

»Sie kommen heute Nacht, oder?«

Travis nickte. »Ja, ist anzunehmen.« Müde ging er auf seinen

Krieger zu. »Ich weiß nicht, was heute Nacht passieren wird.«

Freundschaftlich klopfte er dem Group auf die Schulter. Das Licht flackerte abermals, wie bereits den ganzen Tag.

»Sie werden kommen«, wiederholte Spedding. »Und sie werden schonungslos sein. Sie werden versuchen, euch zu töten. Euch alle. Aber mach dir um mich keine Sorgen.« Er lächelte leise. »Mich werden sie am Leben lassen.«

»Travis?« Naruto neigte den Kopf zur Seite. »Bring dich in Sicherheit«, drängte er.

Spedding grinste. »Nein, Naruto. Ich bin kein Feigling. War ich noch nie.«

»Aber ohne dich wird es Paragon nicht geben.«

»Naruto! Paragon wird es auch ohne mich geben.« Er wandte sich ab. »Und sollte heute einer von euch überleben, werdet ihr am eigenen Leib erfahren, was Paragon ist.«

»Travis, du machst mir Angst. Zweifelst du? Jetzt, so kurz vorm Ziel?« Der Group griff nach Travis' Arm.

»Nein, ich zweifle nicht. Ich fürchte mich, wie du. Ich habe Angst vor dem, was kommen wird.«

Kito kam mit einer Nachricht in den Raum. »Der Leichnam ist im Keller.«

Wieder musste Travis lachen, obwohl ihm nicht danach war. »Jetzt haben wir wirklich eine Leiche im Keller. Verrückt!«

»Ich habe euch Reden gehört.« Kito kam näher. »Naruto hat recht. Du solltest dich in aus der Gefahrenzone bringen«, sagte er und drängte den Group zur Seite.

»In Sicherheit?« Travis schüttelte den Kopf. »Welche Sicherheit?«

»Heute Nacht schalten wir den Circle aus«, krakeelte Naruto in freudiger Erwartung und verließ den Raum.

Speddings Miene verriet wenig über seine Emotion, das Gesicht war eine Landkarte ohne Gefühl.

»Das wolltest du immer, oder?«, hakte Kito nach. »Travis! Was ist los mit dir?« Grob packte er Spedding am Arm. »Was ist geschehen in Ulaanbaatar?«

Travis drehte sich um. »Nicht das, was ich erwartet hatte. Ich wollte eine Welt ohne Krieg und ohne Unterdrückung. Ich wollte eine Welt, in der wir alle gleich sind.«

»Du wusstest, dass es nicht einfach wird. Die Menschen werden diese Veränderung nicht einfach hinnehmen.«

Das war allen Regenten klar gewesen und es war eine logische Handlung, dass es zu Aufständen kommen würde. Aber Travis wollte keine Volksverführung wie einst 1930, er wollte eine friedliche Welt. Und er wollte nie wieder einen Demagogen an der Macht sehen.

»Ja!«, stöhnte Spedding und blickte wieder durch das Fenster. In der Stadt unter ihm war es dunkel geworden. Das elektrische Licht war zur Gänze ausgefallen, tote Ampeln und sämtliche Anzeigetafeln der öffentlichen Verkehrsmittel waren schwarz geworden.

»Ja«, wiederholte er. »Jetzt ist es zu spät. Ich kann nichts mehr aufhalten.«

SCHOTTLAND, ISLE OF SKYE, CIRCLE STAMMHAUS, SEPTEMBER 2021

Teewasser kochte in der Küche, als Erin bei Siedah anklopfte.

»Oh, Erin! Möchtest du Tee?«

Erin kam langsam in die Küche »Ja, bitte.«

»Dieses Video …«, begann Siedah. »Ich denke, das werde ich niemals mehr vergessen.«

Riley streichelte Finny und hob sie hoch, sofort schnurrte das Kätzchen. »Niemand wird dieses Video jemals vergessen können. Der Circle wird diesen Mann nicht aufhalten können.«

»Ja. Der Circle vielleicht nicht, aber vielleicht geschehen noch Wunder.«

Erin schnaubte. »Meinst du?«

»Wer weiß das schon? So schnell wird sich die Welt nicht ergeben. Die Menschen werden kämpfen, so wie sie es immer getan haben.«

»Wir sind 13. Alle sind wahnsinnig beunruhigt. Sogar Nat, der normalerweise Nerven aus Stahl hat.«

Siedah goss den Tee auf. »Ich denke, das kommt davon, dass es wie bei einer Gleichung ist. Es gibt zu viele Variablen, die zu keiner Lösung führen.« Sie reichte Erin die Tasse. »Der Circle fürchtet die Tatsache, dass er nichts weiß. Die einzige Verbindung ist jetzt weg und die kam nicht einmal wirklich vom Circle, sondern von Fins Freundin.« Siedah hielt kurz inne und sah zu Erin. »Was hat es mit der Zahl Zwölf auf sich? Dieser Aberglaube von wegen 13«

»Es waren immer zwölf Warriors, wenn du das meinst.«

»Also zwölf Puristen.«

Erin nickte.

»Aber es sind dreizehn«, erwiderte Siedah.

»Wenn wir dich dazu zählen, hast du vollkommen recht.«

Finny miaute. Schnell verkroch sich das Kätzchen unter der Couch.

»Und Fin ist abergläubisch und der Meinung, die Zahl bringt Unglück«, hakte Siedah nach.

»Ja, so wird es erzählt und auch gelebt«

»Seltsam«, äußerte sie sich weiter zu eben Genannten. »Mit Fin waren es immer dreizehn.«

Riley erstarrte, hatte sich aber schnell wieder im Griff und zuckte mit den Schultern.

Siedah neigte den Kopf zur Seite und blickte Erin prüfend an.

Finny kam zurück und strich um ihre Beine, den Schwanz zitternd in der Höhe. Das Licht ging aus.

»Schon wieder«, jammerte Erin und sah hoch. »Stromausfall.«

»Die Probleme mit dem Strom gibt es schon länger. Aber keiner hat sich dem angenommen. Auch das WLAN fällt immer wieder aus. Irgendwie ist alles surreal im Moment. Ich hoffe nur, dass alles gut ausgehen wird.«

Beunruhigt sah Sam auf die Uhr. Nat verspätete sich. Die Substanz musste täglich genau zum selben Zeitpunkt gegeben werden.

»Habe ich dir schon gesagt, dass ich dich liebe?«

Erschrocken blickte Sam hoch. »Da bist du ja!« Sie fiel Nat in die Arme. »Nein, hast du nicht, aber ich weiß es.«

Er lächelte, »Und ich weiß, dass du mich liebst.«

Sam löste sich aus der Umarmung. »Aus dem nächtlichen Spaß wurde schließlich Liebe. Das kann vorkommen«, sagte sie. Im Hintergrund spielte Piafs »La vie en rose«.

»Meine Güte.« Sam zog eine Spritze mit einer gelblichen Lösung auf. »Ich hasste Piaf und du hast sie wie eine Göttin verehrt.«

»Du warst eifersüchtig?«, fragte Nat und machte den Arm frei.

»Und wie.« Sie setzte an. »Sie war nicht einmal schön.« Sie piekste ihn heftiger, als sie wollte.

»Nicht so grob!«, mahnte Nat.

»Sei nicht so zimperlich.«

»Es brennt«, jammerte er.

»Ja, das ist neu. Ich habe es heute bemerkt.«

»Fühlst du schon etwas?«, fragte er sie und sah auf den Arm.

»Nein, nichts.«

»Hm … komisch. Vielleicht weil wir Puristen sind.«

»Ja«, stimmte Sam zu. »Möglicherweise.«

»Wir starten gegen Zwei Uhr früh.«

»Ja, ich weiß. Ich werde bereit sein.« Wieder schlang sie ihre Arme um ihn und er drückte sie fest an sich. »Versprich mir, dass du aufpasst«, sagte Sam und küsste ihn.

»Natürlich.« Nat grinste. »Das tu ich immer.« Er strich ihr übers Haar. »Deine Haare werden weiß.«

»Weil ich alt bin«, sagte Sam und lächelte.

»Was hältst du von Siedah?«, wollte Nat wissen.

Sie holte tief Luft. »Scharfsinnig und gefährlich.«

»Gefährlich für uns?«

»Nein.« Sie hob ihren Kopf und fuhr Nat durch sein Haar, das langsam zu ergrauen schien. »Nein, nicht für uns. Ich denke, Siedah ist die einzige Person, die uns retten kann.« Sie hielt kurz inne. »Siedah Stevenson wird Brock aufhalten können.«

Nat lachte. »Meinst du? Was ist mit uns?«

»Wir? Wir beide werden ihr dabei helfen.«

Er küsste sie ein letztes Mal und löste sich aus ihrer Umarmung.

»Wenn alles vorbei ist, heirate ich dich«, versprach Nat.

Sam musste laut auflachen.

»Travis …«, flüsterte Lucas. »Travis … Der Name … Was hat es mit dem Namen auf sich?«

Tief in seinem Innersten spürte er, dass der Name ein Hinweis war. Spedding … Travis … Spedding … Travis. Er seufzte, lehnte sich wieder vor und begann zu googeln. Spedding … Er kannte den Namen, aber woher? Er tippte den Namen ein. SPEDDING … Zur Auswahl kamen der Musiker Chris Spedding, ein Rugby Spieler, aber viel mehr gab es zu diesem Namen nicht zu ergründen. Gedankenverloren kratzte sich Lucas am Kopf und verwuschelte sein blondes Haar noch mehr.

»Hm …« Er seufzte. »Spedding? Warum sagt mir der Name was?«, murmelte er.

»Was suchst du?«, wollte Beky wissen und kuschelte sich an ihn.

Er sah ihr in die Augen »Haben wir uns je Gedanken über Speddings Namen gemacht?«

»Bestimmt«, sagte Beky. »Julian und Nat haben mehrmals versucht herauszufinden, wer Travis Spedding ist.«

Lucas hob den Zeigefinger. »Nein. Nicht wer Travis Spedding ist, sondern woher der Name kommt.«

»Himmel, Lucas«, meinte Beky genervt. Sie hatte sich den letzten gemeinsamen Abend mit ihrem Freund anders vorgestellt.

Abwehrend hob dieser die Arme. »Nein, es geht mir nicht um den Namen ›Travis Spedding‹. Wer sagt, dass das sein richtiger Name ist?«

»Ach, Lucas«, antwortete sie. »Es gibt nichts zu Travis Spedding.«

Lucas gab sich geschlagen. Es hatte keinen Sinn, mit ihr zu diskutieren, zumal er meinte, dass sie Recht hatte. Dennoch … Gab es da was … Travis Spedding … Spedding. Er legte Laptop und Unterlagen zur Seite und beiden schmiegten sich eng aneinander. Sie küssten sich und Beky zerrte an seinen Hosen.

»Komm zieh dich aus«, hauchte sie, doch Lucas hielt inne. Er hatte es plötzlich vor seinem geistigen Auge. Er entzog sich der Umarmung und griff abermals nach seinem Notebook.

ENGLAND, CAMBRIDGE, MANOR HILL, SEPTEMBER 2021

Der Strom ist vollkommen weg«, schrie einer der Groups zu ihnen hinauf. »Weder Radio noch Fernsehen funktioniert und das Handynetz ist ebenfalls so gut wie tot.«
Benommen hatte Travis schnell begriffen, was passiert war. Unter der Bevölkerung war Hektik ausgebrochen. Schaudernd beobachtete er, wie es in den Supermärkten finster geworden war und Menschen an Geldautomaten standen, die nicht mehr funktionierten. An den Tankstellen standen zweifelnde Autofahrer, die nicht verstanden, warum aus den Zapfsäulen kein Treibstoff mehr kam.

Er sah auf die Uhr, seine grauen Augen streiften über seine beiden Soldaten, die verwirrt waren. Er senkte den Kopf und lächelte.

»Travis!«, fauchte Kito der noch immer im Raum stand. »Travis! Komm zu dir. Wir haben einen Blackout und der Circle ist auf den Weg zu uns.« Hektisch fuchtelte der Group mit seinen Händen. »Sie kommen! Was sollen wir tun? Alle warten auf deine Anweisungen.«

Travis griff in seine Hosentasche. *»Es ist noch da«*, dachte er. *»Ezilion.«* Das Kostbarste, was er im Moment besaß, war eine Flüssigkeit, die einen Wahnsinnigen töten konnte.

»Es sind Puristen, ihr werdet sie nicht töten können.«

Naruto kam aufgeregt zurück. »Ahhh … Travis wir haben reichlich Äthanol-Patronen! Ich schlage vor, sie alle mitzunehmen.«

Travis nickte. »Ja, nehmt euch reichlich davon. Seht zu, dass alle das einfache Purus erhalten. So seid ihr zumindest ein wenig geschützt.«

Die Einzelhaft hatte Naruto verändert. Aus dem oft so zerstreuten Soldaten war ein aufgebrachter Mann geworden. Wütend und in Rage geraten. Angriffslustig und aggressiv.

Wieder brüllte Naruto. »Travis!« Er packte seinen Anführer an den Schultern und schüttelte ihn. »Travis!«

»Hör sofort auf damit!«, fauchte Spedding. Zum ersten Mal seit Langem reagierte Spedding wie früher. Seine Augen waren weiß geworden, Zorn loderte. Aber Naruto hatte sich auf ihn gestürzt. »Travis, komm zu dir!«, schrie er.

»Lass mich sofort los und mach das nie wieder!«, drohte Travis. »Ich werde nicht noch einmal so nachsichtig mit dir sein.«

Ohne ein weiteres Wort zu sagen, löste sich Naruto aus der Umklammerung und ging.

Kito, der der Szene beiwohnte, schüttelte den Kopf. »Was um alles in der Welt ist in Ulaanbaatar passiert? Warum haben wir eine Leiche von einer fremden Frau im Haus? Warum will Brock, dass der Circle uns findet?«

Travis schüttelte den Kopf. »Es geht nicht um uns, hier geht es um den Circle. Er will dem Circle den Garaus machen.«

»Aber warum plötzlich? Und wie? Die Groups verstehen es nicht und sie haben Angst, Travis. Angst, dass sie versagen und Paragon ohne sie entstehen könnte.«

»Mit oder ohne uns. Mit oder ohne dem Circle. Paragon wird kommen. Aber«, er ging auf Kito zu, »es wird anders werden, als du denkst oder es dir vorstellen kannst.«

SCHOTTLAND, ISLE OF SKYE, CIRCLE STAMMHAUS, SEPTEMBER 2021

Perplex musterte Julian seinen Vorgesetzten. »*Sie haben es getan*«, schloss er und schüttelte den Kopf. »*Was um alles in der Welt ist in euch gefahren?*«

Julian rief sich ihre Worte in Erinnerung. »*Tierversuche haben ergeben, dass X23y im Grunde Purus gleicht, aber bei X23y wechselte das Fell der Ratten von Grau in Schlohweiß.*« Schlohweiß wie Nats, Sams und Siedahs Haare. Sam hatte den Code zu X23y offenbar geknackt. »Wir wissen nichts über Siedah und ihr wollt es nun in einem Selbstversuch herausfinden«, murmelte er sehr leise.

Verblüfft starrten die Warriors Nat und Sam an. Alle waren angetreten und startklar für den Krieg gegen Travis und seinen Groups. Statt einem Warm-up, so wie sie es immer zur Einstimmung vor Beginn eines Einsatzes taten, standen alle 13 Krieger mit Siedah sprachlos vor ihrem Leader und der Ärztin.

»Ihr habt Nerven!«, krakeelte schließlich Erin. »Ihr habt euch schnell die Haare gefärbt! Denkt ihr, dass die Groups euch so nicht erkennen?«

Siedah runzelte die Stirn und blickte zu Julian, der ihren Blick erwiderte und mit den Achseln zuckte. Was war passiert? Sie waren anders. Nicht größer, nicht kleiner und dennoch anders. Furchteinflößend. War es die Entschlossenheit, Travis Spedding nun endlich ein Ende setzen zu können, oder … Ja oder war es etwas anderes?

Wie der Rest der Truppe hielt Nat einen Gefechtshelm in seiner Rechten, hatte aber noch keine Sturmhaube übergezogen. Alle trugen bereits ihre Munitionswesten, in denen Ersatzmagazine, Funkgeräte, Taschenlampen und unzählige Phiolen vom einfachen Purus verstaut worden waren. Knie- und Ellbogenschützer gehörten genauso zur Ausrüstung wie Halbfinger-Handschuhe, Gürteltasche und Beinholster für noch mehr Waffen. So standen die Warriors ihrem Leader gegenüber und stapften unruhig von einem Bein auf das andere.

Julians Gedanken kreisten. Wem gehörte der Pharmakonzern Zweyg Pharmaceutical und wer war Travis Spedding? Außerdem konnten sie nicht herausfinden, wie Brock Paragon finanzieren wollte.

»Wir wissen heute nicht, was uns erwarten wird. Aber seid vorsichtig«, hörte er Nat sagen.

Angespannt sah er durch das Fenster, Wolken zogen am Himmel vorbei. Es war düster geworden. Kurzes Schweigen herrschte, ehe Nat mit ernster Miene fortfuhr: »Keine Sondereinsätze, von niemanden. Ihr hört auf mich und auf meine Kommandos und ihr hört auf die anderen. Seid ständig in Kontakt untereinander. Habt alle Augen und Ohren offen. Scannt das Umfeld um euch genau ab. Wir haben keine Ahnung, ob sich Ezilion bereits in Travis' Besitz befindet. Ist es wahr, was wir herausgefunden haben, kann es uns töten. Kein Purus wird uns zurückholen können. Und schon gar nicht das einfache Purus.«

Julian lächelte, als er seinen Leader beobachtete. Nat ergriff Sams Hand und fuhrt fort: »Sollte ich getroffen, verletzt oder gar getötet werden …« Er streichelte Sams Handrücken behutsam und sah sie an. »Lucas wird den Einsatz weiterleiten. Er fungiert gemeinsam mit Erin und Jacob als Wachposten und hat alles genau im Visier.« Abermals herrschte betretenes Schweigen. Bewundernd starrte Julian das Paar an. Sam, ruhig, beinahe entspannt, an Nats Seite und der Leader selbst, nur berührt von der offensichtlichen Liebe der Ärztin. Sie hatten beide keine Angst.

Was auch immer letzte Nacht geschehen war, sie hatten Frieden geschlossen, komme was wolle.

»Macht euch startklar«, befahl Nat seinen Warriors schließlich. »Es geht in fünf Minuten los.«

Lucas war abgelenkt. Es fiel ihm schwer, den Anweisungen seines Leaders zu folgen. Das handelte ihm ein Tadel von Jacob ein. »Mann! Lucas, konzentrier dich! Was ist los mit dir?«

In der vergangenen Nacht meinte er, etwas gefunden zu haben. Er spürte, das war die erste richtige Spur. Er hatte nach einem Mann namens »David Spedding« gesucht. Er war ein britischer Nachrichtendienstmitarbeiter und später Leiter des Auslandsgeheimdienstes Secret Intelligence Service. Spedding arbeitete im Libanon, zur selben Zeit wie der Circle. Es war ein Rätsel, das es zu lösen galt, denn für Lucas war jetzt eines sonnenklar: Travis Spedding war ein falscher Name. Er hieß im echten Leben einen anders. Doch wie? Und warum verband er David mit Travis Spedding?

ULAANBAATAR, SUKHBAATAR PLATZ, PEACE AVENUE, SEPTEMBER 2021

Als Fin und Kayleigh 4. September um 5.45 Uhr in Ulaanbaatar ankamen, herrschten bürgerkriegsähnliche Zustände. Bei einer Serie von Plünderungen und Aufständen in der Nacht waren die ersten Menschen durch das Militär getötet worden. Die Lage in der eiskalten Stadt war eskaliert und die Armee verhaftete aufgebrachte Menschen scheinbar willkürlich, um die Situation etwas in den Griff zu bekommen. Die gewalttätigen Übergriffe der Soldaten wandten sich in erster Linie gegen die Widersacher der Referierenden, welche für die Aufhebung der Unterscheidungen von Religion und nationaler Herkunft lautstark aufriefen.

Entsetzt stellte das Duo fest, dass Paragon – eine Welt ohne Unterscheidungen von Religion und nationaler Herkunft – hier bereits Bestand hatte. Neben dem Chaos in den Straßen herrschte Dunkelheit, kein Licht, kein Strom, nichts schien hier mehr zu funktionieren.

»Fin, ruf den Circle an«, schrie Kayleigh, die von fliehenden Passanten beinahe zu Boden gerissen worden war. »Wir müssen den Circle, Nat und seine Warriors warnen.«

Kayleighs mahnende Worte schienen Fin aus Bewegungslosigkeit zu rütteln. Er sah sich um. »Ja, du hast recht.«

»Verdammt«, brüllte Kayleigh. »Das Netz ist ausgefallen. Die mobile Welt ist tot.« Sie hob die Hände. »Hier ist Krieg, Ausnahmezustand und …« Sie schüttelte den Kopf. »Chaos!«

Eine Frau kam in heller Aufregung auf sie zugelaufen. Sie hielt ein kleines Mädchen auf dem Arm, das bitterlich weinte. Die Dreiergruppe befand sich inmitten des Zentrums der Unruhen. Schüsse hallten durch die Luft und ließen alle zusammenfahren. Das Brüllen des Militärs mit den fliehenden Menschen war ohrenbetäubend. Leuchtraketen erhellten den Himmel, die Schaufenster der Läden wurden eingetreten, Plünderer machten sich ans Werk. Ein Helikopter flog über die Stadt und rief über Lautsprecher zur Vernunft auf.

»Folgt alle dem Zeichen Paragons – sucht das gelbe P und folgt ihm. Dort wird euch geholfen werden. Dort seid ihr in Sicherheit.«

»Von wegen!«, sagte Fin und kämpfte sich durch die hysterische Menschenmenge. Seine Augen konnten ihn nur trügen. Er konnte nicht glauben, was er sah. Es war unmöglich, dass es schon wieder geschah. So viele Jahre später sollte abermals Furchtbares in die Geschichte der Menschheit eingehen? Ausgelöst durch einen Wahnsinnigen und seine Lakaien? Erneut eine Diktatur aufgebaut werden? Nein, keine Diktatur, eine Autokratie. Ins Leben gerufen durch eine Personengruppe, die es sich zum Ziel gesetzt hatten, eine alleinherrschende Macht auszuüben. Rücksichtslos. Wie damals, vor achtzig Jahren, als Hitler mithilfe von gezielter Propaganda einen Personenkult rund um sich selbst ausgelöst hatte.

»Dort!«, schrie ein Mann und alle folgten seinem Handzeichen. »Dort ist ein Zeichen.«

Panisch lief die Masse los. Sie trampelte über Frauen und Kinder, die gestürzt waren. Niemand kam zur Hilfe. Fin hob ein kleines Kind hoch, das fürchterlich weinte und nach seiner Mutter rief. Nicht unweit lag ein lebloser Körper. Die Kleine rief noch immer und zeigte auf den Menschen. Die furchtbare Gruppendynamik, die entstanden war, trat alles nieder, was sich in den Weg stellte. Endlich kam schreiend ein Mann auf sie zugelaufen und entriss Fin das Mädchen. Sofort beruhigte es sich.

»Wir müssen hier weg!«, forderte er und lief los. Er musste Brock aufhalten und er musste den Circle warnen. Aber wie? Ohne Handynetz? Ohne Festnetz?

»Hier lang!«, rief Kayleigh und bog in eine Seitenstraße. Fin hastete hinterher. An einer Ecke machten sie vollkommen außer Atem Halt.

»Mein Gott!«, keuchte Fin. »Ausnahmezustand! Wir müssen Brock aufhalten, ehe sich dieser Zustand wie eine Seuche überall ausbreiten wird.«

»Wir brauchen ein Telefon!«, erinnerte Kayleigh, »Wir müssen den Circle warnen!«

»Nicht nur den Circle!«, meinte Fin. »Wir müssen versuchen, den Premierminister zu erreichen!«

»Ich habe mit dem Handy gefilmt«, sagte Kayleigh. »Wir müssen irgendwie versuchen, das Video zu verschicken.«

»Kein Mensch wird uns glauben!«

»Brock ist von der Welt sicher nicht abgeschnitten«, nahm Kayleigh an. »Tara hat mir vor zwei Monaten eine Karte zukommen lassen. Ich glaube, es ist nicht mehr weit.«

Sie faltete das Blatt Papier auf und markierte die Stelle, an welcher sie sich gerade befanden.

»Wir sind hier«, zeigte sie. »Und müssen dorthin!«

Ein Zischen erklang und eine Granate explodierte in unmittelbarer Nähe. Erschrocken zuckten beide zusammen. Der Boden vibrierte. Scheiben barsten. Splitter flogen durch die Luft. Schreie, gefolgt von einer weiteren Explosion. Das Rattern von Maschinenpistolen hallte durch den frühen Morgen. Der Helikopter zog einmal mehr seine Runden über die tobende, außer Kontrolle geratene Stadt. Sie hörten das krachende Geräusch eines Panzers, der über Scherben, zerstörte Autos und tote Menschen fuhr, welche die Straßen säumten und die niemand zur Seite schaffte.

Fin blickte auf die Uhr. Es war 6.45 Uhr. Er schüttelte den Kopf und schnaubte: »Oh mein Gott.« Entsetzt fuhr er sich durchs

Haar. »Was ist hier genau passiert?«, fragte er mehr sich selbst als die anderen.

Kayleigh sah sich um. »Das Militär nimmt scheinbar willkürlich Männer und Frauen fest.«

»Ein inszenierter Pogrom, der Angst und Schrecken einjagen will«, stellte Fin fest.

Wieder hörten sie über Lautsprecher lautes Gebrüll, das in mehrere Sprachen übersetzt wurde: »Die Erde schlägt zurück. Es ist der Zorn der Erde.«

»Was für ein Zorn?« Kayleigh griff sich erschüttert an den Kopf. »Das ist verrückt.«

Wieder kam heftiges Geschrei aus den Lautsprechern. »Lasst es nicht zu. Folgt dem ›P‹ und stimmt für die Aufhebung aller Religionen und nationaler Herkünfte. Lasst es nicht zu.«

Es war Fin, der den Kopf schüttelte. »Was sollen sie nicht zulassen?«

Erneut ertönte: »Lasst es nicht zu. Folgt dem ›P‹.«

Schüsse fielen und wieder kreiste der Helikopter über ihre Köpfe. »Folgt dem ›P‹«, dröhnte es abermals und: »Lasst es nicht zu.«

Ein Mann lief an dem Duo vorbei. Fin, der hiesigen Sprache nicht mächtig, versuchte mit Gesten, den Flüchtenden aufzuhalten. Er zeigte auf den Helikopter und deutete ein Megafon an. Ein langsames, englisches Wort fragte er. »*WAS … SOLLEN … WIR … NICHT … ZULASSEN?*«

Der Mann schüttelte den Kopf und antwortete im gebrochenen Englisch: »Wir wählen. Wir müssen für ›P‹ stimmen, sonst wir verhaftet. Müssen melden, wer ›P‹ nicht will.«

»Was?«, keuchte Kayleigh.

»Wir sind tot«, fuhr der Mann fort. »Wir sind tot, wenn wir nicht das wählen, was uns die neue Regierung vorgegeben hat.« Er wischte sich den Schweiß aus der Stirn. »Alle, die nicht für ›P‹ stimmen, holt das Militär ab.«

Fins Augen waren groß geworden. »Es sind keine willkürlichen Verhaftungen. Die Menschen, die sich weigern, dem P zu folgen, werden verhaftet oder getötet.«

Angesichts der erschütternden Fakten bedankten sie sich bei dem Mann und liefen schweigend weiter.

Abrupt blieb Fin stehen. »Holen wir uns Brock.« Er drehte sich um seine eigene Achse. »Versuchen wir, dem ein Ende zu setzen.«

ENGLAND, CAMBRIDGE, MANOR HILL, SEPTEMBER 2021

22.45 Uhr. Es war eine gespenstische Nacht. Beinahe wie aus einem Geisterroman. Der Mond schien unnatürlich und erhellte die Szenerie. Nebelschwaden krochen über den Boden. Der dahinter liegende Wald war in eine surreale Schwärze gehüllt. Ein leises Plätschern, ein kleiner Fluss, zog sanfte Wellen vor sich her. Eine Allee mit hohen Bäumen führte zu dem riesigen Gebäude, das von hohen Gitterstäben umzäunt war.

Als sie das Anwesen erreichten, war es totenstill. Nichts regte sich. Nur ein kleines Lüftchen ließ die Blätter der Bäume rascheln. Die Warriors, verbunden mit Headsets, in Kampfausrüstung und schweren Maschinenpistolen, warteten auf ein Zeichen ihres Leaders.

»Team Zwei, könnt ihr mich hören?«, flüsterte Nat.

Er hörte zustimmendes Gemurmel.

»Team Drei, und ihr?«

Wieder ertönten verschiedene Stimmen.

»Sam, ihr beide seid da?« Nats Stimme war belegt, als er Sams Namen aussprach.

»Wir sind beide da«, antwortete die Ärztin. In den Worten lag ein seltsames Zittern, das nur Nat hören konnte er hatte ein ungutes Gefühl. Was wenn das, was jetzt folgen sollte, ein Himmelfahrtskommando war? Ezilion!

Nach dem Gespräch mit Nat musste Sam eine Träne wegblinzeln und band sich ihren Zopf neu.

»Steht dir gut«, hörte sie Siedahs aufmunternde Worte.

»Was meinst du?«

»Die neue Haarfarbe. Silber … oder weiß?«, hinterfragte sie. »Eine Gemeinsamkeit?«

Wieder kämpfte Sam mit den Tränen. »Hm … Ja.« An Siedah gewandt fügte sie hinzu: »Gestern …« Sie stockte. »Er hat mir gestern einen Heiratsantrag gemacht.«

Siedahs Augen wurden groß. »Nein. Nat?«

»Ja.« Sam lächelte. »Ja.« Sie holte tief Luft und zögerte. »Er muss überleben, sonst werde ich sterben.«

»Nein, wirst du nicht.« Siedah griff nach Sams Hand. »Du wirst nicht sterben und er auch nicht.«

»Woher willst du das wissen?«

Siedah zuckte mit den Schultern. »Es mag heute viel passieren, aber ich habe da so ein Gefühl, dass du und Nat …« Sie kam nicht mehr weiter, denn sie vernahmen ein grummelndes Geräusch.

»Okay. Wir hatten es nie mit etwas Derartigem zu tun.« Nats Mikro war an. »Wir wissen nicht, wie Ezilion wirklich auf uns wirkt. Seid vorsichtig. Wir könnten alle heute Nacht …«

»Sterben …«, flüsterte Sam.

Es war kurz still, ehe Nat wieder fortfuhr: »Wir könnten dem heute Nacht ein Ende setzen. Gestorben wird ein anderes Mal.« Er setzte ein Flüstern nach: »Nicht heute, Sam.«

Wieder Stille. Noch einmal schienen sich alle sammeln zu wollen.

»Gut.« Angriffslustig gab Nat das Zeichen zum Start. »Lasst uns diesen Spuk nun beenden.«

Langsam steuerte er sein Fahrzeug auf Manor Hill zu. Geräuschlos stiegen die Warriors aus dem Auto aus. Mit schnellen und geübten Schritten hatten sie sich formiert und das Haus umstellt. Langsam pirschten sie sich an. Julians Team verteilte sich ebenso still und leise außerhalb des Geländes. Nats Herz hämmerte ungewöhnlich schnell. Er musste sich konzentrieren. Die

Groups waren vorbereitet. Sie hatten gewusst, dass der Circle heute Nacht zuschlagen würde und sich um das Anwesen ebenso gut positioniert. Es schien, als wagte keiner, den ersten Schuss abzugeben. Schließlich hörte er lautstark eine Stimme, die zum Kampf aufrief. Ein ohrenbetäubendes Geräusch ließ alle zusammenfahren.

»Panzerfaust!«, schrie Valentin und duckte sich automatisch.

Nat, Caspar, Ethan und Logan gingen in Stellung und hoben ihre Waffen. Ein glühender Feuerball erhellte die dahinscheidende Nacht und machte sie zum Tag. Plötzlich schossen Kugeln von allen Seiten durch die Luft, Schreie hallten durch den beginnenden Morgen. Ein blutendes Bündel ging zu Boden. Die krachenden Geräusche der Maschinenpistolen zerschmetterten Fenster. Ein Group lief hinkend davon. Nat sah, wie er sein rechtes Bein nachzog. Aus dem Oberschenkel schoss das Blut in Strömen.

Er hatte gewusst, dass sie über die Mauer klettern konnten und es schaffen würden, aber sie mussten schnell sein. Rauch und Asche brannten in ihren Augen und machten sie teilweise blind. Während die einen mit ihrem Unterarm versuchten, sich vorm Qualm zu schützen und nicht einzuatmen, rangen andere heftig nach Luft. Ein Auto ging in Flammen auf. Es herrschte hektischer Aufruhr bei den Groups, als Nats Team schließlich scheinbar vollkommen geräuschlos und überraschend über die Mauern kam, Ethan und Nat Granatwerfer anlegten und abdrückten. Ein kurzes Aufleuchten, ein heftiger Knall und die große Tür des Hauptgebäudes flog knallend auf.

Julian und sein Team blieben in Deckung, als das Chaos begann. Panik unter den Groups kam auf, als Caspar eine Panzerfaust schulterte, auf das Gebäude zielte und abfeuerte. Der linke Teil eines Bauwerks ging in Flammen auf. Logan griff nach einer Handgranate und warf. Sie explodierte neben einem Group und zerfetzte seine rechte Gesichtshälfte. Schüsse kamen vom Dach und schlugen neben Ethan und Nat ein. Die Maschinenpistolen der Warriors waren auf Dauerfeuer geschalten.

»Gabrielle, Elias!«, rief Julian. »Wir müssen auf das Gebäude feuern und die Groups aus dem Haus scheuchen.« Er warf einen Blick über seine Schulter. Sekunden später flogen mehrere Sprengladungen auf Manor Hill zu und zerstörten weitere Teile des Anwesens. Groups verließen keuchend teils blutüberströmt ihre Deckung.

»Nat!«, schrie Julian. »Sie verlassen das Haus, du hast freie Bahn. Hol dir Travis, wir schießen dir den Weg frei.«

Noch war kein einziger Warrior getroffen. Nat kämpfte sich weiter mit seinem Team vor. Im Hintergrund gab Julians Truppe ihnen Feuerschutz. Einer nach dem anderen fiel zu Boden. Die Warriors schleuderten ihre Feuersalven ebenso weiter heftig in die völlig überrannten Groups. Aus dem Morgengrauen wurde unheilbringende Morgenröte.

Wieder flogen donnernd Granaten durch die Luft und rissen tiefe Krater in die Landschaft. Aus dem dichten Rauch trat plötzlich eine Gestalt hervor, die Nat als Naruto identifizierte. Dieser kam mit großen Schritten direkt auf ihn zu. Mit Gebrüll stürzte sich der Warrior auf den Group, entwaffnete ihn blitzschnell und packte ihn.

»Wo ist Travis?«

Doch der Mann gab kein Wort von sich, nur ein ohrenbetäubendes, irres Lachen drang aus seiner Kehle. Es schien als brenne die Umgebung lichterloh. Dazwischen stand Nat und hatte Naruto fest im Griff, als plötzlich ein lauter Knall zu hören war. In den Augen des Group flackerte eine Mischung aus Faszination und Verachtung. *»Feuerwerkskörper«*, dachte Nat.

»Was war das?«, hörte er Julian. »Was war das? Und verdammt, wo ist Travis?«

»Ja, was war das«, fragte sich Nat und blickte in die verzückte Miene von Naruto.

»Ja«, hauchte dieser und zog Nat fest an sich. »Was war das?« Er lachte laut auf.

»Ein Schuss! Es tut nicht einmal weh«, dachte Nat und schüttelte den Kopf. Naruto lockerte seine Umarmung, hielt den Leader aber noch immer fest. Der Boden unter ihnen färbte sich schwarz. Blut sickerte in die Erde.

»Viel zu lange«, raunte Naruto. »Du hast schon viel zu lange gelebt.«

Nat lächelte. »Ezilion! Du hast eine Patrone mit Ezilion gefüllt.« Er zog ein Messer aus seinem Beinholster. »Ich lebe seit 104 Jahren.« Mit einem Ruck stach er zu und schob die Klinge tief in Narutos Bauch. »Dann sterben wir eben gemeinsam«, sagte er.

Beide gingen blutend zu Boden ging.

»Ich«, wisperte Naruto, »gebe für Paragon mein Leben. Ich werde als Held krepieren, du als Weichei. Ein Unauslöschbarer, der feige einen Sterblichen angreift.«

Wieder musste Nat lachen. »Unauslöschbar? Hm … So wurde ich nie bezeichnet.«

»Aber nur scheinbar unauslöschbar.« Narutos Worte waren leise geworden. Der Wahn in seinen Augen erlosch allmählich. »Ezilion«, flüsterte er.

Erschöpft nickte Nat. »Ja. Ezilion.« Er bemerkte eine unheilbringende Schwäche. *»Unbekannt, fremd und schon lange her, dieses Gefühl«*, dachte er.

»Abzug!«, flüsterte Nat in sein Headset. Seine Augen waren groß geworden. »Abzug!«, wiederholte er leise.

Dann war es still.

Travis stand unweit auf einer Anhöhe und betrachtete das Spektakel. Ein Schaudern durchzuckte ihn, als er erkennen musste, dass ein Mann zu Boden ging, den er gut gekannt hatte. Er war einst ein Freund gewesen, der nun … tot war?

»Nein«, flüsterte er. »Nein Naruto … NICHT.«

Nathanael Crown lag wie sein Kontrahent am Boden. Blutend und sterbend. Ein Group und ein Warrior.

»Nein«, wisperte Travis noch einmal und fuhr sich mit der Hand an die Lippen. Wieder dachte er, dass die Einzelhaft Naruto verändert hatte. Wütend und aggressiv. »Du hast es mir gestohlen.« Zaghaft griff er in seine Hosentasche und erinnerte sich, wie sich der Group auf ihn gestürzt hatte und Kito dazwischengegangen war. Zu spät. Naruto war als Kind ein Dieb gewesen. Die Raubzüge hatten ihn am Leben erhalten, bis Travis ihn gefunden und eine neue Welt ohne Einbrüche und Diebereien für den jungen Mann begonnen hatte.

»Du hast es mir gestohlen.« Er blinzelte und starrte auf die beiden Gegner, die am Boden lagen. »Und meinen besten Feind und Freund damit getötet.«

Sam war wie erstarrt. »NEIN!« Sie rang nach Luft. »NEIN!«, brüllte sie und sprang aus dem Auto.

Wieder ein Knall. Caspar feuerte auf den ohnehin schon leblosen Naruto, als gäbe es kein Morgen. Hasserfüllt schossen die Warriors wild um sich, alle hatten das Feuer eröffnet und Kugeln schmetterten auf die Groups. Valentin und Ethan zerrten Nat aus der Schusslinie und schleiften ihn in Richtung Sam.

»Sam!«, riefen die beiden Warriors. »Sam, schnell.«

Sam kam schreiend auf den beiden zu. In einer Hand eine Tasche mit hochwertigem Purus.

»Sam!«, brüllte Ethan. »Ezilion!«

Bittere Tränen liefen über Sams Gesicht. Wenn Ezilion das bewirken konnte, was alle anderen vermutet hatten, nämlich dass es Puristen töten konnte, gab es für Sam nur noch eines zu tun.

»Bringt ihn ins Auto. Schnell.« Die Augen der Ärztin waren beinahe weiß geworden. Zorn, Bitterkeit und Wut. »Ihr bleibt da und beendet es«, fauchte sie.

Siedah griff leise murmelnd ein. »Ich helfe dir und komme mit.«

»Nein! Er gehört zu mir und ich kümmere mich darum. Ich lasse Nat nicht sterben, niemals.«

Die Warriors hoben Nats leblosen Körper hoch und legten ihn in das Auto. Mit Vollgas raste Sam los. Eine Staubwolke war das Letzte, was von der Ärztin und dem Leader des Circle zu sehen war.

»Ich glaube«, flüsterte Ethan in sein Mikro, »Nat ist tot. Lucas, übernimm das Kommando, bitte.«

Schweigen.

ULAANBAATAR, SUKHBAATAR PLATZ, PEACE AVENUE, SEPTEMBER 2021

Fin wusste, die Welt stand vor dem Untergang. In rasender Geschwindigkeit und vom Zorn getrieben stürmte er mit Kayleigh durch die Menge und jagte in Richtung Rufus Brocks Residenz.

In vereinzelten und wohl ausgesuchten Elektroläden, die bewusst mit Notstrom versorgt wurden, liefen über TV-Schirme laufend Informationen über den Stand der Dinge. In den Großstädten Europas war ein Bürgerkrieg ausgebrochen, Johannesburg stand in Flammen, im Kreml ging eine Bombe mit Nervengas hoch und der amerikanische Präsident war tot. Zug um Zug brach die ganze mobile Welt zusammen. In vielen Ländern gab es weder Internet noch Handyverbindungen, so erklärte ein Nachrichtensprecher.

»Ich werde diesen Mann töten«, schwor sich Fin. Rufus Brock! Sie jagten dermaßen schnell durch die Straßen, dass die Menschen um sie herum sie nicht wahrnehmen konnten. Er war kein Purist – er war der Ursprung. Finley McAllister war die Quelle von Purus.

Schließlich erreichten sie Brocks Residenz. Erstaunlich einfach und ohne Widerstand.

»Viel zu einfach«, mahnte Kayleigh. »Da stimmt was nicht. Fin …«

»Bring dich in Sicherheit!«, befahl dieser. »Ich hole mir Brock allein und töte ihn.«

»Sei vorsichtig und denk daran, was hier auf dem Spiel steht.«

Fin machte sich erst gar nicht die Mühe, leise zu sein. Er nahm nicht den Aufzug, sondern raste im Stiegenhaus die Treppen hoch. Von draußen kamen lärmende Geräusche. Schreie, Schüsse und Mahnungen des Militärs schallten durch die Lautsprecher. Menschen, die der Armee nicht gehorchen wollten, wurden ohne Rücksicht und sofort erschossen.

Endlich hatte er das letzte Stockwerk erreicht und stand unmittelbar vor Brocks Penthouse. Völlig geräuschlos und wie von Hexenhand öffnete sich die Tür. Die Totenstille erwischte Fin eiskalt. Diese Stille war noch gruseliger als das Geschrei unten am Sukhbaatar Platz. Langsam ging er durch den Flur. Niemand stellte sich ihm in den Weg. Keine Wachen, keine Soldaten, es schien, als wäre niemand da, der Brock beschützen konnte. Als er schließlich die dritte Tür öffnete, erstarrte er. Rufus erwartete ihn bereits. Die Hände vor der Brust verschränkt, mit einem siegessicheren Lächeln kam er langsam auf ihn zu. Große, graue Augen, eine Schlange, die sich langsam näherte, um ihre Beute zu erlegen.

»Endlich«, raunte Brock, neigte den Kopf und grinste.

Kayleigh hatte sich im Erdgeschoss in einer kleinen Besenkammer versteckt. Das Schloss des Abstellraums hatte sie schnell aufgebrochen und sie schlüpfte unentdeckt in die dunkle Zelle. Die unheilvolle Stille wurde immer wieder durch das Geknatter der Maschinenpistolen unterbrochen. Der Helikopter kreiste weiterhin über dem Platz.

Sie hockte sich in einer Ecke auf den Boden und griff nach einer eine Flasche Wasser aus dem Rucksack. Sie nahm einen großen Schluck zu sich. »*Wie lange kennen wir uns schon?*«, dachte sie. »*Sehr, sehr lange.*« Sie hielt ihren Blick zur Decke gerichtet. »*Mein lieber alter Freund Finley McAllister aus Kirkwall.*«

Sie schloss die Augen, schluckte und erinnerte sich: »*Im Grunde waren es deine Geschwister Dearbhla und Pádraig, die all das ausgelöst haben. Pádraig, der Bruder, sanftmütig, so wie deine Mutter Aignéis. Keine Kämpfer, keine Krieger.«* Bei dieser Erinnerung musste Kayleigh lächeln und schüttelte den Kopf. »*Deine Schwester Dearbhla, das war die Kriegerin. Fin, wie hast du sie geliebt und plötzlich waren beide tot. Hättest du deine Geschwister nicht rächen wollen, hätten wir uns nie getroffen. Ich habe dir dein Leben gerettet und dich im Jahre 1451 zu dem gemacht, was du jetzt bist. Und jetzt? Heute steht die Welt vor dem Abgrund.«*

ENGLAND, CAMBRIDGE, MANOR HILL, SEPTEMBER 2021

Für kurze Zeit war Julian erstarrt. *»Nat«*, dachte er. *»Nat. Das ist unmöglich!«*

»Abzug!«, dröhnte es in seinem Kopf. Nats letzte Worte, bevor er zu Boden ging. Ohnmächtig sah er auf die Warriors, die gnadenlos auf die Groups schossen. Menschen flogen wie Marionetten um. Fensterscheiben krachten zu Boden. Und ein Auto, das mit rasender Geschwindigkeit vom Ort des Geschehens davonfuhr. *»Sam«*, dachte Julian und sah sich um. Wo war Siedah? Angst befiel ihn. Seit Finny, das winzig kleine Kätzchen an ihrer Seite lebte, war sie ruhiger geworden. Ausgeglichen und gefasster.

»Siedah?«, fragte er und hoffte auf Antwort.

»Ja, ich bin hier, Julian. Sam ist mit Nat los. Ich glaube, es sieht nicht gut aus mit ihm. Sie hat nicht mehr viel Zeit.«

»Wenn überhaupt«, murmelte Julian.

»Julian?«

»Ja?«

»Sie haben es getan.«

»Ja.«

»Vielleicht wirkt Ezilion bei X23y nicht«, versuchte sie, Julian zu beruhigen.

»Ja, vielleicht«, flüsterte er. »Ich weiß es aber nicht.«

»Wo ist Travis?« Siedahs Frage kam giftig und zornig. »Wo ist Travis?«, wiederholte sie.

Benommen sah sich Julian um.

Er zuckte mit den Schultern. »Ich habe keine Ahnung. Ich spüre nichts.« Sein Herz raste. »Ich spüre ihn nicht.«

»Konzentriere dich, Julian«, zischte Siedah und er konnte nur erahnen, wie sich ihre Augenfarbe in ein furchteinflößendes Weiß verändert hatten. »Finde ihn!«

Als er nicht reagierte, schrie sie zornig: »Julian! Hörst du mich? Wach auf!«

Er schüttelte sich. Er wollte wieder zu sich kommen. Er musste wieder zu sich kommen.

»Julian! Hörst du mich? Wir haben keine Zeit mehr!«

»Ja!«, antwortete schließlich eine tiefe Stimme. »Ja, ich höre dich, Siedah.« Es waren Julians Augen, die das unheimliche Weiß angenommen hatten. Sie funkelten und scannten die Gegend ab. Aus seiner Beklommenheit erwacht, flüsterte er: »Ich finde ihn!«

Sollte er nicht das Kommando übernehmen und mit Erin und Jacob Wache halten? Lucas aber indes versuchte unbeirrt weiter, das unscharfe Bild zu bearbeiten. Den Technikern im Circle war es aber auch nicht gelungen. Noch immer schossen die Warriors um sich und die Groups, freudig über den Erfolg, den Anführer des Circle ausgeschalten zu haben, hatten begonnen, sich zurückzuziehen. Kleine rote Lichtblitze kamen vermehrt aus dem bereits völlig zerstörten Hauptteil des Hauses. Die Groups hatten sich im Inneren verschanzt und brachten Granaten, Panzerfäuste und Maschinenpistolen von dort aus auf ihren Weg.

»Ich muss mich beeilen«, dachte Lucas und, obwohl die Welt um ihn herum zu brennen schien: *»Ich muss Julian helfen.«*

Mittlerweile war es klar, nein, es war nur ein Gefühl. Travis Spedding hatte den Namen gestohlen. Spedding … Von David Spedding. Aber Travis? Lucas war sich sicher, dass auch der Vorname nicht richtig war. Travis? Warum Travis? Wieder griff er nach seinem Laptop und begann zu googeln. Das Netz fiel immer wieder aus, was die Sache schwieriger machte. Doch wieder fand er nichts. Zum tausendsten Mal betrachtete Lucas das unscharfe Bild. Zoomte Travis' Gesicht näher heran und versuchte abermals, das Foto zu bearbeiten, ein wenig zu retuschieren und scharf zu stellen.

Er blinzelte. »*Was ist das?*«, dachte er und zwinkerte irritiert. Näher, noch näher heran. »*Was ist das?*« Er sah es jetzt nah und blinzelte wieder. Was war das in Travis' Gesicht? Atemlos betrachtete er das nun deutlich erkennbare Foto. Das konnte nicht sein. Er schüttelte den Kopf. Unmöglich! Das konnte nicht wahr sein! Das war unmöglich! Wie betäubt suchte Lucas nach seinem Handy.

»Das ist unmöglich«, flüsterte er, niemand hörte ihn. Er suchte nach einem Foto. Ein sehr, sehr altes Foto. Dieses Mal war das Bild scharf und es war deutlich erkennbar, beinahe ins Auge fallend. Er sog die Luft tief ein.

»Oh mein Gott!«

»Was ist mit dir, Lucas? Du bist blass geworden«, wollte Erin wissen.

»Travis?«, flüsterte Lucas und schüttelte den Kopf, »Tra … vis …« Wieder richtete er seinen Blick auf das Bild, ebenso wie Erin.

»Oh mein Gott!«, flüsterte sie. »Oh mein Gott, nein … Das ist unmöglich.«

Verwirrt sah Jacob beide an und blickte zuerst auf Lucas' Handyfoto und auf den verbessert dargestellten Screenshot des Videobildes vom dritten Mann bei Taras Ermordung. »Was ist?« Aber er erkannte so schnell wie seine Freundin, was geschehen war. Es war nur ein einziges, kleines Merkmal. Am rechten Nasenflügel, das winzige Muttermal.

»Du musst es ihm sagen«, flüsterte Erin. »Sag es ihm.«

Lucas schluckte. Er musste seinem besten Freund sagen, mit wem er es hier zu tun hatte.

ULAANBAATAR, SUKHBAATAR PLATZ, PEACE AVENUE, SEPTEMBER 2021

»Brock!«

»Willkommen, Fin McAllister.«

»Wie bist du zu Purus gekommen?«, stellte Fin seine erste Frage.

Brock schüttelte den Kopf. »Nimm Platz, Fin.« Er deutete auf die Ledercouch und ging in Richtung Bar. Eine Anrichte mit unzähligen Schnaps- und Weinflaschen. »Darf ich dir einen Domaine de la Romanee-Conti Grand Cru aus Frankreich anbieten?« Rufus zuckte mit den Achseln. »Nein? Aber dieser Wein zählt zu den besten der Welt?« Er hob die Flasche hoch. »Ich schenke ihn dir. Mir bekommt Alkohol nicht mehr. Was für eine Schande. Der Wein ist so kostbar, Fin, wie der Frieden.« Er stellte die Flasche zurück. »Nein, der Frieden ist kostbarer als der Wein. Meinst du nicht auch?«

»Wie bist du zu Purus gekommen?«, hakte Fin erneut nach.

»Ach, Fin …« Brock brach in schallendes Gelächter aus. »Weil mir …« Er sah zur Decke, als suche er nach Worten. »Hm … weil mir Zweyg Pharmaceutical gehört.«

»Nagazir!«, schnaubte Fin.

»Jaja, Nagazir. Er war ein Genie. Er brauchte nur Geld, und das habe ich reichlich.«

»Dein Großvater hatte das Geld, nicht du.«

»Ja, und er hat es mir vermacht.« Langsam ließ sich Rufus auf die Couch fallen. »Ich habe es gut angelegt, gut investiert und es wurde immer mehr.« Er zog die Worte in die Länge. »Mein Großvater besaß viel, sehr viel Öl aus Maikop aus dem Kaukasus. Das hat ihn reich gemacht. Doch …« Er lehnte sich zurück, klatschte sich auf die Oberschenkel und überschlug die Beine. »Kam Hitler und wollte alles. Als Paul Koshien 1942 nach Berlin kam, nahm mein Großvater sofort Kontakt mit ihm auf.«

»Ich weiß«, sagte Fin.

»Und Paul Koshien hat meinen Großvater zu dir geschickt. Er wollte nur eine einzige Sache.«

»Dein Großvater war nicht zum Warrior geboren«, erklärte Fin. »Ich konnte ihn nicht aufnehmen.«

»Er wollte nur eine einzige Sache! Er wollte sein Öl und damit sein Geld retten. Er wusste von eurem Circle.«

»Das weiß ich ebenso.«

»Bis zu seinem Tod war er ein glühender Vertreter der Autokratie. Frieden sei nur durch straffe Autokratie möglich.«

»Was ich nicht nachvollziehen kann. Schon gar nicht, wenn er mit dem Circle gegen Hitler kämpfen wollte.«

Entsetzt fuhr Brock hoch. »Aber nein. Er wollte nie gegen Hitler kämpfen. In gewisser Weise verehrte er diesen Mann. Sah in ihm einen Menschen, der den richtigen Weg einschlug, aber … wir wissen, wie es ausging.« Langsam kam er auf Fin zu. »Mein Großvater wollte nur sein Öl und sein Geld retten. Er wollte Hitler nie vernichten.«

»Und war der Meinung, er könne als Warrior sein Öl schützen? Im Alleingang?«

»Du machst dich lustig über meinen Großvater und über mich. Das ist nicht schön von dir und sehr bedauerlich.« Mit langsamen Schritten hatte Rufus begonnen, Fin zu umkreisen. »Nein, Fin. Er wollte nicht zum Warrior werden.« Er kratzte sich am Kopf und hob schließlich drohend den Zeigefinger. »Er wollte Purus für seine eigene Armee. Er wollte unangreifbare Soldaten. Die hätten sein Öl beschützen sollen, auch vor Hitlers Soldaten.« Nachdenklich schüttelte Brock den Kopf. »Er wollte nur seinen Reichtum bewahren. Ist das so schwer zu verstehen?«

Fins Gedanken rasten. »*Dieser Mann ist ein Wahnsinniger. Genauso wie sein Großvater*«, dachte er und sagte: »Dein Großvater kam zu mir, um mit mir zu verhandeln. Er wollte sich praktisch ›einkaufen‹. Das konnte ich nicht zulassen.«

»Warum?«, wollte Rufus wissen.

»Weil der Circle ausschließlich aus Briten oder Schotten bestand und besteht. Großbritannien befand sich im Krieg gegen Deutschland. Churchill konnte es sich nicht erlauben, einen Russen in den Circle aufzunehmen.«

»Wusste aber«, fuhr Brock fort, »dass er den Krieg nicht allein gegen Deutschland gewinnen konnte. Er fragte Roosevelt, aber der hatte zu wenig Arsch in der Hose.« Er lachte laut auf. »Aber letzten Endes waren es die Engländer, die Amerikaner, Franzosen und die Russen, die den Krieg beendeten.«

Fin nickte. »Ja.«

»Ohne den Circle.«

»Der Krieg wurde durch Hitlers Tod beendet«, konterte Fin.

»Den ihr glaubt, ermordet zu haben, oder?«, stellte Brock fest.

Fin gab keine Antwort darauf.

Brock lächelte jovial. »Einerlei.« Er tat es mit einer Handbewegung ab. »England und sein Circle glaubt, er habe alle Macht der Welt. Hat Hitler getötet.« Er schnaubte. »Du hast meinem Großvater keine Chance gegeben. Am Ende wussten aber die Briten, dass es nicht gelingen würde. Und holten die Russen hinzu.«

»Dein Großvater hat nichts verloren. Er blieb nach dem Krieg sehr wohlhabend.«

»Das stimmt. Aber er hat den Briten nie vergeben.« Brock streckte sich. »Ich werde anstatt seiner mit dem Circle abrechnen und den Traum, den Hitler vom vereinten Europa unter deutscher Herrschaft schon damals hatte, umsetzen, aber …«, er zuckte mit den Schultern, »ich mache es ein bisschen gründlicher. Ich vereine nicht Europa, sondern die Welt, Fin, und ich werde sie beherrschen.« Kurz herrschte Schweigen. »Paragon«, sagte Brock schließlich. Er drehte sich im Kreis und sah versonnen zur Decke. »Weißt du, was wirklich viel Geld gekostet hat?«

Fin zuckte mit den Achseln.

»Meine Spuren zu verwischen. Für den Circle wäre es ein Leichtes gewesen, mich zu finden und vor allem herauszufinden, wer ich wirklich bin. Ich musste demnach vorsorgen, bevor alles beginnen sollte. Ich engagierte Computerspezialisten, Softwareentwickler und … natürlich auch Hacker. Über mich und meine Familie durfte nichts im Netz zu finden sein. Behörden zu bestechen war einfach. Geld braucht jeder und schläft nicht in jedem Menschen ein bisschen Käuflichkeit?«

Fin schluckte. »Du hast bewusst falsche Dinge über dich und deine Familie ins Netz stellen lassen. Dein Großonkel Radola Gadjow war nie ein Opfer der stalinschen Säuberungen. Dein Großvater floh nicht.«

»Ich habe euch Hinweise gegeben, dass Frieden nur durch eine autokratisch geführte Weltregierung möglich wäre, oder?« Brock sah in Fins Augen. »Dein Circle hat versagt und wird untergehen.«

»Du bist wahnsinnig.« Fin schüttelte den Kopf. »Der Circle wollte immer Frieden. Purus wurde entwickelt, um Kriege zu vermeiden, ehe sie beginnen sollten. Du willst eine Welt wie damals. Eine Welt wie zu Hitlers Zeiten. Eine Diktatur. Du willst Hitler sein.« Schnell kam er auf Rufus zu. »Das lasse ich nicht zu. Wir haben es einmal geschafft, wir werden den Krieg – *deinen* Krieg – wieder beenden.« Er schnaubte. »Der Circle wird immer bestehen!«

»Ach, meinst du? Ohne Nat?«, er hob die Hände hoch. »Nat. Ach ja. Heinz Gruber, der Hitler getötet hat.«

Fins Augen wurden groß.

»Oh, du weißt es nicht?« Brock neigte den Kopf zur Seite. »Ich habe eine traurige Nachricht für dich. Ezilion tötet Puristen!«

Mit einem Schlag war Fin auf Brock und drückte fest auf dessen Kehle. »Ich bring dich um!«, brüllte er. »Ich bring dich um, ich werde dich töten und es wird grausam und schmerzhaft werden, das verspreche ich dir.«

Der plötzliche Angriff auf Rufus ließ Männer der »Neuen, reinen Armee« hinter den beiden Kontrahenten versammeln. Rufus hingegen blieb gelassen ruhig.

»Was willst du jetzt machen, Fin?«, fragte Brock unerschrocken. Er zog die Augenbrauen fragend hoch.

»Es geht nicht um das, was ich jetzt machen werde, es geht um das, was du machen wirst.«

»Und was ist das deiner Meinung nach?«

»Die von dir zusammengestellten Einsatzgruppen, deine neue reine Armee, zieht durch die Stadt und droht mit drakonischen Maßnahmen, wie der Erschießung aller, die nicht dem ›P‹ folgen oder dem nicht zustimmen werden. Und das …« Fin zog Brock näher an sich heran. »Werde ich nicht zulassen.«

»Der Angriff hat bereits begonnen.« Mit einem Ruck riss er sich von Fin los und ging langsamen Schrittes auf das überdimensional große Fenster mit Blick auf den Sukhbaatar Platz zu. »Vor einer Stunde wurde mir berichtet, dass das Ziel, alle Partisanen im Großraum um Erdenet, Darchan, Tschoibalsan und Mörön bereits einer Sonderbehandlung zu unterziehen, bereits erfüllt wurde. Kollaborateure müssen bekämpft werden und wenn es sein muss, lasse ich ganze Ortschaften in Ghettos verwandeln, um dort jene, die mir nicht folgen wollen, als Gegner von Paragon in Gewahrsam zu nehmen. Ich werde sie als Arbeitskräfte einsetzen und sollten sie für mich wertlos werden, ist ihr Leben nichts mehr wert. Der asiatische Teil Russlands, das neue Paragon – Alpha, ist bereits gefallen. Große Stücke von Paragon – Omikron, das ehemalige Afrika, sind erobert.«

Fin fehlten die Worte. Sprachlos musste er sich eingestehen, dass er sich in einer ausweglosen Situation befand. Benommen schüttelte er den Kopf. »Du bist wahnsinnig.« Langsam ging er auf Brock zu. »Du bist wahnsinnig«, wiederholte er.

»Puh! Ich habe Purus und du …«, er tippte auf Fins Brust,

»hast nichts.« Rufus holte tief Luft. »Auch nicht Ezilion.«

»Das Spiel ist nicht vorbei!«, sagte Fin. »Ich gehe jetzt und wenn ich wiederkomme, werde ich dich töten.«

»Uhhh …« Brock tat, als würde er vor Angst zittern. »Ich freu mich schon. Bis dahin werde ich den Wein aufheben. Du … kannst Alkohol trinken, oder?« Er klatschte in die Hände. »Na gut … Du hast kein Ezilion, ich habe es, aber bei Hexen und Hexer, so wie bei dir und Kayleigh, bringt es mir nichts. Der Krieg wird spannend.« Er salutierte. »Ich weiß alles über dich, Fin. Bis bald.«

Entsetzt und vollkommen ungläubig schüttelte Fin den Kopf, unterließ es aber, ein Wort oder gar einen Satz zu sprechen. Dieser Mann war wahnsinnig. Hier gab es nichts mehr zu sagen und ohne Ezilion konnte er Brock nicht töten.

ENGLAND, CAMBRIDGE, MANOR HILL, SEPTEMBER 2021

Julian erblickte auf einer Anhöhe einen Mann. *»Das muss Travis sein«*, dachte er. *»Ein Feigling läuft davon und lässt seine Groups allein zurück.«* Hasserfüllt und von Zorn getrieben rannte Julian, sprang über Steine, kletterte über umgestürzte Bäume und jagte durch den Wald die Böschung hinauf.

»Ich sehe dich!«, schrie Julian »Travis! Bleib stehen, ich weiß, dass du es bist. Spedding! Lass es uns hier und jetzt beenden!« Er rannte schneller den Hügel hinauf. Die Umrisse von Travis waren deutlich erkennbar. Ein Mann, der davonlief, aber viel zu langsam. »Du rennst weg von mir? Du bist ein Feigling, Travis«, rief Julian. »Bleib stehen oder ich schieße auf dich.«

Travis hörte Julian und hörte, wie sich der Warrior schnellen Schrittes näherte. Er hatte keine Angst davor, verletzt oder gefoltert, oder gar getötet zu werden. Der Circle hatte kein Ezilion. Spedding fürchtete sich vor Julian Koshien und vor seinem Blick, wenn er jetzt stehenbleiben und sich umdrehen würde.

»Verflucht!« Julians Stimme wurde lauter und unkontrollierter. »Ich werde auf dich schießen. Hab die Courage und bleib stehen.«

Travis wurde langsamer.

»Oh mein Gott«, flüsterte Erin und flehte Lucas an: »Sag es ihm!«

Der räusperte sich und holte tief Luft. »Julian!«, sagte er in sein Mikro. »Julian!«, wiederholte er.

Keuchend kam Julians Antwort: »Ich hab ihn, ich hab ihn gleich und ich … bring ihn um.«

»Julian!«, bemühte sich Lucas. »Hör mich an!«

»Jetzt nicht!« Außer sich hechtete Julian weiter nach oben, in Richtung Speddings Silhouette.

»Julian. Hör mich an. Wir wissen wer Travis ist.«

Julians Keuchen war von allen zu hören. Travis Spedding und er würde in wenigen Momenten aufeinandertreffen.

»Julian«, sagte Lucas ruhig und leise. »Travis Spedding … Travis Spedding ist nicht sein richtiger Name. Der Nachname ist von David Spedding gestohlen. Er war ein Agent, den dein Vater sehr verehrt hat und TRAVIS ist ein Buchstabenspiel. Travis … Vistra. Travis Spedding ist Paul Koshien.« Eine kurze Pause folgte. »Er ist dein Vater.«

Travis' Herz klopfte so wild, dass er meinte, Julian müsse es hören. *»Warum ist alles so aus dem Ruder gelaufen«*, fragte er sich. Plötzlich spürte er den Lauf einer Pistole am Hinterkopf und blieb stehen.

»W… a … s? Du sollst mein Vater sein? Wer hat diese Scheiße wieder erfunden?« Er hörte Julians zittrige Stimme und drehte sich langsam um.

»Ja.« Travis räusperte sich. »Ich bin Paul Koshien.«

»Blödsinn!« Julian fuchtelte mit der Waffe um sich und lachte laut auf. »Das ist Blödsinn!«

»Nein ist es nicht«, antwortete sein Vater mit gebrochener Stimme.

»Das ist unmöglich.« Die Hand hatte zu zittern begonnen. Ein Knalleffekt, der sich von Ungläubigkeit rasch in Zorn verwandelte. »Paul Koshien starb am 1. Mai 1970 nahe Saigon. Er ist tot.«

»Nein, ist er nicht.«

»Er ist TOT!«

»Nein, Julian.« Langsam kam Paul näher.

»Nein, nein. Du bist ein Lügner.«

»Ja, ich bin ein Lügner, weil ich einen falschen Namen angenommen habe. Mein Name entstand aus David Spedding und Vistra.«

»Du kannst nicht mein Vater sein. Er ist tot. Er würde Nat, dem Circle und mir so etwas niemals antun.«

»Ich war nie tot. Ich wurde von einem für mich gänzlich fremden Menschen gerettet.«

»Nein. Niemals! Hör sofort auf! Das ist ein Trick!«

»Aber Julian, warum soll das ein Trick sein? Sieh mich an.« Paul zeigte auf sich: »Du hast das gleiche Muttermal wie ich. Deine Mutter nannte es immer ›Schönheitsfleck‹.«

»Die Leiche meines Vaters wurde verbrannt!« Julians Antwort drang hysterisch aus seiner Kehle. »Die Menschen hatten Angst vor ihm, weil er trotz seiner Verletzungen sehr lange am Leben blieb.«

Paul nickte. »Ja, der Kampf war sehr lange und schmerzvoll. Aber ich habe überlebt.«

»Nein«, brüllte Julian. »Nein!«

Paul holte tief Luft. »Wirklich zu mir kam ich erst Wochen später. Erst da erkannte ich, was passiert war. Aber ich war verstört und durcheinander. Ich wollte, dass diese Trauer um deine Mutter aufhörte. *Ich* wollte sterben.«

»Oh!«, schrie Julian. »Und du kamst nicht wieder zurück! Zu mir, zu deinem Sohn, zum Circle? Zu Nat und Fin?«

Paul zuckte mit den Schultern. »Mehr oder weniger.« Ein zaghaftes Lächeln huschte über sein Gesicht. »Du hast meinen Platz eingenommen. Ich konnte nicht mehr zurück.«

Julian traute seinen Ohren nicht. Spedding, sein Vater Paul Koshien, es hatte so viele Hinweise gegeben. Er selbst, der von Travis immer verschont geblieben war. Das Wissen um die Phiolen. Das Wissen um den Circle.

»Du bist deiner Mutter so ähnlich, Julian. Aber mir ist wichtig, dass du weißt, dass es mir sehr leidgetan hat, dass wir dich so schwer verletzt haben, als wir uns das letzte Mal bekämpft hatten. Das wollte ich nicht.«

»Warum?« Brüllend drehte sich Julian um seine eigene Achse.

»Warum?« Dieses Mal war es mehr flüsternd, beinahe flehend. »Warum hast du mir das angetan?«

»Warum?«

»Nat!«, schluchzte Julian. »Er ist tot.«

Paul Koshien holte tief Luft. »Aus dir ist ein guter Krieger geworden. Schnell, scharfsinnig und manchmal ein wenig verrückt.« Erkennbar bedauernd fuhr er fort: »Und ich habe Nat nicht töten lassen. Ich wusste nicht einmal, dass Naruto mir das einzige Fläschchen Ezilion, das ich hatte, gestohlen hat. Ich hätte Nat niemals getötet.«

»Warum?«, stellte Julian leise und mit zittriger Stimme erneut die Frage. »Warum?« Er richtete seine Glock abermals gegen seinen Vater. »Warum hast du dich mit Brock eingelassen?« Mit dem linken Handrücken wischte er eine Träne weg. »Ihr seid die wahren Teufel!«

»Ja«, antwortete Paul. »Alles, was ich wollte, war eine globale Regierung, um den Rassismus und Terrorismus zu bekämpfen.« Er schwieg für einen kurzen Moment. »Ich wollte eine Weltregierung. Ich dachte: Hebt Nationalitäten und Religionen auf und beginnen wir von vorne.«

»Rufus! Dieser Mann ist abgrundtief böse und gefährlich.«

»Rufus will Hitlers Welt, eine Diktatur. Er will eine autokratisch geführte Weltregierung. Ich will Frieden. So wie der Circle. Und ich suchte nach einer Lösung für diesen Frieden. Aber ich habe den Glauben an den Circle verloren. Ich dachte, der Circle könnte das Problem niemals lösen.«

»Was für ein Problem?« Julian kam näher. »Was für ein Problem?«

»Dieser Hass! Überall Hass. Hass, der die Menschen zu Bestien gemacht hat.«

»Und jetzt?«, brüllte Julian. »Du hast eine Welt erschaffen, die du niemals hättest wollen. WARUM?« Tränen liefen über sein Gesicht.

»Weil ich mich leiten, lenken und verleiten habe lassen.«

Mittlerweile hörte jeder der Warriors auf allen Kanälen zu. Keiner wagte, ein Wort zu sagen oder irgendwie einzugreifen.

»Warum wolltet ihr um jeden Preis Siedah?«, fragte Julian.

»Stevenson ist der erste Proband mit X23y, der darauf angesprochen hat. Zuerst wollte ich die Formel von Purus. Heute weiß ich, dass X23y eine logische Weiterentwicklung von Purus ist. X23y ist sehr, sehr gefährlich.« Paul versuchte, Julians Hand zu ergreifen.

»Bleib weg, oder ich schieße«, schnaubte sein Sohn. »Du wirst nicht sterben, aber es wird wehtun.«

»Beruhige dich«, bat Paul. »Ich wollte das nie.«

»Was?« Julian neigte den bebenden Kopf zur Seite. »Du hast Siedahs Eltern ermorden lassen. Du hast den Circle angegriffen, du hast … Du hast mich angegriffen und zugelassen, dass ich ein Leben verlieren könnte.«

»Nein … nein … nein … Julian. Ich habe Siedahs Eltern nicht töten lassen, das war Brock, nicht ich. Ich wollte sie nur einschüchtern. Ich konnte euch nicht finden und hoffte damit, dass ihr Sharajzem sofort verlassen würdet. Ich wusste, dass Riley kommen würde. Ich kenne den Circle so gut und Erins Flieger zu finden stellte ich mir einfacher vor, als euer Versteck zu suchen. Ich wollte Stevenson um jeden Preis, damit wir Purus hätten, um die Welt besser zu machen.«

»Pah! Dass ich nicht lache. Was geschah nach Saigon?«, wollte Julian wissen, die Waffe noch immer auf Paul gerichtet.

»Nach Saigon zog ich durch die Welt. Bettelte, stahl und lebte irgendwie.«

»Weiter!«, befahl Julian.

»Ich stieß auf Rufus Brock, als ich geistig am Ende war. Traurig und müde. Ohne Hoffnung. Er hatte eine Idee, für die er mich sofort begeistern konnte. Die Lösung wäre eine Weltregierung. Das war die Antwort, nach der ich so lange gesucht hatte.« Wieder kam er einen Schritt auf Julian zu. »Ich dachte, hätte es diese Weltregierung schon früher gegeben, würde deine Mutter vielleicht noch leben.«

»Du warst in Berlin, hast den Wahnsinn gesehen, den ein einziger Mann ausgelöst hat und hast dich auf so eine ...«, Julian dachte nach, »blöde Idee eingelassen.« Er spie die letzten Wörter aus sich heraus.

Paul nickte. »Ja, habe ich. Mir ist genau das passiert, was den Menschen 1933 geschehen war. Ich habe einem Mann geglaubt, der vorgegeben hat, die Welt besser machen zu wollen.«

»Mit einem apokalyptischen Kampf?«, schnauzte Julian. »Jetzt ist es zu spät ... *Vater*!«

»Nein. Das denke ich nicht.«

Paul Koshien alias Travis Spedding richtete sich zu seiner vollen Größe auf.

»Ich kann es nicht mehr aufhalten.« Er setzte sich in Bewegung. Paul wollte weg. Seinen Sohn abermals verlassen. Doch Julian lief ihm hektisch nach.

»Die Welt, Vater oder Travis, besteht nicht nur aus Terror und Rassismus. Die Welt besteht aus vielmehr. Es gibt viel mehr als Terror und Rassismus. Tödliche Virusinfektionen, Klimawandel, Hunger, Armut und Dürre. Eine Weltregierung, so wie du sie haben wolltest, ist blauäugig und dumm.«

Paul blieb stehen. »Ich sagte ja. Ich kann es nicht mehr aufhalten. Aber ich werde es wieder beenden.«

Abermals versuchte er, diesen Ort zu verlassen. Den Ort des Wiedersehens.

»Bleib hier!«, hörte er Julian, der ihm nachgelaufen kam und ihn unsanft an der Schulter zurückzog. »Bleib hier!«.

Paul schloss die Augen. »Ich werde nicht eher ruhen, bevor ich Brock und seinem Tun den Stecker gezogen habe. Das verspreche ich dir.« Schließlich umarmte er seinen Sohn, drückte ihn fest an sich und flüsterte: »Hör mir jetzt gut zu, Julian.« Zur Antwort kam ein Schniefen. »Ich habe ein Fläschchen Ezilion und alle Aufzeichnungen über X23y von Dr. Jutchenkow – alles, was er herausgefunden hat – aus Brocks Labor gestohlen. Er war Brocks Leibarzt, doch der Dummkopf ließ ihn wegen einer Kleinigkeit einsperren. Ich gehe davon aus, dass Rufus die Formel von Siedahs Substanz nicht kennt.« Eine kurze Pause folgte, Pauls Atem ging schneller. »Stevenson ist unsterblich.« Er holte tief Luft und fuhr fort: »Nagazir wusste das und hat aus diesem Grund Ezilion erschaffen. Aber …« Sein Wispern wurde drängender und leiser. »Es tötet Puristen.«

Er ließ von Julian ab und blickte tief erschüttert in dessen graue Augen. »Julian«, bat er. »Ich flehe dich an, glaube mir, ich beende es.«

»Bleib hier! Bleib stehen. Du bist ein Dummkopf und ein Egoist. Du hast nichts gelernt! Bleib stehen!« Julians lautstarke Bitte ging in ein Betteln über. »Bleib stehen«, schluchzte er und stemmte seine Hände an den Knien ab. »Bleib stehen«, hörte er seinen Sohn wiederholen. Doch Paul wollte und konnte nicht mehr bleiben und verschwand hinter einer Böschung.

»*Eine Ruine*«, dachte Paul, als er wieder zurück nach Manor Hill kam. Wie nach einem Bombenanschlag. Doch nicht nur das Haus, sondern auch sein großer Traum von einer neuen Welt war eingestürzt. Er hatte sich täuschen lassen, war blind gewesen. Und jetzt? Brüllende Groups kamen auf ihn zugelaufen und gratulierten. Sie grölten und sangen Lieder von Sieg, Freiheit und Reichtum. Schlugen ihm auf die Schulter und hoben ihre Bierflaschen. Sie feierten ausgelassen. Nur Kito kam ruhig auf ihn zu.

»Alles in Ordnung, Travis?«

Paul holte tief Luft.

»Viele sind tot«, erklärte Kito. »Naruto und Connor. Aber rund die Hälfte ist wohlauf.«

»Ja.« Er sah seinem Krieger in die Augen. Er würde ihn mehr denn je brauchen. Ihn und den Circle.

»Mein Schlafzimmer steht noch«, sagte er. »Ich gehe hinauf. Ich brauche ein wenig Zeit für mich.«

»Was ist geschehen?«, wollte der Group wissen. »Ich habe dich mit Koshien beobachtet. Warum hat er nicht auf dich geschossen?«

Paul neigte den Kopf zur Seite. »Weil ich sein Vater bin und mein Name nicht Travis Spedding sondern Paul Koshien ist. Nenne mich bitte ab sofort Paul.«

Verwirrt starrte Kito seinen Anführer an. »Wie bitte?«

»Was für eine Überraschung, oder?« Paul lächelte bitter. »Ich führte kein Doppelleben als Agent, falls du das jetzt denkst. Der Circle wusste ebenso wenig, wer ich in Wahrheit bin, wie mein eigener Sohn.«

»Rufus?« Die Stimme des Group schwankte.

»Nein, Rufus weiß es nicht.« Paul senkte den Kopf. »Niemand weiß es, nur du.«

Irgendwo waren laute Stimmen zu hören, zwischen Staub und den Trümmern. Kleine Rauchschwaden waberten da und dort auf. Seine Krieger versuchten Feuer zu löschen, Schutt beiseitezuräumen und Leichen zu bergen. *»Was für eine Ironie«*, dachte Paul, *»dass die echte Agentin jetzt tot neben meinen leblosen Groups auf Manor Hill liegt.«*

»Ich habe mich geirrt, Kito. Paragon wird nicht die neue, schöne und reine Welt. Rufus Brock wird sie düster und schwarz machen, ohne die geringste Aussicht auf Besserung. Ich wollte das Richtige tun und lag falsch. Jetzt liegt es an mir, diesen fatalen Fehler wieder aus dem Weg zu räumen und dafür brauche ich dich.«

Der Mann nickte zögernd.

»Ich werde für deine Sicherheit sorgen, bitte dich aber im Gegenzug, mit niemandem zu sprechen. Für alle anderen bin ich weiterhin Travis Spedding.«

Ein kleines wohlwollendes Lächeln huschte über Kitos Lippen. »Gut, aber erzähl mir, was heute Abend geschehen ist und wie alles begann.«

Sie unterhielten sich lange und als Paul endlich sein Zimmer erreicht hatte, schloss er die Tür leise auf und betrat den Raum. Tausend Gedanken schossen durch seinen Kopf. Von unten drangen die Siegeshymnen seiner Groups zu ihm hinauf und er schloss die Augen. *»Brock«*, dachte er, *»wie konnte es so weit kommen?«*

Er hatte vor unzähligen Jahren alles gegeben, um einen Diktator, der die Menschen geblendet und sie zu willenlosen, verängstigten Geschöpfen gemacht hatte, zu töten. Der Circle hatte Warriors eingeschleust, er selbst war Zeuge der Vernichtung gewesen. Erschüttert war er losgezogen, um mit den britischen Truppen das KZ Bergen-Belsen im heutigen Niedersachsen zu befreien. Dort, wo Menschen gelandet waren, mehr tot als lebendig, um sich zu »erholen«. So die damalige Propaganda. In Wahrheit waren sie durch eine Todesspritze ermordet worden.

Paul seufzte und schüttelte angewidert den Kopf. Längst war es Tag geworden, der Regen prasselte auf die Ruine Manor Hill nieder. Resigniert lehnte er sich an das Fenster und schlang die Arme um seinen Körper. Sein Traum von einer besseren Welt zerstört. Von nun an würde er ein Regent sein, von etwas, das er niemals hatte haben wollen. Er war geblendet gewesen. Von der Idee einer Weltregierung, die alles gut machen und Frieden bringen sollte. Die Terror und Rassismus endlich beenden sollte. Jetzt würde es die Weltregierung geben, aber mit mehr Terror und mehr Angst und Schrecken. Autokratisch und straff geführt. Und Julian? Er war vom eigenen Vater entsetzt. Ein Blitz schoss vom Himmel in die Erde. Das Licht im Haus flackerte und ging schließlich aus. Paul schloss die Augen. Es war so weit. Bald würde nichts mehr funktionieren. Kein Strom, kein Netz, kein TV, nichts.

»Der amerikanische Präsident ist tot«, hörte er wieder einen seiner Groups kreischen. Alle jubelten. Im Kreml war eine Bombe mit Nervengas hochgegangen. Wieder jauchzten alle. Manor Hill lag auf einer Anhöhe und von seinem Schlafzimmer aus überblickte Paul die Stadt unterhalb. Er sah, wie der größte Teil des Zentrums dunkel war. Sämtliche Lichter waren ausgegangen. Der Strom war weg. Eine bittere Träne lief über seine Wange.

Plötzlich war etwas vorbei und etwas Neues hatte begonnen. Mit seinem Group Kito und mit ihm, Paul Koshien alias Travis Spedding.

Julian ging langsam auf das Auto zu. Unwirklich, es war unwirklich. Es donnerte, blitzte und schüttete in Strömen. Gabrielle, Elias, Ethan und Logan waren mit den anderen Warriors bereits am Weg ins Stammhaus. Nur Lucas saß im Auto und wartete. Als er Julian auf das Fahrzeug zukommen sah, stieg er aus. Die Beine des Warriors versagten und er ging zu Boden. Schluchzend und mit geschlossenen Augen lehnte er am Boden kauernd beim Auto. Lucas kniete sich zu ihm und legte den Arm um seinen Freund.

»Wo ist Nat? Wo ist Siedah?«, fragte Julian und wischte sich die Tränen aus den Augen.

»Siedah ist auf dem Weg zurück. Es geht ihr gut.«

»Nat?«

»Wir wissen es nicht. Von Sams Auto fehlt jede Spur. Wir haben keine Verbindung zu ihr. Wir wissen nicht, wie es Nat geht und ob er lebt. Ob beide leben!«

Julian blickte auf seine Glock, die er zuvor auf seinen Vater gerichtet hatte. »Was ist mit Fin?«

»Er ist bei Brock und versucht, zu retten, was es noch zu retten gibt. Aber hier haben wir keine Verbindung mehr herstellen können. Das gesamte mobile Netz ist ausgefallen, nirgendwo gibt es Strom. Auf der ganzen Welt scheint ein Ausnahmezustand ausgebrochen zu sein. Der amerikanische Präsident ist tot, im Kreml gab es einen Anschlag und Johannisburg steht in Flammen. Mehr wissen wir einstweilen nicht.«

Julian nickte und griff nach der Waffe.

»Dann ist es so weit?«

»Es sieht danach aus.«

»Wie hast du es schließlich entdeckt?«

»Das Travis dein Vater ist?« Sein Freund lächelte. »Das winzige Muttermal am rechten Nasenflügel hat ihn schließlich verraten. Ich konnte das Bild scharf stellen, und da sah ich es.«

Beide schwiegen.

»Was hat dir Travis … Nein … Paul ins Ohr geflüstert?«, wollte Lucas wissen.

Julian wusste nicht, ob er dem Mann an seiner Seite alles erzählen sollte. Er entschloss sich aber, den Warrior unter dem Mantel der absoluten Verschwiegenheit einzuweihen.

»Wir müssen Sam und Nat finden«, flüsterte Julian. »Denkst du, dass Nat wirklich tot ist? Diese Haare …«

»X23y«, antwortete Lucas.

»Denkst du das, was ich denke?«

Lucas nickte. »Ja, ich denke, Sam hat es getan. Den Code geknackt und es an beiden, sich selbst und Nat, getestet.«

»Fazit?«, fragte Julian.

»Wenn dein Vater Recht hat, müsste …«

»… Nat noch leben!«, vervollständigte Julian den Satz. »Sofern es wirklich X23y ist«.

»Neben Siedah, wären Sam und Nat … unsterblich!« Lucas zuckte mit den Schultern. »Mein Vater dachte, den Frieden mit einer Weltregierung erschaffen zu können und Rufus … Mit ihm bekommen wir alle einen neuen autokratischen Führer. Es ist offenbar sehr leicht, die Welt wieder aus den Fugen heben zu können. Wir dachten, es passiert nie wieder und trotzdem war es so einfach. Es brauchte abermals nur einen einzigen charismatischen Mann. Ein Mann der Menschen, so wie damals Hitler, geschickt auf Dinge aufmerksam machte und sie manipulierte. Und alle folgten ihm oder werden ihm folgen. So wie damals.«

Lucas holte tief Luft und wischte sich den Schweiß aus der Stirn. »Beky hat von Sam etwas erhalten.«

Julian hob die Augenbraue fragend hoch. »Aha … Zehn Leben oder die Unsterblichkeit?«

Lucas lachte. »Nein nicht die Unsterblichkeit, die haben nur Siedah, Sam und Nat. Wir haben zehn Leben.«

SCHOTTLAND, ISLE OF SKYE, CIRCLE STAMMHAUS, SEPTEMBER 2021

G*ehe aufrecht und gerade*«, dachte Siedah, als alle nach einer zehnstündigen Rückfahrt im Stammhaus eingetroffen waren. Bald würden Julian und Lucas hier sein. Beide hatten dem Circle während der Fahrt zurück von Paul Koshien, X23y und Ezilion berichtet.

Sie war unsterblich, was für ein schrecklicher Gedanke. Und Sam? Wo war Sam? Wo war Nat? Die Wölfe hatten gespürt, dass sie anders war. Es war so unheimlich gewesen, als die Tiere sie begleitet hatten. Julian! Julian! Sie war aufrichtig besorgt gewesen um den Mann, der ihre Welt verändert hatte.

»Warum weinst du?«, hörte sie Erin fragen.

Siedah hielt abrupt inne. Ein heftiger Windstoß wirbelte ihr schneeweißes Haar auf.

»Weil ich zornig bin«, antwortete sie bitter.

Riley hob die Augenbrauen und nickte. »Wir alle sind zornig. Aber wir müssen weiterkämpfen, so wie wir es immer tun. So wie es der Circle immer getan hat.«

Die Türen gingen auf und ein heller Lichtstrahl drang aus dem Vestibül des Stammhauses. Er blendete Siedah und sie schirmte ihre Augen mit den Händen ab. Die Warriors begaben sich wortlos in Richtung Waffenkammer und verstauten dort das gesamte Equipment wieder sicher. Sie ging weiter und plötzlich spürte sie eine Ruhe, fast Frieden.

»*Hier bin ich sicher*«, überlegte sie und zügig begab sie sich in Richtung Krankenstation. Mittlerweile wussten alle von Bekys Metamorphose, die gerade erst begonnen hatte. Siedah fand Beky ein Buch lesend in einem Bett auf. Sie lächelte.

»Siedah!«, freute sich die Radiologin.

»Wie weit bist du? Spürst du schon etwas?«

»Du redest, als wäre ich im Kreissaal.« Sie lachten beide. »Nur ein leichtes Ziehen. Ich bin erst in Phase Eins.«

Die Tür ging auf und Lucas stürmte auf seine Freundin zu. Plötzlich brach Beky in Tränen aus und der Warrior fiel ihr heftig um den Hals. Siedah zog es vor, die beiden allein zu lassen.

Am Gang wartete Julian. Erleichtert ging sie auf ihn zu.

»Hallo, unsterbliche Wolfsfrau«, flüsterte er leise und umarmte sie.

ULAANBAATAR, SUKHBAATAR PLATZ, PEACE AVENUE, SEPTEMBER 2021

Als Fin auf Kayleigh stieß, herrschte absolute Dunkelheit am Sukhbaatar Platz. Der Strom war zur Gänze ausgefallen, die Menschen schrien, Plünderer säumten die Straßen und traten mit hemmungsloser Streitlust auf Passanten ein, die sie daran hindern wollten, die Läden auszurauben. Es herrschte nicht nur eine Phase mit bürgerkriegsähnlichen Zuständen. Es hatte nicht nur den Anschein, dass die offensichtliche politische Neuformierung bereits im Gange war, vielmehr war die Neuformierung der Welt wohl oder übel durch das maliziöse Geschick eines einzigen Mannes bereits vollzogen worden. Erzwungen durch Erpressung, Gewalt und politische Einflussnahme mithilfe von Unsummen an Geld. Rufus Brock wollte und wusste, dass er über Leichen gehen musste, damit er sein Ziel erreichen konnte.

»Nat ist tot«, sagte er zu Kayleigh.

»Was?« Doch sie nickte. »Mein Gott. Ezilion!«

Müde schüttelte Fin den Kopf. »Ich weiß, warum er all das veranstaltet. Er ist Gadjows Enkel.«

»Wie bitte?«, fragte Kayleigh. »Aber Gadjow … Wir wussten immer, dass Brocks eigentlicher Name Ruslan Nikolajewitsch Gadjow ist. Und was mit seinem Großvater geschehen war.«

Ein unbehagliches Seufzen drang aus Fins Brust. »Wir haben einen großen Fehler gemacht«, flüsterte er. »Einen sehr großen Fehler.«

Kayleigh verstand nicht. »Welchen Fehler? Fin!« Sie packte ihn an den Schultern. »Reiß dich zusammen! Was ist passiert?«

Er räusperte sich. »Brocks Großvater wollte in den Circle«, erzählte Fin, »und Purist werden und ich wies ihn ab.«

In Fins Kopf hämmerte es. Gadjow – jener Mann, vor dem Paul Koshien eine undefinierbare Angst empfunden hatte. Sie hatten sich nur ein einziges Mal gesehen, nur kurz, und das in einem stockfinsteren Bunker.

Ein lauter Knall ließ die Erde erbeben und mit einem Schlag war es taghell am Sukhbaatar Platz. Ein Konvoi mit Autos fuhr langsam vorbei. Alle waren mit Lautsprecher ausgestattet. Es knackte und auf einmal war eine Stimme über die Boxen unheimlich laut zu hören. Vermutlich handelte es sich um eine Liveübertragung, denn die Stimme – Rufus' Stimme – verkündete in mehreren Sprachen, was Fin, Kayleigh und vermutlich der Circle schon längst wussten. Ein Handy klingelte und alle erschraken.

»Der Circle!« Erstaunt, dass es dem Circle wohl gelungen war, wieder eine Verbindung herzustellen, nahm er das Gespräch an. »Ja!«, brüllte er in das Telefon.

»Fin!«

»Lucas, oh mein Gott. Was ist geschehen? Ist Nat tot?«

»Wir wissen es leider nicht genau.« Es krachte in der Leitung. »Wir wissen nicht, wo Sam mit Nat geblieben ist. Aber Fin … hör mich an. Wir wissen, wer Travis Spedding ist.«

Fin runzelte die Stirn. »Ja?«

»Travis Spedding ist Pa …« Wieder ein Krachen. »…ien.«

»Wie bitte, ich verstehe dich nicht.« Mit einem Finger hielt Fin sich ein Ohr zu. »Bitte wiederhole.«

»Travis Spedding ist Paul Koshien. Julians Vater. Er lebt.«

Fin spürte nichts mehr. Vollkommene Leere, mehr war da nicht.

»Und X23y ist die Formel für die Unsterbli …« Die Leitung war wieder unterbrochen.

Entsetzt starrt McAllister auf sein Handy.

»Was?«, wollte Kayleigh wissen.

Er schüttelte den Kopf. »Ich meine, gehört zu haben, dass Stevenson durch X23y unsterblich sei.«

Rufus' Stimme brüllte plötzlich durch die Lautsprecher. »Die reine Armee hat die Herrschaft über den gesamten Erdball übernommen. Systeme sind zerschlagen. Staatsoberhäupter sind in Haft oder tot. Die Infrastruktur auf der ganzen Welt ist lahmgelegt. Wir sind an der Macht und niemand kann uns mehr aufhalten. Wir haben alle Nationalitäten und Religionen aufgehoben. Wir haben eine neue Welt erschaffen. Eine vollkommene Welt. Autokratisch und straff geführt, so wie ihr es immer verlangt habt, mit einer Weltregierung. Ab sofort gilt eine neue Hierarchie: An erster Stelle steht die ›Weltregierung‹. Staaten, so wie ihr sie kennt, gibt es nicht mehr. Eure alte Welt ist ab sofort auf fünf Departments mit eigenen Regenten und Städten und Regionen in Zonen aufgeteilt. Es lebe die neue reine Welt PARAGON.«

EPILOG

Prophezeiung

PARAGON – SIGMA, ZONE 12, EINST KIRKWALL/SCHOTTLAND, HEUTE

Das Wetter war klischeehaft schottisch. Trüb, feucht, kalt und der Himmel wolkenverhangen. Das grüne Land erschien grau und düster, die Grabsteine verwittert und alt. Ein Mann kniete an einem Grab. Sein kurzes weißes Haar war durchnässt und Regentropfen liefen über sein Gesicht bis zum kurzen Bart. Zitternd vor Kälte hielt er in den klammen Fingern seiner rechten Hand eine rote Rose. Seine grauen Augen wanderten über die Inschrift des Grabsteins, auf dem »Dearbhla und Pádraig, 1469« stand.

»Ihr gabt mir die Unsterblichkeit«, sagte er mit leiser, ruhiger Stimme. Er holte tief Luft, legte die Rose sorgfältig auf das Grab und stand auf. »Für dich – Dearbhla.«

Mit großen, zielstrebigen Schritten peilte er sein Auto an, in dem eine Frau saß. Im Gegensatz zu ihrer Begleitung trug sie ihr weißes Haar lang und wellig. Sie mochte nicht älter als dreißig Jahre alt sein. Mit strenger Miene beobachteten ihre grauen Augen den Mann. Auf den Straßen herrschte seit Jahren ein erbitterter Kampf um Benzin. Niemals ließen die beiden ihr apokalyptisches, verrostetes Auto, dessen Türen fehlten und das einst ein teures schönes Fahrzeug gewesen war, außer Sichtweite. Heute prangte am Dach des Vehikels eine RPG-29 Wampir – eine Rakete, deren Schussdistanz bis zu 500 Meter erreichte. Der Tankdeckel war mit einer eindeutigen Nachricht und Warnung vor Dieben geschützt: »Touch it and you will die!«

Kurz hielt der Mann inne und dachte nach. Der Tod dieser Geschwister hatte alles verändert. Seither war er getrieben vom ständigen Kampf im Sinne der Gerechtigkeit, des Friedens und der Menschlichkeit. Menschlichkeit? Er schauderte. Mensch war er selbst schon lange nicht mehr. Alles, was er damals im Krieg gewollt hatte, war Frieden – bekommen hatte er Annektierung und mehr Krieg. »*Wann ist die Welt untergegangen*«, fragte er sich und setzte sich in das Auto. Seine Begleitung sah ihn an und nickte.

Er startete den Motor und sie machten sich auf den Weg.

PARAGON – SIGMA, ZONE 9, EINST LONDON/VEREINIGTES KÖNIGREICH, HEUTE

In Sigma, Zone 9 – dem Teil Paragons, der einst Europas Großbritannien gewesen war, bewegten sich zwei Personen auf ihren Pferden langsam auf eine zerstörte Stadt zu. Sie glichen Menschen, die aus einer magischen - anderen - Welt kamen. Ihre Augen wanderten über die in Trümmern liegende Stadt, die einst London gewesen war und jetzt Sigma/Zone 9EC genannt wurde. Rauchwolken stiegen hoch. Baracken, soweit das Auge sehen konnte und eine Haftanstalt, die mehr als ein Straflager fungieren sollte. Überall Soldaten.

»Die reine Armee«, knurrte der Mann, als sie Schüsse hörten.

Beide waren seit Monaten auf der Suche nach einem Mann. Jonah Gibson lebte in Sigma 9D. Sie mussten ihn finden. Nur wo hielt er sich auf? Er lebte seit Jahren im Untergrund und führte seit dem Tod seines Vaters eine Widerstandsbewegung, »Die Hüter der Freiheit«, welche gegen die Anhänger und Funktionäre der totalitären Regenten und die mit diesen kollaborierenden Institutionen und Bevölkerungsgruppen kämpften. Sie hatten den Tipp erhalten, dass Jonah schon öfter bei den »Türmen«, der Tower war damit gemeint, gesehen worden war. Doch diese gab es schon lange nicht mehr. Nur Trümmer waren übriggeblieben und mit viel Fantasie war die genannte Struktur erkennbar.

Der Mann stieg von seinem Pferd ab und hielt mit dem Fernglas Ausschau. Unzählige weiße Ratten tummelten sich an der Oberfläche. Sie waren überall und die Menschen hatten Angst, dass die Pest zurückkommen könnte. Nichts konnte die Ratten töten. Und es wurden immer mehr. Doch es war keine Krankheit, die die Menschheit ausrotten konnte. Es war Paragon, das alle Bewohner der Erde sterben ließ.

Ein Geräusch ließ ihn abrupt innehalten – er lauschte und sah zu seiner Partnerin. Die Hüter der Freiheit, wenn sie sich zeigten, kamen mit Getrommel und großem Getue, dabei sangen sie ihr Schlachtlied: *»Das ist unser Lied. Das ist euer Lied. Erhebt euch. Singt es laut. Ein Lied für alle. Zeit für die Freiheit, Zeit dafür, in den Krieg zu ziehen. Für uns alle.«* Doch er hörte nichts außer den Schreien und dem Klagen der Gefangenen und dem Brüllen der Soldaten aus den Straflagern. »Wenn wir Jonah gefunden haben, kehren wir zum Circle zurück und holen uns mit den Hütern der Freiheit die Welt zurück!«

Sie musste laut auflachen. »Fin und der Circle … Denkst du, sie brauchen uns? Lucas ist der Leader und er macht es mit seiner Beky und Julian gut.«

»Es geht nicht darum, ob der Circle uns braucht. Es geht darum, dass ich meine alte Welt zurückhaben möchte.«

Er streichelte sein Pferd, stieg wieder auf und sein Blick wanderte zu seinem Gegenüber. Die Frau, die er liebte und für die er sein Leben geben würde.

»Es geht nur darum, dass wir unsere alte Welt zurückhaben wollen.«

»Genau! Und außerdem«, flüsterte er, »möchte ich wissen, was aus Siedah Stevenson geworden ist.«

HINTERGRÜNDE

Sharajzem

Dieser Ort sowie die dort ansässige Forschungsstelle und der Pharmakonzern Zweyg Pharmaceutical sind frei erfunden. Sämtliche Anschläge wie der Mord an dem französischen EU-Kommissar Clément Maxime, dessen Name ebenso erfunden ist, hat es nie gegeben.

Biografien der Regenten

Bei Ashraf Hasani habe ich mich an dem Gwangju-Aufstand in der südkoreanischen Stadt Gwangju im Mai 1980 in Südkorea orientiert. Eine friedliche Studentendemonstration gegen das Militär und das verhängte Kriegsrecht und mit der Forderung, einen Oppositionspolitiker freizulassen, endete in einem Gemetzel. Der Name Yu Cheng sowie sein Vorhaben sind frei erfunden. Ebenso frei erfunden ist die Biografie von Li Kepang. Das Schicksal des Vaters der Hyäne habe ich an den Krieg in Sarajewo angelehnt. Rufus Brocks Biografie ist frei erfunden, wobei es die stalinistische Säuberung, bei der 1,7 Millionen Menschen in den Gulags gestorben sind, wirklich gegeben hat.

GESCHICHTLICHE HINTERGRÜNDE

Wannseekonferenz (20. Januar 1942)
Als ich zu Recherchezwecken auch das Museum »Juden in Lettland« in Riga besucht habe, fiel mir ein besonderer Brief auf. Geschrieben am 31. Juli 1941, beauftragte Hermann Göring, Reichsmarschall des Großdeutschen Reiches, Beauftragter für den Vierjahresplan und Vorsitzender für die Reichsverteidigung, den Chef der Sicherheitspolizei und des SD Reinhard Heydrich, mit der Organisation der sogenannten »Endlösung der Judenfrage«. Aufgrund des Briefes kamen am 20. Jänner 1942 in einer Villa am Großen Wannsee in Berlin 15 hochrangige NS-Vertreter zusammen, um den Holocaust an den Juden systematisch vorzubereiten. Es folgte ein Genozid von unglaublichem Ausmaß. Bis zu 6,3 Millionen europäische Juden wurden in Vernichtungslagern in den Benelux-Staaten, Bulgarien, im Deutschen Reich, Frankreich, Italien, Griechenland, Kroatien, Rumänien, Serbien, Skandinavien, Slowakei, Tschechoslowakei und Ungarn ermordet.

In »Zehn Leben« befindet sich der Circle zu diesem Zeitpunkt in Berlin, um sich über »die Judenfrage« bzw. über die offensichtliche Judenverfolgung und Vernichtung der Juden durch die NS ein genaues Bild machen zu können.

Züge nach Auschwitz
In einer Szene, zu Beginn des Buches, trifft Paul Koshien auf Alisha. Den Zug Nummer 26 vom 12.01.1943 Moabit nach Auschwitz, hat es tatsächlich gegeben. Mehr als 35.000 Berliner Juden wur-

den mit 61 Zügen deportiert und ermordet. 1945 lebten 7.000 Juden in Berlin. Sie hatten überlebt. Heute befindet sich am Bahnhof Berlin/Moabit ein Mahnmal zum Gedenken an die jüdischen Berliner, die den Tod durch ihre Deportation fanden.

Nichte von Hitler

Angela Maria »Geli« Raubal war in der Tat Hitlers Nichte. Über ihren Suizid wurde heftig spekuliert, da die Gründe nie restlos aufgeklärt werden konnten. Fakt ist aber, dass Raubal an einem Lungenschuss starb und am Wiener Zentralfriedhof in einer Notgruft begraben wurde. Hitler selbst besuchte erst drei Tage nach dem Begräbnis die letzte Ruhestätte seiner Nichte.

15.30 Uhr am 30. April 1945

Der Tag, der Geschichte schrieb und das Ende des Zweiten Weltkriegs einläutete. Mit Gift, vorher an der Schäferhündin ausprobiert, nahm sich um 15.30 Uhr Eva Braun das Leben, Hitler erschoss sich. Danach wurden die Leichen im Garten der Neuen Reichskanzlei verbrannt. Bis heute wird heftig spekuliert, was wirklich an jenem Tag geschah und ob die Überreste wirklich jene des Führers Adolf Hitler sind, welche am 5. April 1970 von fünf KGB-Offiziere exhumiert wurden und deren Asche schließlich über die Ehle, einen kleinen Nebenfluss der Elbe, auf einer Brücke von drei Soldaten verstreut wurden.

IN GEDENKEN

In Gedenken an all jene, welche ihr Leben in dieser Zeit verloren haben. Sie wurden gefoltert, erniedrigt, gedemütigt und waren allein. Verscharrt in Massengräbern. Gesamtopferzahl von 5,5 bis zu 6,3 Millionen ermordeten Juden. Dazu kommen unzählige Verletzte und Vertriebene und bis heute, sofern sie noch leben, schwer traumatisierte Überlebende.

DANKSAGUNGEN

Danke an meinem Mann, dass er alle meine wilden Ideen mit mir geteilt hat und mich mit großer Geduld bei meinen Recherchen unterstützt hat. Ich habe ihn durch unzählige Kriegsmuseen geschleift und selbst nach der gefühlt hundertsten Doku über Hitler, Demagogen, Krieg und Holocaust hat er immer noch an mich geglaubt. Meine große Liebe, du wurdest nie müde, mir immer wieder Mut zu machen. Nicht unerwähnt lassen möchte ich auch einen Menschen, der mir immer zur Seite stand und zu den ersten Testlesern zählte. Danke, Tantchen.

Danke an meine großartige Lektorin Rebekka Haindl, die mir immer Mut machte, teilweise streng war und mich immer ermuntert hat, weiterzumachen.

Ein großes Dankeschön auch an meine Coverdesignerin Theresa Plos. Sie hat meine wirren Gedanken zu einem faszinierenden Cover umgesetzt.

DANKE auch all meinen Lesern, die bis zum Schluss durchgehalten haben und jetzt diese Zeilen lesen.

Mahsuri – Die Gabe der Ilmu

»Das alles hier erschien mir noch immer so unwirklich. Aber tief in mir wusste ich, dass es echt war. Ich war schon immer anders gewesen – hatte nirgends reingepasst. Immer musste ich mich verstellen. Und jetzt – endlich – gab es eine Erklärung. Zugegeben, sie war seltsam. Aber war ich das nicht auch?«

Alles, was die sechzehnjährige Jessica wollte, war ein harmloser Spaziergang. Doch plötzlich ist sie auf der Flucht durch den Wald. Ihr auf den Fersen ein Wesen, das sie bisher nur in ihren schlimmsten Alpträumen verfolgt hat. Ein verhängnisvoller Sturz raubt ihr das Bewusstsein. Als Jessica wieder zu sich kommt, findet sie sich in einer Welt voller Magie, Grausamkeiten und einer geheimnisvollen Prophezeiung wieder. Doch warum ist sie hier? Um die Wahrheit zu erkennen, muss sie lernen, ihre Träume zu kontrollieren.

Ein aufregendes Fantasy-Abenteuer im Zwiespalt zwischen dem Wunsch nach Gerechtigkeit und der Suche nach der eigenen Herkunft.

Autorenvita

Schon als Jugendliche empfand Fiona Winther große Lust am Erzählen. Sie ist seit ihrem 20. Lebensjahr als dystopische Schriftstellerin tätig.
2015 erschien ihr autobiografisches Buch: »Wie Schicksalsschläge zu bewältigen und zu verarbeiten sind«. Mit ihrem Engagement für Menschen in Ausnahmesituationen wurde sie 2015 zur Frau des Jahres nominiert.
Für ihren neuesten Dystopie-Roman betrieb sie fünf Jahre lang intensive Recherche. Die Nachforschungen führten sie von Forschungs- und Dokumentationszentren über etliche Museen zum Thema Holocaust und Juden, bis zum Konzentrationslager in Mauthausen und nach Berlin.
Aus dieser Untersuchung resultierte schließlich die Idee zu »Zehn Leben – Die Krieger«.
Fiona Winther wurde in Linz geboren und lebt heute mit ihrem Mann und ihren vier Katzen in der Nähe von Wien. Sie ist im Bereich Marketing und Kommunikation tätig.